闇の水脈

風雲龍虎篇

川喜田八潮

Parade Books

あらすじ

弘化三年（一八四六）初夏（四月）深夜。

洛中・岩倉具慶《ともやす》（岩倉具視の養父）の屋敷で、倒幕計画の密議が行なわれていた。

倒幕運動の提唱者は、謎の人物・黒岩一徹《くろいわいってつ》。参加者は、黒岩、岩倉の他に、権中納言《ごんちゅうなごん》・姉小路公遂《あねがこうじきんかつ》、平田派国学者の野之口隆正《ののくちたかまさ》と玉松操《たまつみさお》であった。

西洋列強による侵略の脅威をはじめ、日本の直面する内憂外患の危機に対処するため、新たに朝廷を旗印として、長州藩・尾州藩を中心とする雄藩の列藩同盟を組織し、幕府に代わる新政権の樹立を図る謀略を推進する密議であった。

しかし、その翌日の深夜。

黒岩一徹は、洛外・岩倉幡枝《はたえだ》の隠れ家において、別の密議を催していた。

そこには、黒岩配下の凄腕の剣客・樋口又兵衛《ひぐちまたべえ》、裏土御門《うらつちみかど》家の鬼道《きどう》「火徳《かとく》・炎舞《えんぶ》の法」をつかさどる陰陽師《おんみょうじ》・土御門玄将《つちみかどはるまさ》の姿があり、黒岩の提唱する倒幕運動の背後に秘められた真の目的が明かされていた。

それは、鎖国のもと、二百数十年の久しきにわたって守り抜かれてきた泰平の世を根底より覆《くつがえ》し、この国を動乱の渦中へと導こうとする、恐るべき〈火〉の革命の遂行であった。

怪人物・黒岩一徹の野望は成就するのか？

黒岩を支える陰陽師・土御門玄将の幻視する世界とは？

剣客・樋口又兵衛の剣は、打ち砕かれることがあるのか？

京都を舞台に、〈火〉の野望か〈水〉のまなざしか、この世界の在り方への壮大な問いかけが交錯する。


一方、同年夏（閏《うるう》五月）深夜。

大坂曾根崎の出合い茶屋で、廻船問屋《かいせんどんや》・大津屋彦左衛門《おおつやひこざえもん》が、謎の女によって刺殺される。

さらに、その直後、大坂東町奉行所与力・工藤十郎左衛門《くどうじゅうろうざえもん》が、同じ謎の女に誘われたあげく、謀殺されてしまう。

事件の背後には、抜け荷一味の元締・河内屋利兵衛《かわちやりへえ》の操る闇の組織の暗躍があった。河内屋一味によって無実の罪を着せられて処刑された、廻船問屋・和泉屋藤兵衛《いずみやとうべえ》の無念を晴らすため、闇の世間師《せけんし》・音羽《おとわ》一家の活躍が始まる。

両親の仇《あだ》を討つため行方をくらませていた和泉屋の一人娘・お菊を捜し出し、抜け荷のカラクリをあばこうと努めるうちに、音羽たちは、河内屋利兵衛の抜け荷の陰謀が、黒岩一徹の倒幕の画策と深いつながりを持つことに気づく。

かくして、京都と大坂を中心に進められてきた二つの謀略は一本の糸でつながり、物語は一気にカタストロフに向かって収斂《しゅうれん》していく。

黒岩一徹配下の剣客・樋口又兵衛による馬庭念流《まにわねんりゅう》の豪剣と、音羽一家の剣客・望月伊織《もちづきいおり》による新当流《しんとうりゅう》の秘剣が激突する、壮絶な殺陣《たて》の決着や如何《いか》に。

〈火〉すなわち〈虎〉の豪剣か、〈水〉すなわち〈龍〉の秘剣か。


風雲急を告げる幕末を舞台に、斬新な視点で〈龍〉〈虎〉の対決を描き出す痛快時代小説。

登場人物一覧（年齢は数え歳）

岩倉具慶《いわくらともやす》
元・侍従《じじゅう》。右近衛権少将《うこんえのごんのしょうしょう》。

姉小路公遂《あねがこうじきんかつ》
権中納言《ごんちゅうなごん》。岩倉共々、皇権の回復をもくろむ。

野之口隆正《ののくちたかまさ》**（後の大国隆正**《おおくにたかまさ》**）**
五十四歳、石見津和野藩《いわみつわの》出身。平田派国学者。

玉松操《たままつみさお》
三十七歳、平田派国学者。野之口隆正の弟子。

黒岩一徹《くろいわいってつ》**（黒川竜之進**《くろかわりゅうのしん》**）**
元・革世天道社《かくせいてんどうしゃ》の幹部。倒幕運動の黒幕。

土御門玄将《つちみかどはるまさ》**（幻妖斎**《げんようさい》**）**
陰陽師《おんみょうじ》。鬼道《きどう》を扱う「裏土御門《うらつちみかど》」の末孫《ばっそん》。土御門玄道《はるみち》の異母弟。「火徳《かとく》・炎舞《えんぶ》の法」をつかさどる。

樋口又兵衛《ひぐちまたべえ》
馬庭念流《まにわねんりゅう》の剣客《けんかく》。黒岩一徹の配下。

望月伊織《もちづきいおり》（速水十郎太《はやみじゅうろうた》）

元・大坂西町奉行所同心《どうしん》。大塩の残党。音羽の配下。新当流《しんとうりゅう》の剣客。

新吉《しんきち》（新八郎《しんぱちろう》）

二十五歳、元・旗本刈谷《かりや》家の次男・新八郎。音羽の配下。一刀流《いっとうりゅう》の使い手。

伊吹佐平太《いぶきさへいた》

元・美濃岩村《みのいわむら》藩士。音羽の配下。無外流《むがいりゅう》の剣客。

音羽《おとわ》（おゆき）

江戸に拠点をもつ世間師《せけんし》「音羽一家」の元締《もとじめ》。表向きは、常磐津《ときわづ》節の師匠。

庚申の清兵衛《こうしんのせいべえ》

大坂の天王寺《てんのうじ》・今宮《いまみや》から住吉《すみよし》にかけて拠点をもつ上方《かみがた》世間師の元締。

雨宮浄心《あまみやじょうしん》（村雨の音吉《むらさめのおときち》）

五十九歳、元・上方の世間師「村雨の音吉」。音羽の師匠。

雪乃《ゆきの》

浄心の妻。

土御門《つちみかど》玄道《はるみち》
陰陽師《おんみょうじ》。玄将《はるまさ》の異母兄。弟共々鬼道《きどう》を分掌《ぶんしょう》する「裏土御門」の末孫。「水辰《すいしん》・月夜見《つくよみ》の法」をつかさどる。

徳大寺《とくだいじ》実清《さねきよ》
朝・幕融和を図る尊王派の公家。四条円山《しじょうまるやま》派の絵師。

卜部《うらべ》兼義《かねよし》
吉田神道をつかさどる卜部一族の神官。平田系神道と対立する。

竹内《たけうち》連翹《れんぎょう》
四条円山派の絵師。お京の師匠。

お京《きょう》
二十二歳、河井《かわい》月之介《つきのすけ》の一人娘。絵師。竹内連翹の内弟子《うちでし》。新八郎（新吉）の恋人。

川上《かわかみ》浮月斎《ふげつさい》
鞍馬《くらま》・貴船《きぶね》の奥「芹生《せりょう》の里《さと》」に隠棲《いんせい》する新当流の剣客。望月伊織の剣の師。

猿《ましら》の吉兵衛《きちべえ》
音羽の配下。

小六《ころく》
音羽の配下。

野瀬《のせ》左源太《さげんた》
八瀬《やせ》の飛礫《つぶて》集団・卍組《まんじぐみ》の頭領。

篠山《しのやま》源之丞《げんのじょう》
公儀隠密《こうぎおんみつ》。

片岡彦四郎《かたおかひこしろう》　長州藩・隠《かく》し目付《めつけ》。

直次郎《なおじろう》　雨宮浄心の下男。

与一《よいち》　竹内連翹の下男。

岩倉家の侍女二名

黒岩一徹の刺客多数

卍組の手《て》練《だ》れ多数

河内屋利兵衛《かわちやりへえ》　近江《おうみ》の在郷《ざいごう》商人から成り上がった大坂の廻船問屋《かいせんどんや》。抜《ぬ》け荷《に》組織の中心人物。

大津屋彦左衛門《おおつやひこざえもん》　大坂の廻船問屋。

和泉屋藤兵衛《いずみやとうべえ》　大坂の廻船問屋。抜け荷の濡《ぬ》れ衣《ぎぬ》を着せられて、闕所《けっしょ》の上、死罪となる。

お妙《たえ》　藤兵衛の妻。

お菊《きく》
和泉屋の一人娘。

鏡《きょう》 太郎《たろう》
河内屋利兵衛の一人息子・庄三郎《しょうざぶろう》。父と対立し、家を出る。仏師で絵師。お菊の恋人。二十四歳。

惣助《そうすけ》
元・和泉屋の手代《てだい》。

天神《てんじん》の辰五郎《たつごろう》
大坂の曾根崎《そねざき》・天満《てんま》・道頓堀界隈《どうとんぼりかいわい》に拠点をもつ上方《かみがた》世間師《せけんし》の元締《もとじめ》。

工藤十郎左衛門《くどうじゅうろうざえもん》
大坂東町奉行所の吟味役与力《ぎんみやくよりき》。

作次郎《さくじろう》
工藤十郎左衛門配下の役木戸《やくきど》。

朝岡新之丞《あさおかしんのじょう》
大坂東町奉行所の盗賊改役《とうぞくあらためやく》与力。望月伊織の旧友。

磯貝弥九郎《いそがいやくろう》
大坂東町奉行所同心《どうしん》。朝岡新之丞の部下。

片村権太夫《かたむらごんだゆう》
大坂西町奉行所与力。

島田平内《しまだへいない》
大坂船手《ふなて》奉行配下の与力。

長井隼人正《ながいはやとのしょう》
長州藩の家老。

堀刑部《ほりぎょうぶ》　尾張家の家老。

権六《ごんろく》・佐助《さすけ》・又蔵《またぞう》　清兵衛配下のつわ者。

片村権太夫の密偵《みってい》

大坂町奉行所の同心一名

辰五郎の用心棒・手下《てした》多数

黒岩一徹の配下多数

清兵衛の手下たち

目次

第一部（京都篇）

第二部（大坂篇）

第一部（京都篇）

第一幕　剣鬼

（1）第一場　弘化《こうか》三年（一八四六）・初夏〔陰暦・四月二日〕

洛中。深夜。

五条大橋を渡って、賀茂川《かもがわ》沿いの河原を三条方面に向かって急ぎ足で北上している二人の侍。

ふたりは、浪人者に身をやつしており、長州藩・京都屋敷に向かう途上にある。

ふたりの前に、いきなり、剣客《けんかく》・樋口又兵衛《ひぐちまたべえ》が立ちふさがる。

樋口　公儀隠密《こうぎおんみつ》・篠山源之丞《しのやまげんのじょう》殿、長州藩隠《かく》し目付《めつけ》・片岡彦四郎《かたおかひこしろう》殿と、お見受けいたした。お待ちもうし上げていた……

篠山　……長州藩・京都屋敷の方か？

樋口　片岡殿の使い・五十六《いそろく》なる者より、坪井《つぼい》ご家老への書状、たしかに頂戴《ちょうだい》いたし、拝見つかまつった……それで、お出迎えに参上した次第……

片岡　……坪井殿の配下の方か？……はて、お初にお目にかかるが……

樋口　…（笑）いや、いや、さにあらず、初の見参《けんざん》ではござるが、残念ながら、坪井ご家老の手の者ではござらん……ご両人をお出迎えに参った、冥府《めいふ》よりの使者でござるよ……

片岡　…なに！……すると、……長井家老の回し者か！……五十六《いそろく》は？…

樋口　五十六は、かわいそうだが、ひと足先に、あの世に往《い》ってもろうた。……ぬしらも、後を追うがよい！

目にも止まらぬ速さの鋭い居合《いあ》いの切っ先が、逆袈裟《ぎゃくけさ》斬りに片岡に襲いかかる。刀を途中まで抜きかかったまま、息絶える片岡彦四郎。返す刀で袈裟懸《けさが》けに振り降ろされた樋口の豪剣を、間一髪《かんいっぱつ》でかわしながら、後方に飛び去り、かろうじて呼吸を整えながら、改めて、正眼《せいがん》に剣を構え直す篠山源之丞。樋口の殺気に気迫負けせじと、太刀先《たちさき》に、とぎすますように鋭気を込める。相手の動きの変化に即応できるように、篠山の太刀先は微《かす》かに揺れている。

樋口　……ほう、…北辰一刀流《ほくしんいっとうりゅう》か……これは奇遇《きぐう》じゃ……上州《じょうしゅう》以来の立ち合い、……因縁《いんねん》だの……江戸の千葉道場で腕を磨かれたか？

篠山　……上州、というと、……馬庭念流《まにわねんりゅう》の者か？……

樋口　樋口又兵衛と申す……見知りおかれたい……といっても、わしが名乗った時は、もう、冥府《めいふ》に片足を入れたも同然、…覚悟めされい……

篠山　……なに！……

腰を落とし、柄頭《つかがしら》を胸元《むなもと》まで上げ、正眼《せいがん》の姿勢で、切っ先を篠山の額《ひたい》に定めて身構える樋口。

ふたりの剣客の鋭気が烈しく交差し、目に視えぬ火花を放つ。

突如、懐《ふところ》から手裏剣《しゅりけん》を取り出し、矢継ぎ早に、樋口の体中のさまざまな部位をめがけて放ちながら、相手の体勢の崩れと隙《すき》を誘い出そうとする篠山。

しかし、落ち着いたすばやい動きで、手裏剣の流れを見切り、はたき落とし、あるいは受け流す樋口又兵衛。

樋口　馬庭念流《まにわねんりゅう》受けの構え「柳枝《りゅうし》の乱《みだれ》」じゃ……わしには、手裏剣は通用せん……

動揺し、焦りに駆られる篠山源之丞。

一瞬余裕を見せ、柔らいだ表情となった樋口は、胸元の正眼の姿勢を崩し、八双上段《はっそうじょうだん》に剣を構え直す。

その瞬時の余裕の隙を衝こうと、猛然と突進し、樋口の脇を狙って、八双の構えから、すばやく袈裟懸《けさが》けに斬り降ろそうとする篠山。

篠山の切っ先をしなやかにかわしつつ、上段から、「うおおおーっ」と唸《うな》り声を発しつつ、凄まじい気迫で豪剣を振り降ろす樋口又兵衛。

切っ先をかわされた篠山は、あわてて、太刀《たち》をかざして相手の剣を受け止めようとするが、樋口の豪剣は、篠山の太刀を打ち砕いて、そのまま、彼の脳天を断ち割ってしまう。

樋口　……馬庭念流「岩切《がんせつ》の太刀」……俺の誘いに易々《やすやす》と乗ったの……篠山源之丞殿。烈風吹きすさぶ上州の魔界の闇より紡《つむ》ぎ出《いだ》し、深山幽谷《しんざんゆうこく》の獣道《けものみち》にて鍛え抜かれてきた、わが念流の業《わざ》……小手先の技術のみに走る、北辰一刀流ごとき生兵法《なまびょうほう》の手に負えるしろものではないわ……成仏《じょうぶつ》せい！……

倒れている片岡彦四郎・篠山源之丞の懐《ふところ》に収められていた秘密文書と二人の所持品を奪い取り、悠々と立ち去ってゆく樋口又兵衛。

第二幕　洛中密議

（2）第一場　弘化三年（一八四六）・初夏〔陰暦・四月中旬〕

洛中・岩倉具慶《いわくらともやす》邸での密談の場面。夜。

客間での岩倉具慶と姉小路公遂《あねがこうじきんかつ》の会話。

部屋は、ややほの暗い行燈《あんどん》の灯《あか》りに包まれている。


姉小路　具慶《ともやす》殿の御宅《おやかた》をかような夜更《よふ》けに訪《おとず》れるのも、本当に久しぶりの事……

随分《ずいぶん》と、様変《さまが》わりなされたものじゃ……よりにもよって、あの離れの間《ま》を、御法度《ごはっと》の賭場《とば》に貸し出されておられるとは……

あの、あでやかな、狩野永敬《かのうえいけい》の手になる花鳥の襖絵《ふすまえ》は、もう、あのお座敷には、おありではないのでおじゃりまするな？

岩倉　……いかにも、……とうに、さる裕福な筋に、密《ひそ》かに売り渡し、手放しておじゃりまする。
百数十年もの間、わが岩倉家に家宝として守り伝えられてきた、京狩野《きょうかのう》四代目の鬼才《きさい》・

狩野永敬《かのうえいけい》の手になる作品とのことじゃったが、……この具慶《ともやす》の力の至らぬために、……なんとも、口惜《くちお》しき仕儀《しぎ》と相《あい》なりました……

姉小路　……なんと、おいたわしや……麿《まろ》も、他人事《ひとごと》とばかりは申せぬ身じゃが、……惜しいことであった……麿は、あの襖絵《ふすまえ》に、不思議と心ひかれるものをおぼえておった……繊細で玄妙《げんみょう》な筆さばきによって、四季折々の京洛の風情《ふぜい》を描いた永敬《えいけい》にしては珍しい、異形《いぎょう》の作じゃったが……

岩倉　さよう……あでやかな金箔《きんぱく》の地《じ》の中に、烈《はげ》しい力動感に溢《あふ》れた、大胆な墨による筆づかいで、紅白の梅を一気に形《かた》どってみせた、なんとも妖気《ようき》の漂う異様な作品でおじゃった……

姉小路　それにしても、往年《おうねん》の岩倉家の面影《おもかげ》を偲《しの》べば、なんとも言葉もおじゃりませぬ……かつては侍従《じじゅう》を務められた右近衛権少将《うこんえのごんのしょうしょう》・岩倉具慶《ともやす》殿の境遇とは、到底思われぬ……幕府も、ひどい扱いをなされたものじゃ……

岩倉　昔、奥も健在で、子らの笑い声が絶えなかった頃は、岩倉家にも光が溢《あふ》れ、穏《おだ》やかで静謐《せいひつ》な気に包まれておった……絵師や歌人・文人たちが、毎月のように、わが屋敷につどい、繊細で雅《みやび》な心ばえを披露《ひろう》し合い、談笑の声が響き渡り、まことに愉《たの》しき日々であった……

それが…姉小路卿《あねがこうじきょう》もご存《ぞん》じのごとく、天保《てんぽう》四年の飢饉《ききん》による年貢《ねんぐ》収入の激減を皮切りに、以後、さまざまな口実を設けて、京都所司代《しょしだい》は、われらの暮らしを支える公家領《くげりょう》からの収入を、無理矢理削減《さくげん》してまいりました。

さらに、天皇《ミカド》と公家衆への、学問と思想・言論への不当な弾圧、諸藩の有識者《ゆうしきしゃ》たちとの接触に対する監視の強化、朝廷の儀式・儀礼への経費節減の要求など……まことに、幕府の、天をも畏《おそ》れぬ尊大な所業には、目に余るものがおじゃった……。

とりわけ、天保《てんぽう》七年のあの大飢饉の年に、都《みやこ》に廻《まわ》されるはずの米を不当にも力ずくで奪い上げ、江戸表へと廻し、将軍家や幕閣《ばっかく》・旗本《はたもと》をはじめとする江戸在住の侍どもの便宜《べんぎ》・安穏《あんのん》のみを図《はか》って、われら都人《みやこびと》ばかりではなく上方《かみがた》の無数の民《たみ》に地獄の苦しみを嘗《な》めさせた外道《げどう》の仕打ちには、大塩平八郎《おおしおへいはちろう》ならずとも、この不肖《ふしょう》・岩倉具慶《ともやす》とて堪忍袋《かんにんぶくろ》の緒が切れる思いをしたものじゃ……

上方《かみがた》ばかりでなく、江戸庶民もまた、上に立つ侍どもの得手勝手《えてかって》ぶりに、随分《ずいぶん》と難儀《なんぎ》をこうむった、と伝え聞く。

姉小路　……いや、まことに、……麿《まろ》も、怒りの余り、全身がふるえる思いがいたしたもの……あの時の悔《くや》しさは、終生、忘れることができぬ……

岩倉　しかも…麿が肝煎《きもい》りを引き受けて、諸卿《しょきょう》の訴えをまとめ上げ、武家伝奏《ぶけでんそう》を通じて、幕府に、その非道の仕打ちを抗議したことが、かえって仇《あだ》となり、われら朝廷には、ひどい言いがかりと弾圧が加えられた……とりわけ、わが岩倉家は、禁裏《きんり》をいたずらに騒がし、天下の安寧《あんねい》・秩序を乱す張本人の一人という汚名を着せられて、惨憺《さんたん》たる目に遭《お》うて、……今では、このありさまでおじゃる……

わが先祖は、今を去ること八十八年の昔、宝暦《ほうれき》年間に、尊王《そんのう》論者の神道家《しんとうか》にして軍学者でもあった竹内式部《たけのうちしきぶ》殿に連坐《れんざ》して、幕府より、不当なる処罰をこうむったことがあった。

姉小路　……うむ、あの忌《い》まわしい弾圧の折には、久我《こが》・正親町《おおぎまち》三条・徳大寺《とくだいじ》・烏丸《からすま》など……幕府の横暴を憤《いきどお》る気骨《きこつ》ある諸卿《しょきょう》が、一斉にひどい目に遭《あ》われた、と伝え聞く……

岩倉　いかにも。その、宝暦の騒動の前科も、わが岩倉家への風当たりの強さの一因となりました……。しかし、幕府のやり口によって煮え湯を呑まされたのは、岩倉家ばかりではおじゃりませぬ。

あの天保七年の、大坂町奉行による江戸廻米令《かいまいれい》がきっかけで、われら公家衆は、大幅な家財処分と思い切った家政の経費節減を強いられ、重い借財に苦しめられることとなった。

姉小路　……まことに、麿《まろ》のような公卿《くぎょう》に列する者とて、例外ではない……皆、言うに言われぬ苦汁《くじゅう》を嘗めさせられておる。

岩倉　その上、われらの、道義にかなった正当な抗議すら、一顧《いっこ》だにされることなく、黙殺され、かような憂《う》き目《め》に遭う仕儀《しぎ》と相《あい》なりもうした……家中《かちゅう》の者も次々と減り、奥も病に倒れ、子らもみまかった……土地・屋敷の一部も借財の抵当《ていとう》に取られ、家具・調度品、家宝の絵画・彫像や高価な織物も売り払い、今では、庭の手入れは元より、雨漏《あまも》りの修繕の費用にも事《こと》欠く始末……情けないことに、家の者の気力も萎《な》え果て、ごらんの通り、襖《ふすま》も畳《たたみ》も、薄汚《よご》れ、仕度《したく》部屋の障子《しょうじ》の破れすら、ろくに繕《つくろ》っておらぬ次第《しだい》……離れを賭場《とば》に貸し出して、寺銭《てらせん》にて糊口《ここう》をしのぐという体《てい》たらく……お恥ずかしき事じゃ……

久方《ひさかた》ぶりの姉小路卿直々《じきじき》のお越しに、ろくな菓子のおもてなしすらできず、粗茶にて、相済まぬことでおじゃりまする……

姉小路　……いや、いや、……麿の家とても、さして変わらぬありさまじゃ……具慶《ともやす》殿の苦しきご胸中、痛いほどお察ししておじゃる……なにも、おかまい下さるな。

岩倉　今、侍女の者に命じて、粗末ですが、酒・肴《さかな》の用意をいたさせておりまする。何もござらぬが、どうかおくつろぎあそばし、一献《いっこん》傾けていって下され。

姉小路　…かたじけのうおじゃる……お気を使い下さるな……おっつけ、他《ほか》に、客人たちも参られるのでおじゃろう?

岩倉　……さよう……例の件について、今宵《こよい》は、われらの構想を詰《つ》めておかねばなりませぬゆえ……

姉小路　…うむ……今の腐り切った幕府の政《まつりごと》を覆《くつがえ》し、積年《せきねん》の怨恨《えんこん》を晴らし、皇権《こうけん》の回復を図る、千載一遇《せんざいいちぐう》の好機が到来しつつあると、麿は胸がふくらんでおる。

岩倉　…いかにも、……久しき隠忍《いんにん》・苦節《くせつ》の歳月《としつき》を経て、今こそ、天皇《ミカド》とわれら朝廷の心意気を天下に示す時節が近づいておるのやもしれぬと、…麿も、なにやら、心がはやりまする……

姉小路　ご子息の具視《ともみ》殿は、まだ御所《ごしょ》からお戻りにならぬのか？

岩倉　…は……なんとか、今宵の寄合《よりあい》には参加するよう申しておきましたが、…いまだ戻りませぬ……麿も、正直、あやつの考えを聴いた上で、意を決したいと思うており、…具視の欠席の上で進められる談合には、今ひとつ、気乗りせぬ次第にて……早う戻っておじゃれ、と気がかりで……（笑）。

姉小路　具視殿は若冠《じゃっかん》二十二であらしゃるが、歳《とし》に似合わず慎重で思慮深く、大そうな切れ者と、堂上家《とうしょうけ》の方々にも評判とか……

岩倉家もご不幸が続き、具慶《ともやす》殿もおさみしかったであろうが、具視《ともみ》殿という、末頼もしきご養子を得て、何よりの事……

岩倉　麿には、今では、娘の文子の他には実子がおじゃらぬが、天保九年、十四の歳《とし》に具視がわが養子となってくれたおかげで、心の張りもでき、ようやく、岩倉家にも、微《かす》かな曙光《しょこう》が視えてきたような思いでおじゃりまする……

　まことに、具視の実父・堀河康親《ほりかわやすちか》殿のおかげにて……


姉小路　具視殿は、十六の歳に、早くも「六国史《りっこくし》」をはじめとする聖なる皇統《こうとう》の正史《せいし》を咀嚼《そしゃく》され、われら皇朝《こうちょう》の祖宗《そそう》たる天照大神《アマテラスオオミカミ》と天孫降臨《てんそんこうりん》以来の神々の血筋をひく、現人神《あらひとがみ》たる歴代の天皇《スメラミコト》の政《まつりごと》の志《こころざし》を正しく汲み取られ、ひたすら皇権回復《こうけん》の一念を立てられたと、伝え聞いておる……若輩《じゃくはい》ながら剛腹《ごうふく》、畏《おそ》るべき才子《さいし》との噂高く、早、正五位下《しょうごいのげ》の位を授けられ、今年の二月に践祚《せんそ》あそばされた今上《きんじょう》の天皇《ミカド》が東宮《とうぐう》であらせられた頃より、その良き相談役にて、近き将来、侍従《じじゅう》になられるとの声も高い……

　畏《おそ》れ多くも、今上《きんじょう》の天皇《ミカド》は、英明《えいめい》の器《うつわ》にあらしゃりまするによって、西洋の夷狄《いてき》どもの侵略から、わが日の本の聖なる国体《こくたい》を守らんとする攘夷《じょうい》の志《こころざし》を抱《いだ》かれ、そのための国防の構想を密《ひそ》かにお立てあそばされてあらしゃります……烈《はげ》しき御気性《きしょう》の頼もしき天子《てんし》……

　その天皇《ミカド》の信厚い具視殿がお子であられるとあれば、岩倉家の将来にも、今や、力強き望みが射し込んでこよう、というものじゃ。

岩倉　……さて、そう希《ねが》いたいのは山々なれど、…現実には、姉小路《あねがこうじ》卿もご存じの通り、…われらの身辺には、所司代《しょしだい》の監視の眼が常に光っておる……
　それに、わが朝廷内にも、われらの大望《たいもう》を妨《さまた》げんとする、旧態依然《きゅうたいいぜん》とした頑迷固陋《がんめいころう》なる者どももおる……なかなかに、前途《ぜんと》は多難じゃ……

姉小路　…いかにも、…そうじゃの……われらに働きかけてくる諸大名も、利害・思惑はさまざまにて、まことに油断ならぬ輩《やから》ばかりじゃ……

岩倉　…さよう……今の世の中、身分卑しき諸藩の軽輩どもや、町人・百姓どもの中からさえ、己《おの》れの才覚を武器にのし上がらんとする野心家どもが、到る所にうごめいておる……まさに、下剋上《げこくじょう》のありさまを呈しつつある恐るべき世相といってよい。

これから談合に与《あずか》らんと、わが屋敷に来る、野之口《ののくち》・玉松らの輩《やから》とて、何をもくろんでおるやら、本心はわかったものではない……

姉小路　……まことに、の……あな、おそろしや、おそろしや……（笑）。

…じゃが、それゆえにこそ、われら公家衆もまた、二百年以上も続いた泰平《たいへい》の惰眠《だみん》より目覚《めざ》むる、千載一遇《せんざいいちぐう》の好機かもしれませぬぞ……そう思うて、この計《はか》り事《ごと》の博打《ばくち》に賭けてみるのも、一興《いっきょう》というもの……ホホホホ……

侍女が、障子《しょうじ》の外から声をかける。

侍女　……ご歓談中、失礼いたしまする……ただ今、野之口隆正《ののくちたかまさ》様、玉松操《たままつみさお》様がお越しになられましたので、奥の間にお通しもうし上げておきました……

岩倉 …おお、さようか……噂をすれば何とやらじゃのう……（笑）。

野之口・玉松のご両人だけか？

侍女 …いえ……他にお一人、お伴の侍の方がおられます……

岩倉 侍とな？

侍女 …はい……黒岩一徹《くろいわいってつ》様と、名乗られておられますが……

岩倉 ……黒岩……ふむ、姉小路卿、……今回の密約の件をわれらに持ちかけた、例の得体の知れぬ人物でおじゃる……

姉小路 ……うむ……鬼が出るか、蛇《じゃ》が出るか、……あな、おそろしや、おそろしや（笑）。

岩倉 ……いかな御仁《ごじん》じゃ……怖ろしげな面相をした、荒々しき風体《ふうてい》の東夷《あずまえびす》かの？

侍女 ……いえ（笑）……痩《や》せた、いささか険しげな、暗いお貌《かお》をなさったお方ですが、いたってたおやかな、見目麗《みめうるわ》しい男はんどす……

姉小路 …ほう……それは、意外なこと……女狐《めぎつね》に化けた茨木童子《いばらきどうじ》とでもいったところでおじゃるかの？……

岩倉 ……いや、まことに、まことに（笑）……なにやら、妖怪変化《ようかいへんげ》と面談するようで、薄気味の悪いことではおじゃりまするが……ほっといたしました……

むさい容姿《なり》の東夷《あずまえびす》ほど、うっとうしいものはありませぬゆえの……（笑）。

姉小路　……いや、まことに（笑）……

岩倉　姉小路卿にお出しする酒と肴《さかな》は、もう整うたかの？

侍女　…はい、ちょうど整うたところでございます。

岩倉　他の三人の客人の分も、すぐに用意できるかの？

侍女　…はい、お客人の肴も、あらかじめ仕込んでおきましたゆえ、いつなりと……

岩倉　…うむ……では、客人をこちらの間《ま》に案内《あない》してから、すぐに、膳《ぜん》を運んでたもれ。

侍女　…はい、ただいま…

しばらくして、野之口隆正《ののくちたかまさ》・玉松操《たままつみさお》・黒岩一徹《くろいわいってつ》の三人が、侍女に案内されて客間に入って来る。

野之口　今宵《こよい》は、わざわざのお招きにあずかり、恐悦至極《きょうえつしごく》に存じ上げまする。（玉松・黒岩両名と共に、深々と一礼する）

岩倉　…なんの、なんの、なんの、…そのように、硬くならずともよい……お気楽にあらしゃれ。姉小路卿共々、貴殿《きでん》らの来訪を愉《たの》しみにいたしておった……今、膳の用意をいたさせておるゆえ、しばし、待たれよ……

野之口　……は、……お気づかい頂き、重ねがさね、恐縮に存じ上げまする。
本日は、われら野之口・玉松の両名の他に、いま一人、ここに控えおりまする黒岩一徹殿を、ぜひともお引き合わせいたしたく、同道いたさせておりまする……

黒岩　お初に御意《ぎょい》を得まする……黒岩一徹でござる。
ご尊顔を拝し奉《たてまつ》り、恐悦《きょうえつ》に存じ上げまする……

岩倉　お噂は、かねがね、野之口・玉松の両君よりお聴きしておる……
麿が、正四位下《しょうしいのげ》・右近衛権少将《うこんえのごんのしょうしょう》、岩倉具慶《ともやす》じゃ、見知りおかれよ。

黒岩　……は……

岩倉　こちらにあらしゃりまするのが、正二位《しょうにい》・権中納言《ごんちゅうなごん》、姉小路公遂《あねがこうじきんかつ》卿でおじゃる。

姉小路　姉小路じゃ……見知りおかれよ。

黒岩　……は……

岩倉　談合に入る前に、ささやかじゃが、酒・肴《さかな》など、用意いたさせておるゆえ、まずは一献《いっこん》傾けられ、ゆるりとおくつろぎあそばされよ……堅苦しい話は、その後にいたそう。

野之口　……は……まことに、お心づかいのほど、いたみ入りまする……

間もなく、侍女二人が、相次《あい》いで、五人分の膳《ぜん》を客間に運んでくる。
行燈《あんどん》の灯《あか》りが、ゆっくりと薄らいでゆき、舞台は闇に包まれる。

（3）第二場　第一場に引き続いて、洛中・岩倉具慶《いわくらともやす》邸での密談の場面。夜。

ややほの暗い行燈《あんどん》の灯りの下《もと》での、岩倉・姉小路《あねがこうじ》と野之口隆正・玉松操・黒岩一徹の談話。

岩倉　……黒岩殿、野之口・玉松両君を介しての、貴殿《きでん》の再三にわたる大胆な提案を受け、麿が肝煎《きもい》りとなって、ここにおわす姉小路卿と、中山忠能《なかやまただやす》卿をお誘いして、密《ひそ》かに、朝廷内の意思《いし》統一を図る宮中工作を進めてまいった……その詳しきいきさつについては、すでに、貴殿も、野之口君より聞き及んでおると思うが……

黒岩　……は……委細《いさい》承知つかまつってござる。

改めて繰り返すまでもないことですが、天保の大飢饉、大塩の乱、年々諸国で頻発する一揆《いっき》・打ちこわし、日に日に募《つの》る、西洋の夷狄《いてき》どもによる侵略の脅威……これら内憂外患《ないゆうがいかん》の危機に対する、幕府の無能力は、もはや明白。

さらに、猟官《りょうかん》運動をはじめ、私利私欲のための賄賂《わいろ》の横行、奢侈《しゃし》・淫逸《いんいつ》の風に伴う士道《しどう》の頽廃《たいはい》など、幕閣《ばっかく》や旗本《はたもと》・大名家中《かちゅう》の侍どもの腐敗ぶりは、目に余るものがござる。

岩倉　……いかにも……

黒岩　今こそ、朝廷権威の回復による、国体《こくたい》の変革を強力に推進すべき時節が到来しているというのが、野之口殿・玉松殿をはじめ、皇国《こうこく》の志《こころざし》を共にする、われら在野の同志たちの共通の認識にて、そのための具体策として、長州藩家老・長井隼人正《ながいはやとのしょう》殿を肝煎《きもい》りとする、列藩同盟《れっぱんどうめい》の密約を画策中である、という情報は、すでに、お伝え申し上げた通りでござりまする……

姉小路　…うむ……。黒岩殿、すでにご存《ぞん》じかと思うが、そなたの提案を承《う》けて、長井隼人正《はやとのしょう》殿が、肥前《ひぜん》・平戸《ひらど》藩の松浦侯《まつらこう》と、同じく肥前・佐賀藩の鍋島侯《なべしま》に、列藩同盟への参加の誘いをかけられた。

黒岩　…は……すでに、その件は、長井様より聞き及んでおりまする。

姉小路　平戸・佐賀の両藩は、以前より、長州藩とは、諸外国との抜《ぬ》け荷《に》を行うために、緊密な提携《ていけい》関係にある。それゆえ、列藩同盟の密約を成就《じょうじゅ》させんとするなら、まず、これら肥前の両藩に誘いの声をかけるべしとの、貴殿《きでん》の提案は、たしかに一理ある。

黒岩　…は……肥前の平戸・佐賀の他にも、長州にとっては支藩に当たる岩国《いわくに》藩六万石《ごく》、徳山《とくやま》藩四万石、長府《ちょうふ》藩四万七千石なども、心強いお味方にて、本家筋に当たる長州藩三十四万二千石と併《あわ》せれば、ほぼ五十万石という石高《こくだか》にのぼります。

また、ここにおられる野之口隆正殿の出身地である石見《いわみ》・津和野《つわの》藩は、四万石という小藩ながら、洋学・蘭学《らんがく》が盛んで、進取の気風厚く、またその一方では、国学《こくがく》への熱意もあり、西洋列強に対峙《たいじ》しうるだけの、軍事・経済・技術の力を備えた、神国《しんこく》・日本の国体《こくたい》を模索せんとする、志気《しき》満々の俊才《しゅんさい》を続々と育成しつつあるという、異色のお国柄でござる……

岩倉　……ほう、それはまた……意気盛んな……

その津和野藩も、列藩同盟の密約に加わるのかの？

野之口　いかにも……

徳川幕府の専横《せんおう》を打破し、列藩同盟《れっぱんどうめい》の支持の下《もと》に新たなる政権を樹立《じゅりつ》し、皇権の回復を実現し得た暁《あかつき》には、神国・日本の聖なる国体の理念の下《もと》に民心を一致団結させ、西洋の文明の利点を適宜《てきぎ》、取捨選択してゆかねばなりませぬ。さもなくば、わが国もまた、インド・清国の二の舞となりましょう……

わが郷土・津和野藩は、単に、長州・肥前と、抜け荷の利益によって深く結ばれているばかりではなく、ゆくゆくは、日の本のご政道の大切なる骨格・枠組を整えてゆく上で、大いに寄与しうる人材の宝庫ではないかと、それがしは密かに自負しておるのでござります る……

姉小路　しかし、改めていうまでもないが、長州・肥前・津和野といったところで、それだけでは、タカが知れておる。

他に、幾つもの雄藩《ゆうはん》が加わってくれぬことには、到底らちはあかぬ……われら朝廷の公家衆を巻き込まんとする以上、その方《ほう》たちにも、同盟案の具体的な進展について、さらに、説得力のある現状報告をしてもらわねば、の……

ご存じかとは思うが、麿と中山忠能《ただやす》卿は、肥前・平戸藩の前藩主・松浦静山《まつらせいざん》公の娘を妻として迎えておる。静山公は、すでに五年前の天保十二年にご他界あそばされたが、そのご子息である現藩主・松浦熈《ひろし》侯とは、麿も中山卿も、引き続き、親しき間柄《あいだがら》にある。

そこで実は、長井隼人正殿の誘いを受けた松浦侯より、密《ひそ》かに、麿と中山卿に、今回の密約の件についてのご相談があったのじゃ……

松浦侯の書状を携《たずさ》えて、側用人《そばようにん》の渋川修理《しぶかわしゅり》殿が上洛され、朝廷の意向を内々に打診してこられた。

われらは、同盟に参加される諸藩の顔ぶれが、たしかに幕政の改革ないし倒幕《とうばく》の実現を可能ならしめるだけの内実を備えているという、証《あか》しが得られるならば、いつでも、列藩同盟の意向に添うつもりじゃと、渋川殿にご返答申し上げた……

肝心《かんじん》なのは、あくまでも、貴殿らが推し進めておる列藩同盟の内実じゃ。

黒岩　もっともな仰《おお》せにござりまする……われらも、長州・肥前・津和野といったところで、話を終わらせるつもりは、毛頭ござりませぬ。
　すでに、それがしの提案の中でも申し上げておりましたように、尾張《おわり》六十二万石、薩摩《さつま》七十七万石といった雄藩《ゆうはん》の参加をもくろんでおります。この二藩がもし同盟に加わるなら、他の有力諸藩や、その息のかかった数多くの中小の諸藩も、われらの仲間となるでありましょう……さすれば、徳川幕府の実質的な倒壊《とうかい》は、火を見るよりも明らかでござる。
姉小路　……で、いかが相《あい》なっておるのじゃ？　その二大雄藩は？
黒岩　…は……尾州《びしゅう》六十二万石は、ご存じのように、徳川御三家《ごさんけ》の一つとは申せ、古くから、将軍家とはさまざまな確執《かくしつ》を繰り返してきた因縁《いんねん》がござる。
姉小路　…うむ……かつて八代将軍吉宗公と鋭く対立された徳川宗春《むねはる》殿の例を挙げるまでもなく、尾州侯《びしゅうこう》は、代々、御三家の中にあっても、水戸《みと》家《け》や紀州家とは違い、幕府の専横《せんおう》に対して、事あるごとに批判の眼を向けられ、将軍家や幕閣との対決をも辞《じ》さずとする、気位の高い、気性《きしょう》の烈《はげ》しいお血筋……
野之口　…いかにも…それが災いしてか、代々、天下の政《まつりごと》への大いなる野望と果断《かだん》なる改革への志をお持ちになられながら、将軍職への道を閉ざされ、不遇の内に生涯を終えられた方々が多いのです。さらに、直系のお血筋が絶えたのをよいことに、幕府は、尾張家に対して、第十代・斉朝《なりとも》公から現藩主の第十三代・慶臧《よしつぐ》公までの四代にわたって、将軍家や御三卿《ごさんきょう》の一橋《ひとつばし》・田安《たやすけ》家ゆかりの養子を藩主として押し付け、巧みに尾州藩《びしゅうはん》を懐柔《かいじゅう》し、その牙《きば》を抜いてきたのです。その幕府のやり口に対する積年の不満は、今や、下士《かし》層を中心に、藩全体を覆《おお》い尽くしている、と申しても、過言ではありますまい。

今こそ、尾張家の矜持《きょうじ》を取り戻し、将軍家・幕閣に、目に物を見せてくれようとの想いは、急速に高まってきております。

黒岩　いかにも……。内憂外患《ないゆうがいかん》の危機に烈しく揺れ動くこの時世《じせい》、風雲に乗じて一気に天下の政《まつりごと》の中枢に躍《おど》り出ようとする野望は、今や、尾張家の中に沸々《ふつふつ》と煮えたぎっておるのでござる……

姉小路　……うむ……貴殿《きでん》の情報にあったように、尾張家が、密《ひそ》かに長州藩と、抜け荷をめぐる提携《ていけい》をとり結んでおるとすれば、たしかに、長州・肥前共々、貴殿らの画策する列藩同盟の仲間として、尾張家を取り込める公算は高い……そうなれば、頼もしき限りではあるが……

黒岩　…は……それは、すでに、十中八九まで実現しておるといっても、過言ではありますまい……

それがしが肝煎《きもい》りとなり、長州の長井隼人正殿と尾張家家老・堀刑部《ほりぎょうぶ》殿、坂田大膳《さかただいぜん》殿の間で、新たに抜け荷をめぐる密約がかわされ、すでに両藩は、切っても切れぬ緊密な提携関係を結んでおりまする。この抜け荷による莫大《ばくだい》な利を失うことは、財政難に苦しむ両藩にとって、恐るべき損失と相《あい》なりましょう。

しかも、堀刑部殿は、今や、尾州藩随一《ずいいつ》の切れ者として、ご主君の権中納言《ごんちゅうなごん》・慶臧《よしつぐ》様のお覚《おぼ》えも良く、家中《かちゅう》の者どもを心服させておられまする。尾張家を天下の頂点に立たしめたいという積年の悲願を、今こそ成就《じょうじゅ》させせんとする、大いなる野望を抱《いだ》かれ、そのためのさまざまな謀《はか》り事《ごと》においても、策士として、長井隼人正殿と並んで、並々ならぬ力量をお持ちの、頼もしき御仁《ごじん》でござる。

野之口　いかにも……。しかも、尾州家には、「王命《おうめい》」に依《よ》りて催《もよお》さるべしとの、藩祖・義直《よしなお》公以来の秘伝の家訓《かくん》があり、勤皇《きんのう》の心が脈々と受け継がれておるのでござる。

姉小路　……うむ、それは頼もしき事……御三家《ごさんけ》の中でも筆頭格《ひっとうかく》である尾張家の藩主が盟主とあらば、列藩同盟にも大義名分《たいぎめいぶん》が立ち、われら朝廷にとっても、申し分ない……

玉松　…さよう……幕政改革を要求するにせよ、あるいは、思い切って、幕府そのものを解体させ、天皇《ミカド》の旗印の下《もと》に、列藩同盟の支持を背景に、新政権の樹立を画策するにせよ、大義名分というものは、断じて揺るがせにしてはならぬものでござる。

大義名分なくば、人の道は、決して立ちませせぬ。

われらのめざす神聖なる国体《こくたい》変革の志を、薄汚い政治的野心の具へと堕《だ》さしめてはなりませぬ。仮に、首尾良く列藩同盟を成立せしめ、新たなる政権を打ち立てることができたとしても、天孫《てんそん》の末裔《まつえい》たる現人神《あらひとがみ》のミカドを擁《よう》し奉《たてまつ》り、その意を体《たい》した、君民一体の政《まつりごと》を実現せしめるような、聖なる国体への高邁《こうまい》なる理想・志なくしては、たちまちにして、雄藩・諸侯による醜《みにく》き政争《せいそう》生じ、血で血を洗う修羅《しゅら》の巷《ちまた》と化しましょう。

野之口　そもそも、わが日の本の国の由来を記す『記紀《きき》』の神話・伝承によれば、この宇宙は、天地未《あめつちいま》だ分かれぬ原初の黎明《れいめい》の時に、宙に浮かびし「混沌《こんとん》たる一物《ひとつのもの》」より火柱となって燃え上がった〈男柱《おばしら》〉のごとき生き物によって形作られし、「天《あま》つ日《ひ》」「天《あま》つ国《くに》」、すなわち高天原《たかまがはら》と、「一物《ひとつのもの》」の残留物である〈女陰《にょいん》〉のごとき生き物から形作られし、「海」と「陸」より成る、われら人間の住む大地の「中《なか》つ国《くに》」、そして、大地の中の汚《けが》れが澱《おり》のように垂れ下がって出来た、地下の魔界たる「夜見国《よみのくに》」、すなわち「根《ね》の国《くに》」「底《そこ》の国《くに》」、さらには、その「夜見国」が後《のち》に大地から切り離されて出来た「月」の世界より成り立つ、というのが、わが「平田神道《ひらたしんとう》」の教義の根幹であります……

　わが日の本の神話の根底をなす宇宙論では、このように、われらの住む大地、すなわち西洋人の窮理《きゅうり》の学にいう地球は、太陽と月という、古《いにしえ》より人の生命と深い神秘的な結びつきを有してきた星と、いわば兄弟のごとき関係にありまする。

太陽と月以外の他の星々は、わが神道においては、二義的・三義的な意味しか与えられてはおりませぬ。

問題は、この太陽と、地球・大地、月の関係をいかなるものととらえるか、という点にあります。その認識の如何《いかん》によって、わが日の本の国の聖なる由来、天命《てんめい》もまた、自《おの》ずからその意義を決するものとなりましょう。

姉小路　……うむ……われら朝廷の起源をなす「皇統神話《こうとうしんわ》」の要諦《ようてい》がそこにあることは、麿も、過ぐる二年前、野之口殿による平田国学《ひらたこくがく》の講義をじっくりと拝聴してから、ようわかった……

野之口　…は……恐縮にござりまする。

もっとも、ご存じのように、私は、「国学」という名称を好みませぬ。『古事記』の「序」には、「本《もと》つ教《おしえ》に因《よ》りて土《くに》をはらみ島を産《う》みたまひし時を識《し》り」とあり、それがしは、他の平田派の国学者たちとは異なり、敢えて「国学」という名称は用いず、「本学《ほんがく》」と称しておりまする。

姉小路　……うむ……

野之口　われら平田派の本学では、この宇宙生成の秘儀《ひぎ》に当たって、最も重き位置づけを与えられているのは、〈男柱《おばしら》〉のごとき〈火〉の生命の化身《けしん》たる「天《あま》つ日《ひ》」、すなわち「太陽」であり、「太陽の国」である「天《あま》つ国《くに》」、高天原《たかまがはら》でござる。

これこそ、皇室の祖先たる天照大神《アマテラスオオミカミ》を中心とする聖なる神々の座であり、われら人間の住む大地の中心は、その聖なる天《あま》つ国《くに》より遣《つか》わされし、雄々《おお》しき〈火〉の精神の化身たる天孫《てんそん》の末裔《まつえい》、すなわち天皇《スメラミコト》のしろしめす「日の本」の御国《みくに》にほかならぬというのが、せんじつめれば、わが師・平田篤胤《ひらたあつたね》殿の思想の真髄《しんずい》にほかなりませぬ。

姉小路　……うむ……皇室の祖たる天照大神《アマテラスオオミカミ》のご意志とは、君民一体となった聖なる国体をこの地上に打ち立てんとする、雄々《おお》しき〈男柱《おばしら》〉のごとき〈火〉の精神による、統治の大事業への大望《たいもう》であらせられたのじゃな。

野之口　いかにも…。「大地」も、地下の魔界たる「夜見国《よみのくに》」も、その夜見国が大地から分かれて出来た「月」の世界も、全《すべ》て、元々は、女陰《にょいん》のごとき、混沌《こんとん》たる〈闇〉の世界にほかなりませぬ。

天《あま》つ国《くに》より遣《つか》わされし天孫《てんそん》の末裔《まつえい》たるわが天皇《スメラミコト》の国づくりとは、その〈闇〉の世界に、雄々しき〈火〉の精神によって光を当て、改造と統御《とうぎょ》を加えることで、自然の内懐《うちふところ》より無尽蔵《むじんぞう》の富をひき出し、法と制度とを通して民百姓《たみひゃくしょう》を心服せしめることにありまする。

ちょうど、天照大神《アマテラスオオミカミ》の親神に当たる伊耶那岐命《イザナギノミコト》が、伊耶那美命《イザナミノミコト》と共に、男柱《おばしら》のごとき形をした鉄の棒である「天沼矛《アメノヌホコ》」を用いて混沌《こんとん》の〈海〉をかき混ぜ、その潮の中にはらめる〈火気《かき》〉の力によって「陸地」を造り固めようとされたごとく、天皇《スメラミコト》の国づくりとは、〈火〉と〈鉄〉の力によって、時代遅れとなった「旧《ふる》きもの」「悪《あ》しきもの」を討ち滅ぼし、新たなる政《まつりごと》の力にてこの世界を造り変えんとする、雄々しき大事業なのでござる。

姉小路 ……うむ……

野之口 わが平田神道《ひらたしんとう》の真髄《しんずい》とは、そのような、神々に選ばれし生き物である人の理性の力と、それにもとづく世界の改造と統御への鉄のごとき意志、すなわち〈火〉の心にある、といっても過言ではありませぬ。

黒岩 ……さよう……混沌《こんとん》たる〈闇〉の世界を、人の理知と支配への意志によって再編し、秩序立て、君・民が一体となった、世界の覇者《はしゃ》たるにふさわしい強大なる国体へと、生まれ変わらせてゆく……

わが内なる〈火〉の力を自在に解き放つことこそ、動物ならざる、「人」という選ばれし生き物に与えられた、聖なる神々の天命《てんめい》というものにござる……

野之口 昨今《さっこん》の西洋列強が誇示《こじ》してやまぬ、恐るべき軍事力・技術・経済、そして、かの国々の諸々《もろもろ》の制度もまた、そのような〈火〉の精神の賜物《たまもの》にて、われわれ日本人も、これを学び、導入するに当たって、いたずらに臆《おく》し、忌避《きひ》の念をもって臨《のぞ》むべきではない、というのが、かつて長崎に遊学し、一時期、蘭学にも打ち込んだことのあるそれがしの痛感せしところでござる。

姉小路　……うむ、さようでおじゃるの……

古《いにしえ》よりの伝統の守り手である、われら公家衆は、ともすれば、旧習にとらわれ、時勢の流れに疎《うと》い、固陋《ころう》なる精神の持ち主が多い……自戒《じかい》せねばならぬの……

岩倉　…まことに、さようでおじゃりまするな……省《かえり》みて、慚愧《ざんき》の念に堪えぬ事も多い……

朝廷内の気風を一新せしむるのも、なかなかに難儀《なんぎ》なことでおじゃる……

野之口　ただ、惜しむらくは、西洋人どもには、古《いにしえ》よりのわが国体の伝統にみられるごとく、聖なる神の御国《みくに》に己《おの》が生命《いのち》を捧げんとするような〈無私〉の心ばえが乏しく、ひたすら己《おの》が〈利〉のみを追い求め、貪《むさぼ》らんとするような、〈個人〉の私欲に走る者どもが多い。

徳においてまことに欠ける者どもが多く、それが、かの国の、暴利を貪《むさぼ》る、恥知らずの国体を形作ることにもなっておりまする。

姉小路　……うむ……今年の二月に践祚《せんそ》あそばされた今上《きんじょう》の天皇《ミカド》も、つねづね、さように仰《おお》せになられておられる。

野之口　それに対し、わが日の本の古《いにしえ》の国体では、猛《たけ》きもののふ・丈夫《ますらお》にゆかしく仕える女性《にょしょう》のごとく、〈火〉の丈夫《ますらお》ともいうべき「天《あま》つ神」の子孫たる天皇《スメラミコト》のしろしめす、聖なる御国《みくに》のために、己《おの》れが天より与えられし職分を尽くし、進んで、己《おの》が生命を供《きょう》しようと志《こころざ》す、美しき〈無私〉の心、すなわち「皇国の操《こうこくのみさお》」というものがござりまする。

玉松　…そうです……その日の本の美しき心は、断じて、西洋の夷狄《いてき》どもの、〈侵略〉の原動力となっておる卑俗なる魂と、同一視してはならぬものです。

西洋の物質的な文明の威力の前に易々《やすやす》と屈し、「その成果を学び、導入することで、わが国を強国へと育て上げる」という口実の下《もと》に、かの国々の、貪欲《どんよく》なる、卑しき心ばえに染まることを、私は何よりも怖れております……

野之口　……うむ……だが玉松君、君のその潔癖《けっぺき》なる心持ちは、たしかに畏敬《いけい》すべきものではあるが、度が過ぎると、偏狭なる見解で、いたずらに、西洋文明の長所に目をふさぐことになり、かえって、わが国のとるべき進路を誤らせることにもなりかねぬ。

正直に申せば、わしは常々《つねづね》、おぬしのその潔癖なる性分《しょうぶん》を危《あや》ぶんでおる……

風雲急を告げるこれからの時世《じせい》には、わが国古来の伝統に則《のっと》った、さまざまなる習わしや物の見方を、必要に応じて果断《かだん》に切り捨て、また、幕臣、諸藩の藩士、百姓、町人などの身分を問わず、大胆かつ柔軟に人材を抜擢《ばってき》し、談論風発《だんろんふうはつ》、奇想天外なる発想とてひるむことなく採用するような風潮を盛んにしてゆかぬと、立ちゆかなくなるのではないかの。

肝心なのは、あくまでも、平田篤胤《ひらたあつたね》殿が強調されてきた「皇国の志」の根本にある〈火〉の精神じゃ。われらは、その〈火〉の心を胸に、「虚文《きょぶん》・虚武《きょぶ》」を排し、何事も質実《しつじつ》にするよう心がけねばならぬ。

玉松　……野之口先生のお考えはようわかりますが、私はやはり、一抹の危惧《きぐ》をおぼえぬわけにはまいりません。先生は、先に、わが日の本の古《いにしえ》の国体を、猛《たけ》きもののふ・丈夫《ますらお》にゆかしく仕える、たおやかな女性《にょしょう》にたとえられました。私も同感です。

しかしそれは、女性《にょしょう》が、丈夫《ますらお》の〈火〉の意志によって、力ずくで、無理矢理意のままに従わされる、という意味ではないはずです。

丈夫《ますらお》の〈火〉の志に心からの信頼と敬意とを寄せ、己《おの》れの純粋な〈正義〉のためにあらゆる哀しみを超えて決然とたたかい抜こうとする雄々《おお》しき男子《おのこ》の、孤独な厳しい生きざまに、ひたすら寄り添おうとする、女性《たおやめ》の優《やさ》しい心ばえであるはずです……

そのような美しき女性《にょしょう》の心ばえこそ、丈夫《ますらお》ぶりの裏側に秘められた、わが日の本の国体の半面の真実ではありますまいか。本居宣長《もとおりのりなが》殿より受け継がれし、平田篤胤殿の隠された半面の真相ではありますまいか。

その国体の半面の真実を守り伝えてきたものは、わが国に古《いにしえ》より受け継がれ、育《はぐく》まれてきた、さまざまなる繊細な美を愛《め》でる心であり、人情・習俗の内に脈々と息づいてきた何ものかである、と私は思います……

列強による侵略の脅威から身を守るために、西洋の文明の質実なる力を評価され、導入されんとする野之口先生のお心は、私もよくわかります……しかし、わが国を強国ならしめんがために、古《いにしえ》よりの伝統・心を易々《やすやす》と「切り捨てる」のは、いかがなものか……

私は、いかに先生よりお叱りをこうむろうとも、己《おの》れのその危惧《きぐ》の念を払拭《ふっしょく》することは、到底できかねまする。

姉小路　玉松君のお考えは、わが国風に息づく「たおやめぶり」を重んぜられる今上《きんじょう》の天皇《ミカド》の御心《みこころ》に近いものがおじゃる……優しき心根《こころね》ではあるが……

玉松　四季折々の移ろいゆく風情《ふぜい》の中に、人の心の繊細な翳《かげ》りや綾《あや》を見てとり、それを愛で、歌い込んできた、わが都人《みやこびと》の雅《みやび》なる心ばえの伝統というものは、たしかに、西洋の夷狄《いてき》どもの文明にはみとめられぬ、得がたきものでござる。

岩倉　……姉小路卿も麿も、生粋《きっすい》の都人じゃ……玉松君のお気持は、わからんではない。

だが、「背に腹は代えられぬ」という事もある。

世界の情勢に詳しい諸藩の有識の士を通して伝え聞くところでは、インド・清国《しんこく》を食い物にしてきた夷狄《いてき》どものやり口には、まことに冷徹な、恐るべきものがおじゃる。

その非道《ひどう》・狡猾《こうかつ》なるやり口に対峙《たいじ》し、わが日の本の国を守り抜かんとするなら、先の野之口殿のご意見にもあったように、何よりも必要なる事は、西洋文明の長所を柔軟に学び取り、「毒をもって毒を制す」というやり方を採用して、わが国体を強固なるものに造り変えんとする覚悟を抱《いだ》くことではありますまいか……

野之口　…いかにも。

岩倉　そのためには、心を鬼にしてでも、女々《めめ》しき精神を切り捨て、空理空論を排して〈質実《しつじつ》〉を求め、雄々しき〈火〉の心をもって事に臨《のぞ》まねばならぬ、という野之口殿のご意見は、やはり、麿には耳が痛い……

十六の歳に「皇国の志」を立てし、わが倅《せがれ》・具視《ともみ》も、つねづね、野之口殿と同様の意見を申しておりまする。

姉小路　…いや、まことにの、…麿も、耳が痛い。

岩倉　わが岩倉家も、ひと昔前は、歌人・文人たちの訪れる、優しく雅《みやび》な家風に包まれておったが、今ではご覧の通り落魄《らくはく》して、見る影もなき寒々とした所帯でおじゃる……

神聖なる日の本の国を、わが家にたとえるのは畏《おそ》れ多きことながら、まこと背に腹は代えられず、情けないことにて、今や風雅《ふうが》の心ばえはいずこやら、ただ、ただ、己《おの》が境遇と世相への憤りのみつのる、ふがいなき日々でおじゃりまする……（笑）。

野之口　…ご心痛のほど、衷心《ちゅうしん》より、お察し申し上げまする……

ひとり沈痛な表情で、何事かを思いつめている玉松操。

姉小路　…話がとんだ脇道にそれてしもうたが、列藩同盟《れっぱんどうめい》の件に戻ることにいたそう。

　黒岩殿、尾張家の加盟の件は相《あい》わかったが、もうひとつの薩摩藩の方はいかがなのじゃ？

黒岩　…は……薩摩の方は、尾州《びしゅう》とは異なり、いまだ難航《なんこう》をきわめておりまする。

　それというのも、まことに厄介《やっかい》なるお家騒動のためにて、現藩主であられる島津斉興《しまづなりおき》公のご嫡子《ちゃくし》・斉彬《なりあきら》殿と、斉興公の愛妾《あいしょう》・お由羅《ゆら》の方《かた》のご子息である弟君との間で家督《かとく》争いが生じ、ために家中《かちゅう》がまっぷたつに分裂して、抗争を重ねておるからでござる。

　この争いは、一筋縄ではいかぬ薩藩《さっぱん》特有の複雑なる事情があり、藩の実権を握る上士《じょうし》層と下士《かし》層の郷士《ごうし》や百姓どもの熾烈《しれつ》な争いに加えて、琉球を通じての抜け荷の問題も絡《から》み、紛糾《ふんきゅう》は泥沼化の一途《いっと》を辿《たど》っております…現時点としては、幕府と事を構えるだけの気持の余裕は、薩摩にはござりませぬ。

　今後の政情の成り行きを静観しつつ、藩権力の推移を見定めた上で、薩藩には、慎重に同盟参加への誘いを呼びかけてゆく所存でござる……

姉小路　……うむ、やむなきことでおじゃるの……尾張・薩摩以外の雄藩《ゆうはん》については、いかがかの？

黒岩　……は……長州や肥前と、北前船《きたまえぶね》を利用した抜け荷の利害によって、深くつながっておる加賀・前田、越前・松平の二藩も、列藩同盟に取り込める公算は強うござる。
正月以来、長井隼人正殿・堀刑部殿のお力添えにて、密かに、両藩の家老衆及び側用人《そばようにん》に接触し、慎重に事を進めてまいりました。
今までのところは、感触は悪うござらん……ただ……
姉小路　…ひとつ、気がかりなのは、抜け荷のカラクリを、公儀《こうぎ》に知られるという懸念《けねん》じゃの……
黒岩　……さよう……先に、姉小路卿より野之口殿へ密かにお知らせいただいたように、公儀隠密《こうぎおんみつ》の動きがにわかに活発化してきたのは、まぎれもない事実でござった……
姉小路　…うむ……麿と中山忠能《ただやす》卿が耳にしたところでは、かねがね、われらの宮中工作に対して異を唱《とな》えておった徳大寺実清《とくだいじさねきよ》と卜部兼義《うらべかねよし》が、鷹司《たかつかさ》・西園寺《さいおんじ》両卿と語らい、密かに幕府大目付《おおめつけ》に働きかけ、公儀隠密を派遣させ、抜け荷組織の摘発に乗り出した、ということじゃった……
野之口殿より貴殿にその情報が伝えられ、ただちにしかるべき対策を講ずるゆえ、ご安堵《あんど》あられたし、との意向を受け取ったが、……やはり、気がかりでおじゃった……
黒岩　…は……姉小路卿よりのお知らせの後、拙者《せっしゃ》は、ただちに、長井隼人正殿と堀刑部殿に連絡を取り、しかるべき手だてを講じました。
その内実は、煩瑣《はんさ》かつ不快なるものにて、この場で、わざわざ経過報告を行うことで、姉小路様・岩倉様のお耳を汚《けが》すまでのこともあるまいと存じまする。
結論だけを申せば、抜け荷のカラクリが公儀に知られる懸念《けねん》は、今の時点では、完全に無くなりもうした……

姉小路　……麿たちは、安堵《あんど》していてよいのじゃな？

黒岩　…は……どうか、抜け荷の事などにこれ以上お心を煩《わずら》わされることなく、お二方《ふたかた》には、ただひたすら、朝廷内での意思《いし》統一の画策にご専念あそばされますように……
ただし、朝廷内に、われらの画策を妨《さまた》げんとする新たなる動きあらば、ただちにご一報下されたく、よしなにお願い申し上げまする……

姉小路　……うむ……相《あい》わかった……
ひとつ気がかりなのが、水戸家《みとけ》の動向なのじゃが……

岩倉　…さよう……水戸藩も、御三家《ごさんけ》の一つながら、尾州藩と同様、抜け荷に手を染めておる。ただし、尾張家とは違い、権中納言《ごんちゅうなごん》・徳川斉昭《なりあき》公は、天下の御意見番として将軍家にも重んぜられ、幕閣内にも有力な支持者があり、海防問題にも熱心な、気性《きしょう》の烈《はげ》しいお方じゃ……

その斉昭公のおられる水戸家を敵に回すと、ちと厄介《やっかい》なことになると思うがの……

黒岩　……いかにも……しかし、幸いなことに、斉昭公は、一昨年の弘化元年に幕閣と対立し、隠居《いんきょ》・謹慎《きんしん》を命ぜられてござる。

今なら水戸藩を列藩同盟に取り込める、願ってもない好機やもしれぬ…そう思い、すでに、斉昭公に抜擢《ばってき》されし、さる信頼のおける御仁《ごじん》を通して、密かに、水戸藩内の改革派の者どもと接触を開始しておりまする……

斉昭公の謹慎は、水戸藩の働きかけにて、ようやく解かれるとの事ですが、なお、幕閣との対立はしこりのように残っており、争いの火種《ひだね》はくすぶり続けていると見てよかろう、と存ずる。

姉小路　……うむ、それは心強い……

麿と中山忠能《ただやす》卿の義父に当たる松浦静山《まつらせいざん》公には、三十三人ものお子がおじゃったが、水戸斉昭《なりあき》公もたいそうな艶福家《えんぷくか》であられ、男女併《あわ》せて三十七人ものお子があり、その子らは、さまざまな大名家に、姻戚《いんせき》関係を結ぶために送り込まれておる……実際、かような御仁《ごじん》を敵に回すと、なにかと後《あと》が厄介《やっかい》でおじゃるからの……（笑）。

玉松　斉昭《なりあき》公は、たいそう淫乱《いんらん》・好色な男と、大奥《おおおく》の女中たちには評判悪《あ》しく、毛虫のごとく忌《い》み嫌われておりまする。

嫡男《ちゃくなん》・慶篤《よしあつ》公の奥方にも手を出し、ために、奥方は自害なされた、という忌《い》まわしき噂もござる。

性格も粗暴なことこの上なく、人情・風俗の機微に疎《うと》く、水戸藩内における強引な寺院整理の断行に加え、民百姓《たみひゃくしょう》の信仰の対象である、村々の薬師堂や念仏堂などの堂宇《どうう》や祠《ほこら》・石仏《せきぶつ》などへの、行き過ぎた破却《はきゃく》政策によって、人心に大いなる不安と混乱を与えたばかりか、水戸学《みとがく》による、ずさんな、神道の儒教的解釈によって、侍どもの立場からする、まことに身勝手な祭祀《さいし》・儀礼の秩序を押しつけようとなされておられる……

野之口　しかし、斉昭公は、尚武《しょうぶ》の心厚く、国防のための大がかりな軍事訓練を実施され、また、頑迷固陋《がんめいころう》なる門閥《もんばつ》層に代わり、下士《かし》層の中から多彩なる人材を登用して、大胆なる藩政改革を果断に実行されておる。

玉松君は、斉昭公を粗暴・淫乱と非難するが、それは半面、精悍《せいかん》な烈《はげ》しき気性《きしょう》の、乱世《らんせい》を制する真の英雄にふさわしき資質の持ち主ということではないかの。

国威高揚《こくいこうよう》のための祭政一致《さいせいいっち》を説いてやまない彼の熱意は、わが平田神道《ひらたしんとう》の悲願にとってても、まことに頼もしき援軍だと、わしは考えるが……

玉松　お言葉ですが、私は、さようなる人物評には、同感いたしかねまする……斉昭《なりあき》公のごとき「男らしさ」なるものは、決して、真の男らしさなどではありませぬ。

女子《おなご》たちの心を踏みにじり、力ずくで己《おの》が欲望を満たそうとする斉昭公の好色・淫乱なる振る舞いや、民百姓の素朴な信仰を踏みにじって恥じるところのない侍の尊大さというものは、人の心の痛みや哀《かな》しみを真に感じ取ることのできぬ者の所行《しょぎょう》です。優《やさ》しさというものを知らぬ者、繊細なるものへの感受力を欠落させた、粗暴なる、けだもののごとき性情の人間です。

さようなる「男らしさ」は、国を守るために、正義のために、艱難辛苦《かんなんしんく》に耐えて、孤独にたたかわんとする、真の丈夫《ますらお》の姿ではありません……

優しき女性《たおやめ》が、心からの信頼と敬意とを抱き、寄り添おうとする、男らしい人間の姿ではありません。

野之口　…玉松君！……言葉が過ぎるぞ！

水戸斉昭《なりあき》公は、拙者《せっしゃ》も、かつて親交を持たせていただいたことのある炯眼《けいがん》の士じゃ……腹心《ふくしん》の藤田東湖《ふじたとうこ》殿共々、学問の立場こそ、いささかわれらとは異なるところはあれど、わが平田神道に対しても、ご寛大なるお心を抱《いだ》かれ、君民一体となりて国を守らんとするわれらの「倭魂《やまとだましい》」に、深い共感をお寄せになっておられる。

そのような、大切なるわれらの頼もしき同志に対して、君は、なんたる暴言を吐くのか！

わしの見込んだ優秀なる学徒であり、同志でもあると思い、今日《こんにち》まで君と道を共にしてきたが、……玉松君、君のその女々《めめ》しき性情を改めぬ限り、わしは、これ以上、君と道を共にするわけにはまいらぬぞ!……今、わが国がいかなる内憂外患《ないゆうがいかん》に見舞われておるか……よくよく反省し、心を入れ替えられよ。

姉小路 ……まあ、まあ、野之口君、……そのように、声を荒《あら》げるものではおじゃらぬ……不粋《ぶすい》というものじゃ……

野之口 ……は……つい、腹に据えかねまして……ご無礼つかまつった。

姉小路 先にもふれたが、玉松操君の「たおやめぶり」の感覚は、今上《きんじょう》の天皇《ミカド》のお優しき心ばえにも深く通ずるものがある……麿も、わからんわけではないのでおじゃるが……

岩倉 ……いかにも……倅《せがれ》の具視《ともみ》も、その点をめぐって、天皇《ミカド》がまだ東宮《とうぐう》であらせられた頃より、しばしば、殿下《でんか》と論争に及ぶことがあったと申しておりました……

苦しげな表情でうつむく玉松操。

しばし、一座を沈黙が包む。

侍女が、障子《しょうじ》の外から声をかける。

侍女　……ご歓談中、恐れ入りまするが、ただ今、具視《ともみ》様が、御所《ごしょ》よりお戻りになられました……

岩倉　…おお……噂をすれば何とやら……ようやく、戻っておじゃったか！　あやつが戻ったとあらば、黒岩殿、宮中工作の今後のあり方について、われらも、貴殿《きでん》らと、より詳細なる詰《つ》めを行うことができよう……

黒岩　…は……願ってもないところでござる。

岩倉　……しかし、具視が座に加わる前に、しばし、くつろぎの時を持つことにいたそう……先ほどからの緊迫した話し合いで、ひどく気骨《きぼね》が折れもうしたゆえの……（笑）。

（障子の外に控えている侍女に向かって）お客人方に、茶・菓子など、差し上げてたもれ！

侍女　…はい、ただいま……

いきなり、黙って、一座の中から立ち上がる玉松操。

玉松　…大変、ご無礼つかまつるが、私は、一足先に退席させていただきまする……　友人の沢村兵庫《ひょうご》君と会う約束がありますゆえ……それに、賀茂川の水辺《みずべ》にて、いささか

頭を冷やしとうござる……では、後日また……（退出する）

あっけにとられて、間《ま》の悪い沈黙に包まれる一同。


しばらくして、侍女二人が、茶と菓子を運んできて、四人の前に置く。

一同、ようやく、ほっと息をつき、くつろいだ表情になる。

岩倉　……玉松君は、いたく傷ついたようでおじゃるの……うち沈んだ面持《おも》ちであった。

野之口　……今夜の事が、尾を引かねばよいのでござるが……拙者も、言い過ぎました……

彼は、われらの今回の企《くわだ》てに深く関与しておる……ずけずけと忌憚《きたん》なく己《おの》が信念を語る男ですが、まことに清廉潔白《せいれんけっぱく》にて、口も堅い。

醍醐《だいご》寺無量寿院の僧でござったが、七年前に、寺中《じちゅう》の僧侶どもの偽善・腐敗ぶりに立腹して還俗《げんぞく》し、それがしの門弟となって、平田神道に烈しい精進《しょうじん》を重ねました。

融通《ゆうずう》はきかぬが、志操堅固《しそうけんご》にして、信頼のおける人物でござる…学殖優《がくしょくすぐ》れ、得がたき文才の持ち主でもある。

われらの同志を抜けぬ限りは、まず、心配はござるまいが……

黒岩　…ご懸念《けねん》には及びもうさぬ……あのような気性《きしょう》の人物は、人として、同志として、確実に信頼のおける御仁《ごじん》でござる……

それがしも、かつて、あの玉松殿とよく似た友をもっておりました。

子細《しさい》あって、名を明かすことはできませぬが、その友と拙者は、深き絆《きずな》で結ばれ、手を携《たずさ》えて、国体変革の志のために、一意専心《いちいせんしん》・粉骨砕身《ふんこつさいしん》の日々を送っておりました……

しかし、卑劣かつ狡猾《こうかつ》なる裏切り者の策略にかかり、その友は、他の同志たち共々処刑され、それがし一人、からくも窮地を脱し、志半《なか》ばに倒れた友の無念を背負いつつ、起死回生《きしかいせい》を図って、今日《こんにち》まで国事《こくじ》に奔走《ほんそう》してまいりました。

野之口　……うむ、黒岩君、貴殿《きでん》の恐るべき執念と、それを支える志の並々ならぬ堅固さには、わしもかねがね、畏敬《いけい》の念を抱《いだ》いておる……

そうか……志半ばで非命《ひめい》のうちに倒れし友の無念を晴らしたい…その鉄の一念がおぬしの力の源泉なのじゃな……

おぬしにも、たしかに、玉松君に相通《あい》ずる、気高《けだか》き志操《しそう》が脈打っておるのじゃな……

黒岩　……は……恐縮でござる……

ですが、……玉松殿と、それがしの友との間には、大いなる相違点もござった。

野之口　…相違点とは？

黒岩　……は……玉松殿の聖なる国体への憧憬《どうけい》・純情、その志操堅固《しそうけんご》なる点は、たしかに、それがしの逝《ゆ》きし友と共通するところでござるが、他の半面ともいうべき、玉松殿の「たおやめぶり」は、友とは似ても似つかぬところでござりまする……

野之口　…ほう…

黒岩　…玉松殿の繊細なる感じやすさ、たおやめぶり、優《やさ》しさなるものは、一種の〈水〉の精神にて、先ほど野之口殿の言われた、平田神道の〈火〉の精神とは、正反対のものでござる。

野之口　…いかにも、その通りじゃの。

黒岩　私は、そのような、人の心を感じやすく弱きものへと導く、女々《めめ》しき〈水〉の精神を説き、体現している、ある面妖《めんよう》なる人物を知っておりまする…江戸のさる私塾《しじゅく》の主宰者《しゅさいしゃ》でござるが……

野之口　…ほう…

黒岩　私は、子細《しさい》あって、その人物の私塾に塾生となって潜入し、しばらく付き合《お》うてきた経験がござる。玉松殿を見ていると、その人物のことを思い出しました……ただ……その人物は、玉松殿とは決定的に違い、それがしにとっては、はるかに怖ろしい、妖気《ようき》の漂う人物でござった……

野之口　……妖気となて？

はて、…不可解なることを言われる……一体、玉松君にも見られるような女々《めめ》しさが、何故《なにゆえ》に怖ろしいのか？

黒岩　…は……いや、ここのところは、いかにご説明申し上げても、言葉にては、どうにもお伝えいたしかねるのですが……（笑）。

強いて言わば、その人物の棲《す》む〈闇〉の風景とは、われらの生きておる、この目に視《み》える現世《うつしよ》とは、全く別天地《べってんち》の世界にて、……しかも、先ほど野之口殿の言われた、「天《あま》つ国」の〈火〉の世界とは逆の、……むしろ、「根の国・底の国」、すなわち「夜見国《よみのくに》」・「月」の世界に通ずる、女陰《にょいん》のごとき、混沌《こんとん》たる〈水〉の世界なのでござる……

野之口　面妖《めんよう》なることを言う……

わが日の本の神話や祝詞《のりと》にうたわれしごとく、天《あま》つ神々は、天上界と地上界の秩序をかき乱す「悪《あ》しきもの」「汚《けが》れしもの」を禊《みそぎ》・祓《はらい》にて洗い清め、海に流して、地平・水平の果てに追いやり、「夜見国《よみのくに》」に封印せんとした……

その、汚《けが》れし魔物どもの〈墓所《ぼしょ》〉ともいうべき「夜見国」、「月」の魔界に通ずる、不吉《ふきつ》なる〈闇〉の世界の住人と申すか？

黒岩　……さよう。

われら男どもの生きんとする、雄々《おお》しき〈太陽〉と〈鉄〉による、改造と統御《とうぎょ》への意志を呑み込み、それを無と化し、洗い流し去ろうとする、大いなる〈水〉の魔力が息づいておる世界なのでござる。

以前の私は、その、一見女々《めめ》しさとも見える〈水〉の魔力というものを、侮《あなど》っておりました……

しかし、……しかし、今のそれがしは、なぜか、全《すべ》てを押し流そうとする、その〈水〉の妖気《ようき》というものが、怖ろしい……

野之口　……なにを、たわけたことを、……おぬしは、一体、何を言っておるのだ？　黒岩君、……君はどうかしている……玉松君の、先ほどの女々しき毒気《どくけ》に当てられでもしたのか？

黒岩　……いや、お許し下され、この気持は、他人には、いかにしても、おわかりいただけるとは思えませぬ……野之口殿に、いたずらに、不快なる言説を吐き、お心を煩わせたこと、おわび申し上げまする……ただ……

野之口　…ただ、何じゃ？

黒岩　……はい（笑）……実を申せば、……それがしもまた、玉松殿と同様、水戸斉昭《なりあき》公という人物が「嫌い」なのでござる。

もっとも、玉松殿と同じ理由で「嫌い」なのではござらぬが……

野之口　…なんと？　なぜじゃ……雄々しき荒魂《あらみたま》の持ち主である貴公《きこう》らしくもない……

黒岩　……水戸斉昭殿のようなお方は、一見威勢が良く、男らしく見えまするが、存外《ぞんがい》、もろいものでござるよ……熱火で鍛えられし鉄の棒が、いつしか〈水〉の力によって腐蝕し、目に視えぬ亀裂を抱え込んだあげく、ある日、いともあっけなく折れ、崩れ去るように……

それは、〈水〉を宿命の敵とみなして相手取り、〈火〉のみの意志によって、己《おの》が世界を制しようと試みる者のさだめなのやもしれませぬ……かつて、〈火〉の権力によって敵を灼《や》き尽くし、天下を制した織田信長公が、本能寺にて、あっけなく滅ぼされたごとく……あるいは、日輪《にちりん》の子といわれ、黄金の力をほしいままにし、天下人《てんかびと》として栄華の絶頂を極められた秀吉公の造られし豊臣家が、あっけなく滅び去ったごとく。

野之口　…何を不吉なることを申すか！　われらが造らんとする皇国《こうこく》が、さような〈滅び〉の道を辿《たど》るとでも言うのか！……本当に、おぬしは、今夜はどうかしておる……

黒岩　…いや、なんの、なんの（笑）…ご案じめさるな……それがしは、別に、気弱になったわけでも、大望《たいもう》を忘れて呆《ほう》けたわけでもござらん。

…ただ、〈火〉の意志にのみ生きんとする者の〈さだめ〉についての感慨《かんがい》を、ふと口にしてみたくなっただけでござるよ……（笑）。

〈火〉の大望《たいもう》に己《おの》れを賭けるほかはない者の、儚《はかな》い、うたかたの〈さだめ〉をわきまえた上で、敢《あ》えて、その大望に、この一命を捧げんとする覚悟を抱《いだ》いておるだけのこと……

真にその覚悟ができている者は、この現世《うつしよ》に、目に視える形をとった、つまらぬ我執《がしゅう》や子孫への計《はか》り事《ごと》などの想いは、残さぬものでござる。

さような想いを残す者は、失礼ながら、まこと目出《めで》たき俗人にすぎませぬ……

それがしが、水戸斉昭公を嫌悪するのは、彼が、そういう俗物の一人にすぎぬからでござる。

一介の無名の土民《どみん》・百姓から成り上がり、天下を掌中《しょうちゅう》に収められた豊太閤《ほうたいこう》・秀吉公もまた、豊臣家の行く末にいたずらに心を煩《わずら》わせ、わが子・秀頼への浅ましき我執《がしゅう》のために、気も狂わんばかりとなった……所詮《しょせん》は、この世に未練《みれん》残すだけの、〈死の恐怖〉に脅《おび》える、ただの、哀れな凡俗の老人にすぎなかった……そんな人間は、この世界にごまんといる……拙者にとっては、退屈きわまる者どもです。

野之口　…なんたる、……なんたる考え方じゃ……さような、〈不信者〉の生きざまなど、わしには、……わしには、到底ついてゆけぬ！

わしは、あくまでも平田神道に生きる者……わしのいのちなどは、「天壌無窮《てんじょうむきゅう》なる皇国《こうこく》」の生命の一部にすぎん……わしが死んでも、「皇国」が栄えればよい、と思うておる……未来永劫《えいごう》、後世《こうせい》まで受け継がれてゆく「形ある現世の宝」への想いなくして、どうして生き得よう……

わしには、おぬしの気持はわからんし、信じられん……信じたくもない！

黒岩 ……ハハハ……別に、信じて下さらなくとも、けっこう……おわかりいただけなくとも、それがしは、一向にかまいませぬ。

お互い、生きる場所は異なろうとも、大望への道筋において、目的・利害を共にしうるなら、それでよいではありませぬか……（笑）。

姉小路 ……それは、その通りでおじゃるの……（笑）。

いやはや、……思いがけぬ、面白《おもしろ》き議論にて、……なんとも怖ろしき時世《じせい》ではあるが、愉しめるの……

岩倉 …いや、まことに、まことに（笑）……麿も、怖いもの見たさで、どきどきしながら、ご両人のお話に耳を傾けておった……あな、おそろしや、おそろしや……（笑）。

一同の笑い声の響く中、行燈《あんどん》の灯りが薄らぎ、舞台が闇に包まれる。

第三幕　炎舞《えんぶ》

（4）第一場　弘化三年（一八四六）・初夏〔陰暦・四月中旬〕

洛外《らくがい》・岩倉幡枝《はたえだ》にある黒岩一徹の隠れ家《かくが》。深夜。

油の灯りが妖《あや》しく光るだけの、闇の深い一室。

黒岩一徹と土御門玄将《つちみかどはるまさ》・樋口又兵衛《ひぐちまたべえ》による密談の場。

玄将　昨晩は、いかがでござったかの？……さぞや、お疲れの事と、お察し申し上げる。
あのような類《たぐい》の、煮ても焼いても食えぬ古狸《ふるだぬき》のごとき輩《やから》を相手になされるのは……（笑）。

黒岩　…まことに、の……気骨《きぼね》の折れる話よ……

姉小路《あねがこうじ》・岩倉ら公家どもは気楽なもんだ。己《おの》れの手は汚《よご》さずに、机上《きじょう》の空理空論を弄《もてあそ》び、宮中工作などという謀《はか》り事《ごと》の遊戯に耽《ふけ》っておれば事足りる、けっこうなご身分なのだからの……

公儀隠密の執拗《しつよう》な探索の手を封じるために、われらが、いかに心血を注ぎ込んで抜け荷のカラクリを練り上げてきたか、そしてまた、隠密の先手を打って、証拠の隠滅《いんめつ》を図ってきたか……危ない橋を渡り、この手を血で汚《よご》しながらの。その裏方の労苦というものを、奴らは、何ひとつ知りもせぬし、想いも及ばぬのだからの……いい気なものよ（笑）。

樋口　……まことに……頭の先っぽだけで言説を弄《もてあそ》ぶ、小賢《こざか》しき輩は、政《まつりごと》のみならず、今や、この世の到る所にはびこっておるものでござるよ……

わが武道においても、近頃は、北辰一刀流《ほくしんいっとうりゅう》などという、頭の先のリクツのみで剣をわかった気になり、分かり易く手っ取り早い、型《かた》ばかりの実技を教え込んでは、薄っぺらな目録・免状を与え、虚名を博しておる、鼻持ちならぬ流派もござる……

黒岩　……うむ……北辰一刀流は、精神論を排し、理詰《りづ》めの技術指導に徹することによって、他の流派より、はるかに短い修行年数で剣技を会得《えとく》できるという評判が功を奏して、江戸を拠点に多くの藩に広がり、今や一世を風靡《ふうび》しているといってもいい。

竹刀《しない》と防具の使用を重視することで、非力な者も含む幅広い客層に分かり易い手ほどきをしてくれるということもあって、調法がられておる。

国防のための兵士養成にもうってつけ、とのことで、水戸斉昭《なりあき》公の保護もあって、水戸家では、ことのほか盛んなようだの。

樋口　…さよう。苦々《にがにが》しき限りでござる……

ああいう手合《てあい》にかかっては、先覚《せんかく》・達人《たつじん》たちが、人や獣《けもの》はもとより、幽暗玄妙《ゆうあんげんみょう》なる森羅万象《しんらばんしょう》を相手に刻苦精励《こっくせいれい》し、数知れぬ命がけの修羅場《しゅらば》をくぐり抜け、血のにじむような修行の果てに、己《おの》が身をもって会得《えとく》してきた武道の奥義《おうぎ》も、……何百年もの間、受け継がれてきた、そのかけがえのない神業《かみわざ》も、ただの実利的な技術に貶《おとし》められ、踏みにじられる……

北辰一刀流の千葉周作《ちばしゅうさく》や奴の門人どものような手合《てあい》に限らず、総じて、今の世にはびこる、頭の先っぽのみの小賢《こざか》しき才子《さいし》どもには、〈心眼《しんがん》〉というものが、まるで無い。己《おの》れの才覚がすぐに実利的な結果となって顕《あら》われることを求める、浅はかな精神の持ち主ばかりじゃ。

奴らの目に映っているのは、目に視《み》えるこの現世《うつしよ》の「形ある物」と、何の奥行きも無い、平板なリクツのみでござる……

人の生きざまの裏に秘められた汗も血もやり場のない憤《いきどお》りも、今の世の軽薄才子《けいはくさいし》どもには、まるでわかりはせぬ……

黒岩　……樋口、…憤懣《ふんまん》やるかたない、といった表情だの……（笑）。

だが、おぬしの気持も、わからんではない……

わしには、剣のことはようわからぬが、姉小路・岩倉らのような青びょうたんの公家どもはもとより、われらが列藩同盟成立の為の駒《こま》として担《かつ》ぎ上げている長州の長井隼人正《ながいはやとのしょう》や尾州《びしゅう》の堀刑部《ほりぎょうぶ》のような、大藩の家老どもとて、頭の先っぽで謀《はか》り事《ごと》の遊戯に耽《ふけ》っている点は変わりない……いい気なもんだ。

われらの革命の大望《たいもう》が、本当は、この世への烈火のごとき〈怒り〉の心によって支えられた、どれほどの怖ろしき内実を備えたものであるか……根底からこの国を造《つく》り変えんとする、われらの〈火〉の意志が、〈力〉への渇望が、どれほどの底知れぬ〈闇〉の烈《はげ》しきうねりの中から紡《つむ》ぎ出されてきた情念であるか……野之口隆正や玉松操のごとき、〈知識〉の遊戯に耽《ふけ》る学者先生には、到底《とうてい》わかりはせぬ……のう、幻妖斎《げんようさい》……（笑）。

玄将　……いや、まことに（笑）……

黒岩　樋口、おぬしの馬庭念流《まにわねんりゅう》の魔性《ましょう》の剣とて、同じことよ……念流宗家《そうけ》の樋口十郎左衛門《ひぐちじゅうろうざえもん》より、格別に樋口の姓を許されたほどの達人でありながら、そのあまりの禍々《まがまが》しき豪剣のゆえに、上州《じょうしゅう》の秩序を乱す、不吉なる〈異形《いぎょう》〉の者として、破門となり、樋口一族からも、上州からも追放の身となったのだからの……（笑）。

樋口　…いかにも……それがしはただ、わが馬庭念流に対抗して己《おの》が流派を広めんと上州に進出してきた北辰一刀流の不遜《ふそん》なる生兵法《なまびょうほう》を、完膚《かんぷ》なきまでに打ちのめしただけのこと……

天保《てんぽう》の大飢饉《だいききん》の折、幕府・諸大名の権力を笠に着て、理不尽《りふじん》きわまる収奪《しゅうだつ》をほしいままにした、あの不埒《ふらち》なる代官・役人どもの所業に対して、傲然《ごうぜん》と反旗《はんき》を翻《ひるがえ》した「上州無宿《むしゅく》」の心意気の内に息づく野性の血に、火を点じたものこそ、わが馬庭念流の荒々しき剣風《けんぷう》でござった。

黒岩　…うむ……

樋口　その念流の魂に水をさし、小賢《こざか》しい姑息《こそく》なやり口で、われらの流派の地盤をかすめ取ろうとした北辰一刀流の門弟どもを、片《かた》っ端《ぱし》から叩《たた》き斬ってきたまでのこと……その拙者《せっしゃ》のたたかいぶりに腰が引け、馬庭念流の真髄《しんずい》は「専守防衛《せんしゅぼうえい》」にあり、などとほざき、こともあろうに、念流の奥義《おうぎ》たる反骨の野性の剣風をただ一人死守せんとしてきたそれがしを、「風紀を乱す不届《ふとど》き者」として追放に処するとは……「馬庭念流宗家《そうけ》」が聞いて呆れる……笑止千万《しょうしせんばん》とは、このことでござる……

黒岩　……まことにの……幻妖斎ともそうじゃが、樋口、おぬしとも奇妙なえにしじゃの……

樋口　…さようでござるな……

黒岩さん、……いや黒川竜之進《りゅうのしん》殿に拾《ひろ》っていただけなかったなら、今頃、拙者は、どうなっていたことか……そら怖ろしゅうござる……たぶん、己《おの》れの剣の意義もはけ口も見出《みいだ》せぬまま、不遇感のあまり、ただの辻斬りか、金だけが目当ての殺し屋稼業か、さもなくば、山賊《さんぞく》・夜盗《やとう》の類《たぐい》に堕《だ》しておったに相違ござらん……

上州を追われてからの拙者は、諸国を転々とし、多数の門弟を抱えて虚名を博しておる、さまざまな流派の道場に押しかけてはケンカを売り、強引に他流試合を申し込んで、散々《さんざん》ナマクラどもを打ちのめしたあげく、道場主から口止め料の金銭をせびり取り、あるいはまた、土地土地のヤクザ者の用心棒として、「出入り《でいり》」の修羅場に立ち会《お》うては血の雨を降らせ、空《むな》しき渡世《とせい》を繰り返してきました。

玄将　……まことに、不思議なえにしじゃ。

黒川殿も、樋口殿も、この幻妖斎玄将《はるまさ》も、同じ穴のムジナでござる……いずれも、この空しき、退屈なる浮き世に、己《おの》が心の居場所をもち得ず、〈異形《いぎょう》〉の者として、魔性《ましょう》の者として生きるほかはない……あらん限りの力を尽くして、この〈闇〉のいのちを燃え上がらせ、火柱《ひばしら》を紡《つむ》ぎ出してみせるほかはない……

黒岩　…いかにも…それが、われらのさだめじゃ……

しかし、…かような、われらのうつろなる淋《さみ》しさ・哀《かな》しみなど、姉小路・岩倉らの公家衆にも、長井・堀のような、世俗の権力の亡者《もうじゃ》どもにも、野之口や玉松のごとき机上《きじょう》の理論家・理想主義者どもにも、到底《とうてい》わかりはせぬ……あの連中は、所詮《しょせん》、この浮き世に己《おの》れの真の居場所を持ちうる者どもだ……真の退屈というものを知らず、嬉々《きき》としてこの世を礼讃《らいさん》し、愉《たの》しめる者どもだ……「形あるもの」への執着《しゅうちゃく》に生き、後世《こうせい》や子孫なるものへ、己れの〈我執《がしゅう》〉を継承させんとして「もがき抜く」ことのできるような、仕合《しあ》わせな手合《てあい》だ……（笑）。

玄将　……黒川さん、……寂しそうですな……（笑）。

黒岩　幻妖斎、……おぬしも、の（笑）。

一同の憫笑《びんしょう》の声が、しじまの中にこだまする。

黒岩　……いや、実際のところ、高踏《こうとう》的な国体《こくたい》変革の議論・観念に耽《ふけ》っている、公家どもや野之口・玉松らのような、お上品な学者先生に、われらが手を染めてきた謀略や暗殺の現場を目《ま》の当たりにさせたなら、さぞや、腰を抜かし、顔色《がんしょく》なき有様《ありさま》となることであろうよ……のう、樋口……

樋口　…いや、まことに…（笑）……ひとたまりもありますまい。

玄将　私も、あなた方の血塗られた謀《はか》り事《ごと》や暗殺の計画に立ち会わせて頂いてはおるが、実際目の当たりにしたなら、血の気が失《う》せ、逃げ帰るやもしれませぬ……（笑）。

黒岩　…ハハハハ……そうかもしれんの……
　尾州《びしゅう》藩御用商人・山崎屋祐五郎《やまざきやゆうごろう》暗殺の折は、一面血の海と化す、斬ったはったの凄絶《せいぜつ》な死闘であったし、公儀隠密《こうぎおんみつ》・篠山源之丞《しのやまげんのじょう》を片づけた際は、樋口の豪剣の前に、隠密の脳天が刀もろとも断ち割られてしもうたのだからの……
玄将　……あな、おそろしや……想うだに血の凍る話です。
樋口　…山崎屋の時は、本当に凄《すさ》まじかった……
　山崎屋には、直心影流《じきしんかげりゅう》の達人・青江主水之介《あおえもんどのすけ》をはじめ、六人もの凄腕《すごうで》の侍どもが雇われ、細心の注意を払って、隙《すき》のない護衛《ごえい》の手はずを整えておった……六人の用心棒以外にも、多くの地回《じまわ》りの者どもが、飛び道具まで備えて、山崎屋の周囲を幾重にも固めており、われらが襲撃した際には、手の者のほとんどは、地回りの奴らとのたたかいに回らざるを得ず、結局、わしと真壁弥平次《まかべやへいじ》の二人だけで、六人もの手練《てだ》れを相手にしなければならなかった……
黒岩　…さようであったの……
　あの時は、わしの手落ちで、相手を甘く見すぎていた……山崎屋はかろうじて仕留《しと》めたが、こちらも、真壁が二人の用心棒を倒したものの、重傷を負い、それがもとで命を落とした……残りの四人は、樋口、おぬしが倒したが、その代わりに、おぬしもかなりの手傷を負うたの……相済《あい》まぬことであった……

樋口　……いや、いや、……あの凄絶《せいぜつ》な死闘をくぐり抜けてから、それがしの剣も一皮むけ、何かが大きく変わりもうした……黒川さんの謀《はか》り事《ごと》にも、一段と抜かりのない凄味《すごみ》が加わってきた……おかげで、拙者をはじめ、われら同志たちも、存分に暴れ回ることができるだけの、異様なる胆力《たんりょく》が身につきました……

黒岩　……いや、樋口、……その「異様な胆力」なるものはの、……実は、わしの謀略の才もそうなのじゃが……本当は、ここに居る土御門幻妖斎玄将《つちみかどげんようさいはるまさ》の魔性《ましょう》の力、すなわち、念力《ねんりき》のたまものなのじゃ……

決して、われら自身の鍛練や才覚の力のみによるものではない。

樋口　……は……それは、拙者にも、なにか、わかるような気がいたしまする……

玄将　…いや、いや、身《み》どもはただ、お二人の中に眠っていた力を引き出すのに、いささかのお手伝いをいたしておるまでのこと……(笑)。

お二人が、この現世《うつしよ》の、〈世間《せけん》〉なるものの内に、まっとうな「はまり場所」を得られず、さまよわれてきた〈異形《いぎょう》〉の者、〈魔性《ましょう》の者〉であられたからこそ、その秘められたる力を引き出すことができたのでござる。

黒岩　姉小路・岩倉らの公家どもも、野之口・玉松らの学者先生も、いとも易々《やすやす》と国体の変革を口にする。

西洋列強に対峙《たいじ》しうる、君民一体となった〈火〉の強国を造り上げるなどと、頭の先っぽだけのリクツを弄《もてあそ》びながら、気炎をあげてみせるが、それが、どれほどの底力《そこぢから》を必要とする大望《たいもう》であるか、……まるで、わかってはおらぬ。

朝廷内での公家どもの意思統一を図り、列藩同盟の力で幕府を倒壊《とうかい》に追い込み、ミカドの旗印の下《もと》に、新政権を支える〈大義名分《たいぎめいぶん》〉として「平田国学」の理念を掲げれば事足《ことた》りる、という程度の認識しか持ってはおらぬ……

二百年以上も続いた徳川の天下を終わらせるには、幕府という組織そのものをつぶすだけではなく、〈藩〉という帰属意識そのものを消滅させる必要があるのだ。

でなければ、……所詮《しょせん》、政権交代はあっても、新たな抗争による〈内部分裂〉の火種《ひだね》を播《ま》くだけのことだ。

なにせ、列藩同盟と申したところで、尾州六十二万石・薩摩七十七万石・長州三十四万石……などと、いずれも、己《おの》が掌中《しょうちゅう》に天下の政《まつりごと》の実権を収めんと狙う野心家どもの寄せ集まりにすぎぬのだからの。

玄将　…さよう。ミカドの下《もと》に新政権を樹立し、〈藩〉という垣根《かきね》を取り払い、わが日の本の民が、新たなる国体のために、心を一《いっ》にして「身を捧げる」ようになるには、平田国学のごとき、仲間内にしか通用しえぬような、狂信者による「ひとりよがり」の神話的こじつけを掲げるだけでは、どうしようもない。

平田派の国学者どもの主張する神話的な〈火〉の理念は、われらがめざす新たな国づくりのための大義名分としては、たしかに利用できるし、その理念にもとづいて、ミカドを中心とする、新たなる神道《しんとう》の祭祀《さいし》や儀式・儀礼の秩序をつくり上げるのも、国を治め、民百姓《たみひゃくしょう》をまとめ上げてゆく上では、それなりに有効ではありましょう……

だが、ひとつの国が、それまでの旧《ふる》き姿の垢《あか》を根底から洗い流し、生まれ変わるという革命は、さような〈教義〉の上での観念を振り回すことではない。

人々の魂のあり方が、根底から「異質なるもの」へと変化《へんげ》する、ということです……

それは、この日の本の国を、目に視《み》えぬところで支えつかさどってきた、大いなる〈気《き》〉の流れを、根底から変じるということ……すなわち、二百年以上もの間、徳川の世を支えてきた〈水〉の気の流れを断ち切り、改変し、この国を、〈火〉の文明の相《そう》へと転ずる、ということです。

それは、決して、ただの理念や知識の問題などではない。

われわれ日本人《にほんじん》の心と身体《からだ》のあり方を、目に視《み》えぬ〈闇〉の相《そう》から「変えてゆく」という営みでござる……あらゆる政《まつりごと》の画策・営為も、理念・教義も、その魂の〈変化《へんげ》〉の流れに沿って展開されねばなりませぬ……

黒岩　……うむ……幻妖斎、おぬしのその異形《いぎょう》なるまなざし・想念に初めて触れた時、わしは、かつて覚えたことのないような、摩訶不思議《まかふしぎ》なる霊力《れいりょく》が、己《おの》が身体《からだ》の奥深くからめざめ、渾々《こんこん》と無尽蔵《むじんぞう》に湧き出てくるような想いがいたしたものじゃ……

同志・村上喬平《むらかみきょうへい》を喪《うしな》って以来、孤立無援の逃亡暮らしの中でさまよっていた俺を、おぬしは、見事に蘇《よみがえ》らせてくれた。

〈火〉の龍《りゅう》を己《おの》が内奥《ないおう》に封じ込めたまま、怖ろしい不遇感を抱えて、傷つき、さすらっている無数の同胞《どうぼう》が、この国の到る所にうごめいておる。

その者たちの内に眠る、荒々しき怒りの〈火〉の封印《ふういん》を解き、ひとつの巨大な〈波〉のうねりへと合流させることができるなら、われらは、この空《むな》しき「憂《う》き世《よ》」という一場の夢の舞台で、心ゆくばかり、存分に暴れ回ることができよう……息のつまるような、退屈で凡庸《ぼんよう》な奴らが無数にひしめき仕切ってきたこの国を、根底より覆《くつがえ》し、存分にかき回してくれようぞ……

玄将　望むところでござる……（笑）。

その潜在する無数の同志・同胞の〈火〉の封印を解き、大いなる〈波濤《はとう》〉へと導くのが、この幻妖斎のつかさどる〈闇〉の呪術、「炎舞《えんぶ》の法」の使命と、心得ておりまする……

黒岩　……うむ……おぬしは、われらの中に久しく息づいてきた〈火〉の想念というものが、決して、われら個々人の孤立した〈抗《あらが》い〉の産物ではなく、われらの同志・同胞と、目に視えぬ〈闇〉のえにしを通して烈《はげ》しく共振《きょうしん》し合い、ひとつの大いなる波のうねりへと合流しうるものだという、たしかな〈実感〉を、わしに与えてくれた。

樋口　それがしも同感でござる。幻妖斎殿は、行き場を失って、一人さすらい、すさみ切っていた拙者を、黒川さんにめぐり逢わせてくれた……幻妖斎殿の摩訶不思議《まかふしぎ》なる霊力あればこそ、拙者は、黒川さんとのえにしに吸い寄せられ、新たなる志《こころざし》を得《う》ることができたのでござる。

黒岩　わしは、樋口又兵衛という、行き場の無い〈剣鬼《けんき》〉を吸い寄せた、磁石のごとき異形《いぎょう》なる場であったのじゃな……（笑）。

樋口　…は……（笑）。

黒岩　面白《おもしろ》いことよの……俺はかつて、どちらかといえば、神がかった手合《てあい》というものが、嫌いじゃった……しかし、今はそうでもない……

この現世《うつしょ》も、人という忌《い》まわしい生き物も、相変わらず憎まずにはおれぬが、……目に視えぬ、摩訶《まか》不思議なる〈闇〉の世界に息づく、人のえにしというものは、なにか善《よ》きもの、温《あたた》かきものだという感覚が、ないこともない……（笑）。

俺は、今でも、あの水明塾《すいめいじゅく》の河井月之介《かわいつきのすけ》のごとき〈水〉の精神は好まぬが、それでも、熱い、温かい〈火〉の川の流れのようなものには、なにか、柄《がら》にもなく、変な〈懐《なつ》かしさ〉をおぼえる。

ほんの一時《いっとき》だが、そこには、意外にも、俺なりの静けさとか落ち着きのようなものすら感じる……俺にはなんとも不似合いな、奇妙な感覚なのだがの……（笑）。

玄将 ……わかります……私にも、そういう感覚はある……

黒岩 ……。そういう感覚は、学問とか知識といったしろものでは、決してつかむことはできぬ……。また、この地上の、現世《うつしよ》の、目に視《み》える「形あるもの」に、究極の生きる拠《よ》り所《どころ》を求めることのできる者には、本当は、わからぬものだ。

玄将 …いかにも。

黒岩 …しかし、そういう、この世の内にありながらこの世を超えた、大いなる〈流れ〉のごとき感覚こそが、本当は、われら人間を、真に活《い》かしめる力の〈源《みなもと》〉なのかもしれぬの……。われらの〈身体《からだ》〉の奥底から立ち昇ってくる、何かがの……たとえ、この現世《うつしよ》が、われらにとって、どれほどおぞましく、みじめな相《そう》を、性懲《しょうこ》りもなく見せつけてやまぬとしても……

玄将 平田国学も、己《おの》れの神学の教義を通して、そのような、現世《うつしよ》に宿《やど》りながら現世《うつしよ》を超えた魔性《ましょう》の霊力、〈闇〉の感覚というものを論じ、膨大なる神話・伝承を援用しては、煩瑣《はんさ》なる〈考証〉をもとに、多分に「ひとりよがり」な議論を展開しておりまする。
しかし、その〈闇〉の感覚というものは、国学のみならず、古《いにしえ》より神道や仏教、儒教においても、また、身《み》どもが属しておる、わが土御門家《つちみかどけ》に代々伝わる陰陽道《おんみょうどう》においても、さまざまな理詰《りづ》めの学によって、〈解釈〉を与えられてきたものでござる。
さようなる「学」にて事が済むくらいなら、苦労は要《い》らぬ……

黒岩　…うむ……まことに、の。

玄将　この世界を本当に動かしているものは、さような、諸々《もろもろ》の「学」によって解釈を与えられてきた、〈理念〉としての感覚ではござらん。
この世界を真につかさどっておるものは、一切の知的な小細工《こざいく》、一切の〈観念〉というものを引き剥《は》がした時に、われわれの〈身体《からだ》〉の奥深くから、〈封印〉を解かれて浮上してくる魔性の力、すなわち、〈龍《りゅう》〉の気《き》にほかなりませぬ……

黒岩　……うむ……

玄将　人は、古《いにしえ》より、森羅万象の内に宿るこの〈龍〉の気を全身で感じながらも、その混沌《こんとん》たる、狂おしい力を怖れ、苦しまぎれに、半端《はんぱ》なる〈知識〉による解釈の内に封じ込めんとして、さまざまな宗教的儀式や呪術、習俗・祭祀《さいし》や学の体系をでっち上げてきたのでござる。そのような中途半端な〈解釈〉による体系を仲間内でつくり上げることで、人々は、集団的にもたれ合いながら、〈龍〉の魔力を恐る恐る飼い馴《な》らし、己《おの》れの孤立や死の恐怖をなだめようとしてきた。

かつて稀代《きたい》の陰陽師《おんみょうじ》・安倍晴明《あべのせいめい》を輩出《はいしゅつ》したわが土御門家に伝わる陰陽道《おんみょうどう》なるものも、その元となった「易《えき》」や「陰陽五行《いんようごぎょう》」の体系も、そのような、半端《はんぱ》なる知的な〈解毒《げどく》〉の産物といってよい。

黒岩　……ふむ……陰陽道における占術《せんじゅつ》なるものも、半端なる〈知識〉によって解釈を与えられてきた、迷妄《めいもう》の産物だというわけじゃな？

玄将　陰陽道における占術や呪法《じゅほう》も、〈龍〉の気に関わるものである以上、半面の真実というものは備わっております。しかし、他の半面においては、ただの迷信にすぎません。ただし、迷信だからといって、侮《あなど》ってはなりませぬ……

黒岩　…というと？

玄将　俗に、「当たるも八卦《はっけ》、当たらぬも八卦《はっけ》」と言われるごとく、「方違《かたたが》え」「忌日《いみび》」「運勢の吉凶予言《きっきょう》」など、易《えき》や陰陽道に由来する迷信の〈暗示〉の数々がもたらした弊害の大きさは、まことに恐るべきものがござる。

今を去ること八百年以上も昔、都の公家どもは、皆、その忌《い》まわしき迷信の〈暗示〉のとりことなりて、ある者は、悪霊・悪気による〈祟《たた》り〉の予言に懊悩《おうのう》したあげく、あっけなく病死し、ある者は、寿命を縮められ、ある者は気が狂い、悶死し、またある者は呪殺《じゅさつ》された……

黒岩　……うむ、わしも、さようなる言い伝えは、物語・伝承の類《たぐい》より、教えられてきたものじゃ……恐るべきことよの……

じゃが、本当に、陰陽道に含まれる呪法の数々に、さようなる禍々《まがまが》しき秘術が伝えられてきたのかの？

玄将　…いえ、必ずしも、そうとは思えませぬ。

もちろん、己《おの》が心眼《しんがん》によって、己が身体《からだ》によって感受しうる、目には視えぬ〈霊気《れいき》〉の流れというものはござる。

その陰陽《いんよう》の〈気〉の流れを読み取り、それに、己《おの》が〈念力《ねんりき》〉をもって働きかけることで、〈気〉の離合集散《りごうしゅうさん》を操《あやつ》り、対象に一定の〈効果〉を与えることは、ある条件の下《もと》では十分に可能なことです。

その時々の〈天道《てんどう》〉の働き・流れの趨勢《すうせい》を察知しつつ、慎重に身を保ち、天道の趨勢を時に活《い》かし、時には逆手《さかて》に取り、それを〈追い風〉として利用することで、己《おの》が心身の内奥《ないおう》より、〈気〉の潜在的な力を解き放ってやる、ということです。

陰陽道《おんみょうどう》も、そのような、〈気〉の流れを一定限度内で操《あやつ》るための秘術の一つには、違いありません。

黒岩　……うむ……

玄将　しかし、陰陽道には、それと同時に、迷信にもとづく、有害なる〈暗示〉の数々も混入しているのです。

黒岩　…うむ……俗に「当たるも八卦《はっけ》、当たらぬも八卦」と言われるような、人の運勢への「占《うらな》い」や「まじない」の当否や効果は、その〈運気〉への洞察と働きかけの術に、〈暗示〉の力が加わった結果、生じたものなのじゃな？

玄将　…さよう。

易《えき》でいう「八卦《はっけ》」とは、元々、陰陽の気の組み合わせによって、「天《てん》・地《ち》・人《じん》」という三才《さんさい》から成る宇宙の様相を、八通りの形で示した分類にすぎず、それ自身は、占いでも何でもござらん。

八卦の概念を中心とする易学《えきがく》は、天文・地理・動植物から人間界に至る万物の様相を精緻に観察し、それを陰陽の気の働きによって理論的に解き明かしたものですが、それだけならば、ただ、森羅万象の様相の相関関係と傾向性を示した一つの「学」にすぎません。

黒岩　……うむ……

玄将　陰陽師《おんみょうじ》たちは、星のめぐり・配置や四季の移ろい、人の生年月日、方位の吉凶など……種々の観点から、自然の運行や人事の変化・災い、人の運勢を、易学の知識をもとに「予言」し、その時々の「卦《け》」を読み解こうと試みてきたのですが、知識だけで、一人ひとりの運気や天地の精妙な動勢までも見抜くことはできません。

黒岩　……うむ、たしかに……

玄将　そこで、真《まこと》の陰陽師は、諸々の事象の推移を観察するのみならず、心を澄まし、己《おの》れを虚《むな》しゅうすることで、天地の気配、運気の流れを全身で感受し、その兆《しる》しを元に、易の宇宙論にもとづいて、己《おの》が立ち位置から、その時々の精妙な「卦」のかたちを能《あた》う限り察《さっ》知《ち》せんと試みるのです。

いわゆる「筮《めどぎ》」「筮竹《ぜいちく》」による占いも、その〈兆し《きざ》〉をすくい取るための手段です。

黒岩　……うむ……

玄将　しかし、天地全体の運気にせよ、個々人の気の顕《あら》われにせよ、易占いにおける「卦《け》」とは、しょせん、その時々の運気の傾向性にすぎません。個々人に宿りたる固有の気の強弱とても、実は、日々不断に大きく揺れ動いておるのでござる。天地の運気もまた、しかりです。

黒岩　……うむ……

玄将　それを、占いによって当てようと図るのは、そもそも、人の力を超えた、不遜《ふそん》なる所《しょ》行《ぎょう》というものでござる。明日の天気ですら、正確に当てることは難しいのです。

　ましてや、代々「陰陽頭《おんみょうのかみ》」を務めてきたわが土御門家の家業《かぎょう》のごとく、年々の吉凶を、陰陽道にもとづき、暦《こよみ》に沿って予言するなどというのは、愚かしい事です。

　占いの「卦《け》」とは、それが長期的な予想であれ、短期的な予想であれ、あくまでも、その時々に読み取られた運気の傾向性にすぎず、決して予言ではないのです。

黒岩　…うむ…しかし、幻妖斎、おぬしの一族に当たる土御門家の家業を、そのように貶《おとし》めてよいのか？（笑）。庶系《しょけい》の末流《まつりゅう》に位置するとは申せ、まがりなりにも、おぬしも、土御門一門の陰陽師《おんみょうじ》であろうが……

玄将　…ハハハ……たしかに、表向きの建て前としては、身《み》どもとて、陰陽頭《おんみょうのかみ》の下《もと》にあって、諸国津々浦々にまではびこっておる陰陽道系の祈祷師《きとうし》・呪術者を統括するという、朝廷のお役目の一端を担ってはおりまするが……

　しかし、それは、「造暦《ぞうれき》」のこまごまとした仕事と同様、あくまでも、〈表向き〉の貌《かお》にすぎませせぬ。

　身《み》どものまことの業《わざ》は、「裏土御門《うらつちみかど》」の末孫《ばっそん》たる、〈火〉の鬼道《きどう》の継承者たることにあります……

黒岩　…うむ、いかにも、の……

玄将　占術《せんじゅつ》によって人の吉凶を占うなどというのは、尊大な愚かしい所行《しょぎょう》であり、わが「裏土御門」に伝わる〈鬼道《きどう》〉の真髄《しんずい》は、さようなところにはござらぬ。

ただ、「当たるも八卦、当たらぬも八卦」と言われるように、〈占い〉を「信ずる」と「当たる」ことがあるのは、事実です。

それは、「卦《け》」に顕《あら》われた運気の傾向性が、当人の、その時々の固有の〈気〉の強さとの兼ね合いにおいて、たまたま「当たる」という結果になっただけのことですが、そこには同時に、〈暗示〉の力も作用していることが多いのです。

黒岩　……うむ。

玄将　実際、〈迷信〉というものは、「信ずると当たる」という傾向性が強いのです。

それは、迷信の〈暗示〉の力が、信ずる人間の〈気〉の生命力を大きく左右するからでござる。

八百年前の公家どもは、陰陽師に、「十日後に死ぬ」と予言されると、必ずその通りに死んでしまうのです。

もちろん、彼らは、その原因を、さまざまな怨霊《おんりょう》や魑魅魍魎《ちみもうりょう》の仕業《しわざ》、あるいは呪殺《じゅさつ》の法に帰しましたが、実は、〈暗示〉のなせる業《わざ》である可能性が高い……さまざまな原因で、すでに〈気〉の生命力が衰弱している人間に、暗示による悪《あ》しき想念が追い打ちをかける、というやり方で、死に追い込まれたのです。

黒岩　……なるほど……「病は気から」という言葉もあるからの……

玄将　いかにも。八百年前の日記・記録の類《たぐい》に記されている呪殺《じゅさつ》や祟《たた》りや悪《あ》しき予言の的中と同様の例は、今のわれわれの時代においても、到る所でみとめられるのでござる。

朝廷より、全国の陰陽師《おんみょうじ》の元締《もとじめ》を任せられている、わが土御門家には、その実例がおびただしく収集されております。

しかも、かような迷信による怖ろしき暗示の実例は、陰陽道や、他のさまざまな宗教や呪法において見受けられるだけではありません。

実は、それらの伝統的教義や秘術を、「時代遅れの、蒙昧《もうまい》なる遺物《いぶつ》」とみなして嘲笑《あざわら》い、その代わりに、〈人知《じんち》〉の輝かしき勝利の〈証《あか》し〉として、洋学・蘭学の徒が崇《あが》め奉っている「西洋の医学」における、幾多の〈症例〉においてもみとめられるのです。

黒岩　…ほう……それは、異《い》なことじゃの。

玄将　…はい…。私はかつて、紀州藩医・華岡青洲《はなおかせいしゅう》の門人である蘭方医《らんぽうい》が、青洲の開発した「麻沸散《まふつさん》」なる薬を用いて患者を眠らせ、外科《げか》の手法によって癌《がん》の摘出手術を施した現場に立ち会った体験があります。その時、西洋の医学の恐るべき冷徹さの精神というものを垣間見る《かいま》思いがしました。

対象を、個々バラバラな物の「寄せ集まり」とみなして、物と物との明晰《めいせき》な〈因果《いんが》〉関係のもとに、世界を理解しようとする、西洋人の〈理知〉の凄みを思い知らされると共に、鋭い〈異和《いわ》〉のおもいを抱え込まされたのでござる。

身《み》どもが、幼き頃より感じてきた〈病〉に対する感覚とは、それは、あまりにも異質な〈まなざし〉でありましたゆえ……

黒岩　……うむ……

玄将　結局、外科手術を受けたその患者は、しかし、長くは持ちませんでした……

その手術をおこなった蘭方医は、過去のさまざまな患者の、同種の症例をもとに、患者に「不治の病」としての〈病名〉を付け、患者の身内の者に、こっそり、患者の余命が、あと二年以内であることを告げました。しかし、その患者は、結局、身内の者より、その宣告を聞き出し、〈絶望〉のあまり恐ろしい勢いで衰弱していき、狂気のさまを呈《てい》しつつ、わずか数ヶ月でこの世を去ってしまいました……

私はその時、改めて、〈暗示〉というものの、無慈悲な怖ろしい〈力〉を痛感しました。

西洋の医学のごとく、患者に〈病名〉をつけるという行為そのものが、すでに、場合によっては、「悪《あ》しき暗示」をかけていることになるのでござる。

この患者の場合は、「死病の物語」という〈暗示〉にて、これは、かの八百年前の陰陽《おんみょう》師《じ》の〈呪術〉と同じ害悪をもたらしておるのです。

黒岩　……なるほど、の……

玄将　西洋の学問は、たしかに、世界の仕組みの〈一面〉を見事に解き明かし、その認識を活かして、軍事・技術・産業・医療など、さまざまな面で、目をみはるような達成をなしとげてはおります……しかし、西洋人がみつめているもの、解き明かそうと試みているものは、あくまでも、世界の〈一面〉でしかありません……

この宇宙には、彼らの想いも及ばぬような、もっと、もっと根源的な、〈闇〉の領域、魔性《ましょう》の領域というものがある。

〈暗示〉の恐るべき力というものは、実は、〈理知〉の遠く及ばぬ、その〈闇〉の領域に浸透していくのです。人の心の奥深くに根を張っている暗黒の層に、いのちの根源に働きかけるのでござる……だからこそ、〈暗示〉は、人の〈気〉の生命力を大きく左右するのです。

良き暗示、良き想念は、人の〈気〉の力を強め、良き方向に導くが、悪《あ》しき暗示、悪しき想念は、人の〈気〉を衰弱させ、滅亡へと導くのです。

ある意味では、ありとあらゆる〈知識〉なるものは、それぞれが、ひとつの〈暗示〉の体系だといってもよい。
ある知識、ある学問を学ぶことは、私たちの生きるこの世界を、ある限定された特殊な〈まなざし〉にて「囲い込んでいる」とも言えましょう……ある〈まなざし〉を持ち得た瞬間に、われらは、世界を、その〈まなざし〉を通して「解釈」し始める……そこに、大きな〈落とし穴〉も生まれる……

黒岩　……なるほど……だが、幻妖斎、そうなると、われらが今持ち得ている〈闇〉の感覚、〈龍《りゅう》〉の感覚とて、ひとつの特殊な〈まなざし〉にすぎぬ、ということになるのではないのか？

玄将　…いえ、それは、いささか違いましょう。
われらが、この世界を視る時の〈根底〉に据えているものは、なんらかの〈知識〉ではござらん……「生きている」ことの〈根〉にある、一種の絶対的なる〈感覚〉でござる……己《おの》が〈身体《からだ》〉の奥深くから立ち昇ってくる、否応《いやおう》のない、ある魔性《ましょう》の気の力でござる。
それが、われらを促《うなが》し、駆り立てるのです……

樋口　…さよう……まさに、それがしを衝《つ》き動かしているものは、小賢《こざか》しき「学」や「処《しょ》世《せい》」の術などではない。ヘリクツではない！……何事かをなさんとする、狂おしい、心の〈渇き〉でござる。

己《おの》れの剣を通して、己《おの》が身体《からだ》を張って、底深く生き抜いてみたい……ぎりぎりまで闘い抜くことで、悔いなく己れの剣客《けんかく》としての生涯を燃やし尽くせるだけの死に場所を得たい……ただ、ただ、その一念のみでござる。

黒岩　…ハハハハ……わかった、わかった又兵衛……そう熱くなるな！

玄将　われわれ人間をして、悲惨事《ひさんじ》と混乱に満ちた、このはかなき憂《う》き世《よ》を、雄々しく、悔いなく生き抜かしめるものがあるとすれば、それは、かようなる、リクツ抜きの、絶対的なる〈闇〉の感覚、すなわち、われらの深奥《しんおう》から立ち昇る〈火〉の龍《りゅう》の気にほかなりませぬ……

黒岩　いかにも、……その通りじゃ。

玄将　徳川の「泰平《たいへい》の世」が始まるよりも以前の、元亀《げんき》・天正《てんしょう》の戦国の昔には、まだ、そのような〈火〉の龍の姿は、烈しき野性の魂の形をとりて、生き生きとこの国の到る所で乱舞《らんぶ》しておりました……

樋口又兵衛殿のごとき野人《やじん》の剣も、さようなる時代にならば、心ゆくばかり羽ばたかれていたことでありましょう……（笑）。

樋口　…いや、まことに（笑）……それがしも、そう思うておりまする……

わが日の本の国の、あらゆる剣風《けんぷう》の原初のかたちは、その元亀・天正の戦国の昔に全て出揃《でそろ》っておる、といっても過言ではない。

玄将　しかし、その戦国の世まで息づいてきた野性の魂、〈火龍《かりゅう》〉の姿は、徳川による天下泰平《たいへい》の中で、急速に衰弱の時を迎え、侍どもによる「幕藩」の息苦しき秩序の下《もと》で、封印されてしもうた……

その〈衰滅〉の危機に瀕《ひん》した時、わが土御門《つちみかど》の祖先は、「鎌倉の世」以来、四百年もの間息づいてきた、荒々しき〈龍《りゅう》〉の魔性への正しき感受力を残し伝えんとして、暦道《れきどう》などの仕事に携わる〈表〉の土御門の他に、〈火〉と〈水〉の鬼道《きどう》を密《ひそ》かに守り伝える「裏《うら》土御門《つちみかど》」の門流を創り上げました。

この土御門幻妖斎玄将《はるまさ》は、その〈火〉の鬼道、すなわち「火徳《かとく》・炎舞《えんぶ》の法」の継承者でござる。

黒岩　…うむ……

玄将　この「火徳の法」は、その昔、安倍晴明《あべのせいめい》が賀茂川の氾濫《はんらん》を防ぐために、〈水〉を封じる呪法《じゅほう》をおこなって以来の伝統を受け継ぐと語り伝えられてきた、特異の呪法にて、「易《えき》」や「陰陽五行《いんようごぎょう》」に由来する、煩瑣《はんさ》な知的解釈に毒されてきた、通常の陰陽道の〈教義〉とは、似ても似つかぬものでござる。

身《み》どもの考察によれば、わが祖・「安倍童子《あべのどうじ》」晴明は、当時の陰陽道に絡《から》みついていた、さまざまな煩瑣《はんさ》なる〈教義〉の底を貫《つらぬ》いて、世界を根源からつかさどっておる〈火〉と〈水〉の龍《りゅう》の実相を、〈知識〉としてではなく、〈感覚〉として探り当てることに成功したに違いありませぬ……

彼が、他の陰陽師の追随《ついずい》を許さぬ術者《じゅつしゃ》となり得たのも、その、〈知識〉を超えた〈感覚〉の真髄を会得《えとく》しえたからでござろう。

黒岩 ……うむ……そうかもしれんの。

幻妖斎、…貴公《きこう》の口から聴くと、わしも、なにか、全身からふるえるような感慨がこみ上げてくる想いがする……

樋口 …拙者も、でござる……

玄将 この「火徳・炎舞の法」、すなわち〈火〉の鬼道《きどう》なるものは、白昼の〈表〉の世界にその法を露《あら》わにさらすことは〈禁忌《きんき》〉とされてきました……だから、黒川殿、樋口殿にも、披露《ひろう》はかなわぬ……（笑）。

わが「裏土御門《うらつちみかど》」の門流に代々承《う》け継がれし〈火〉と〈水〉の鬼道を衆目《しゅうもく》にさらすことは、その担い手たる一門の術者たちを危険視する者どもに、迫害の口実を与え、また、邪《よこしま》なる野心を抱く者どもに利用されるきっかけを生むことにもなる。

さもなくば、鬼道の術者自《みずか》ら、己《おの》が力におごり、俗な欲にまみれて、闇に生きる

〈異形《いぎょう》〉の者たる己れの本分を忘れ、己《おの》が霊気・霊力をいたずらに衰弱させ、喪失させることにもなりかねぬ。
われらの鬼道の秘法は、それを人々に普及せんとして〈知識〉に置き換えるだけでも、すでに、その〈本義〉を損ね、本来の力を喪《うしな》うものなのです……

黒岩　ふむ……わしにも、なんとなくわかるような気がする。

樋口　拙者《せっしゃ》の馬庭念流の奥義《おうぎ》とて、同様でござる。
己《おの》が感覚を、単なる技術や知識の言葉に置き換えることなど、到底できるものではない……北辰一刀流との決定的な違いも、そこにある。

玄将　…はい（笑）。
わが鬼道の呪力《じゅりょく》は、森羅万象の中で、孤独な〈己《おの》れ自身〉と相《あい》対する、絶対的な静寂の時に、己《おの》が心の深奥《しんおう》から自《おの》ずと湧《わ》き出《い》ずる〈言霊《ことだま》〉の力によって、はじめて引き出すことのかなうものでござる。
日頃の精進《しょうじん》の一切は、その、〈気〉の凝集《ぎょうしゅう》の場において紡《つむ》ぎ出される〈言霊《ことだま》〉を可能ならしめ、磨き上げるためのもの……

黒岩　うむ……なにやら、わかったような、わからぬような……むつかしいの。

玄将　〈闇〉の深き静寂のただ中では、己《おの》が心の鏡《かがみ》に、森羅万象のさまざまなる「声なき声」が反響し、映し出されます……それは、そのまま、宇宙にまで拡《ひろ》がりし、己《おの》が心の〈実体〉の姿なのでござる。

その中には、万象《ばんしょう》のざわめきが、さまざまなる想念として、音や図像《ずぞう》として映し出されると共に、個人的な心身のこだわりもまた、重ねられる。

今の己《おの》れ自身の心の迷いや恐怖、痛みや渇きも、隠しようもなく、あるがままに浮上してくる。幼き頃のつらく、切なかった記憶も、育ち来たった中でこうむってきた、幾多《いくた》の〈傷〉も、その時々の万象の響き・反映と連動するように想起されます。

そういった己《おの》が心の濃密な〈闇〉のただ中に巻き込まれている間は、われらは、己《おの》が情念《じょうねん》の渦《うず》に翻弄《ほんろう》されるほかはないのでござるが、ひたすら辛抱強く、情念の嵐が去来《きょらい》する様《さま》を見据え、やり過ごしていくうちに、ひとつの透徹した〈まなざし〉によって、鏡の全体像を、一気に見通すことのできる場所に立っている己れに気づくのです。

その時、初めて、われらは、己れが心の底から望んでいる、真の〈渇き〉のありかを、…われらを衝《つ》き動かさずにはおかぬ〈大望《たいもう》〉の真のかたちを、探り当てることができるのでござる……

われらの発する「言《こと》の葉《は》」が、〈言霊《ことだま》〉としての呪力《じゅりょく》を持ちうるのは、そのような時なのです……なぜなら、その時の「言の葉」は、単なる、孤立した〈個人〉としてのわれらの言葉ではなく、森羅万象と連動した〈存在〉としてのわれらが発する「言の葉の霊」だからです。

黒岩　……うーむ、……なんとも、むつかしいの……（笑）。

じゃが、おぬしも、鬼道の呪力を言葉によって解き放つという以上、仏法なり神道なりで使い古されてきた、なんらかの既成《きせい》の〈真言《しんごん》〉や〈呪文《じゅもん》〉なるものを使用しておるのであろうが？

玄将　身《み》どもの考えでは、天竺《てんじく》渡来の梵語《ぼんご》によるバラモンの呪文や、易・陰陽五行の教義の上に立つ陰陽道や密教・修験道《しゅげんどう》の呪言《じゅごん》・真言《しんごん》、さらには神道由来の祈祷《きとう》で使われる言葉の数々といったものは、それ自体は、ただの符丁《ふちょう》にすぎませぬ。

すなわち、己《おの》が心の〈濁り〉を拭《ぬぐ》い、精神の統一と深化を図ると共に、そのことで世界をつかさどる〈闇〉の霊気を引き出すための〈言霊《ことだま》〉を紡ぎ出さんとする、ひとつの〈暗示〉の手法にほかなりません。

先にも申したように、〈暗示〉の力というものは、理知の遠く及ばぬ、心の闇の領域に働きかけるのであり、その心の闇は、そのまま、森羅万象をつかさどっておる、大いなる存在の〈闇〉の世界に連動しているからでござる。

黒岩　……なるほど……

玄将　私も、陰陽師のはしくれとして、さまざまなる呪言《じゅごん》・真言《しんごん》は用いまするが、それは、あくまでも、心の濁りを払拭《ふっしょく》し、必要なる呪力《じゅりょく》・念力《ねんりき》を引き出すために己《おの》が〈言霊《ことだま》〉に適切なる〈表現〉を与えんとする上で、「役立つ」言の葉に限られております。

それら呪言・真言の内に含まれた「音声の響き」や「図像の想念」というものが、精神の統一と深化を図り、わが霊力を引き出す上で、〈暗示〉としての力を与えてくれるからでござる。

黒岩　うーむ、……いや、よくわかった……改めて痛感するが、幻妖斎、貴公《きこう》は、本当に怖ろしい男よの……敵に回さずに済んでよかった、としみじみ思うわ……（笑）。

樋口　それがしも、剣の修行で深山幽谷《しんざんゆうこく》に籠《こ》もりし折、恐るべき呪力をもった、さる修験者《しゅげんじゃ》と知り合《お》うたことがござった……その節、かの御仁《ごじん》より、さまざまなる真言・呪文を教わりましたが、その言の葉の働きかけの意味が、今、幻妖斎殿のお話をうかがって、初めて「腑《ふ》に落ちた」想いがいたしまする……

一介の剣客にすぎぬ拙者には、むつかしい話はよくわかりませぬが、〈身体《からだ》〉の感覚としては、なんとなくわかるような気がします。

それがしも、さまざまな欲や痛みや恐怖とたたかいながら、ある時、明鏡止水《めいきょうしすい》ともいうべき〈解脱《げだつ》〉の境《きょう》に一瞬立つことができるようになってから、何かが大きく変わりもうした……身を捨てて、全身、一陣の烈風のごとき火の玉となりて、立ち合いの相手に向かう、真の気迫・胆力《たんりょく》が備わった感がござる。

それがしの場合は、言霊ではなく、あくまでも剣にてわが心を表わすほかはありませんが、しかし、真言・呪言にて修行を積みし、かの行者《ぎょうじゃ》もまた、同じだったのかもしれませぬ……

黒岩　うむ……樋口又兵衛の豪剣の真諦《しんたい》も、土御門幻妖斎の〈火〉の鬼道に、深く通底しておるとみゆるの。

だが、幻妖斎、おぬしは先に、「裏土御門《うらつちみかど》」門流には、火の鬼道の他に、もうひとつ、〈水〉の鬼道があると申しておったの？

玄将　……はい……

黒岩　その〈水〉の鬼道なるものは、一体誰が承《う》け継いでおるのじゃ？　貴公《きこう》ではあるまい？

玄将　…はい……〈水〉の鬼道の方は、身《み》どもには母違いの兄に当たる土御門玄道《はるみち》が継いでおります……。ですが、……

黒岩　…ふむ……。どうも、おぬし、兄上のことは、あまり口にしたくないようじゃな……

いや、別に、詮索《せんさく》がましい気持などない……誰にでも、語りたくない秘め事や、つらい想いはあるものだからの……済まぬ、忘れてくれ……


玄将 …いえ、黒川さん、お気になさらないで下さい。

　私は、別に、兄のことが嫌いだというわけではないのです……ただ、兄とは、どうしようもなく、生きざまが相容《あいい》れなくなってしまったのです……道を分かつほかはなかったのです……

　兄は〈水〉の人です。〈水〉の龍は、天道《てんどう》を、その根源において、究極においてつかさどっているものです。

　それに対して、〈火〉の龍は、…というより、より正確に言えば、われらが求める〈火〉の龍は、天道を究極的につかさどる〈水〉の龍に抗《あらが》い、敵対するものです。

　その意味で、兄は、天道に則して生きんとする者であり、われらは、究極においては、天道を敵に回す者であり、敢《あ》えて言うなら、「呪われたる者ども」です……

黒岩 …うむ……

玄将 われらのように、敢えて傲岸不遜《ごうがんふそん》にも天道に抗《あらが》い、呪われたる〈火〉の龍の宿《やど》り手《て》として生きんとする者は、ついには、天道の前に力尽き、〈水〉の龍によって「洗い流される」さだめを負っているのやもしれません。
　だが、さようなる者どもにも、時勢が味方してくれることはあるのです……

それは、〈火〉の気が、無数の者たちの霊妙《れいみょう》なる〈えにし〉を通じて、連動し、合流することで、巨大なる波動へと成長しうる時代というものがあるからです。
そのような時代には、〈水〉の龍によって支えられた天道に抗《あらが》う〈火〉の龍の勢い・流れは、大いなる潮流を形作り、それ自体、もうひとつの天道にみまがうほどの力強き特性を帯びることになるのです……
すなわち、天道に抗うという不遜《ふそん》なる営みが、もうひとつの天道をつくり上げることで、本来の天道を、〈後景〉に追いやってしまうのでござる。

黒岩　…うむ……

玄将　私は、先に、天道の趨勢《すうせい》を時に逆手《さかて》に取り、それを〈追い風〉として利用することで、己《おの》が内奥《ないおう》より、潜在する〈気〉の力を解き放つという言い方をいたしましたが、……実は、水の気による天道のはからいを、火気《かき》の力によって一時的に弱め、後景に押しやることで、われらの〈火〉の大望《たいもう》に〈追い風〉となるよう、天道そのものを「つくり変える」ことが可能なのです……かつて、織田信長公も羽柴《はしば》秀吉公も、自《みずか》らは、不遜《ふそん》なる〈火〉の龍の宿《やど》り主《ぬし》であったにもかかわらず、そのようにして天下人《てんかびと》になられたのです。

黒岩　…うむ、まさしく、その通りじゃ！
われらがこれから生きんとする、風雲急を告げる時世《じせい》は、まさに、信長公や秀吉公が生きた戦国乱世《らんせい》の昔にも、一脈通ずるものがある。

〈火〉の気は、西洋列強の侵略によって、今や、世界の到る所に、その仮借《かしゃく》なき勢威を及ぼし、日に日にその力を強めておる……わが国においても、この夷狄《いてき》どもの侵略の脅威がもたらす〈火〉の趨勢《すうせい》の高まりを利用せぬという手はない。


玄将　いかにも……。わが霊力・呪法のあらん限りをもって、二百年以上も続いた、この凡庸《ぼんよう》・退屈なる徳川の世の、ふやけ切った〈水〉の気の流れを断ち切り、わが日の本の国を、「万国の長《おさ》」たらしめるような、〈火〉の強国へと生まれ変わらせてみせよう……それが、この幻妖斎玄将《はるまさ》の野望でござる。

その一念にて、身《み》どもは、闇深く、魔界の霊風《れいふう》いまだ濃い、ここ洛外《らくがい》・岩倉幡枝《はたえだ》の摩利《まり》支天堂《してん》に日夜籠《こ》もり、一心不乱に勤行《ごんぎょう》に打ち込んでまいりました……

摩利支天《まりしてん》は、日輪《にちりん》・〈火〉の神の眷属《けんぞく》にて、優しき天女《てんにょ》の相をしておるが、同時に荒々しき憤怒《ふんぬ》の相をもつ、「もののふ」の守護神でござる。

風神《ふうじん》の化身でもあり、その霊威は、烈風のごとく、変幻自在に敵を攻め、討ち滅ぼす。

わが〈火〉の呪法による熱風もまた、摩利支天のごとく、黒川殿と樋口殿のもとに送り込まれ、おふたりの霊気・霊力を、いやが上にも強めることでありましょう……

黒岩　世に隠れたる不世出《ふせいしゅつ》の大陰陽師・土御門玄将の力強き援護を受け、われらも身に余る光栄じゃが、……しかし、幻妖斎、改めて訊《き》くが、おぬし、なにゆえに、さほどまでにわれらに肩入れするのじゃ？

嬉しきことではあるが、……おぬしほどの学才と霊力があらば、なにも、われらのごとき、危険きわまる、禍々《まがまが》しき異形《いぎょう》の外れ者《はず》・無頼《ぶらい》の徒など相手にせずとも、もっと他に、功成り名遂げる生き方もあり得たであろうが……返すがえすも、不思議なる男じゃの……

貴公《きこう》も（笑）。


玄将　…ハハハ……いや、もっともな仰《おお》せにござる。

だが、この玄将《はるまさ》には、世俗の野心などはありませぬ。

むしろ、〈闇〉を操《あやつ》る「魔界の主《ぬし》」となりて、この世を、裏側から、存分に、霊気の力にて動かしてみたい……わが霊力の可能性を、とことん試してみたいのでござる。

黒川さんは、失礼ながら、わが霊力の可能性をたしかめる、得がたき実験台・実例なのです（笑）。

黒川竜之進殿は、旧《ふる》きものを壊し、灼《や》き尽くす〈火竜《かりゅう》〉の化身、〈力〉への渇望の化身だ。

黒川殿に、この玄将の霊が乗り移り、うたかたの〈夢〉のごとき現世《うつしょ》で、心ゆくばかり暴れられることこそ、本望《ほんもう》でござる。

黒岩　よりにもよって、わしのこの頼りない、ひ弱き身を〈依《よ》り代《しろ》〉として、天翔《あまが》ける〈龍〉のごとく、縦横無尽《じゅうおうむじん》に羽ばたいてみせたいと申すか……（笑）。

玄将　私にとって、黒川殿は、世界を映す〈火の鏡〉なのでござる。

竜之進殿にわが熱風の火を送り込み、その業火《ごうか》の下《もと》に照り映えた、あなたの心の鏡を通して、私は、動乱へと向かう、世界全体の〈気の異変〉を察知することができます。

この世界の内奥《ないおう》に潜在する〈火〉の力が解き放たれるさまを、ひとつの具体的な実例として、手ごたえをもってたしかめることができる……おわかりかの（笑）。

黒岩　……わしは、天道《てんどう》の相をつくり変えんともくろむ禍々《まがまが》しき〈火龍《かりゅう》〉の操る、手駒《てごま》の一つというわけじゃな……（笑）。

わしという手駒の動きを通して、おぬしは、〈火龍〉のもくろみ・動勢を察知するというわけか……やれやれ。

玄将　いや、いや、……さような皮肉めいた感覚ではござらん……（笑）。

身どもはただ、竜之進殿と共に、一体となりて、暴れ回ってみたいだけのこと……わが力のたしかな〈証《あか》し〉を見出《みいだ》し、このはかなき〈現身《うつしみ》〉を燃やし尽くして、悔《く》いなき一生を全《まっと》うしたい、と希《ねが》っておるだけのことにて……

樋口　…いや、……なにやら、それがしにも、体の底から、摩訶《まか》不思議なる力が渾々《こんこん》と湧き上がってくるような気がいたしまする……
黒岩　…そうじゃな……なすべき仕事は、われらの目の前に、山積《さんせき》しておる……
玄将　当面、次の仕事は、いかがなされる？
黒岩　…うむ……当面の主《おも》なる仕事としては、もちろん、列藩同盟成立のための画策や宮中工作はいうまでもないが、それにとどまらず、全国各地に、倒幕派《とうばくは》の同志たちを増殖させてゆかねばならぬ。この者どもを、幾重にも組織し、この〈下〉からのうねりのような「衝《つ》き上げ」によって、「藩」という垣根《かきね》を取り払ってゆくのだ。その道筋・段取りを周到《しゅうとう》に練り上げてゆく必要がある。
　この倒幕派の同志たちの心の中に、日輪《にちりん》のごとく赤々と燃え上がる、雄々《おお》しき〈火〉の魂を育《はぐく》んでゆかねばならぬ……
玄将　いかにも。
黒岩　この〈火〉の魂に生きんとするわが同志たちこそ、次代の日の本の国を創り上げ、その担い手となるべき人材じゃ。
　それと、もうひとつ、列藩同盟の圧力で徳川の世を一気に倒壊《とうかい》に導くために、多彩な攪乱《かくらん》工作を展開する必要がある。
　すでに昨年の十月、長州藩の長井隼人正《はやとのしょう》殿の便宜《べんぎ》で、抜け荷を通して密《ひそ》かに運び込まれた南蛮渡来《なんばんとらい》の武器・弾薬と軍資金が、われらの手に入っておる。

これを利用することで、天領《てんりょう》・旗本知行所《はたもとちぎょうしょ》の多い畿内《きない》・東海・関東諸国をまず標的とし、われらはすでに、昨年の暮れより、独自の攪乱《かくらん》工作を推し進めておる。

樋口　さよう。われらが手始めに攪乱工作をおこなったのは、遠江《とおとうみ》・豊田郡《とよたぐん》の天領、同じく遠江・浜松《はままつ》領、掛川《かけがわ》領、三河《みかわ》・岡崎《おかざき》領、同じく三河・設楽《しだら》郡の天領、さらに、美濃《みの》・大垣《おおがき》領、同じく美濃・厚見《あつみ》郡の天領・旗本領、といった諸地域でござる。

黒岩　これらの美濃・東海地方を皮切りに、徐々に、畿内《きない》及び関東の諸国にも、手を伸ばしてゆく所存じゃ……

天領・旗本領・諸藩の年貢《ねんぐ》・蔵物《くらもの》の輸送隊を襲撃し、これを強奪《ごうだつ》する。

経済的な打撃を与えることで、ただでさえ巨額の負債《ふさい》を抱え込み、財源の窮乏《きゅうぼう》に苦しんでおる諸大名・旗本・幕閣らは、他に打つ手なく、民百姓《たみ》からの強引な年貢収奪や御用金《ごようきん》の徴収に走るほかはない。

勢い、民百姓の憤《いきどお》りはつのり、一揆《いっき》・打ちこわしへと追い込まれることになる。

さらに、在郷《ざいごう》の村々や町にて、放火・爆破・掠奪《りゃくだつ》などによる攪乱《かくらん》工作を繰り返すことで、人心の不安は、いやが上にも高まり、これが、打ちこわしの誘発を加速させる。

むろん、われらの手の者による、一揆煽動《せんどう》の檄文《げきぶん》も、随所《ずいしょ》で配布される。

玄将　ふむ……まさに、疾風迅雷《しっぷうじんらい》、〈火龍〉の勢いですな。

樋口　先日の松岡主馬《しゅめ》の報告を聴いた限りでは、三河・遠江・美濃での首尾は、今のところ、まずは上々と見てよろしいか、と存ずる。

黒岩　……うむ。わしも、大よその首尾は聴いたが、一昨日、松岡に、改めて詳細なる経過報告の記録を提出するよう命じたところじゃ。

樋口　…は…それは、ようござりました。今後の工作の段取りを整える上で、またとない参考となりましょう。

黒岩　うむ…。この戦術は、まだ始めたばかりだからの……試行錯誤が続くの。抜け荷によって入手した南蛮渡来の武器・弾薬は、限られた貴重なる品々じゃ……無駄に使用することは許されぬ。

樋口　…は…よう心得てござる。

黒岩　それに、われらが使用した武器・弾薬が、抜け荷の品であることも、嗅《か》ぎつけられてはならん。
長州藩隠《かく》し目付《めつけ》・片岡彦四郎《ひこしろう》に嗅ぎつけられた時は、本当に肝《きも》を冷やした。
奴は、例の「裏帳簿《うらちょうぼ》」を入手しておったのだからの。もう少しで、幕府大目付《おおめつけ》に、攪乱《かくらん》工作の証拠を握られるところじゃった……

長井隼人正殿との連絡を緊密にし、慎重の上にも慎重に事を運ばねばならん。

樋口　……は……

黒岩　われらの手の者の人数がもう少し増えたなら、畿内・関東にも触手を伸ばすことができよう。もちろん、幕閣や、幕閣と親しい間柄《あいだがら》にある、紀州家をはじめとする親藩《しんぱん》・譜代《ふだい》の大名家の領内においても、しかるべき攪乱《かくらん》工作を進めてゆく必要がある。

玄将　……なるほど、それらの一連の、広域にわたる攪乱工作が功を奏すれば、全国の政《まつりごと》の頂点に立つ、〈治安〉の最終的な責任者たる将軍・幕閣の無能力が露《あら》わとなり、諸方《しょほう》からの激しい非難の声が上がり、幕府の〈威信《いしん》〉は、いやが応でも、失墜《しっつい》せざるをえませんな……

黒岩　いかにも。列藩同盟の圧力による幕府の倒壊は、速《すみ》やかに、能《あた》う限り混乱を回避する形で実現することであろう。
じゃが……われらは、その他にも、実は、剣呑《けんのん》なる秘策を抱いておる……

玄将　…と、申されると？

黒岩　……うむ。それはの、……倒幕と新政権の樹立にとって妨《さまた》げとなる、幕閣・旗本・諸藩の要人《ようじん》の暗殺計画じゃ……

玄将　……ほう、それはまた、血なまぐさいことでござりまするな……

黒岩　うむ……そのための暗殺人別帳《にんべつちょう》なるものを、今、作成しているところじゃ。

その中には、…かつて、村上喬平《きょうへい》をはじめ、わが同志たちを、卑劣なる手段にて処刑に追い込み、わしに煮え湯を呑ませた、あの「狭間主膳《はざましゅぜん》」奴《め》も含まれておる……（笑）。

樋口　…腕が鳴りますな、小賢《こざか》しき才覚に溺《おぼ》れる者どもに、目にものを見せてくれましょう。

黒岩　だが、今、何よりもまっ先にやっておかねばならぬ事は、岩倉・姉小路・中山らの推し進めておる宮中工作を妨害する、「朝・幕融和派」の公家どもを片づけることじゃ。

その中心にいるのは、徳大寺実清《とくだいじさねきよ》と卜部兼義《うらべかねよし》だ。

この者らは、鷹司《たかつかさ》・近衛《このえ》・西園寺《さいおんじ》をはじめ、朝廷の有力者どもに、深く信頼されており、皇権回復を唱《とな》える「急進派」の中・下級の公家どもをまとめ上げている岩倉・姉小路らと、まっこうから対立している……

奴らが、朝廷内でのさばっている限り、われらの宮中工作は実を結ばぬ……それに、われらが片づけた篠山源之丞《しのやまげんのじょう》に代わる、第二・第三の公儀隠密《こうぎおんみつ》の派遣も、時間の問題じゃ。

徳大寺・卜部らは、おそらく、幕府大目付とよく情報を交換し、十分に策を練り上げた上で、篠山の時以上に、練達《れんたつ》の隠密を上方《かみがた》に送り込ませる肚《はら》づもりであろう……

京都所司代《しょしだい》の全面的な協力もとりつけているとみていい。

玄将　…それに相違ござるまい……

黒岩　われらが、長井殿・堀殿と共に周到に練り上げ、大坂の河内屋利兵衛《かわちやりへえ》の働きのおかげで守り抜いてきた、抜け荷のカラクリを、もし、公儀隠密に暴《あば》かれたなら、列藩同盟の画策は、一気に水泡《すいほう》に帰することとなる……それは、断じて防がねばならぬ。

樋口　…いかにも。

黒岩　事は急を要するのだ、樋口。

　実は、昨夜の、岩倉・姉小路らとの談合において、長州藩家老・坪井九右衛門《つぼいきゅうえもん》と幕府大目付《おおめつけ》、それに徳大寺・卜部との間で、新たなる隠密の派遣をめぐる話し合いの詰《つ》めが進められておる、との情報がもたらされた……

　岩倉も姉小路も、この知らせをなぜか出し惜しみしおって、……われらが、最初の隠密の調べをどう始末したのか、気になって仕方なかったものとみゆる……安心して、われらに任《まか》せておけばよいものを、姑息《こそく》で小心な者どもよの（笑）。

樋口　事を急がねばなりませぬな……これ以上、徳大寺と卜部に、陰で動き回られると、まずい。坪井《つぼい》家老の方は、いかがなされる……こちらの方も、この際、思い切って片づけまするか？

黒岩　いや……坪井家老の周《まわ》りは、長州の手練《てだ》れどもが守りを固めており、飛び道具まで揃《そろ》え、抜かりない。

おまけに、恐ろしく用心深い御仁《ごじん》じゃ……なにせ、好敵手が、同じ長州藩の古狸《ふるだぬき》・長井隼人正《はやとのしょう》殿だからの（笑）。

それに、坪井殿は、長州藩内にも、有力なる支持者が多い。坪井家老が暗殺されたとなれば、かえって、長井隼人正殿への反発が高まり、長井殿の立場を危《あや》うくすることにもなりかねん。

長井家老あっての列藩同盟じゃからの……ヘタに、長州藩の熾烈《しれつ》な派閥争いに、われらが首をつっこむわけにはまいらぬ。

樋口　なるほど……では、……

黒岩　…うむ、……的《まと》は、徳大寺実清と卜部兼義のふたりのみに絞れ。他の公家どもにはかまうな。

樋口　…は……早速《さっそく》、洛中に待機している手の者を呼び集めまする。

黒岩　…うむ。だが樋口、無理はいかんぞ。

徳大寺と卜部の屋敷の周りは、所司代《しょしだい》から派遣された手練《てだ》れの役人どもが、警戒怠《おこた》りなく固めておる。

玄将　…さよう。黒川さんや身どもの身辺《しんぺん》を探り出そうと暗躍していた、例の怪しげな町人どもの動きも気になる……おそらく、兄のさしがねでしょうが……われらを「張って」みたところで、何も探り出せはせぬものを……

黒岩　…まことに、の（笑）……町人ふぜいがわれらの身辺に近づくことなど、できはせぬわ……捨ておいたらよい（笑）……

玄将　…ただ、もう出没しなくなりましたが、あの得体の知れぬ町人どもがうろちょろするようになって間もなく、徳大寺と卜部の屋敷を、所司代の者どもが厳しく警固《けいご》するようになり、また、ふたりも、めったに外出しなくなりました……いたく用心深くなったのです……

黒岩　……うむ……身の危険を感じておるようだの……われらも、慎重に動かねばならぬ……

よし、樋口、早急にと事を焦る必要はない、もうしばらく様子を見て、徳大寺と卜部の隙を狙え。

昼日中《ひるひなか》はいかんぞ……夜陰《やいん》に紛《まぎ》れて襲うのだ……近々、大事なる密談のために、奴らは、必ず屋敷を出るはずじゃ……その機を逃さずに、片づけよ……

樋口　…は……

第四幕

水辰《すいしん》

(5) 第一場　弘化三年（一八四六）・初夏〔陰暦・四月下旬〕

京都東山《ひがしやま》・修学院《しゅがくいん》村の奥、音羽谷《おとわだに》にある雨宮浄心《あまみやじょうしん》の庵《いおり》。午後。
竹林《ちくりん》に囲まれた閑静な庵。薫風《くんぷう》吹き抜ける居間。
浄心と妻・雪乃《ゆきの》、音羽《おとわ》、そして土御門玄道《つちみかどはるみち》の久方《ひさかた》ぶりの対面による会話の場面。

浄心　…おゆきさん、久しぶりじゃのう……天保《てんぽう》八年の四月にお別れして以来の再会じゃ……

雪乃　…ほんに、お懐《なつ》かしい……あれから、九年も経ったのですね……つい昨日《きのう》の事のように浮かんできます。

音羽　……はい（笑）。
お懐かしゅうございます……浄心先生も、雪乃様も、お変わりにならず、おすこやかなご様子……安堵《あんど》いたしました。

浄心　いや、いや、……わしは、ご覧の通り、めっきり年老いて、鬢《びん》の白さも一段と際立《きわだ》ってしもうて……（笑）。なにせ、今年で、もう五十九にもなるでの。

音羽　…（笑）いえ、いえ、お顔の色つやもよろしく、とても、五十代には見えぬほど、若々しくていらっしゃります……

玄道　…いや、まことに（笑）……浄心先生は、いまだ若者のごとく、情熱的に見えることもあり、また時には、無心の童子《どうじ》を想わせる、透《す》きとおった瞳で私たちを見つめられながら、優《やさ》しい不思議な笑《え》みを浮かべてお話しになられることもある……

音羽　…ほんに（笑）…昔と同じですね……お変わりになられませぬ。

浄心　……いや、お恥ずかしい……いくつになっても、「稚心《ちしん》冷《さ》めやらず」というだけのこと（笑）。

玄道　かとおもえば、失礼ながら歳《とし》相応に（笑）老成なされて、なんともお疲れになられて見えることもあります……そんな時は、またそれなりに、幾星霜《いくせいそう》をくぐり抜けてこられた、厳しく重い、鍛《きた》え抜かれた言《こと》の葉《は》の数々に出会うことがある。

でも、そんな時でも、先生のお言葉には、不思議な風通しの良さがあって、決して、人の心を、じめついた、陰鬱《いんうつ》な気持にさせることがない。

音羽　……ええ、…そうですね……よくわかります。

玄道　なんとも、とらえどころのない、摩訶《まか》不思議なるお方なのです。いくつになられても……（笑）。

浄心　……いや、いや、……おそろしく線の細い人間なのに、幼き頃より、ろくでもない苦労ばかり重ねてきたゆえ、この歳《とし》まで生きてこられたのが、われながら不思議なほどで、…正直、疲れ切っておるのじゃ（笑）。オツムの髪も傷《いた》んで、すっかり薄うなってしもうた（笑）。

ただでさえ、「生きる」ことが人一倍つらい、苦しいと思っておるので、しんどい事・哀しい事に出くわした時、じめついた悪い想念、悪い暗示や、冷酷・残忍な物の見方に囚《とら》われたりすると、たちまちにして体を損ね、とても生きてはいけないような、つらい気持になり、身がもたなくなるゆえの……せいぜい、できる限り、子供のような、あるいは、若々しい心ではればれと生きられるよう、未熟ながらも相《あい》努めておるだけのこと……そんなに、威勢のいいものではない（笑）。

音羽　……浄心先生も、雪乃様も、どんなにつらい、重いお話をなされる時でも、不思議に、わたくしどもの心を、哀しく澄んだ、透《す》きとおった冷たい水のような、潤《うるお》いのある風景へと運んで行って下さるのです……

その水に全身を浸《ひた》されて、わたくしも、あの時、ひとたびは死んで、新たに、この世に生まれ直すことができたんや……って、おもうてます……

ひとたび、この身の俗世の汚《けが》れ、濁りを洗い流すことができたからこそ、先生と雪乃様の優しい、温かい心ばえが、改めて、この身に沁《し》み通っていったんやとおもいます。
わたくしは、本当に、あの時、おふたりによって救われたのです……

雪乃 ……おゆきさん……あなた、本当に、よう生き抜いてこられましたな……
あなたが、庚申《こうしん》の清兵衛《せいべえ》さんに連れられて、この修学院《しゅがくいん》村の音羽谷《おとわだに》を後にして、旅立たれてから、わたくしは、いつも、あなたの身を想い、来る日も来る日も、祈り続けてまいりました……
(涙ぐみながら)さぞや、言うに言われぬご苦労をなされてこられたのであろうが……
ほんに……ほんに、ご立派になられて、……夢みるような想いです……

浄心 ……いや、まことに……感無量の想いじゃ……
おゆきさん、そなたの方こそ、幾多《いくた》の風雪をくぐり抜けて、鍛え抜かれた良き風貌《ふうぼう》になられた……それでいながら、不思議になつかしい、なんともいえぬ、匂い立つような気品とあでやかさをおぼえる……(笑)。

雪乃 ……まあ、まあ、いい歳して、鼻の下をのばして……これですからね、すぐ(笑)……
でも、おゆきさん、本当に、…おきれいなお方に、ならはったわ……羨《うらや》ましいこと……
それでいて、凛《りん》とした、なんとも落ち着きのある風格を備えておられて、……にっこり笑みを浮かべられると、昔と変わらず、童女のように愛らしいのに……

…歳月が、経っていたのですね……わたくしども、歳をとるはずやわ……（笑）。


玄道　いや、いや、…私の眼には、雪乃様も、……失礼ながら、お歳というものを感じさせぬ、なんとも不思議に、若々しいお姿に視えまする……

…そう……強いて申さば、この世にあられながら、この世のものではない、菩薩《ぼさつ》のごとき、あるいは、童女のごとき、謎めいた女性《にょしょう》の気配をおぼえる時があります……

…なにか、おゆき殿にも、雪乃様に通ずるたたずまいを感ずるのですが……

雪乃　…まあ、まあ、玄道《はるみち》さん、お上手なこと（笑）。

音羽　ええ、ほんに（笑）。

浄心　じゃが、…おゆきさんには、たしかに、昔から、なにかしら巫女《みこ》のような、時を超えた舞姫のような、……そう、天女のような、なんとも霊妙不可思議《れいみょうふかしぎ》なる、神がかった気配《けはい》が漂っていた……

おゆきさんの奏でる三味線《しゃみせん》の響きと歌声には、とりわけ、その気配が、色濃くにじみ出ていた。

この音羽谷の庵《いおり》で、雪乃とふたりで、おゆきさんの歌声に初めて耳を傾けた時、わしは、そのえもいえぬ、妙《たえ》なる哀しみの調べに、……あなたの心の渇きに、見果てぬ憧れや愛《いと》しさの想いに、ただ、ただ、深くうたれた……

雪乃　…ええ、そうでしたわ……今でも、まざまざと、あの時の、ふるえるような感覚が
蘇ってまいります……

浄心　…うむ……。そこには、紛《まぎ》れもなく、比叡《ひえい》の御神体《ごしんたい》へと通ずる、ここ京洛・東山の
音羽川《おとわがわ》の源流に宿る〈青龍《せいりゅう》〉の響き、〈水〉の龍《りゅう》の息吹《いぶき》が感じられた……わしらにとって
は、その感覚は、天啓《てんけい》のような驚きであった……

雪乃　…ええ、ほんとうに……

音羽　…はい……わたくしにも、今では、浄心先生と雪乃様の〈水〉の感覚というもの
が、身に沁《し》みて、よくわかるような気がいたします……先生が、なにゆえに、わたくしに、
「音羽《おとわ》」という世間師《せけんし》の名をお与え下さったのかも……

浄心　…うむ……

玄道　私が、卜部兼義《うらべかねよし》様から、初めておゆき殿を紹介され、身の上の相談にあずかった時、
私は、なにか、不思議な〈えにし〉を感じました……
　何というか、その、……おゆき殿の孤独で澄んだ、なんともいえぬ、寂しく静謐《せいひつ》な気配
に、すぐに、浄心先生と雪乃様のことを思い浮かべたのです……
　あの頃のおゆき殿は、大塩の乱に加わられたご主人と兄上を亡くされ、お身内の方々も

ご自害あそばされた上に、親類・縁者の方々からは、大塩の残党の女ということで義絶《ぎぜつ》され、お上《かみ》からは、探索のお手配が回って、とりわけ上方《かみがた》や江戸では、身の置き所も無いほどの危険な境遇にさらされておられた。
……それにもかかわらず、おゆき殿は、江戸に赴《おもむ》かれてから消息不明となっていた河井《かわい》月之介《つきのすけ》殿を、なんとしても探し出したい、との一念にて、敢《あ》えて、身の危険をも省《かえり》みず、いったん赴かれた伊勢《いせ》の国より上方《かみがた》にとって返し、この京の都に乗り込んでこられた。

音羽　……はい。わたくしは、大塩の乱の後、夫のあとを追って自害するという決心も崩れ、行き場の無い孤児のような境遇に落ちましたが、昔、わたくしに三味線《しゃみせん》の手ほどきをしてくれ、色々と親身になってくれたことのある、芸人一座の師匠《ししょう》を頼って、美濃《みの》の国・青墓《おうはか》の地を訪れました。
しばし、その女座頭《ざがしら》の下《もと》で、村々の門付《かどづ》けや、一座での三味線弾きやうたいをつとめながら、なんとか糧《かて》を稼ぎ、身を潜《ひそ》めておりました。……しかし、……

浄心　…月之介殿にお逢いしたいとの一念から、なんとか、つてを求めんとて、伊勢の国に赴《おもむ》いたのじゃな……

音羽　…はい……月之介様が大坂におられた頃、一時《いっとき》、交わりをもたれた足代弘訓《あじろひろのり》様のことを思い出したのです。

足代様は、月之介様と同じ伊勢出身で、しかも、かつて、本居宣長《もとおりのりなが》先生の学派に属する国学者のお仲間であられた月之介様とは、すでに、伊勢時代からの知人であられたからです。

玄道　うむ……おふたりの交友関係については、私も、卜部兼義《うらべかねよし》様からうかがったことがあります。卜部兼義様は、ご存《ぞん》じのように、由緒ある吉田神道《よしだしんとう》をつかさどる卜部一族の神官であられる。その縁で、神道や国学上の関心から、伊勢神宮・外宮《げぐう》の権禰宜《ごんねぎ》だった足代《あじろ》弘訓《ひろのり》様とも、かねてより交友関係があった。

足代様は、大塩平八郎殿の友人であられました。恐ろしく博学多識な方で、本居学《もとおりがく》をふまえた、伊勢神道の立場から、わが国古来の伝承・歴史・神道関係の古文献に関する、膨大かつ厳密な考証を残されておられる。本来ならば、そのような厳正・中立なる学識の徒は、大塩平八郎殿や河井月之介殿のような「陽明学《ようめいがく》」の思想とは、相容《あいい》れにくい。机上《きじょう》の観念を振り回し考証に埋没《まいぼつ》する〈知識人〉のまなざしに飽きたらぬ、ご両人の立場からすれば、対極とすら言えましょう……

音羽　……はい、たしかに、一面では、さような相違もございましょうが、…わたくしには、むつかしいことはよくわかりませぬが、…でも、月之介様は、大坂におられた頃、時折、足代様のことをわたくしに申されておられました……
小難《こむずか》しく、小《こ》うるさい「学」の考証なんて、俺にはさっぱり興味もないし、ただ煩《わずら》わしいだけだが、あの「足代の御大《おんたい》」は、ただの学者先生にしておくのはもったいない（笑）、一本筋の通った、人情・風俗の機微《きび》をわきまえた、情けに厚い「憂国《ゆうこく》の士」だと……気骨《きこつ》ある男だ、捨てたもんやない（笑）…と、そう申しておりました……

玄道　……うむ（笑）……卜部様のお話では、月之介殿に対して、足代様も、独特の印象をおもちのようであった。

月之介殿の、学者らしからぬ、奇体《きたい》な、異形《いぎょう》の魂のあり方に対して、彼の孤独癖《こどくへき》や天衣《てんい》無縫《むほう》ぶりに対して、苦手意識をおぼえつつも、やや離れた所から、不思議な魅力を感じておられたようじゃ（笑）……

音羽　…はい（笑）……足代様と月之介様の関係と同様に、大塩平八郎様と足代様も、互いに、ある心の隔《へだ》たりを保ちながらも、親愛の情を抱かれておられたようです……

平八郎様も、月之介様と同様、〈義《ぎ》〉の志をもたぬ、単なる好事家《こうずか》の類《たぐい》による、博識・考証の学を毛嫌いなされておられました。

でも、…月之介様は、その大塩平八郎様の目から見ても、さらに、奇異《きい》なる偏屈者《へんくつもの》として映っておられました（笑）…「洗心洞随一《せんしんどうずいいっ》」といってもいいほどの、並はずれた勉強嫌い、学問嫌いのくせに、己《おの》れの思想上のこだわりのためならば、飽《あ》くことを知らず、学び続けて、倦《う》むことがない……なんて我《が》の強いワガママ者なんだ！」って……辟易《へきえき》されておられましたよ（笑）。

浄心　…アハハハ……いや、いや、実に良い……おゆきさん、実に良い学び方じゃよ、月之介さんのやり方は（笑）……。この浄心と同じじゃ……

まったくの、…「生きるために必要不可欠だからこそ学ぶ」のであって、「学ぶために生きる」のではない。

生きるために必要不可欠なのは、なにも、命をつなげるための日々の糧《かて》となる食い物や、暮らしの上で必要となる物やカネばかりじゃない。

心の支えや心の励みとなる「心の糧《かて》」もまた、生きる上で必要不可欠なるものじゃ……人の情愛・絆《きずな》が、生きる上で「かけがえのないもの」であるのと同様に、その情愛・絆を育《はぐく》み、支え、導いてくれるのは、「学ぶ」という、かけがえのない営みなのじゃ。

情愛や絆というものを、盲目的な愚かしいものに堕《だ》さしめず、それぞれ異質なる魂を備えた個々の人間にとって、その人らしい、自然で幸せなかたちに導いてくれる〈叡智《えいち》〉を磨くために「学ぶ」ことは、なくてはならぬ「心の糧《かて》」じゃ。

さらにいうなら、人は、この宇宙の中に、なんの意味もない、〈切れっぱし〉のように放り出されて生きているのではない。天地自然・森羅万象と共に、目に視えぬ、大いなる〈水〉のいのちに包まれながら活《い》かされておるのじゃ……

その孤独な〈いのち〉の本源に立ち帰って、己《おの》が生きざまを省《かえり》みる営みもまた、「学ぶ」という行為なのだ。

音羽　……はい……

浄心　月之介殿も、この浄心も、そのような、生きるに必要不可欠なる「心の糧《かて》」を求めて、独立独歩、己《おの》が流儀で「学んで」きた者じゃ……

別段、学者先生でもなんでもない、ふつうにこの世を生きておる、まっとうな、下々《しもじも》の名も無き者たちにとっても、「学ぶ」という行為は、本来、そのようなものであるべきではないかの？

音羽　……はい……ほんまに、その通りやと存じます……

玄道　……いや、身《み》どもも、全く同感です……

この玄道《はるみち》とて、土御門家《つちみかどけ》の異端児、「裏土御門《うらつちみかど》」の鬼道《きどう》に身を置く者……

わが鬼道の真髄は、ひとえに、この世界をいかにとらえ、この世をいかに生き抜くかという覚悟・まなざしに通底するものにござります……

浄心　……うむ……いや、知己《ちき》を得《う》る想いで、嬉しきことじゃ（笑）……
「わが意を得たり」との思いで、つい気炎をあげてしもうたが、おゆきさん、話が横道にそれてしまい、相済《あい》まぬ……で、以前にも、そなたの口から一度聞いたことがあったが、足代殿には、伊勢にて会えたものの、結局、月之介殿の消息は、一切不明のままであったわけじゃな……

音羽　…はい……月之介様が大坂におられた頃は、時折、足代様との文通もあり、また、足代様が大塩様を来訪なされた折に、親しく話をされたことがあったようですが、月之介様が大坂を去られ、京の都に赴《おもむ》かれてからは、おふたりの直接の文通は完全に断たれてしまわれた、とのことでござりました……
このわたくしの事が原因で、月様は、夫の篤之進《あつのしん》をはじめ、洗心洞《せんしんどう》関係者への〈接触〉を、二、三の親しき者たちを除いて、控えてしまわれたのです……洗心洞ご門弟衆との思想上の相違・対立もあったと思いますが……
足代様も、洗心洞関係者の不穏《ふおん》な気配を察知《さっち》なされておられたようで、敢《あ》えて身を引き、慎重に距離をとっておられました。

玄道　しかし、月之介殿は、京に居《お》られた折、絵画に深い関心をもたれ、それがきっかけで、四条円山派《しじょうまるやまは》の絵師・竹内連翹《たけうちれんぎょう》殿とも懇意《こんい》になられた。

当時十一歳であられた月之介殿の一人娘・お京殿《きょう》に、初めて、絵の手ほどきをしてさし上げたのも、連翹殿であった。

不思議な〈えにし〉で、その連翹師匠の弟子であられた徳大寺実清様《とくだいじさねきよ》や、徳大寺様と親しい卜部兼義様《うらべかねよし》と、月之介殿は懇意になられた……

音羽　…はい……その卜部兼義様が、実は、神道や国学を通じて、足代弘訓様《あじろひろのり》と深い交友関係をもたれておられたのです。

浄心　……まこと、奇《く》しきえにしじゃのう……で、おゆきさんは、足代様より卜部兼義様のことを教えられたのじゃな。

音羽　はい。天保八年の当時、足代弘訓様もまた、大塩の乱との関わりをお上《かみ》より疑われ、大坂町奉行所から厳しい詮議《せんぎ》の目を向けられておられました。

足代様は、「この伊勢の国も、そなたにとっては、安心のおける居場所とは言えぬ」と仰《おお》せられましたが、わたくしは、なんとしても月様にお逢いしたい、との必死の想いで、足代様に、なんとか、お知り合いの方々《かたがた》のつてで、月様の消息をつかむ手がかりを探っていただけないでしょうか、と懇願《こんがん》したのでございます……

当時のわたくしは、夫と共に大塩一党の企《くわだ》てに与《あずか》っていた、乱心賊徒《らんしんぞくと》の女房ということで、残党狩りや、乱の関係者である不逞《ふてい》・不穏《ふおん》の輩《やから》を探り出すための手がかりとみなされて、お上《かみ》の執拗《しつよう》な探索の目を向けられておりました。
　月之介様のおられるであろう幕府のお膝元・お江戸の地は元より、京・大坂をはじめとする上方《かみがた》一帯に身を潜《ひそ》めることは、わたくしにとって、危険きわまりないことでございました。

浄心　そうであったのう……それなのに、月之介殿に逢いたい一心《いっしん》で、手がかりを得《う》る、一縷《いちる》の希《のぞ》みに賭けて、敢《あ》えて、この京洛の地に、そなたは、決死の覚悟で乗り込んでこられた……

雪乃　…ほんに……なんとまあ、烈《はげ》しい、一途《いちず》な女子《おなご》はんやろ……と目を瞠《みは》りましたえ……(笑)。

浄心　…まことに……あの頃から、おゆきさんには、そんな、とてつもない無鉄砲なところがあった（笑）……
　慕《した》うお人のためならば、いかなる障害とて乗り越えずにはおかぬ、という、炎のような、凄まじき捨て身の情熱があった……

音羽　……はい……ほんまに、われながら、業《ごう》の深い女子《おなご》やとおもうてます……(笑)。

浄心　で、月之介殿の消息を探る手がかりを得たいとの一念で、おゆきさんは、足代様に書いて頂いた卜部兼義様への紹介状を懐《ふところ》に、京の都にやって来たわけじゃの……

音羽　はい。当時、大塩関係者ということで、厳しい監視の下《もと》に置かれていた足代様にとって、友人の卜部様との、直接の書信のやりとりは、不如意《ふにょい》なこと、この上ないものでありました。来信《らいしん》・往信《おうしん》を問わず、手紙の中身《なかみ》は、すべて、お上《かみ》の役人によって、詮議《せんぎ》の目にさらされてしまうからです。
かつて洗心洞《せんしんどう》の塾生であった河井月之介様の消息について尋《たず》ねることなど、書信によっては、到底不可能な事でした。
わたくしが、足代様に、一時《いっとき》お会いできたのも、お上《かみ》の目をかろうじてかわすことができたからです。
浄心　…うむ…
音羽　美濃の青墓《おうはか》を出る時、わたくしの師匠から「伊勢の国に着いたら、まっ先に身を寄せるように」と教えられていた芸人一座を訪ね、わたくしは、その座頭《ざがしら》の好意のおかげで、昔の痕跡《こんせき》をいささかもとどめぬように、念入りに姿・形を変えて、一座の芸人として、伊勢に潜伏《せんぷく》することができました。
足代様との接触も、伊勢から京への道中も、都での卜部兼義様との出会いも、すべて、この一座の方々のおかげなのです。
浄心　……うむ、美濃・青墓の衆の人脈には、わしも、世間師《せけんし》として働いておった頃、ようお世話になり、また、仕事の面でも、力を貸して頂いたものじゃ……

音羽 …はい……。でも、足代様にも、本当にお世話になりました。

万が一にも、このわたくしがお縄になったなら、卜部様への紹介状を書いて下さった足代様にも、書信相手の卜部様にも、累《るい》が及ぶことになるのですから……

わたくしも、その危険を案じ、足代様へのご迷惑は心苦しいゆえ、なにとぞ、紹介状はお控え下さい、わたくし自《みずか》ら、口頭で卜部様に事情をお伝えいたしますから……と、切に申し上げたのですが、足代様は、「なんの、うさんくさい女と門前払いを食らわせられぬためにも、紹介状は、ぜひにも必要じゃ。わしにまかせておけ。そなたのような女子《おなご》の〈誠《まこと》〉がかかった、かような生き死にの正念場に、物の役に立たぬとあらば、男子《だんし》一生の名折れというものぞ。なあーに、心配は要《い》らぬ、おゆきさん、あんたの一念、一期《いちご》の想いの強さ・深さに、わしもこの身を賭けてみたい……」と仰《おお》せられて……

（涙ぐみながら）……足代様のためにも、一座の方々のためにも、なんとしても、無事に京洛の地に潜入せねばと、わたくしも、覚悟を新たにいたしました……

浄心 ……うむ……

玄道 しかし、いくら姿・形を変えているとはいえ、まだ大塩の乱の余燼《よじん》冷《さ》めやらぬ頃で、おまけに、人相書付《にんそうがき》きのお手配書も出回っている……あまりといえば、あまりの暴勇と、卜部様も、仰天《ぎょうてん》しておられました……結局、月之介殿の消息は卜部様もご存じなく、途方に暮れられて、この私に、密《ひそ》かにご相談あそばされた……

音羽　……はい……卜部様は「麿《まろ》の知り合いに、一風変わった隠者《いんじゃ》の暮らしをしている、土御門玄道《はるみち》という陰陽師《おんみょうじ》がおる。その者に相談いたさば、あるいは、極秘の抜け道を使いて、おゆきさんを逃《のが》すこともできるやもしれぬし、河井月之介殿を見つけ出す手がかりが得られぬとも限らぬ」と仰《おお》せられ（笑）、わたくしは、初めて、玄道様にお会いすることとなったわけです……

玄道　……はい（笑）……そして、私が、おゆきさんをこの音羽谷にお連れし、雨宮《あまみや》浄心先生と雪乃様に引き合わすことになった……

浄心　……いや、改めて、昔のいきさつを振り返ると、なんとも奇《く》しきえにし……と、万感、胸に迫る想いじゃ……

雪乃　……ええ、ええ、……（涙ぐみながら）何度振り返っても、涙がこぼれますわ……

玄道　元・上方《かみがた》の一匹狼の世間師「村雨《むらさめ》の音吉《おときち》」として、〈闇〉の世界に生きる者を畏怖《いふ》せしめ、その名をとどろかした浄心先生ならば、きっと、おゆきさんのお力になって下さり、良き知恵を授けて下さると、身どもは思うたのですが……

浄心　……いや、いや（笑）……世間師稼業は、とうの昔のこと、今は、ご覧のようにすっかり隠退して、書・画をたしなみ、文筆に生きる風流隠遁《いんとん》の士じゃ……今さら、さしたる力にはなれん……時世《じせい》も、大きく移り変わっておるしの。

相談をもちかけられたあの時は、わしも正直、途方に暮れる想いであった……

玄道　……はい……ですが、私が浄心先生のことを思い立ったのは、なにも、先生が、かつて世間師として活躍されておられたからばかりではありませぬ。

先ほども触れましたように、おゆき殿との出会いに、なにか、霊妙不可思議《れいみょうふかしぎ》なる〈縁《えにし》〉の匂いを感じ取ったからです……〈水〉の鬼道をつかさどる、「裏土御門」の陰陽師《おんみょうじ》たる身《み》ども特有の感覚としか申せぬものなのですが……

浄心　……うむ……

玄道　端的に言えば、身どもは、おゆき殿の、寂しげで静謐《せいひつ》な気配《けはい》に、深々とした〈水〉の相貌《そうぼう》を看取《かんしゅ》したのです……深い哀しみを抱えながらも、その哀しみを、奥深い懐《ふところ》の内に柔らかく包み込んでみせる、清流のごとき、澄んだ静けさの気配が、たしかに、おゆき殿の相《そう》には立ち込めていた。

身どもには、それは印象深いものでした。なぜなら、浄心先生と雪乃様に身どもが感じていたものと、それは、あまりにも深く響き合い、通い合う霊気の流れであったからです。

浄心　…うむ…玄道さん、まさに、あんたの言われた通りじゃ……わしも雪乃も、初めておゆきさんにめぐり逢《お》うた時、そのことに、何よりも驚いた……なんという、霊妙《れいみょう》なる〈えにし〉かと。あだやおろそかに想うてはならぬ出逢いじゃ……と。

音羽　……はい……

雪乃　ほんに……

玄道　当時のおゆき殿は、心千々《ちぢ》に乱れ、物狂《ものぐる》いのさまを呈《てい》しておられた、といっても過言ではありますまいに……でも、その炎のごとき、狂おしい業火《ごうか》の渦中に身を苛《さいな》まれていても、不思議に、おゆき殿の周《まわ》りには、〈解脱《げだつ》〉の境地と紙一重といってもよいような、ある暗い、澄んだ静けさの気配が立ち込めていたのです……たしかに……

浄心　……そうであった……まことに、その通りであった……おゆきさんの内なる、魂の〈火〉は、つねに、大いなる〈水〉に包まれ、導かれ、守られておる……青き〈水の龍《りゅう》〉につかさどられておる。
おゆきさんは、己《おの》れの深奥《しんおう》からささやきかけてくる、その〈水の龍〉の、混じりっけのない「導きの声」を、澄んだ心で、あるがままに、ひるむことなく聴き取ることのできる、稀なる女性《にょしょう》じゃと、……わしは、あの時、しみじみと感じたのじゃ……

玄道　……はい……
清き神々の声を正しく聴き取る巫女《みこ》のごときお人じゃと。

浄心　いかなるめぐり合わせの、いかなる受難の渦中に身を置かれていようとも、そしてまた、いかなる忍耐を求められようとも、おゆきさんならば、必ずや、その試練を乗り越えて、生まれ変わり、己《おの》が生きる道を切り拓《ひら》いてゆくことができる、必ずや幸せをつかみ取ることができる……わしは、そう信じ、念じた。
雪乃　…わたくしもですよ、おゆきさん……
音羽　…はい……よくわかります、身に沁《し》みて……
玄道　……ですが、…身どもも、まさか…あの、可憐《かれん》なおゆきさんが、今や、大江戸の〈闇〉の世界を取り仕切る、世間師の元締《もとじめ》「音羽」の姐御《あねご》とは（笑）……初めて便《たよ》りを頂いた時は、仰天《ぎょうてん》しました。
浄心　いや、まったくの（笑）……
玄道　そもそも、九年前のあの時、浄心先生が、おゆき殿を、「世間師」などという、危険きわまる〈闇〉の裏稼業の世界に導かれたという事実を知った時に、身どもは、度肝《どぎも》を抜かれる想いがいたしたものです……（笑）。
浄心　…いや、無理もない（笑）。
…じゃがの、わしは、おゆきさんの話を聞き、おゆきさんの奏でる三味線の音色と歌声の妙《たえ》なる響きに一心に耳を傾け、胸中の語り得ぬ苦悶と想いの深さを知れば知るほど、…

ますます、この人は、得がたき世間師となるべき〈さだめ〉を天より課せられたお方じゃ、…との想いを深くせざるを得なかった……
〈水〉の龍に導かれ、守られながら、煌々《こうこう》と燃え上がる、おゆきさんの内なる魂の〈炎〉は、この世の到る所で、もがき苦しみながら無明の闇をさまよう、名も無き人々に、ひと筋の光明を与え、生きる勇気を奮《ふる》い立たせる、ささやかだが、大いなる力となるものじゃとの想いが、わしにはあった……

おゆきさん…いや、音羽さんでなければできぬ、かけがえのない仕事・使命というものがたしかにある……そう思うたのじゃ。

音羽　……はい…浄心先生、いや…「村雨《むらさめ》の音吉《おときち》」さんのその想い、この音羽と、わてら音羽一家が、しかと受け止めております…どうか、ご安心なすって悠々自適あそばされまし（笑）。

浄心　…うむ（笑）…音羽さん、お前さんなら、必ずやれる…いかなる困難な請負《うけおい》仕事とて、いったん引き受けたからは、必ず、一分《いちぶ》の隙《すき》もなく、見事にやりとげてみせる……そのような不敵な気概《きがい》の〈炎〉が、そなたの身の内より、煌々《こうこう》と燃え立っておる……わしには視《み》えるよ、音羽さん……（笑）。

音羽　…はい……ご炯眼《けいがん》のほど、恐れ入りまする、村雨の親方《おやかた》（笑）……

玄道　…ふーむ……いや……恐れ入りました、おゆき殿……いや、音羽さん（笑）……
なにやら、身どもも、心強きおもいがいたしまする……すでに書状でも記しましたが、実は音羽殿、宮中の大事に関わることで、折り入って、あなたにご相談申し上げたき儀があります……後で、また詳しくお話しいたす所存ですが。

音羽　…はい、……そのお話は、いずれ後ほど……清兵衛さんが到着されてから後で……ひょっとすると、わてらのこのたびの「上方《かみがた》での仕事」にも関わる大事かもしれまへんよって……

玄道　…うむ……よしなに、お頼み申す……

音羽　……はい。

浄心　…ところで、おゆきさん、……そなたからの久方《ひさかた》ぶりの便《たよ》りでは、江戸で無事、念願叶《かな》って月之介殿と再会できたとのことじゃったが……

音羽　…はい、……過ぐる三年前、天保《てんぽう》十四年の秋、本所《ほんじょ》の片隅で、たまたま行き逢い、思いもかけぬ再会を果たしました……

浄心　……ふむ、まことに、奇《く》しきえにしじゃのう……いや、本当に、何よりのことであった……

ただ、その……なんとも、聞きづらいことじゃが、今、おふたりは、いかなるかたちになっておるのかの？……

月之介殿のご内儀《ないぎ》と娘御《むすめご》は、いかがなされておるのじゃ？……

そなたたちが奇跡的にめぐり逢えたは悦《よろこ》ばしきことじゃが、はたして、その後、いかなることになっておるのか？……雪乃とも、その事ばかり、案じての……

雪乃　……ええ……ほんに、気がかりでした……

音羽　…はい……

でも、ご案じ下さりますな、わたくしどもは、秋江《あきえ》様もお京《きょう》さんも含めて、皆、元気です……

浄心　月之介殿は、ご家族と別れられて、今は、そなたと一緒になられておられるのか？

それとも、……

音羽　……いえ、月之介様は、相変わりませず、秋江様・お京さんとの暮らしを、大切になさっておられます……もっとも、ご存じかと思いますが、お京さんは、今は上洛されて、この修学院村《しゅがくいんむら》からほど近い一乗寺村《いちじょうじむら》の竹内連翹《たけうちれんぎょう》様の下《もと》で、「四条円山派《しじょうまるやま》」の絵師をめざして、修行中の身でございます。

玄道　…うむ…そのことは、すでに、音羽殿よりの書状にて、存じておる。

竹内連翹先生の絵のお弟子であられる徳大寺実清様や、徳大寺様と懇意の卜部兼義様からも知らされています。聡明な、落ち着きのある、良き娘御じゃと、仰せられておられました。

音羽　はい。

浄心　……しかし、その、……そうなると、おゆきさん、そなたと月之介殿は、いまだ一緒にはなれぬのか？……所帯を構えてはおらぬのかの？

音羽　…ホホホ……困りましたわね……なんと申し上げたらよいのでしょう……わたくしは、わたくしなりに、月之介様に寄り添いたいとの希《ねが》いがかなえられたものとおもうておりまする……

でも、通常の世間様で言うところの「所帯」なるものを構えているわけではございませぬ……（笑）。

玄道　……ほう……それは、それは（笑）。

音羽　わたくしは、月之介様と秋江様の絆の深さというものを、よくわかっているつもりです……

おふたりが、娘御を育て、守りながら、幾多《いくた》の風雪を越えてこられたこと……言葉にては、到底《とうてい》伝えることのかなわぬ、無量の想いを分かち合いながら、幾星霜《いくせいそう》をくぐり抜け、おふたりの世界を紡《つむ》ぎ出し、織り上げてこられたこと……
いたわり合い、支え合いながら、共にたたかってこられたこと……
その事の重さを、わたくしは、わたくしなりに、身にしみて感じております。
それぐらいには、未熟者のわたくしも、世間師のはしくれとして恥じないだけの眼力《がんりき》は
鍛え上げてまいりましたゆえ……

浄心　……うむ。

音羽　月之介様と秋江様の暮らしをかき乱すつもりなぞ、わたくしには毛頭ございませぬ
……
月様の心をひとり占めにする気など、もとより無いのです。
それは、浅ましい我執《がしゅう》の心です……そんな心は、とうの昔に捨て去ってございます。

浄心　……うむ、そうであったの……

音羽　わたくしは、ただ、月之介様の傍《そば》近くに身を置くことが許されるなら、それでよいの
です……時折、お逢いできさえするならば……
わたくしは、明日をも知れぬ、闇の裏稼業に生きる世間師の身です……「所帯」の真似《まね》
事《ごと》など、無用の者……
月様にも、月様だけの世界があるように、わたくしにも、わたくしだけの世界というも

のがあります。
わたくしの知らぬ月様がいるように、月様の知らぬわたくしがおります。わたくしたちは、昔から、相似《あい》た所があるようにも思い続けてきましたが、でも、まるで違う生き物のように感じられる時もあります……

浄心 ……ふむ……

音羽 ……ただ、わたくしには月之介様が必要なのです……あの方の温かさが、生き抜く上で、どうしても必要なのです……
それゆえ、あの人の傍《そば》近くにいたいと希《ねが》うだけです……

浄心 ……そうか、ようわかった……

雪乃 ……おゆきさん、それで、今のあなたは幸せなのですね？

音羽 …はい、…とても…

雪乃 …そう……それは、なによりのこと……本当に、よかった……

浄心 …うむ……いや、まことにの…安堵《あんど》いたした……そなたの肚《はら》の据《す》わりが、改めて、ようわかったような気がする……
男と女子《おなご》の真実の〈誠《まこと》〉さえあらば、世間体《せけんてい》や世の通念・掟《おきて》などは何ものでもないよ…
おゆきさん……

音羽　…はい……
　世のしきたりにも、掟にも、一切の虚栄や欲にも、己《おの》れの生きるよすがを求めず、ただ、ひたむきに、人の心の、嘘偽《うそいつわ》りの無い〈誠〉の想い、真実《まこと》の〈情け〉、真実《まこと》の〈ぬくもり〉にのみ、いのちを賭ける……その世間師の心を、わたくしは、あの時、浄心先生より伝えられ、たしかに、この手で、この胸で、受け止めましてござります……

浄心　……うむ。
　その世間師の心は、この古《いにしえ》よりの山紫水明《さんしすいめい》の京洛の地に宿りたる青き〈龍《りゅう》〉、〈水〉の心にも通じておる。

音羽　…はい……

玄道　…さよう。その〈水〉の龍の青く澄んだ心は、浄心先生のこの「音羽谷」の庵《いおり》のそば近くにある、かの「修学院離宮《しゅがくいんりきゅう》」に象《かたど》られし、後水尾上皇《ごみずのおじょうこう》の御心《みこころ》にも通うておる…

浄心　…うむ…おゆきさん、音羽川を挟んで、この庵のすぐ北側には、二百年近くも前、後水尾院《ごみずのおいん》によって造られた修学院離宮があるが、これは、他のいかなる離宮にも類例のない、前代未聞《ぜんだいみもん》・空前絶後の奇想天外なる大庭園なのじゃ。

音羽　…はい、噂には聞いておりましたが……

浄心　広大な田畑・山林をその内に包摂《ほうせつ》し、村落の自然な借景《しゃっけい》をそのまま取り込んで造られた、異色の離宮なのだ。その中には、比叡の山から流れる清流を集め、せき止めて造られた「浴竜池《よくりゅうのいけ》」と呼ばれる、〈水の龍〉の住処《すみか》を象《かたど》りし池がある……

玄道 さよう。修学院離宮には、「老子」や「荘子《そうじ》」、それに「禅」の思想をふまえた、後水尾院の〈水龍〉の思想、脱俗・反骨の、孤高の魂が息づいています。

浄心 ……まことに……興味深いことじゃ。

わしのような、一介の市井《しせい》の老爺《ろうや》がこんなことを言うと、恐れ多いことと眉をひそめる向きもあろうが、後水尾院が修学院離宮に託されし想いには、なつかしさをおぼえるし、不思議なる〈えにし〉を感ぜずにはおれぬ……のう、玄道さん…あんたとの〈えにし〉と同様にの……(笑)。

玄道 …はい(笑)……まことに。

今を去ること二百年の昔、徳川の御世《みよ》の初め、武力による恫喝《どうかつ》と厳格な法度《はっと》による力ずくの政《まつりごと》によって、諸大名や朝廷の弾圧を図った幕府の非道なやり口に対峙《たいじ》するために、後水尾院は、鬼気《きき》迫る執念を込めて修学院離宮を造られ、そこに、独特の思想的な想いを込められたのです。

浄心 …うむ……

玄道 政《まつりごと》の実権を完全に奪われ、理不尽《りふじん》な法度の数々を課せられ、息のつまるような監視の下《もと》に置かれてしまった朝廷・公家衆の心意気を示すために、武力によって力ずくで天下を意のままにせんとする幕府の〈火〉の精神に対峙して、老子や荘子のまなざしをふまえた、〈水〉の思想を体現する修学院離宮を造営されると共に、密《ひそ》かに、わが「裏土御門《うらつちみかど》」の鬼道《きどう》を再興されたのです。

すなわち、暦の作成やそれと結びつく吉凶の占いを管轄するという、いわば〈表〉の役職としての「陰陽道《おんみょうどう》」をつかさどる土御門家の嫡流《ちゃくりゅう》とは別に、一族の内に、か細い流れとなって極秘のうちに守り伝えられてきた、〈裏〉の土御門による「鬼道」を重んぜられた。

浄心　……うむ。

玄道　旧態依然《きゅうたいいぜん》たる「陰陽五行《いんようごぎょう》」の形式的で観念的な「学」の解釈によって、今や完全に衰弱し切ってしまった「陰陽道」に代わって、〈水〉と〈火〉の鬼道を密かに再興あそばされたのです……

〈水〉の鬼道は、「水辰《すいしん》・月夜見《つくよみ》の法」と呼ばれ、〈火〉の鬼道は、「火徳《かとく》・炎舞《えんぶ》の法」と名づけられていました。

以来二百年、この二つの鬼道は、一見相対《あい》立しつつも、互いに補い合う「陰陽二元一体の法」として、代々、「裏土御門」の門流に継承されてきたのです……

浄心　……ふーむ、玄道さん、かねがね機会あらば、お尋ねしたいとおもうてきたが、「裏土御門家」の秘伝について、あなたからその由来をお聞かせ頂くのは、初めてのことじゃの……いや、興味深いことじゃ…わしにとっても、その〈水〉と〈火〉の鬼道の微妙な関係というものはの……

玄道　……はい。

ここからは、私の解釈であり、立場でもあるのですが、……私の考えでは、肝心なのは、このふたつの鬼道の内、根底的な意味を有するのが、あくまでも、〈水〉の鬼道である、という点です。伝統的な「易《えき》」や「陰陽五行」、さらには、当節流行《はやり》の「平田《ひらた》系神道」との決定的な違いは、ここにあります……

浄心　…うむ……

玄道　わが国の神道の根拠をなす『古事記《こじき》』の神話解釈において、「平田派」の国学者たちは、天照大神《アマテラスオオミカミ》の治める天上界の厳格な法と秩序に体現される〈火〉の思想を前面に押し出し、天孫《てんそん》の末裔《まつえい》に当たる歴代の天皇《スメラミコト》の統治を、〈火〉の精神による、〈水〉の制圧と統御《とうぎょ》の歴史ととらえるのです。

ここでいう〈水〉とは、むろん、単に目に視《み》える水のみを指すのではなく、広く、海・大地・風、さらには人や動植物も含む森羅万象に宿り、それらの生々流転《せいせいるてん》を、目に視えぬ形でつかさどっておる、大いなる混沌《こんとん》としての、〈闇〉の気のうねりを指し示しております。

浄心　……うむ……

玄道　〈火〉の精神とは、それに対し、その混沌たる〈闇〉のつかさどる存在の諸相に、敢《あ》えて、〈理知〉の力によって光を当て、人間の知識によって、統御《とうぎょ》可能な世界に造り変えてゆく精神のあり方を指し示すものです。

〈火〉の精神とは、人間の理知の及ばぬ、存在の内なる〈闇〉の相《そう》を、一時的に隠蔽《いんぺい》・封印《ふういん》することで、対象を、己《おの》れの力によって支配し、統御せんとする、自我意志と欲望の表われだといってよい……

浄心　……うむ、まさに、〈男〉という、観念的な生き物の性《さが》といってよいの……

力ずくで人と争い、己《おの》が世界を拡げ、戦《いくさ》を好み、所有し、支配することに快感をおぼえるという、これまでの人間どもの、波瀾万丈《はらんばんじょう》の、醜くも妖《あや》しき魅力を備えた、恐ろしき歴史の数々をもたらしたのも、その〈火〉の精神の、さまざまなる乱用にあるといってよいであろう……

玄道　……はい、まさに、その通りだと思います。

人間の内なる〈火〉、すなわち〈欲望〉もまた、動物の中に宿りたる〈火〉の本能と同様、存在をして活《い》かしめる、大切なる衝動であるには違いありません。

しかし、人間は、その〈欲望〉をかなえんとて、〈火〉の精神、すなわち、〈理知〉による観念的な支配への意志を用うるのです……

〈火〉の精神あればこそ、私たち人間は、混沌《こんとん》たる〈闇〉の世界を御《ぎょ》し、己《おの》れにとって、住み心地の良い場へと造り変えてゆくことができる……その意味では、〈理知〉に支えられた人間の〈火〉とは、一面では、人という生き物の偉大なる特性だといってもよい。

浄心 ……いかにも……

玄道 ですが、その半面、〈火〉の力を過信し、世界を、己《おの》れの欲望と自我意志によって思うままに支配し、貪《むさぼ》ろうとするなら、〈火〉の精神は、邪《よこしま》なるものへと堕《だ》し、人の絆をひき裂き、この世界を、荒廃と混乱に導くだけの、禍々《まがまが》しき刃《やいば》となるでありましょう。

浄心 ……うむ、まさしくその通りじゃ。

玄道 〈火〉の精神を、正しく、人を幸せならしめる良きものへと導くには、われら人間を、さらには諸々《もろもろ》の存在を包摂《ほうせつ》し、活《い》かしめている、大いなる〈闇〉の世界、すなわち、存在の根源たる〈水〉の相《そう》への〈畏怖《いふ》〉の念を知らねばなりませぬ……

己《おの》れが、己れ自身の力で生きているのではなく、己れに宿《やど》りたる、より大いなる、未知のはからいの流れによって「活《い》かされている」のだという、つつましい畏《おそ》れと祈りの心を知らねばなりませぬ……

浄心　……うむ……

われらの生きるこの現世《うつしよ》が、単なる偶然的な悲惨事と混乱をもたらす〈虚無〉の相であるとのみとらえるのではなく、同時に、美しき〈いのち〉の火を生み出し、良き〈えにし〉をもたらしてくれる〈光〉の相をも兼ね備えておるのだということ……己《おの》れの内なる悪《あ》しきもの、汚《けが》れしものを洗い清めてくれる、大いなる〈水〉の相というものがたしかに息づいておるのであり、幸いにして、その透《す》きとおった、いのちの水脈に触れる機縁《きえん》が得られるなら、人は蘇《よみがえ》ることができるのだということ……

そしてまた、さまざまなる艱難辛苦《かんなんしんく》をくぐり抜けながらも、その清き〈水〉の流れに包まれて生き抜くことも可能だということを、人は知らねばならぬ……

想いを〈えにし〉ある者や後世《こうせい》に託し、また、来世《らいせ》に転生《てんせい》するという希《のぞ》み・祈念《きねん》とて、決して空《むな》しきものではないのじゃ。

音羽　……はい……

玄道　その大いなる存在の根源としての〈水〉の相とは、また、繊細で心優しき女性《にょしょう》の魂のかたちにも相通《あいつう》じています……

浄心　…うむ、もちろん、男にも、芯《しん》の強い、心正しく優しき男から、力ずくで物事を解決せんと図る粗暴なる男まで、さまざまなる男がおるように、女子《おなご》にも、優しく温かい心ばえの女から、邪念の強い、強欲《ごうよく》な女まで、さまざまなる女がおる。

さらに、高貴なる心から卑しき、忌《い》まわしき心まで、さまざまなる心の相が、一人の男の中にも、女の中にも潜《ひそ》んでおる。

しかし、玄道さんが言われるように、心優しき女性《にょしょう》の「直き心」というものは、たしかに、ひとつの清流のごとき〈水〉の相じゃ……。それは、男であると女であるとを問わず、人の魂の内に息づく生命《いのち》の相じゃが、〈男〉という、観念的な生き物とは違って、母なる自然に、〈闇〉の根源に、しっかりとつなぎとめられている〈女〉の内に、より生き生きと、力強く息づいておるといってよい。


玄道　……はい、私も同感です。

私の理解では、平田神道《ひらたしんとう》は、火を水よりも優位に置き、「天つ日《あまつひ》」すなわち太陽による〈火〉の力にて〈水〉の混沌《こんとん》を御《ぎょ》し、力ずくで〈水〉の相を圧伏《あっぷく》し、この地上界に、人間の自我意志によって立つ支配と秩序を構築せんとする思想を説くものです。

しかしそれでは、われわれ人間の魂の内に息づく、感じやすく繊細なる、優しき女性《たおやめ》の心、〈水〉の心が、圧殺され、封印されてしまいます……人が人の痛みを感じ取り、思いやり、優しく受け止めてやるような、真の〈情け〉の心、……本居宣長《もとおりのりなが》殿も言われた、「もののあわれ」を知る〈真心《まごころ》〉というものが、殺されてしまうのです……

音羽　…ほんまに、…ほんまに、その通りやと、わたくしも思います……

〈闇〉に生きる、業《ごう》の深い、わたしら「世間師」が、ぎりぎりのところで、人としての道を踏み外《はず》さぬために、決して忘れてはならない心やと、思うてます。

……たとえ、やむに止まれぬ成り行きで、心を鬼にするほかはない、という局面に立ち至ったとしても……

浄心　…うむ……

雪乃　…ええ、ほんまに……

玄道　平田派の神道家たちは、『古事記』の解釈にもとづいて、「天つ日」すなわち「太陽」による〈火〉の優位を説きますが、しかし、天つ日とは、元々、原初の宇宙に顕《あら》われし、混沌《こんとん》たる、浮膏《うきあぶら》のごとき「一物《ひとつのもの》」より「紡《つむ》ぎ出されたもの」にすぎません。

それは、『古事記』や『日本書紀』の記述をふまえるなら、平田篤胤《ひらたあつたね》殿も認めておられるように、「一物《ひとつのもの》」という「母」の胎内に包まれていた「胎児」の形に似たものであり、また、「女陰《にょいん》に包まれた男柱《おばしら》」のごときものであります。

この「一物《ひとつのもの》」が、『記紀《きき》』の神話では、後《のち》に「海」と「大地」になるわけですから、「天《あま》つ日《ひ》」とは、元々は、流動する「母なる大地」や「海」、すなわち、大いなる〈水〉の内奥《ないおう》にはらまれていた〈いのちの火〉が、〈水〉の中から分離し、天高く燃え上がったものにほかなりません。

すなわち、大いなる〈闇〉のいのちの中から紡《つむ》ぎ出されてきた〈光〉の相なのです。

ちなみに、「大地」から分離したとされる「月」の魔界、すなわち「月夜見国《つくよみのくに》」とは、そのような、〈闇〉のいのちの深さを私たちに啓示してくれる、大いなる〈水〉の相の化身《けしん》なのです……

浄心　……うむ、大《たい》そう興味深い。わが日の本の神話によれば、煌々《こうこう》と輝く「日輪《にちりん》の相」たる〈火〉の姿とは、大いなる〈水〉のいのち、深き〈闇〉の胎内より紡《つむ》ぎ出されてきたもの、というわけじゃの……

玄道　……はい、その通りです。

そう考えてゆくと、「記紀神話」の解釈もまた、〈火〉の優位に立ち、〈水〉を貶《おとし》める平田神道の教義とは、全く正反対のものとなりうるのです。

平田神道では、天上界の〈火〉の秩序を重んずる「天孫系《てんそんけい》」の神話を中心に据え、須佐《スサ》之男命《ノオノミコト》と大国主神《オオクニヌシノカミ》にゆかりの深い、「夜見国《よみのくに》」や「出雲系《いずもけい》」の神話・伝承は、従属的な地位に貶《おとし》められているのですが、わが「裏土御門」の〈水〉の鬼道に託された後水尾院の神話解釈では、全く逆に、大国主神《オオクニヌシノカミ》とその妻・須勢理毘売命《スセリビメノミコト》による、繊細で優しい〈水〉の思想を根底に据えていたのではないか……というのが、この玄道の解釈なのです。

浄心　うむ、なるほど……そうなると、まさに、平田系の神道とは完全に逆ということになり、二百年前の、何事も力ずくで処理してきた、幕府初期の居丈高《いたけだか》な〈火〉の政《まつりごと》の形とはまっこうから対立する、都人《みやこびと》の〈水〉の心意気を示したことになるの……

玄道　…はい。

大国主神《オオクニヌシノカミ》は、『古事記』の中では、まことに穏《おだ》やかな、心優しき和魂《にぎみたま》を備えられた神です。

しかし、その優しさが仇《あだ》となり、悪《あ》しき神々によって、理不尽きわまる怖ろしい災厄をこうむり、繰り返し、死に追いやられては、そのつど、優しき母神の力によって蘇ってくるのです。

そして、ついに、夜見国《よみのくに》におもむき、そこで、須佐之男命《スサノオノミコト》の娘である須勢理毘売命《スセリビメノミコト》の助力を得ながら、スサノオの課す、怖ろしい試練をくぐり抜け、スセリビメと駆け落ちしたオオクニヌシは、スサノオの猛々《たけだけ》しい荒魂《あらみたま》を受け継ぎ、その志を果たすべく、新たなる大望《たいもう》に生きることになる……

浄心　まことに劇的な転生《てんせい》の物語じゃの……

玄道　夜見国、すなわち根の国・底の国とは、平田篤胤殿も申されるごとく、現世《うつしよ》の地上界と天上界に生じ、はびこる悪《あ》しきもの・汚《けが》れしものを吸い込み、封印しておく〈闇〉の魔界にて、須佐之男命《スサノオノミコト》は、天上界をつかさどる姉の天照大神《アマテラスオオミカミ》と力を合わせて、現世《うつしよ》の汚《けが》れを浄化し、この世界を蘇らせる使命を帯びて、夜見国と月の支配者となりました。

夜見国をつかさどる須佐之男命は、汚《けが》れしものを極度に忌《い》む、猛々《たけだけ》しく狂おしい荒魂《あらみたま》の持ち主であり、また、掟《おきて》や秩序に飼い馴《な》らされることを忌み嫌う、野性の権化《ごんげ》ともいえる神です。

その「だだっ子」のような性情のために、彼は、天上界の秩序を乱し、その罪を償《つぐな》わされて、夜見国に追放の身となりました。

しかし、それは、篤胤殿も解釈されるように、実は、須佐之男命が、夜見国の帝王として、ふさわしき神だったからなのです。

汚《けが》れしものを極度に忌む、荒々しき須佐之男命が、敢《あ》えて、汚《けが》れを封印する魔界の主《あるじ》となることで、はじめて、夜見国は、死や虚無の匂いと共に、狂おしいまでの生命《いのち》の輝きを併せ持つ、〈闇〉の世界として、完成するのです。

浄心　……うむ、なるほどの……

玄道　須佐之男命は、一面にては、たしかに、現世《うつしよ》の汚《けが》れを忌み嫌うあまり、阿修羅《あしゅら》のごとく怒り狂い、災厄をもたらす、禍々《まがまが》しき神なのですが、その半面、傷つきやすい、〈愛〉に飢える、さみしがりやの「だだっ子」のような男子《おのこ》なのです。

その情熱的な、炎のごとき性質は、娘の須勢理毘売命《スセリビメノミコト》にも受け継がれております。スサノオの血筋を受け継ぎながらも、あまりに繊弱で、優しき心の持ち主である和魂《にぎみたま》の化身「オオクニヌシ」は、情愛の深い、烈しき性情の「スセリビメ」と結ばれ、同時に、スサノオの荒魂《あらみたま》の父性を受け継ぐことによって、はじめて魂の〈均衡〉がとれ、真の英雄にふさわしき神となったのです……

浄心　……うむ。

玄道　生命の根源たるスサノオの〈闇〉を継承したオオクニヌシとスセリビメは、その混沌《こんとん》たる〈闇〉の中から紡ぎ出される〈火〉の力を用いて、邪《よこしま》なる神々を打ち払い、いのちの光溢《あふ》れる新しき国土をつくり上げるために、〈火〉の魂を、大いなる〈水〉の魂によって善《よ》き形に導いてみせました。

すなわち、汚《けが》れしものを洗い流し、慈悲の心厚い、みずみずしい生命《いのち》の輝きを生み出す、清き〈水〉の魂によって、ゆたかな農耕の国を育《はぐく》み、つくり上げたのです……

浄心　……いや、なんと滋味《じみ》のある、感銘深い神話解釈であることか……玄道さん、まさに、われら人間の進むべき道を、オオクニヌシとスセリビメの〈転生《てんせい》〉の物語は指し示しているように、わしには感ぜられる。

人が、己《おの》れの内なる〈火〉の龍を、より大いなる〈水〉の龍の導きにゆだねつつ、正しき形・美しき形をとらせることで、己れ自身や縁《えにし》ある人々を幸せならしめる生き方が、たしかに示唆されているようにおもえる……

玄道　…はい……。皇室の祖先神たるアマテラスと天孫系《てんそんけい》の神々は、本来、そのオオクニヌシとスセリビメによってつくられし平和な〈水〉の国土、〈水〉の魂の継承者でなければならぬはずでした……後水尾院は、「記紀《きき》神話」を、そのように読み込まれたのです。

浄心　…うむ。

玄道　朝廷の役割は、政《まつりごと》それ自体に携《たずさ》わることにあるのではなく、政が、本来あるべき正しき道に則して、すこやかに働くことができるように、わが国の風土を覆《おお》っている〈気〉の流れを浄化し、清く美しきものへと導くことにある、というのが、後水尾院の〈水〉の思想でござりました……

浄心　……うむ。

玄道　民《たみ》百姓から侍に至るまでの、わが国人《くにびと》たちが年々醸成《じょうせい》する、風土の〈気〉の流れというものが、汚《けが》れたもの、悪《あ》しきものとなるなら、それに応じて、自然はもとより、政《まつりごと》の形もまた、悪しき、汚れたものにならざるをえません。

人という生き物に宿りたる〈気〉の力というものは、それほどにも大きなものなのです。

浄心　……うむ……まことに……

玄道　逆に、人々の魂が浄化され、心優しく、清きものへと変わるなら、それに応じて〈気〉の流れも変じ、政もまた、善《よ》き形をとるでありましょう。
　ただし……徳川の世の初め、まだ殺伐たる戦国乱世《らんせい》の余燼《よじん》冷めやらぬ時世《じせい》が、心穏やかな泰平《たいへい》の世に変わるのに、数十年を要したごとく、国土の中に、久しき世にわたって蓄《たくわ》えられし、旧《ふる》きものの〈汚《けが》れ〉が、あまりにおびただしき場合には、その〈毒素〉が膿《うみ》として出し尽くされ、国土が洗い清められるのに、かなりの歳月を要することも、やむなきことでありましょう……

浄心　……うむ……そうじゃの。

玄道　オオクニヌシとスセリビメの慈悲深く清冽《せいれつ》な〈水〉の魂こそ、水の都・京洛の地に中心を置く朝廷の本来の姿であり、京都が政《まつりごと》という俗権力の〈汚《けが》れ〉から遠く離れた、二百年にもわたる徳川の泰平の世こそ、〈水〉の気がかろうじて政を統御できた時代でした。

浄心　…うむ……まあ、大局としては、そう申しても、差しつかえないであろうの……
　この二百年の泰平の間に、名も無き人々の生きる浮き世の巷《ちまた》に、いかにやり切れぬ悲惨事が満ち、どれほど侍どもの政《まつりごと》が腐り切ったとはいえ、なんといっても、内乱も無く、他国と争うこともせずに済んだ「徳川の平和」をもたらしたものは、たしかに、二百年もの間この国を覆ってきた〈水〉の気の流れじゃ……心優しく、穏やかなる〈水〉の心じゃ。

玄道　はい……私も、そう思いまする……

ちなみに、修学院離宮のそばにある鷺森社《さぎのもりしゃ》もまた、後水尾院にゆかりの社《やしろ》にて、神の使いといわれる白鷺《しらさぎ》が集まり、昼なお暗い、幽暗玄妙《ゆうあんげんみょう》なる社《やしろ》ですが、厳《おごそ》かな霊気に包まれ、須佐之男命《スサノオノミコト》を御祭神とされておる。

浄心　…いかにも、わしも、雪乃と共に、散策の道すがら、しばしば立ち寄り、詣《もう》でておる……深々とした、霊妙《れいみょう》なる、良き御社《おやしろ》じゃ。

玄道　はい。もうかれこれ千年にも及ぼうという伝統ある社《やしろ》にて、元は、修学院離宮の山林の中に祀《まつ》られてあったのを、おそらく後水尾院の意を承《う》けて、霊元《れいげん》の帝《みかど》が、今ある地への御遷座《ごせんざ》をお決めあそばされたと思われまする。

祇園社《ぎおんしゃ》と同様、疫病鎮《しず》めの神である牛頭天王《ごずてんのう》を本尊とし、須佐之男命は、牛頭天王が化身したものにすぎないなどと言われますが、この社《やしろ》の本質は、やはり、邪《よこしま》なるものを忌《い》む須佐之男命の荒魂《あらみたま》にあるのではないか、と身どもは考えています。

浄心　…うむ、まさに、生命の源《みなもと》たる〈闇〉の本体を象《かたど》った、魔界の霊気立ち込める、厳かな「森の社《やしろ》」というわけじゃの……

玄道　…はい……そして、その〈闇〉の深奥《しんおう》から紡《つむ》ぎ出された〈水〉の、聖なる〈浄《きよ》め〉の心を象ったのが、「浴竜池《よくりゅうのいけ》」を中心とする「修学院離宮」なのです。

浄心　うむ。

玄道　後水尾院は、徳川の世を、武力や政《まつりごと》という地上的・現世的な力によってではなく、霊的な〈気〉の流れを変えることで、善《よ》き形に導かれようとなされました……

力ずくで天下を意のままにせんとする、殺伐とした乱世《らんせい》の遺風《いふう》から、真に平和な、穏やかで優しき心ばえに支えられた、生気ある国風《くにぶり》へと変えてゆくことを、心底、祈念《きねん》あそばされておられました。

そのためには、京の都に息づき、潜在していた〈水辰《すいしん》〉の気……すなわち、古《いにしえ》の昔より、何度も戦火の地獄をくぐり抜けながらも、地下の奥深い幽暗のごとき〈闇〉の世界で守り抜かれてきた、いのちの〈水脈〉というものを、改めて、力強く浮上させることが必要なのだ、とお考えになられた……

浄心　…うむ……いかにも、の。

玄道　…はい……。その使命こそ、ともすれば武力と道徳・掟《おきて》・法度《はっと》による〈火〉の力にて、人々を画一的に締めつけ、人の自然な性情を圧殺せんとする、東国武士・侍どもの観念的精神に抗して、森羅万象と融和し、温かい人の交わりを育《はぐ》んでゆく〈水〉の龍の心を守り伝えんとする、われら都人《みやこびと》の心意気だと、……そのように、御《おん》自らの叡慮《えいりょ》を深められ、徹底なされたのだと、身《み》どもは考えております。

浄心　…まことに、の……

後水尾の帝《みかど》は、幕府による力ずくの政略にて、愛するお与津御寮人《よつごりょうにん》との仲をひき裂かれ、将軍家の娘御《むすめご》を強引に「中宮《ちゅうぐう》」として入内《じゅだい》させられるという、理不尽なる仕打ちをこうむられたばかりか、数々の法度《はっと》にて身の自由を奪われ、厳しい監視の下《もと》に置かれたお方じゃ。われら下々《しもじも》の者どもとは違う、一見恵まれた、富貴なる身分のお方とも見えようが、実は、この地上の現世《うつしよ》の不如意《ふにょい》・不条理の渦中で、久しき歳月にわたって苦悶あそばされてきた……

しかも、帝《みかど》は、おそれながら、一面では、「だだっ子」のような烈しい気性のお方であられた。お与津御寮人との仲を裂かれてから、帝の御心《みこころ》は荒れ果て、中宮以外にも、五人の女性《にょしょう》との間に、おびただしき数の御子《みこ》をもうけられ、ご乱行《らんぎょう》が容易に収まらなかった。まこと、業《ごう》の深いお方であられたが、この世の卑小なる掟《おきて》・法度に決して屈するまいとする、不羈奔放《ふきほんぽう》な、猛々《たけだけ》しい魂の持ち主であられた。

皇位を退かれて上皇となられた後《のち》も、後水尾院の魂の遍歴は続いた。

その院が、最終的な心の拠《よ》り所とされたのが、現世《うつしよ》のいのちを赤々と燃え上がらせながら、同時に現世《うつしよ》を超えんとする、『荘子《そうじ》』の思想による〈解脱《げだつ》〉の境地であったのじゃ。

玄道　……はい……

浄心　院の境遇を人伝えに聞き、調べるうちに、わしは、深い感慨に襲われざるを得なかった……

父に愛されず、愛する人との仲を俗世の権力によって引き裂かれたという、深い〈傷〉を負わされ、この世への〈呪詛《じゅそ》〉を抱えながら、久しき苦悶の日々を送ってこられたであろう後水尾院が、最終的に、不条理なるこの現世《うつしょ》を、〈水〉の龍の気を体得されることで超越されんとした起死回生《きしかいせい》の気迫、その〈志〉の気高《けだか》さに、わしは深くうたれる……

その院の御心《みこころ》は、まさしく、われら「世間師《せけんし》」の魂の真髄に通ずるものじゃ。

音羽　…はい、わたくしも、先ほどからのおふたりのお話をうかがいながら、まさに、その通りやと痛感いたしました……私には、むつかしい事はわかりませぬが、なんとなく、感覚はよくわかるような気がいたします。

雪乃　……はい、そうですわね……

玄道　〈火〉は、〈水〉を根底に据え、〈水〉の恵みに畏敬《いけい》の心をもち、〈水〉の中から紡ぎ出された〈いのちの火〉でなければなりませぬ……

音羽　はい……月之介様も、つねに、さように申されておられますし、わたくしも、世間師として、浄心先生と雪乃様より、その〈水〉の心を受け継いだ者と、自負しております。

玄道　…うむ。…わが「裏土御門」門流の魂も、本来は、その〈水〉の心を大本《おおもと》に据えていたはずでした……それが、「徳川の平和」を陰から支えてきた、わが一門の〈誇り〉でござりました……

しかし…その本来の〈使命〉を忘れ果て、〈火〉の力で〈水〉をねじ伏せ、封印せんとする、歪《ゆが》んだ〈火〉の体現者が、わが「裏土御門」の鬼子《おにご》として誕生してしまったのです……それが、わが異母弟《いぼてい》・玄将《はるまさ》なのです……

浄心　…ふむ……たしかに、の……

庭に面した縁側より、浄心の下男・直次郎《なおじろう》が声をかける。

直次郎　お話中のところ、すんまへん……先生、ただ今、庚申《こうしん》の清兵衛《せいべえ》はんが、伊吹《いぶき》はんと、おふたりしてお越しやした……別の間で、お休みいただいてますけど、どないしはります?

浄心　……おお、お越しになられたか……そうじゃの、皆さんの内々で大切なる話し合いがもたれるとのことゆえ、時を無駄にするわけにもまいらぬの……

すぐに、こちらにお通ししなさい……わしと雪乃は、いつものように、ぶらりと散策に出ることにしよう。

雪乃　それが、ようございますわ。

音羽　…先生、相済《あい》みませぬ。同席していただいても、一向に、差しさわりはないのですが……

浄心　いや、いや、……もはや世間師は退いて、隠れ里にて浮き世離れの日々を愉《たの》しむ、ただの偏屈者の風流居士《ふうりゅうこじ》……

　これ以上、ヤバイ仕事に首をつっこむと、またぞろ、昔の血が騒いで、厄介《やっかい》な事、この上ない（笑）…ご免こうむるよ……（笑）。

　それでなくとも、つい先頃は、玄道さんの、たっての頼みとやらを断り切れずに、弟御《おとうとご》の事で、ずいぶん、危ない橋を渡ったばかりだからの……のう、直《なお》さん……（笑）。

直次郎　……へい（笑）……ホンマに……わても伍助《ごすけ》も、すんでのところで、お陀仏《だぶつ》になるとこどしたで……（笑）。

　ちょうど、千本下立売《せんぼんしもたちうり》の近くどしたが、浪人者風の二人連れの後《あと》を付けて角を曲がったら、影も形もおまへん……こりゃ、感づかれてしもたなと思《おも》て、伍助と二人で、大急ぎで次の曲がり角まで走ってったら、……いきなり、左右から、二人に斬りかかられて、……もと来た道を全力で駆け抜けて逃げてったら、……今度は、正面から歩いて来た、笠をかぶった侍に、抜き打ちに斬りつけられて、……伍助は腕にかすり傷を負うし、……そらもう、命からがら逃げ帰る始末で……幸い、あの辺《あた》りは寺が多いし、路地裏《ろじうら》に入《はい》り込んだら、迷路みたいに入《い》り組んでますよって、追っ手の目をくらますことができましたけど……いやもう、散々《さんざん》どしたわ……（笑）。

玄道　……いや、……浄心先生からもいきさつはうかがったが、……直次郎さん、……得体の知れぬ侍どもを相手に、……とんでもない、無茶な仕事をお願いしてしまい、……伍助さんにケガまで負わせることになって、……なんとも、おわびのしようもない……申しわけない……

伍助さんの傷は、完治されたとはうかがったが、……その後、変わりはないかの？……案じておった……

直次郎　……へい……伍助のケガは、ほんのかすり傷どす……とうに治って、ぴんぴん働いてますわ……わてと違《ちご》て、若いですよってな……

それより、……長年、世間師として修羅場《しゅらば》をくぐり抜けてきたはずのわてが、いくら腕の立つ連中とはいえ、易々《やすやす》と尾行《びこう》を見破られるようでは、……われながら、情けのうて、……わての方こそ、面目次第《めんぼくしだい》もないことで、……年は取りとうないもんですな（笑）。

玄道　……いや、とんでもない……身《み》どもの無理を押しての頼みのせいで、先生にも直次郎さんにも、どえらいご迷惑をおかけいたし、……恐縮の至りです……

浄心　…いや、剣呑《けんのん》な侍どもを相手に、犠牲者が出なくて、本当によかったよ……くわばら、くわばら……（笑）。

玄道　…はい……もう二度と再び、先生に、かようなご迷惑はおかけいたしませぬ、ご安心下さい。

浄心　…ハハハ……そう願いたいのは山々なれど、…果たしてどうなるかの……なにせ、身体《からだ》の隅々まで染《し》みついた、このヤクザな裏稼業の垢《あか》……自分では拭《ぬぐ》い切れたと思うていても、さて、どうなることやら……先々の事は、天道《てんどう》のはからいに任《まか》せ切っておるでの……オシャカ様でも、わかりゃしねえ（笑）……

音羽　……先生……

浄心　さて、それはそれとして、…直《なお》さん、清兵衛《せいべえ》はんと佐平太《さへいた》はんに、まず、ひと息ついてもらいなさい……おふたりに、おいしい茶と菓子をさし上げてんか……それから、皆さんにも、新しい茶をさし上げての。

直次郎　へい、ただいま、お持ちしますさかい。（直次郎退場）

玄道　先生、雪乃様、本当に恐縮です。

浄心　なんの、なんの、……いつもの散策じゃよ。これが、毎日の愉《たの》しみでの……ものの半刻《はんとき》かそこらで戻るやもしれぬが、その後も、書斎にて引きこもるゆえ、気を急《せ》くには及ばぬ…ゆるりと、談ぜられよ……

音羽　…はい……では、お言葉に甘えて……

　　庚申《こうしん》の清兵衛《せいべえ》と伊吹佐平太《いぶきさへいた》が、居間に入ってくる。

清兵衛　村雨の親方《おやかた》、お久しぶりどす。雪姐《ねえ》さんも……

雪乃　清兵衛はん、お久しぶり……よう、お越しやした……

浄心　清兵衛はん、久しぶりじゃのう……。佐平太はんも、大坂より戻られて、お疲れじゃったの。

佐平太　なんの、なんの、……ご歓談の中、おじゃまいたし、恐縮でござる。

清兵衛　…音羽はん、ほんまに久しぶりや……わてが江戸に赴《おもむ》いて、音羽一家に無理を押して、今回の仕事を頼んでから、……正直いうて、わて、ずーっと後悔の念に苛《さいな》まれっぱなしやったんや……いくらなんでも、こんな、とんでもない事件に、あんさんらを巻き込んでしもて、…窮したあげくとはいえ、わて、ひょっとしたら、エライ事してしもたんと違うやろかおもて、……どないしよ、どないしよ、って、何度も、繰り返し、夜も寝られず考え続けていたんや……

なにせ、深入りして調べれば調べるほど、このヤマは、とても、わてら「世間師」の手に負えるようなもんやない……そんな思いがつのってきて、……えらいこっちゃって、わし、情けないけど、ほんまに、崖っぷちに追いつめられたような悲壮な気持になってしもて……

音羽　……清兵衛はん、……うちかて、よう、わかってますわいな……親方が、どんなお気持で、この仕事に深入りなされてしもたか……

安心しておくんなはれ……うちらかて、心意気にほだされて、勝算のない戦《いくさ》に、ヤケクソになって飛び込むようなアホとちゃいます……（笑）。

肚《はら》くくって、仕事を引き受けた上は、必ずやりとげてみせますさかい……戦《いくさ》する以上、必ず勝ちますさかい……どうか、これ以上、心乱さんといて下さい……とぎすました鋭気が鈍りますよって……

親方自《みずか》らのお話をとっくりとうかがった上で、わて自《みずか》ら、決断を下《くだ》した事どす…後戻りはできまへん。

清兵衛　……おおきに、……音羽はん、ほんまにおおきに……

浄心　……さ、さ、…湿っぽうなったら、あかん……清兵衛はん、佐平太はん、今、直さんが、おいしい、とびっきりの京菓子と宇治茶を用意してますさかい、まずは、ひと息入れておくれやす……。わしらは、ちと散策に出るがの……

夜は、ささやかじゃが、雪乃の手料理にて、皆で、一献《いっこん》傾けましょうぞ……絶品の伏見《ふしみ》の清酒を仕込んでおるでの。

清兵衛　…すんまへん、親方、お気を使わせてしもて……

佐平太　かたじけのうござる……

浄心　では、雪乃、ぶらりと出ようか。

雪乃　はい。

第五幕　謀略

（6）第一場　弘化《こうか》三年（一八四六）・初夏〔陰暦・四月下旬〕

第四幕に引き続き、雨宮浄心《あまみやじょうしん》の庵《いおり》。午後。
庚申《こうしん》の清兵衛《せいべえ》・伊吹佐平太《いぶきさへいた》・音羽《おとわ》・土御門玄道《つちみかどはるみち》による密談の場。
部屋の障子《しょうじ》は閉ざされている。

音羽　……まず、今回の仕事について、これまで庚申一家が調べ上げた事を、もう一度、おさらいしてみたいと思います。もちろん、微に入り細に入り繰り返す必要はおまへん…庚申《こうしん》の元締《もとじめ》が天保《てんぽう》十四年の暮れに江戸に赴《おもむ》かれた際に、すでに詳しい話はお聞きしておりますし、その後の二年半の間に新たにわかった出来事についても、そのつど手紙でご連絡頂いてますさかい。
あくまでも、これまでの調べの大筋の流れだけを、再度振り返ってみたいんどす…そうすることで、この複雑な事件の〈全貌《ぜんぼう》〉を見渡すことができ、何が問題なのかを、改めて、きちんとつかみ出すことができると思いますよって……

その後で、わてら音羽一家の進めてきた独自の調べの大筋も、お知らせするつもりどす。

清兵衛　……事の始まりは、ご存じのように、過ぐる四年前の天保《てんぽう》十三年に起こった和泉屋《いずみや》藤兵衛《とうべえ》の処刑と闕所《けっしょ》処分どす。

和泉屋の蔵《くら》の中から、ご禁制の抜《ぬ》け荷《に》の唐物《からもの》が発見されました。

和泉屋の手代《てだい》・惣助《そうすけ》の訴えが発端となり、抜け荷の画策による「裏帳簿《うらちょうぼ》」の存在が発覚し、主人・藤兵衛が、〈偽名〉の商人《あきんど》による正体不明の組織に、密《ひそ》かに大量の唐物や阿片《アヘン》を売りさばき、法外な巨利を得ていたこと……さらに、その怪組織による〈密売〉の販路《はんろ》によって、今や、上方一円《かみがたいちえん》に阿片《アヘン》が出回り、少なからぬ中毒者が発生していること……

これらの事実が、惣助の証言と裏帳簿の提出、世間に広がっている抜け荷の品々や、医者と阿片中毒者の家族の証言によって、明らかにされました。

惣助の証言にもとづいて、大坂町奉行所が手入れをしたところ、案《あん》の定《じょう》、唐物の一部と裏金《うらがね》の一部が土蔵《どぞう》の中から発見され、主人・藤兵衛《とうべえ》は、ただちにお縄になってしまいました。さらに、抜け荷の誘いを和泉屋《いずみや》から受けたとする、河内屋利兵衛《かわちやりへえ》・大津屋彦左衛門《おおつやひこざえもん》・播磨屋久兵衛《はりまやきゅうべえ》の証言が相《あい》次ぎ、結局、藤兵衛は磔《はりつけ》・獄門《ごくもん》、店は闕所《けっしょ》処分となり、藤兵衛の女房・お妙《たえ》は首をくくり、一人娘の「お菊《きく》」は消息不明となった……

音羽　和泉屋の番頭《ばんとう》だった伊兵衛《いへえ》さんは、上方世間師《かみがたせけんし》の元締・庚申《こうしん》の清兵衛親方《おやかた》に依頼して、お菊さんの探索と、和泉屋さんの無罪・潔白の証《あか》し……それが、もしかなわぬならば、悪辣《あくらつ》な真犯人を見つけ出して、なんとしても主人・藤兵衛さんの仇《あだ》を討ってほしい、という希《ねが》いを命がけで訴えて、己《おの》れの全財産のほとんどをはたいて、故郷の若狭《わかさ》の田舎《いなか》に帰っていった…というわけですね。

清兵衛　…その通り。和泉屋の闕所《けっしょ》に伴う債務処理の費用を除く、己れの全財産のほとんどを、伊兵衛さんは、わしらへの仕事の頼み料につぎ込んだんや。

音羽　……ええ……

清兵衛　和泉屋の一人娘・お菊さんは、どうしても義理を果たさねばならぬ得意先への借財を払うために、伊兵衛さんには内緒《ないしょ》で、身売りして、芸者か遊女になったということなんやけど、…一体どこに居《お》るのか、皆目《かいもく》つかめへん、ということやった……

わしらも、八方手を尽くして捜してはいるんやけど、未《いま》だに、行方《ゆくえ》知れずのままや……なにせ、大坂の南半分は、わしらの手配でかなり調べはつくけど、北半分は、例の天神《てんじん》の辰五郎《たつごろう》のシマや…天神一家は、大坂町奉行所の役人どもと、かなり深くツルんでるよってな……わしらの手が届く範囲は、限られとる…どないもこないもならん事がありすぎるんや。

佐平太　…いかにも。さればこそ、音羽一家の面々で、庚申の元締を補佐してまいった。…だが、天神の者どもが到る所にはびこり、睨《にら》みをきかせておるゆえ、剣呑《けんのん》なことこの上なく、こちらも、用心に用心を重ねる必要があり、…未《いま》だに、お菊さんの消息は、杳《よう》としてつかめぬままだ……

清兵衛　…へい、その通りで。でも、伊吹の旦那《だんな》、…望月《もちづき》の旦那の発案と働きかけで、近々、大坂東町奉行所の盗賊改役《とうぞくあらためやく》・朝岡新之丞《あさおかしんのじょう》様と、つなぎが取れそうな按配《あんばい》になってきました。

天神の奴らが、いつどこで目を光らせてるかわからんよって、お役人との立ち入った接触は、よほど気ぃつけなあきまへんが、この際、思い切って、わても、望月さんと一緒に、朝岡さんにお会いせなあかん、とおもうてます……

佐平太　……うむ、剣呑《けんのん》ではあるが、この際、伊織《いおり》さんにまかせるしかあるまい。

音羽　…大丈夫《だいじょうぶ》や、わても、伊織さんから、朝岡さんの話はよう聴いといたし、十分に段取りを打ち合わせておいたさかい……清兵衛はん、天王寺《てんのうじ》やったら、あんさんのシマや……天神一家に気《け》どられんように、十分心しながら、朝岡さんに天王寺まで来てもらいなはれ……

清兵衛　……そやな、…少々面倒やけど、それがええな……

音羽　……で、お菊さんの件は、ちょっと置いといて、話を先に進めまひょ。

清兵衛　ああ、…そやったな、すんまへん。

で、伊兵衛さんの話では、悪事の手先として使われた手代《てだい》・惣助《そうすけ》を別とすれば、抜け荷のカラクリにかんどると想われるのは、第一に、和泉屋《いずみや》の最大の競争相手やった河内屋《かわちや》利兵衛《りへえ》や。大津屋も播磨屋も、おそらく河内屋に抱き込まれて、抜け荷の一味に加わったに違いない、ということやった……

河内屋利兵衛と和泉屋藤兵衛は、屋号こそ、由緒《ゆいしょ》ある河内屋・和泉屋を名乗ってはいるが、元々は、古くからの「株仲間《かぶなかま》」の問屋《とんや》衆の出ではなく、家産の傾いた店の身代《しんだい》を買い取って、屋号を受け継いだ、いわば「成り上がり者」や。

利兵衛は近江《おうみ》、藤兵衛は若狭《わかさ》出身の「在郷《ざいごう》の商人《あきんど》」で、共に、摂津《せっつ》・河内《かわち》・和泉《いずみ》の特産品である木綿《もめん》と、綿《わた》の実《み》や菜種《なたね》から採《と》れる油の仕入れによって成長した者たちどす。

買い占めを認められていた大坂の株仲間の問屋衆を相手に、百姓衆と手を結んで、大坂町奉行所の役人どもを抱き込みながら、「国訴《こくそ》」で勝ちを収め、木綿と油の自由な商《あきな》いの権利を手にして、競争に勝ち抜き、販路《はんろ》を拡《ひろ》げてきた……

ふたりとも、商才に優れた精力的な商人《あきんど》で、ある時は手を結び、ある時は烈しい競争を繰り返しながら、のし上がってきた、かなりのやり手やったと、…そう聞いとります。

佐平太　……うむ……その競争による販路の拡大を図《はか》る中で、ふたりは共に、木綿・油以外の業種にも多角的に手を拡げ、ついには、上方《かみがた》有数の廻船問屋《かいせんどんや》にまで成り上がった……

玄道　廻船問屋と言っても、廻船業のみを行なうわけではないのですな？

佐平太　さよう。さまざまな物産の売買に携《たずさ》わる問屋が、同時に廻船業をも営んでおるのでござる。

大坂に店を持つ売買問屋が、北前船《きたまえぶね》を手に入れて自《みずか》ら海運業に乗り出すことは、日本各地との商いの規模を一気に拡げることになる。

蝦夷松前《えぞまつまえ》から佐渡《さど》・若狭《わかさ》沖をを経て、下関を回り、大坂に至る「西廻り」の海路は、この国の商いの要《かなめ》でござる。莫大な量の米はもとより、松前・出羽方面から西国《さいごく》に至る各地の物産を、「天下の台所」大坂に運んでおるのが、西廻りの海路を行きかう北前船ですからな。

売買問屋を営むだけでなく、自ら廻船業をも営むことで、日本各地との商いをめぐる競争に勝ち抜けば、巨万の富を手にすることもできる。

玄道　なるほど。

佐平太　北前船を制する者は、日本国の経済の要《かなめ》を握る者と言うても過言ではない。

河内屋や和泉屋のみならず、先の話にも出た播磨屋・大津屋など、上方《かみがた》の有力な廻船問屋には、この北前船による各地との商いの競争によって、急成長をとげてきた者たちが多いのです。

清兵衛　へい、…その通りで。ただ、商《あきな》いに勝つためやったら手段を選ばぬ河内屋利兵衛とは違って、和泉屋藤兵衛は、あくまでも、取り引き相手や客との義理と信頼を大事にする、一本筋の通った商人《あきんど》で、そのため、廻船業による行き過ぎた競争を避け、廻船業以外に、摂《せっ》・河《か》・泉《せん》の百姓衆との親密な付き合いを重んじて、昔ながらの木綿問屋・油問屋の商いを続けていたということどす。

百姓衆も、河内屋との付き合いを嫌い、和泉屋との取り引きを好んだ、という話どした。

佐平太　…うむ。

清兵衛　河内屋利兵衛の方は、北前船《きたまえぶね》を利用した米や各地の特産物の買い占めに狂奔《きょうほん》し、特に天保十二年・十二月に出された「株仲間《かぶなかま》の解散令《かいさんれい》」以降は、その動きが活発化したと聞いとります。

木綿や油の取り引きの他にも、米や材木の買い占めをはじめ、漆《うるし》・紅花《べにばな》・藍《あい》・生糸《きいと》・絹織物《きぬおりもの》から、塩や蝋《ろう》・紙・鉄、さらには、蝦夷松前《えぞまつまえ》の扱う海産物である俵物《たわらもの》にまで手を拡げ、今や、上方《かみがた》随一といっても過言ではないほどの一大廻船問屋にのし上がった。

和泉屋が闕所《けっしょ》になったおかげで、かつての和泉屋の取り引き先も、河内屋が、次々と掌《しょう》中《ちゅう》に収めていった……。和泉屋が大切に守り抜いてきた木綿と油の問屋株も、河内屋の手に落ちました。

佐平太　……うむ。

河内屋やそれと提携《ていけい》する大坂・上方《かみがた》の商人衆《あきんど》による、諸国物産の買い占めと一手販売の組織は、今や、摂《せっ》・河《か》・泉《せん》を中心に、網の目のように上方一円《かみがたいちえん》に拡がりつつあり、堂島《どうじま》の米市場《こめいちば》での米相場の操作はもとより、上方《かみがた》における少なからぬ業種・品目の相場が、河内屋らの手によって操《あやつ》られ、ために、理不尽《りふじん》な倒産の憂《う》き目《め》に遭《あ》う店が続出し、町中《まちなか》では、諸色高値《しょしきたかね》のために、下々《しもじも》の者たちは難儀《なんぎ》し、路頭に迷う人々が急増している。

清兵衛　へい……その一方で、河内屋の息のかかった高利貸し組織が、摂《せっ》・河《か》・泉《せん》を中心に拡がり、その借財のために血の涙を流す町人・百姓はあとを絶たず、打ちこわしや、借金苦の者たちと高利貸しの雇う用心棒・ヤクザの乱闘や放火の騒ぎも、年々増大する始末で……わてら庚申《こうしん》一家も、その「もめ事」に関する訴えに追われて、大わらわどした……

なにせ、急場をしのぐために、やむに止まれず借財を背負い込んだ者に、情け容赦《ようしゃ》もなく、待ったなしの、法外な高利の取り立てをして、なけなしの田畑や家屋《かおく》・敷地を取り上げたり、借金のカタに娘や女房を身売りさせたり、…奴らのやり口は、あまりにもえげつないよって……

音羽　…わても、新《しん》さんからの便りでようわかりましたけど、清兵衛はん、…あんさん、ホンマに、大変どしたな……

清兵衛　…いや、…さすがに、一時期は、わしも手が足りんよって、ほんまにヘトヘトやったけど、音羽一家から、新吉《しんきち》はん、吉兵衛《きちべえ》はん、それに小六《ころく》はんも応援に駆けつけてくれて、…今回の「抜け荷」の一件だけでもエラい事やのに、それ以外の、こまごました「もめ事」にまで、よう体が動いてくれて、…わし、ホンマに助かったわ……音羽はん、改めて、おおきに……

音羽　まだ駆け出しの「新さん」の働きには、正直、わてもハラハラしてましたんどす（笑）……お役に立ったみたいで、何よりどしたな（笑）……

清兵衛　ホンマ、よう動いてくれたし、とっさの判断も見事で、腕の方もたしかやし、何度か、ウチの者《もん》が窮地を救うてもろて……元はお侍やったいうことやけど、そんじょそこらの「サンピン上がり」とは似ても似つかん、エエ子やでぇー（笑）。

…ただ、時には、こらえなアカン場面で、辛抱《しんぼう》たまらんと、キレてしまいよることがあって（笑）……ハラハラさせられた事も、ままあったわ……（笑）。

音羽　……それは、それは（笑）……済まんことどしたなぁ（笑）……

佐平太　…ハハハ……その件は、拙者《せっしゃ》も、清兵衛さんからうかがった……新さんらしい

（笑）……

清兵衛　なにせ、河内屋の息のかかった組織には、天神《てんじん》一家の連中が仰山《ぎょうさん》関わっとるさかいな……一歩間違えると、わてら庚申一家と天神の奴らとの、斬ったはったの、とんでもない出入《でい》りにならんとも限らん……ホンマ、気ぃつけなあかんのや……

天神一家も、一応「世間師《せけんし》」ということになっとるけれども、今や世間師とは名ばかりで、仁義《じんぎ》の道も心もわきまえへん、目先の欲得ずくに駆られて動き回るだけの、ただの、餓狼《がろう》のような「ならず者」の集まりや……

辰五郎も、昔は、気っぷのええとこがあって、欲に転《ころ》びやすいとこはあったけど、人情にほだされて、損得抜きの仕事に一身を賭けるような、けなげな一面も、時には見られたもんや……あの頃はよかったわ…世の中も、今みたいやなかった……若い頃は、よう一緒に仕事したこともあったし、困った時に、助けたり助けられたりしたもんや……ずいぶん、変わり果ててしもたもんや……今や、「世間師」として見る影も無い……

河内屋なんぞの手先にまで堕《お》ちて……浪花《なにわ》っ子の「恥っさらし」になりくさりよって…

玄道　その天神の辰五郎は、先ほどの話では、大坂の「北半分」をシマにしている、とかいうことだったが……

清兵衛　へい…大坂の北半分には、天満橋《てんまばし》や天神橋《てんじんばし》の近くにある東・西の大坂町奉行所や、堂島《どうじま》の米市場《こめいちば》も含まれてます。

辰五郎は、その利点を活かして、東・西の町奉行所の役人衆と癒着《ゆちゃく》しながら、さまざまな便宜《べんぎ》を図ってもらうことで、「世間師」としての名を上げてきました…河内屋の片棒を担ぎ、米相場の投機《とうき》による儲《もう》けで甘い汁を吸うようになってからは、〈表〉の商《あきな》いの規模も派手に拡げ、役人どもへの接待や賄賂《まいない》も大盤《おおばん》ぶるまいになり、大坂の北半分はすっかり天神一家のシマになってしもたんどす……

玄道　天神一家の〈表〉の商いというと……

清兵衛　辰五郎は、河内屋が、商いの拡張のために、法の網の目をかいくぐって行《おこな》ってきた強引なやり口に、陰に陽に力を貸すことで勢力を伸ばし、拠点である曾根崎《そねざき》・道頓堀界隈《どうとんぼりかいわい》を中心に、大坂から摂《せっ》・河《か》・泉《せん》一帯に、賭場《とば》や、遊廓《ゆうかく》・水茶屋《みずぢゃや》・芝居《しばい》小屋などを拡げてきました。

奴らは、この〈表〉の商いで儲《もう》けた利をもとに、町奉行所の役人どもを抱き込み、さらに、「世間師」としての評判と人脈を悪用しながら、〈裏〉の闇の世界で、数々のあこぎな仕業《しわざ》を繰り返してきたんどす……

阿片《アヘン》やその他の「抜け荷」の品々の密売の販路には、わてらの調べでは、たしかにこの天神一家が絡《から》んでます。

佐平太　さよう……しかし、奴らは容易に尻尾《しっぽ》をつかませない。

　大坂町奉行所の中に、奴らの悪事の〈証《あか》し〉を巧みにもみ消したり、お上《かみ》が臨時に行う「荷改め」や「手入れ」の情報をあらかじめ流す者どもがおる。

　さらに、抜け荷には、西国《さいごく》の有力な藩が関わっていることは、まず間違いはない…さもなくば、かほどの大量の唐物《からもの》や阿片《アヘン》が、大胆かつ巧妙に上方《かみがた》に運び込まれ、売りさばかれることはあり得ぬからだ。

　抜け荷に手厚い保護を加えているばかりか、上方に運び込まれた品々を、お上《かみ》の目をくらませながら、巧みに売りさばくために、「藩御用達《ごようたし》」の看板や屋敷を、便宜《べんぎ》として提供している藩ということになると……河内屋のこれまでの、廻船問屋《かいせんどんや》としての取り引き相手から見て、長州藩以外には考えられぬ。

清兵衛　へい、その通りで……でも、当の河内屋はもとより、京・大坂にある長州屋敷に出入りしている、河内屋の息のかかった商人《あきんど》たちの荷をどんなに追跡してみても、抜け荷の品を売りさばいてる気配《けはい》は、一向におまへん……

佐平太　……うむ。

　大坂町奉行所の役人と結託した上で、われらの全く与《あずか》り知らない手だてで、密《ひそ》かに抜け荷の品を陸揚《りくあ》げし、いずこかに収蔵《しゅうぞう》した上で、しかるべき機を見計らって、長州屋敷内に運び入れ、他の荷と入れ換えた上で、上方《かみがた》各地に送り出し、巧妙に売りさばいてきたのであろう……

清兵衛 へい、…おそらく、それに相違おまへん。ですが、その、抜け荷の品を隠してある「蔵」いうんが、一体どこに、何カ所あるんか?……皆目《かいもく》、わからんのですわ……

玄道 抜け荷の品とは、一体、どのようなものなのですか?

佐平太 砂糖・朝鮮人参《にんじん》・陶磁器・サンゴ・金剛石《こんごうせき》、それに、エゲレス製の毛織物や安価な綿織物、酒や香辛料、種々の薬物、さらには、阿片《アヘン》や武器・弾薬などがござる。中でも重要なのは、俵物《たわらもの》や生糸《きいと》・雑穀《ざっこく》・蝋《ろう》・油、それに銅などを売り払って、唐人《とうじん》や南蛮人《なんばんじん》から金・銀を買い入れるという方法です。

玄道 …なんと?……抜け荷の品を買うために金・銀を「支払う」のではなく、逆に、金・銀を「買う」のですか?

佐平太 …さよう……それればかりではありません。
河内屋をはじめとする、抜け荷に秀《ひい》でた切れ者の商人《あきんど》どもは、わが国の「金《きん》」を使って、外国から大量の「銀」を買い取っておるのです。

玄道 ……商《あきな》いに疎《うと》い私には、よく分からぬが、…なんだって、そんな回りくどいことをするのです?…「銀」が欲しいのなら、わが国の国内で、直接買えばよいではありませんか。

佐平太　…いや（笑）、驚かれるのも、無理はござらん……実際、拙者《せっしゃ》も、この上方《かみがた》で、抜け荷の事をあれこれと調べる内に、長崎にて唐人《とうじん》やオランダ人相手の商いに携《たずさ》わったことのあるという、さる商人《あきんど》の方から、そのカラクリを教えられ、唖然《あぜん》としたことがありました。

実は、わが国では、西洋諸国や清国《しんこく》に比べて、「銀」に対する「金《きん》」の値打ちが「低い」のです。つまり、金の値が安い。とりわけ、西洋に比べて、格段に「安い」のでござる。

逆にいえば、西洋では、わが国に比べて、いちじるしく「金」の値打ちが高く、「銀」が「安い」ということになる。

したがって、わが国の「金」を使えば、西洋諸国との取り引きにおいて、莫大な「銀」を手に入れることができる……

玄道　……なるほど。

だが、身《み》どもが住む京の都や大坂をはじめ、上方《かみがた》や西国《さいごく》では、商いの貨幣としては、主に「銀」が使われておる……それに対して、江戸・関東・東海をはじめとする東国《とうごく》では、主に「金」を使う……もちろん、大店《おおだな》の商人《あきんど》ではない、下々《しもじも》の者たちにとっては、金貨も銀も通常は無縁のもので、日々の暮らしを支えておるのは、あくまでも、銅銭《どうせん》ですが……

佐平太　いかにも……それゆえに、河内屋のような、外国との抜け荷に長《た》けた商人《あきんど》どもは、大坂にある「金相場会所《きんそうばかいしょ》」を通じて、まず、銀を使って、東国の金を「買いためて」おくのです。

玄道　…うむ。

佐平太　その上で、今度は、買いためた国内の金で、エゲレスやメリケンの商人から、密かに大量の銀を買い入れれば、差し引き「大もうけ」ができるということになる…なにせ、西洋人にとっては、金は、銀よりもはるかに値打ちのあるものなのですから……

玄道　……うーむ、なるほどの……

佐平太　拙者に、このカラクリを教えてくれた商人《あきんど》の言うところでは、今、下関近辺から五島《ごとう》列島にかけての海域にて、さかんに抜け荷に携《たずさ》わっておる商人どもは、いずれも、このやり口で、莫大な利を上げておるとのこと……河内屋もまた、例外とは思われぬ。

玄道　いや、いや、大した才覚ですな……なにやら、法の網をかいくぐりながら、一歩間違えると、獄門《ごくもん》・闕所《けっしょ》にすらなりかねぬ危険を敢えて冒してでも、一攫千金《いっかくせんきん》を夢みて、さようなる賭けにうち興《きょう》じる者どもの心ばえというものは、身どもにも、わからんこともない……

音羽　……ホンマどすな（笑）……うちも、なにか、わかるような気がします……

でも、……おカネでも、何でもそうですが、人は、そんな風《ふう》に、ひとつの偏執的《へんしつてき》な欲に取り憑《つ》かれて、それだけを夢中になって追い続けてるうちに、子供が我《われ》を忘れて玩具を弄《もてあそ》ぶように、いつしか、周《まわ》りにある、他のかけがえのない、大切なもんが見えんようになってしもて、己《おの》れでも気づかんうちに、恐ろしい人非人《にんぴにん》に堕《お》ちていくんやないか……わては、なんや、そんな、そら恐ろしい気になることがおます……

玄道 ……まことに、……身どもも、そう思います……
人が人を損ねず幸せに生きるのに、決して見失ってはならない魂の〈均衡〉というものを失って、さようなる〈魔道《まどう》〉に陥《おちい》った者たちを、私も、これまで何人か見てきました……

音羽 ……はい、わたくしも……

清兵衛 ……そうどすな……わてにも、覚えがおます……

長年かかって、血の滲《にじ》むような想いで築き上げた身代《しんだい》を賭けてでも、己れ自身や女房・子供に地獄の辛酸《しんさん》を嘗《な》めさせてまでも、博打《ばくち》にのめり込んで堕《お》ちていった者たちを、わても、仰山《ぎょうさん》見てきましたがな……

博打だけやない……商いの投機《とうき》でも、山師の仕事でも、色恋沙汰《いろこいざた》でも、…何でもそうや。

一歩間違えると、奈落のような、底無し沼のような世界に吸い込まれてしまう……

第一、「世間師《せけんし》」という、わてらの、業《ごう》の深い〈闇〉の稼業そのものが、すでに、とんでもなく危《あや》うい、魔道《まどう》に転落するおそれと背中合わせになったしろもんや……辰五郎も、それから河内屋利兵衛も、そんな偏執的な魔道に呑み込まれてしもた輩《やから》かもしれまへんな……

佐平太 ……うむ、おそらく、それに相違あるまい……

音羽 ……ホンマに、その通りや……わても、そない思うわ……

しばし、重い沈黙が一座を支配する。

玄道 …なにか、身どもの稚拙《ちせつ》な問いで、せっかくの伊吹さんや清兵衛さんのお話に、水をさしてしまったようですな……いや、申しわけないことでした……

音羽 玄道様、気にせんといて下さい……清兵衛はん、話を先に進めまひょ。

清兵衛 ……ああ、そやな、わしも、ついボーッとしてしもて……堪忍《かんにん》どっせ……

…で、実は、北前船《きたまえぶね》を利用した全国規模の抜け荷組織があるっちゅう話は、以前から、お上《かみ》の間でも嗅ぎつけられていて、その組織の中心に、加賀前田家の豪商・銭屋五兵衛《ぜにやごへえ》と、大坂のさる廻船問屋《かいせんどんや》がいるという推測がなされていたんや。

その大坂の廻船問屋が一体誰なのかは、お上も特定できなかったんやけど、どうやら、その首魁《しゅかい》となっている廻船問屋のつくった上方《かみがた》の抜け荷組織があり、銭屋とその組織の間で、取り引きの綿密な約定《やくじょう》が交《か》わされているようや、っていうところまではわかった……

佐平太　…うむ。

そこで、幕府大目付《おおめつけ》も本腰を入れ、この際、なんとしても大坂の抜け荷組織の首魁《しゅかい》をあぶり出さんと意気込み、公儀隠密《こうぎおんみつ》による調べが日に日に厳しさを増し、大坂町奉行所にも、幕閣《ばっかく》より、異例の通達が廻された……

清兵衛　へい、その通りで。

佐平太　…うむ。

で、その矢先に、例の和泉屋闕所《いずみやけっしょ》事件が起こったんどす。

清兵衛　動かぬ証拠の品々や証言によって、抜け荷組織の首魁《しゅかい》は和泉屋ということになり、このヤマは、あっけなく幕を閉じてしまいました……

もちろん、最期まで無実を訴え続けたまま磔《はりつけ》にされた和泉屋藤兵衛の口からは、度《たび》重なる拷問《ごうもん》の責め苦にもかかわらず、抜け荷組織の構成や加担した者の顔ぶれ、密売の販路についての自白は、何ひとつ得られぬままで、……結局、事件は、うやむやの内に、闇に葬《ほうむ》られてしもたんどす。

佐平太　……うむ、銭屋五兵衛を抱えた加賀・前田家や徳川斉昭《なりあき》公の水戸藩、さらには松前藩などもおそらくそうであろうが、抜け荷に携わっている諸藩の中には、幕閣に強力な人脈をもち、多額の賄賂《まいない》を送ることで、お目こぼしに与《あずか》っている大名もおる……

全国規模の抜け荷組織の存在を野放しにしておいたのでは、幕府の威信に関わるゆえ、公儀隠密まで派遣して、厳しい詮議《せんぎ》の目を向けはしたものの、首魁《しゅかい》の廻船問屋が処刑された上は、幕府としても、これ以上、事を荒立てるのは、具合が悪いと判断したのであろう。

このまま、へたに調べを続けていくと、諸大名と幕府の関係をいたずらに悪化させることにもなりかねぬ……せっかく、首魁の商人《あきんど》が処刑されて、店が闕所《けっしょ》処分となった上は、「事を丸く収める」のが上策とみたに相違ない。

和泉屋の磔《はりつけ》・獄門《ごくもん》は、抜け荷に携《たずさ》わる者たちを震《ふる》え上がらせるという、見せしめの効果もあるはずだからの……

清兵衛　へい、どうやらその通りのようで……

わてが、今皆さんにお話しした、お上《かみ》の調べについての情報は、実は、わてが以前懇意《こんい》にさせてもろてきた大坂東町奉行所の元与力《よりき》・渡辺弥一郎《やいちろう》様からうかがった事どす。

もう、渡辺の旦那《だんな》はお亡《な》くなりになられましたけど……

己れの本音を押し隠し、用心深く身を処してこられた、苦労人のお人やったけど、内に秘めた〈義〉の心は、熱いものがおました……ええお人やったな……大塩の乱の時も、和泉屋事件の時も、耐えがたきを耐え、忍びがたきを忍んで、苦汁《くじゅう》を嘗《な》めながら、黙々と役人暮らしをくぐり抜けてきはった……

ご家族にも話せんような「事件の内幕」を、よう、わてには、心を打ち明けて、話してくれはりました……わても、渡辺の旦那を信じて、いろいろと助けてもろたもんどす……

音羽　……僭越《せんえつ》やけど、うちにも、その旦那のお心は、なんか、ようわかるような気がします……

世間師としての清兵衛はんと付き合うことが、きっと、その旦那にとって、大事な救いになってたのとちゃいますやろか……

清兵衛　……うん、わしも、そやったと思うわ……他《ほか》に、旦那には、ほとんど何のはけ口もなかったと思うし……

音羽　どんな世界にも、そんな風に、じっとこらえながら、己《おの》れのできることを通じて、ささやかに人様の力添えをしてくれる、得がたいお人がおられるもんや……それが、わてら世間師の、本当に信頼の置ける、かけがえのない仲間や……

佐平太　……いかにも。

清兵衛　ほんまにそやね……わても、その心だけは、いつも、この胸の中に、肚《はら》の中に、しっかと収めてきたつもりや……

…で、話を先に進めますけど、……お上《かみ》の調べが一段落して、公儀隠密も江戸表へ引き上げ、抜け荷騒ぎも下火になりました……上方《かみがた》での唐物や阿片《アヘン》の取り引きも、一時《いっとき》に比べて下火になり、鳴りをひそめたかに視えたんどす……

佐平太 ……うむ。

清兵衛 でも、無実の和泉屋に濡《ぬ》れ衣《ぎぬ》を着せて、幕府の詮議《せんぎ》の目をかわした河内屋たち抜け荷一味が、いつまでも手をこまねいてるはずもおまへん……ほとぼりが冷めた頃に、隠匿《いんとく》してあった抜け荷の品々を、必ずや、どこかで、巧妙にさばくはずや…わてらはそう睨《にら》んで、河内屋と天神一家の動きに細心の注意を払って、能《あた》う限りの網を張ってました。

佐平太 …うむ、その網の中に、思わぬ獲物《えもの》がかかってきた、というわけじゃな。

清兵衛 へい、その通りで。実は、近年、東海地方から、中山道《なかせんどう》・信濃《しなの》方面、北国街道《ほっこくかいどう》にかけて、密《ひそ》かに、抜け荷の品々が大量に出回り、法外な取り引きがおこなわれていることがわかったんどす。

わてらの調べでは、それらの品々が河内屋の物《もん》やっていう証《あか》しは、今のところ全く得られてまへんけど、元・和泉屋の手代《てだい》やった例の惣助《そうすけ》が、今では、西宮《にしのみや》にある河内屋の出店《でみせ》を任《まか》せられていて、河内屋関係の大物取り引きの場には、いつも、利兵衛と同席してるんどす……

佐平太　…うむ、利兵衛からは、かなりの信頼を寄せられているようだの……

清兵衛　へい、…その惣助が、紀州での材木の仕入れかたがた、しばしば船で桑名《くわな》まで赴《おもむ》き、伊勢の商人《あきんど》・帯屋六郎兵衛《おびやろくろべえ》と会《お》うてました。帯屋は呉服問屋で、河内屋からは絹織物を仕入れてますけど、抜け荷の品をさばいてる気配は一向におまへん……

　こりゃ、またも外《はず》れかと思《おも》たんどすが、一つひっかかることがおました……帯屋の取り引き相手に、河内屋の他にも、とてつもない大物の廻船問屋《かいせんどんや》がおったんどす……

佐平太　うむ……それが、尾州藩御用達《びしゅうはんごようたし》・山崎屋祐五郎《やまざきやゆうごろう》だったというわけじゃの。

清兵衛　へい……わてがそのことにひっかかりをおぼえたんは、天神の辰五郎の代貸《だいがし》・市松《いちまつ》が、足繁《あししげ》く尾張に通い、清洲《きよす》から春日井《かすがい》一帯にかけて勢力を持つ、地回《じまわ》りの元締《もとじめ》・大曽根《おおそね》の駒蔵《こまぞう》一家と親しく接触しているという事実をつきとめていたからどす……大曽根一家は、山崎屋の用心棒を務《つと》めてますよって、……こりゃ、ひょっとすると、と思《おも》て……

佐平太　うむ…

清兵衛　……はたせるかな、山崎屋の商《あきな》いの出回り先を中心に、抜け荷の品が大量に出回ってました……その中には、河内屋が上方《かみがた》でさばいてた品と同じ種類の物が仰山混《もんぎょうさん》じってます。ただ、阿片が出回ってるかどうかまでは、わてらの力では調べがつきまへん。

　いずれにせよ、河内屋がなんらかの手だてを講じて、抜け荷の品々を山崎屋の手に託し、その力添えによって東国での商《あきな》いを進めてきたことは間違いない……そう思いました。

佐平太　うむ、当然、山崎屋の背後には尾張家が控《ひか》えておる可能性が高いし、そうなると、河内屋及び長州藩と、山崎屋・尾州《びしゅう》藩の深いつながりも想定しないわけにはいかぬ……尾張家もまた、以前より、北前船《きたまえぶね》を使った西廻《にしまわ》り航路をさかんに利用して、利を上げておる。その西廻り航路の要衝《ようしょう》・下関を領国内にもつ長州藩が、尾張家と関わりをもたぬはずはない……

清兵衛　へい、…ですから、山崎屋の動きを徹底的に張って、抜け荷の品々の取り引き現場を押さえられれば、それをきっかけに、河内屋の動きも探り出せるかもしれん…わてはそうおもたんどす。

ところが、山崎屋には、六人の凄腕の用心棒と大勢の地回《じまわ》りの連中が周《まわ》りを固めていて、危なっかしくて、うかつには近づけまへん……。これ以上は、手も足も出ぇへん。

おまけに、河内屋とつながってる大坂町奉行所の役人が一体誰なのか、という調べも、ある程度絞《しぼ》られてはきたんどすが、わしらの力だけでは不足で、もうひと押しの調べができへん……

こりゃ、とても、わてら庚申一家だけの手に負えるヤマやない……わても、とうとう、そう観念して、肚《はら》くくって、江戸の音羽一家に助《すけ》っ人《と》をお願いすることにしたんどす……

音羽　そやったな…二年半ほど前の天保《てんぽう》十四年の暮れのことやった……わざわざ、庚申の親方自《みずか》ら、江戸に来てくれはって、……でも、あの頃は、わてらも、別口《べつくち》の仕事をいくつか抱《かか》えていて、急には、上方《かみがた》の仕事に取り組めん状況やった……

特に、高野長英《たかのちょうえい》先生の脱獄と逃亡の段取りは、慎重の上にも慎重に事を運ばんならん、なんとも危ないヤマやったし、…その一件が一段落せんことには、とても、抜け荷関係の方に気を向けることは無理やって……親方には、そうお答えするしかおまへんどした。

清兵衛　…いや、ホンマに、エラい気ぃ使わせてしもて、すんまへんどした……でも、音羽はんが、あの時、「二年先になるか三年先になるかわからへんけど、それでもええんやっていうんなら、お引き受けしまひょ」って言うてくれはったんで、…わしも、なんとかあれから後《あと》も、このヤマを放《ほ》かさずに、今日日《きょうび》まで、よれよれになりながらも辛抱強く調べを続けてこられたんや……

でも、さっきも言うたことやけど、…正直、わし、あんさんに引き受けてもろた後で、何度も、後悔の念に苛《さいな》まれてきたんやで……

抜け荷のカラクリだけでも、とんでもないヤマやのに、伊吹の旦那のお調べによれば、なんやどデカい政《まつりごと》の謀《はか》り事《ごと》までが絡《から》んどるいうし、おまけに、得体の知れん恐ろしい凄腕の殺し屋の組織まで、背後で動き回っとるって聞いて……そんな、わしら世間師の下々《しもじも》の者《もん》には、わけのわからん、命がいくつあっても足りへんような、ごっつヤバイ仕事に、あんさんらを巻き込んでしもてたなんて……

音羽　親方、さっきも言うたけど、どうかあんじょう、気を楽にしておくれやす……わて自ら、この上方へ出ばってきた以上、わてなりの勝算はおます。

　これから、佐平太さんがきちんと報告してくれると思いますけど、このヤマは、たしかに、ただの抜け荷絡《がら》みのヤマやおまへん…一世一代というても過言ではないほどの、どでかい大仕事どす……

　でも、わては、後《あと》には退《ひ》けへん、世間師としてのぎりぎりの命の張りどころとなる、なんや、とてつもなく大事なヤマやっていう、身ぶるいするほどの感覚がおますねん……

佐平太　親方、……拙者にも、伊織さんにも、そういう感覚があるのだ……こいつは、絶対、後には退けねぇっていうおもいが……

清兵衛　……おおきに、音羽はんや伊吹の旦那に、そんな風に、強い心の内を、改めてお聞かせ頂いて、……わても、なんや、やっと、モヤモヤが吹っ切れました……あんさんらを巻き込んでしもた事は、ずっと義理の負い目になっとったけど、……わし自身は、伊兵衛《いへぇ》さんの頼みを引き受けた当初から、ホンマは、このヤマに「命を賭ける」つもりやったんや……（笑）。

音羽　…ホホホ……そうおもうてましたよ、清兵衛さん……わても、実は（笑）。

清兵衛　……いや、面目ない（笑）……それにしても、音羽はん……あんさん、いつの間にやら、凄い元締にならはったなぁーっ……改めて、わし、度肝《どぎも》抜かれるおもいや（笑）。

佐平太　…いや、まことに（笑）……

清兵衛　去年の秋に、音羽一家がとうとう本腰入れてくれるいう話聞いて、わて、ホンマに嬉しかった……ここまで来てしもた上は、今度こそ、このヤマに勝負かけたるおもて、実は、わて、住吉《すみよし》はんまで詣《もう》でて、一世一代の願掛けしてもろたんや……（笑）。

音羽　一昨年の弘化《こうか》元年・六月に脱獄された後《あと》、去年の八月まで、お上《かみ》の追跡のほとぼりを冷ますため、一年以上も上州《じょうしゅう》に潜伏されていた高野長英先生が、ようやく上州を脱《ぬ》け出て、越後の直江津《なおえつ》に向かわれることになり、音羽一家と親しい侠客《きょうかく》の親分衆の助けを借りて、脱け道の算段を立てました。

土地の者《もん》に顔を知られていない、ウチの新吉《しんきち》がお守《も》り役となって、無事、先生を直江津までお送りしました。

新さんには、そのまま船で、西廻りに大坂に回ってもらい、庚申一家の助っ人として、音羽一家とつなぎをとりながら、抜け荷の調べに携わってもらうことになったんどす。

清兵衛　新さんは、わしらが力こぶを入れていた大坂町奉行所関係、河内屋・大津屋・播磨屋関係の人脈と商いの販路をめぐる洗い直し、それに、尾張家御用達《ごようたし》・山崎屋祐五郎の調べという、三つの方面で、吉兵衛はん、小六はん共々、助っ人としてよう働いてくれはりました。

なにせ、音羽一家の助っ人の面々は、大塩の残党やった望月伊織《もちづきいおり》さん以外は、大坂では、面《めん》が割れてまへんよってな……ホンマ、助かりましたわ。

新さんが到着して、最初の頃は、わてら庚申一家の者《もん》と違《ちご》て、天神一家の連中にも顔を知られてへんことをいいことに、特に、大坂町奉行所と河内屋関係の尾行《びこう》や張り込みでは、ずいぶん危ない橋を渡ってもろて……

音羽はんからお預かりした大事なお人やさかい、取り返しのつかんことになったらエライこっちゃって、はじめの内は、冷や冷やしてたんやけど、じきに馴れはって（笑）……そのうち、腕っぷしの強いお侍上がりやいうことで、こっちもついつい頼りにしてしもて、さっきもちらっと言うたけど、河内屋傘下《さんか》の高利貸しのもめ事に、用心棒として助けてもろたこともあった。まあ、そのせいで、天神の者《もん》に、顔を覚えられてしもたんやけど……

音羽　はい（笑）……最初の頃と違《ちご》て、今は、新さんも、無鉄砲な血を抑えて、ずいぶん慎重にふるもうとるみたいどす（笑）。

清兵衛　…ああ、そやな…（笑）。でも、相変わらず、よう働いてくれてるわ……町人ぶりも、すっかり板に付いてきとるし……

ただ……長州藩や尾張様のようなお大名の世界には、わてら町人には、どうしても調べに限界がおます…御用商人の動きを探ったり、藩のお侍の尾行・張り込みぐらいはできますけど、肝心の抜け荷関係のお侍衆が誰なのかは、わてらではわかりまへん。

河内屋や天神一家、山崎屋関係の調べをもとに、目星《めぼし》を付けた人物を張り込んではみたんやけど、何《なん》も出てこーへんかった……

こりゃ、伊吹の旦那と望月の旦那のお調べに、すべてをおまかせするしかない……そう観念しました。

佐平太　…うむ、だが清兵衛さん、われらの度《たび》重なる要請にもとづいて、吉兵衛・小六・新吉と連携《れんけい》しながら、庚申一家の者たちが探り出してくれた、山崎屋と尾州藩についての情報は、とても貴重なものだった。

おかげで、私も、山崎屋の行動の何に注目し、いかなる名目の荷の輸送と収蔵《しゅうぞう》場所を張らねばならぬかについて、目星を付けることができた。

さらに、その探索の中で浮かび上がってきた尾州藩の侍たちを張り込むことで、抜け荷に加担しておると思われる「藩上層部」の者どもの顔ぶれも、あぶり出されてきた。

年が明けてからは、伊織さんとも力を合わせて、尾張のみならず、三河《みかわ》・遠江《とおとうみ》・美濃《みの》にまで足を延《の》ばして、よく働いてくれた…庚申の衆には、本当に感謝いたしておる。

清兵衛　…へい、ウチの者《もん》がお役に立ったようで、何よりどした…えらい飛ばして、大坂から来はったばかりなのに、済まんことどしたなぁ……

音羽　……清兵衛はん、長い報告、ほんまにお疲れどした…えらい飛ばして、大坂から来はったばかりなのに、済まんことどしたなぁ……

ここからは、交代しまひょ……伊吹佐平太さんに、音羽一家の調べを、かいつまんで、……といっても、そこそこ長《なご》うなりますけど（笑）、報告してもらいます。

でも、……なんや、仰山《ぎょうさん》しゃべって、疲れましたな、ホンマに（笑）……喉《のど》がカラカラや……（笑）。

もう日暮れ時やし、行燈《あんどん》に灯りも入れなあかんし……浄心先生は、散策からとうに戻って来られて、書斎にひっそりとお籠《こ》もりのようやし、雪乃様は、夕餉《ゆうげ》のお仕度《したく》をなさっておられるはずで、わてらの談合がいつ終わるやら、気にかけてはるに違いおまへん……

清兵衛　…そやな、夢中になって話してるうちに、おふたりに、ずいぶん、要《い》らん気ぃ使わせてしもたかもしれんな……

玄道　私が、浄心先生に、もうしばらく時を頂きたい、と申し上げてきましょう…

音羽　わて……喉も渇いたけど、……厠《かわや》に行きとうて、さっきから、ガマンしてたんや（笑）…はしたないけど（笑）。

佐平太　いや、…拙者もでござる（笑）。

清兵衛　わしもや（笑）。

音羽　直次郎さんに頼んで、もう一杯、お茶をおねだりしてきますわ……ひと息入れて、頭スッキリさせてから、伊吹さんの報告に入りまひょ……

清兵衛　それがええ（笑）…せっかく、京の都まで来て、東山の絶景の中にある閑静なわび住まいに寄せてもろてんのやから、……外に出て、音羽川の清流や京の山々の夕陽も見せてもろて、それから、お庭も久しぶりに拝見させてもろて、エエ空気を、胸いっぱい吸い込んでからにしまひょ（笑）。

一同、立ち上がり、部屋の障子を開けて、外に出る。

舞台の照明がゆっくりと薄らぎ、暗闇に包まれる。

(7)第二場　第一場に引き続き、雨宮浄心の庵。夕暮れ時。

伊吹佐平太・音羽・庚申の清兵衛・土御門玄道による密談の続き。
部屋の障子は閉ざされ、行燈《あんどん》には灯りがともされている。

佐平太　……ご存《ぞん》じのように、昨年の弘化二年の秋より、われら音羽一家は、望月伊織《もちづきいおり》さんと拙者《せっしゃ》が中心となり、庚申一家と連携《れんけい》しながら、山崎屋祐五郎《やまざきやゆうごろう》と尾州《びしゅう》藩の動きについて、独自の調べを続けてまいった。

その探索の中で、われらは、相《あい》次いで、思いもかけぬ事件に遭遇《そうぐう》した。

ひとつは、昨年暮れの、山崎屋の暗殺。

もうひとつは、昨年の暮れより今年の春にかけて、三河《みかわ》・遠江《とおとうみ》・美濃《みの》にて相次いで生じた、天領《てんりょう》・旗本領《はたもとりょう》・諸藩よりの年貢《ねんぐ》の輸送隊への襲撃。

そして、各地で繰り返された謎の爆破・放火や、百姓衆の貴重な収入源である納屋物《なやもの》の輸送隊への、襲撃と強奪《ごうだつ》。

さらには、一揆《いっき》・打ちこわしの煽動《せんどう》を図《はか》る、度《たび》重なる檄文《げきぶん》の配布……
これら一連の怪事件は、とうてい、偶然事の重なりとは思われぬ。
何者かの組織が、人心の不安を煽《あお》り、幕領や諸藩における一揆・打ちこわしを誘発して、領内に混乱をもたらさんとする、恐るべき謀略の匂いが感じられる。
しかも、年貢の輸送隊への襲撃や各地の爆破では、抜け荷によって入手したと思われる、南蛮渡来《なんばんとらい》の武器・弾薬が使われた形跡があるのだ。

清兵衛　……へい、望月の旦那とウチの連中が三河・遠江・美濃から持ち帰った証拠の品を調べてもらったところ、なんでも、恐ろしい威力をもつ南蛮渡来の爆薬が使われた形跡がある、とか……

佐平太　…うむ。三河・遠江・美濃の襲撃現場や爆破地点から密《ひそ》かに採取してもらった、爆裂弾の破片や火薬の残滓《ざんし》を、鉄砲鍛冶《かじ》の流れを汲む近江《おうみ》の国友《くにとも》衆にお見せして、薬物の調合を調べてもらったところ、わが国の国内では使われておらぬ南蛮渡来の火薬であることが判明した……抜け荷の品とみて、まず間違いはない。

清兵衛　……へい。

佐平太　わしが、これら一連の怪事件にひっかかりをおぼえたのは、昨年の十月、山崎屋が、何者かの組織に謎の荷を渡す「取り引き現場」を、たしかに、この眼で見届けたという事実があったからじゃ。

その荷は、かねてより、われらが、抜け荷の品々の収蔵場所として密かに目星を付けていた蔵より運び出されたものだったのだ……

しかし、先に清兵衛さんも言っていたように、山崎屋には、六人もの手練《てだ》れの用心棒が雇われており、蔵の警固《けいご》もおよそ抜かりはなく、荷の中身《なかみ》を調べようにも、手の打ちようがない。取り引き当日の夜も、荷が運び出された事は確認できたものの、山崎屋の身辺には六人の用心棒が控《ひか》え、数多くの地回《じまわ》りの者どもが、その周囲を幾重にも遠巻きにして、守りを固めており、うかつには近づけぬ。

わしも、取り引きの様子をつぶさに観察することはできず、遠方の木の上から、かろうじて垣間《かいま》見る程度であった。

しかも、山崎屋より荷を受け取った者たちは、わしのみるところでは、間違いなく恐ろしい手練《てだ》れの侍どもの集団で、奴らの周囲には、一分《いちぶ》の隙《すき》も無い殺気が立ち込めていた。

拙者は、そのまま、奴らの運び先をつきとめようと、つかず離れず荷車を尾行していったのじゃが、尾張の熱田《あつた》の港から、荷を積み換え、屋形船《やかたぶね》にて運び去ったゆえ、とうとう追跡し切ることはかなわなんだ……

熱田には船番所《ふなばんしょ》があり、熱田奉行と船《ふな》奉行の下役《したやく》どもが、出入り船を厳しく改めておる。

その役人どもから、何の疑いもなく乗船を許された以上、この謎の侍どもの集団が尾州藩とつながっていることは、まず間違いはない。

清兵衛　……そうどすな、まぎれもなく、「藩絡《がら》み」の企《たくら》みに相違おまへん……

佐平太　しかも、山崎屋祐五郎は、この取り引きの「ふた月」後の、弘化二年の十二月に、何者かの手で暗殺されてしまっている。

山崎屋を襲った刺客《しかく》たちは、恐るべき手練《てだ》れの集団で、凄腕の用心棒六人を、全《すべ》て倒している……熱田の港から荷を運び去った、あの侍どもの仕業《しわざ》やもしれぬ。

さらに、山崎屋暗殺の直後から相《あい》次いで起こった、美濃・東海での、一連の爆破を含む怪事件……。はたせるかな、抜け荷の品とおぼしき南蛮渡来の爆薬が使われておった。

清兵衛　…へい……

佐平太　こいつは、単なる抜け荷絡みのヤマじゃない……もしや、われらの想いも及ばぬ、とてつもない政《まつりごと》の謀略が背後にあるのやもしれぬ……そう直覚した拙者は、思い切って、尾張家の内情を探る決心を固めた。

昔、拙者が美濃《みの》・岩村《いわむら》藩士として江戸詰《づめ》だった頃通っていた新陰流《しんかげりゅう》道場で、剣の友だった尾州藩士・金子重四郎《かねこじゅうしろう》を密《ひそ》かに訪ね、尾張家の内情に、慎重に探りを入れてみることにした……

幸い、すでに、われらの調べによって、抜け荷に加担しておると思われる「藩上層部」の者どもの顔ぶれは、あぶり出されておる。吉兵衛の張り込みによれば、奴らが定期的に行なっている密談の場に、金子の名は無かった。

わしが江戸の道場に通っておった頃は、重四郎とは、剣の道を通じて肝胆相照《かんたんあいて》らす間柄《あいだがら》であったたし、清廉潔白なる人物として、今も信ずるに値する男だとおもえた。

しかし、なにせ、政《まつりごと》が絡む世界は、清濁併《せいだくあわ》せ呑む器を求められる、剣呑《けんのん》なこと、この上ない場にて……いかに、信ずるに足る友とはいえ、一歩間違えると、いかなる落とし穴にはまり込むか、わかったものではない……正直、わしも、金子に接触を試みることには、一抹《いちまつ》のためらいもあった……

音羽　……無理もおまへん……伊吹さんの、岩村藩時代の、あの、煮え湯を呑まされた昔のいきさつを思えば……

わても、一度は、思い止《とど》まるよう言うたんやけど、伊吹さんの濁りの無い洞察と覚悟のほどをしかとうかがって、決断したんどす……大丈夫《だいじょうぶ》やて。

佐平太　……かたじけのうござった。拙者も、結果が吉《きち》と出ることを、濁りなく、ひたすら念じておりました……

音羽　……はい。

佐平太　金子重四郎は、今、尾張家の目付《めつけ》でござる。硬骨漢ではござるが、まことに聡明《そうめい》かつ慎重な人物で、藩内の権力と派閥の実情を、よくわきまえておる。
もちろん、われらにとってさしさわりのない範囲内ではござるが、重四郎に、思い切って実情を打ち明け、ともに、意を尽くした話し合いをおこなった結果、彼は、私を、尾張家大目付《おおめつけ》・天野民部《あまのみんぶ》殿に、密《ひそ》かに引き合わせてくれることになった。
天野殿は、藩上層部の役職にある者の内、金子の最も信頼する御仁《ごじん》で、何よりも、尾張家の安泰《あんたい》を案じ、藩風の頽廃《たいはい》への危機感を抱《いだ》いておられる。
そして、私は、民部殿の口から、尾張家の抜け荷の実態と共に、驚くべき政《まつりごと》の謀略の情報を聞かされたのだ……
玄道　山崎屋の暗殺も、先におっしゃられていた、南蛮渡来の武器・弾薬を使った謀略の数々も、すべて、その尾張家の内情に結びついているというわけですな……
佐平太　いかにも……。大目付・天野民部殿が、配下の隠《かく》し目付《めつけ》を通じて調べ上げたところでは、家老の堀刑部《ほりぎょうぶ》と坂田大膳《さかただいぜん》が中心となり、山崎屋祐五郎を使って、大々的な抜け荷を行わせて、巨額の御用金《ごようきん》を上納させてきたばかりか、昨秋以来、密かに、エゲレス製の新式銃や大砲《おおづつ》、強力な破壊力をもつ爆裂弾を入手し、倒幕《とうばく》を企図《きと》しつつ、武器・弾薬を蓄《たくわ》えている、ということだった。

しかも、それは、尾張家単独の企《たくら》みではなく、長州や肥前それに薩摩など、西国の雄藩《ゆうはん》との〈連判《れんばん》〉の上で事を実行に移すために、密かに計画されたものだという。

まだ、連判状は出来上がっておらず、話し合いでの調整と、諸藩の同盟参加に向けての画策が進行中だということだった……

さらに、その倒幕の企《くわだ》てには、京の朝廷も協力し、天皇《ミカド》の下《もと》での列藩同盟《れっぱんどうめい》による新政権の樹立《じゅりつ》までもが画策されている、という話でござった……

玄道　……うむ。

佐平太　昨年暮れの山崎屋の暗殺は、抜け荷の実態を探索中だった公儀隠密《こうぎおんみつ》の目がうるさくなってきたため、家老たちが、口封じを命じたものに相違ない、というのが、天野殿のお考えであった……

彼らは、山崎屋祐五郎に代わる、ヤバイ仕事にふさわしい、新たな御用商人を物色《ぶっしょく》中であり、それもほぼ内定したとのことだ。

しばらく公儀の探索のほとぼりを冷ました後、以前よりも巧妙かつ周到な、荷の輸送・収蔵と販路の算段を立てた上で、改めて、大々的な抜け荷に手を染めるつもりでいるらしい……

問題は、尾張家に、この倒幕・連判の話をもちかけた謎の人物がいる、ということだ。

天野民部殿の話では、その人物は、「黒岩一徹《くろいわいってつ》」と名乗っておるそうだ。

玄道　……やはりの、……黒岩一徹の謀《はか》り事《ごと》ですか……

音羽　玄道様、ご存じどすか？

玄道　…いや、いかなる人物か、身《み》どもにも、とんとわかりません……ただ、その人物は、まぎれもなく、これから身どもが音羽さんにお話ししたいと思っている、例の「宮中の大事」に、深く関わっておるのです。

どうやら、庚申一家と音羽一家が取り組んでおられる抜け荷絡みの仕事と、私が音羽さんにもちこんだ件は、「一本の糸」でつながっているようだ……

音羽　……そうどすな、間違いおまへんやろ……

佐平太　この黒岩なる人物は、尾州・長州をはじめとする有力諸藩に、倒幕運判の働きかけを行うと共に、列藩同盟の旗頭《はたがしら》として、天皇《ミカド》と朝廷の権威を担《かつ》ぎ出すことを提案しておる、ということでござった。

玄道　…やはり、……もう、これは間違いありません、……今、宮中内で生じている、さまざまな対立・紛糾《ふんきゅう》の火種《ひだね》は、黒岩一徹が播《ま》いたものといってよい……

佐平太　天野民部殿は、今、尾張家の空気が、この黒岩の提案の方向に沿って動いているという事実に、深い憂慮《ゆうりょ》の念を抱《いだ》いておられる。その暗雲は、家老の堀刑部《ほりぎょうぶ》・坂田大膳《さかただいぜん》一派と彼らに踊らされている一部下士《かし》層の策動によって、藩全体を覆《おお》いつつあるとの事。

手遅れにならぬうちに、なんとしても、この危《あや》うい謀略の流れに歯止めをかけたい、との一念から、敢《あ》えて危険を犯してまでも、金子重四郎の進言を受け容《い》れて、それがしに、尾張家の内情を打ち明けてくれたのだと、感じ入りました……

私は、天野殿と相談の上、彼と親交のある長州藩家老・坪井九右衛門《つぼいきゅうえもん》殿にお会いし、さらに、この倒幕連判の謀り事と抜け荷の内幕を聞き出そうと、決心しました。

清兵衛　長州と河内屋の深いつながりを思えば、ご家老様の口から、河内屋たちの抜け荷のカラクリも見えてくるかもしれへん……ということどすな……

佐平太　いかにも……だが、残念ながら、坪井殿の話だけでは、河内屋一味による抜け荷のカラクリの全貌《ぜんぼう》までは見えなかった……

ただ、長州藩内で密《ひそ》かに進められておる政《まつりごと》の謀略の内幕については、いくらか情報を得《う》ることができた。

以下の報告は、天野殿の肝煎《きもい》りの下《もと》で、拙者が坪井ご家老から直接うかがった事でござる。

長州藩では、かねてより「越荷方《こしにかた》」という役所を置いて、下関を通る諸藩の廻船の物産の保管を請け負うことで、手数料を得ていたのじゃが、年々累積する負債《ふさい》による藩財政の危機に対応するために、独自の再建策を打ち出した「天保《てんぽう》の改革」の折、村田清風《むらたせいふう》殿の手で、越荷方の〈拡充〉が行われた。

それは、諸藩の物産を抵当《ていとう》にして、高利の銀を貸し付けることで、思い切った増収を図ろうとするものであった。

すでに、抜け荷を通して、長州と深いつながりをもっていた河内屋利兵衛は、長州の強引な「抵当物産の差し押さえ」によって入手した商品の一手販売を名乗り出て、他の御用商人どもを抑《おさ》えて優先的に買い占めた諸国の物産を、上方市場《かみがたしじょう》を中心に、大々的に売りさばくことで、大もうけをしてきた。

河内屋は、この買い占めと抜け荷の保護の「見返り」に、これまで、長州藩に、巨額の御用金《ごようきん》を上納してきたのです。

玄道　……ふむ。

佐平太　この河内屋と長州の〈癒着《ゆちゃく》〉の中心に立っていたのが、長州藩家老・長井隼人正《ながいはやとのしょう》だった。

長井隼人正は、村田清風の派閥に属する、野心的な改革派の能吏《のうり》で、積極的な藩財政の打開策を精力的に推進せんとしていた。河内屋のみならず、尾州藩御用商人・山崎屋祐五郎の抜け荷にも大きな保護を与え、尾張家家老・堀刑部《ほりぎょうぶ》とも親密な関係にあった。

河内屋と山崎屋及び尾州藩の「仲立ち」をしたのも、この長井家老だった。

すでに以前より、北前船《きたまえぶね》による諸国物産の買い占め競争のために、下関近辺にて諸国の廻船を待ち受けていた尾州商人と、河内屋ら大坂の廻船問屋の間で、しばしば荷をめぐる争いが生じ、双方の雇った船乗りや用心棒たちの間で、流血騒ぎまで起こるという、険悪な事態が続いていた。

そこで、長井家老自《みずか》ら肝煎《きもい》りとなって、天保十一年に、尾州商人と河内屋らの間で商《あきな》いの提携《ていけい》が結ばれ、上方市場《かみがたしじょう》と東海市場を互いに利用し合うことが可能となったのだ。

その関係は、もちろん、抜け荷の品々に対しても応用されることになる。

玄道　……ふーむ、なるほど。すると、例の天保十三年の和泉屋闕所《けっしょ》事件の後、上方市場でさばきにくくなった抜け荷の品を、東海・信濃《しなの》・北国《ほっこく》街道筋にて売りさばくという、河内屋らの企《たくら》みを可能にしたのは、その提携関係にもとづく段取りなのですな？

佐平太　さよう。尾州商人・山崎屋は、おそらく、西宮《にしのみや》や兵庫沖から抜け荷の品々を陸揚げしていたと思われるが、その品々を、他の物産の荷の中に巧みに紛《まぎ》れ込ませた上で、尾張家御用達《ごようたし》の看板を用いて、陸路を東海まで運んでいたようじゃ……もちろん、京・大坂に点在する複数の尾州藩屋敷にて、さらに荷の中身を入れ換え、諸方への販路を拡げてきた、という可能性もある。

その販路を河内屋らも利用させてもらい、尾張家の看板を隠れ蓑にしながら、山崎屋の力を借りて、巧みに、抜け荷の品々を売りさばいてきたに相違あるまい……

その保護の見返りに、河内屋は、莫大な御用金を、尾州藩に納めていたとみていい。

玄道　なるほど……いや、大変な切れ者ですな、その長井家老は。

佐平太　河内屋と山崎屋が、買い占めや抜け荷による過当競争で共倒れにならず、双方が儲《もう》かれば儲かるほど、長州にとっても尾州にとっても、〈利〉は大きなものとなる……両藩への御用金の上納額が増えるのですから……

玄道　…そうですな……おまけに、先にも述べられたような、恐ろしい破壊力をもつ、西洋の武器・弾薬までも、密かに入手できる……

佐平太　いかにも。

清兵衛　しかし、河内屋関係のヤマを追ってるわてらにとって問題なのは、その、山崎屋の手を介してさばかれてきた抜け荷の品々が、河内屋のもんやっていう〈証《あか》し〉がどこにもないいっちゅうことどす。

山崎屋も抜け荷をやってきたわけやし、東国で出回ってる抜け荷の品の、どこからどこまでが河内屋の品か、いうんが、どうにもつかめへん……

抜け荷の品々に河内屋のもんが仰山《ぎょうさん》混じってるいうのは、間違いないにしても、肝心の

〈証拠〉が無い以上、どないもこないもならへん。

おまけに、鍵を握ってた山崎屋も、もう殺《や》られてしもて、「トカゲの尻尾切り」されてしもた……結局、また「振り出し」どすがな……

音羽　…いや、清兵衛はん、実は、そうとも言い切れんのや……

佐平太　…さよう。この一連の抜け荷のカラクリの中心にいる人物の一人が長井隼人正《はやとのしょう》であるという事実は、われらにとっても、十分に使えるのだ……

清兵衛　……へい？……

佐平太　話を先に進めよう。

で、長州では、この長井家老が、しばらく水面下において、密かにその才腕を発揮し、藩財政再建のための「隠れた立役者」であったのじゃが、一昨年の弘化元年に、村田清風《むらたせいふう》殿が失脚し、代わって坪井九右衛門《つぼいきゅうえもん》殿が権力を握られたため、長州藩内の派閥争いが激しさを増してきた。

そこで、長井家老は、村田派の巻き返しを図り、思い切った積極策に出ようとしたのだ。なにせ、長州藩の莫大《ばくだい》な負債による財政の危機は、越荷方《こしにかた》の拡充や御用金の増収ぐらいでは、どうにもなるものではない。焼け石に水なのだ。

村田清風殿は、そこで、三年前の天保十四年に、思い切って、藩借財に対して「三十七ヵ年賦皆済士法《ねんぷかいさいしほう》」なる法を制定した。

これは、藩及び藩士たちの借財を三十七ヵ年かけて返済するという、半《なか》ば「借金の踏み倒し」といってもいいもので、この政策が、債権者の商人《あきんど》どもから猛反発を買い、坪井殿を中心とする藩内上層部の批判もあって、ついに、一昨年、村田殿は権力の座を追われた。

玄道　……なるほど……その村田派の劣勢をはね返すために、長井隼人正殿は、かつてない、大胆な賭けに出られた、ということですな。

佐平太　いかにも。

長井家老の考えでは、このまま長州藩の既成《きせい》の政《まつりごと》の形を続けていたのでは、どうあがいてみても、財政危機を打開するには焼け石に水だ。長州が救済されるには、現今《げんこん》の、幕府による政《まつりごと》の形そのものが根本的に変わる必要がある。長州が今直面している危機は決して長州のみのものではなく、他の雄藩・諸藩においても、形こそ違え、苦しき台所の本質は同じだ……彼は、そう認識しているということでした。

玄道　……うむ、たしかに一理はあるが……

佐平太　今の腐り切った幕政を根底から変えるには、朝廷を中心に大義名分を獲得し、長州・肥前・尾張・薩摩などの有力諸藩による列藩同盟《れっぱんどうめい》の力で、既成の幕府の支配機構そのものを改め、全く新たな政《まつりごと》のかたちを実現してみせねばならぬ。

もし、幕閣や、紀州家を筆頭とする、井伊《いい》・土井《どい》・堀田《ほった》・酒井《さかい》などの「保守派」の親藩《しんぱん》・譜代《ふだい》大名たちが、われらの要求を拒否するなら、戦《いくさ》をも辞さじ、とする強硬なる志をもつべきだ……というのが、長井隼人正殿のお考えであると、坪井殿は申されておられた。

玄道　うーむ、一理はあるが、身どもには、一歩間違えると、この国を、動乱による阿鼻《あび》叫喚《きょうかん》の地獄へと導く、禍々《まがまが》しい企《くわだ》てのように思われる……狼のごとき、脂《あぶら》ぎった野心家どもの修羅《しゅら》の匂いがする……

音羽　ほんまどす、わてもそない思います……そういう、上に立つ侍どもの得手勝手《えてかって》な野心のために「踏みにじられる」のは、いつも、懸命にその日その日を生きている、名も無き下々《しもじも》の者たちどす……

清兵衛　…ほんまにそうや……いい気なもんや、ごたいそうな、おエラ方《がた》の侍なんちゅうもんは……生身で体《からだ》張って生きとる者《もん》の、つつましい希《ねが》いや痛みや祈りというもんが、なにひとつ、わかってはおらへんのや……わかりようもない連中や……クソッたれの、あほんだらや……長州だの、尾州だの、そんなもん、わしらの知ったことやない！

佐平太　……ハハハ……親方、お気持はようわかるが、……もうしばらく、こらえて、アホな侍どもの話を聴いてくれ……（笑）。

清兵衛　……へい、……大人げなくイキってしもて……すんまへん……

佐平太　坪井家老の話では、長井一派はその政《まつりごと》の野心のために、密かに尾州藩家老・堀刑部らと図り、列藩同盟の画策を推し進めている、とのことであった。

先に述べた天野民部殿の情報と、見事に符合するものだ。

しかも、……長州の抜け荷の品々の中に、密かに南蛮渡来の武器・弾薬が紛《まぎ》れ込まされ、長井一派に属する、ごく少数の者どもを除いては、藩上層部の与《あずか》り知らぬ独自の輸送路を介して、何者かの怪組織に手渡され、なにやら、悪《あ》しき、禍々《まがまが》しき〈謀略〉に使われているふしがある、ということだった……

玄道　…うむ、まさしく、伊吹さんが先ほど申された、例の、謎の荷を運び去った凄腕の侍どもの集団や、美濃・東海地方での禍々《まがまが》しき謀略の数々に符合するものですな……

佐平太　…いかにも。坪井殿は、配下の隠《かく》し目付《めつけ》・片岡彦四郎《ひこしろう》なる者を使い、この情報を探り当てられ、ついに、片岡殿の探索によって、長井一派の身辺に秘蔵されてあった、抜け荷の「裏帳簿」を発見された。

その一方で、片岡殿は、それより以前、美濃・東海地方での例の襲撃・爆破事件を密かに調べられ、われらと同様に、かの謀略が、南蛮渡来の火薬によるものであることをつきとめておられた、ということだ……

玄道　……すると、その裏帳簿の作成と、美濃・東海地方での謀略が、長井一派の仕業《しわざ》であることが判明すれば、坪井家老は、長井殿の首根っこを押さえたことになるわけですな……

佐平太　……さよう。だが、片岡彦四郎殿は、つい先頃、その裏帳簿を懐《ふところ》に、坪井殿が滞在しておられた三条の長州藩・京都屋敷に向かわれる途上、何者かの手で殺《あや》められ、裏帳簿は奪い去られてしまった……

玄道　…なんと……それは、いつのことです？

佐平太　四月二日夜半のことでござる。五条大橋をやや北上した辺りの賀茂川の河原にて、連れの侍と共に殺められたと聞きました。坪井殿の話では、その連れの侍とは、公儀隠密《こうぎおんみつ》で、篠山源之丞《しのやまげんのじょう》と申されるお人とか……

なんでも、北辰一刀流のかなりの使い手であったということですが、一刀の下《もと》に、脳天を断ち割られていた、とか……

清兵衛　……ひ、ひぇーっ！……なんちゅう、怖ろしい……

玄道　……やはり、篠山殿でござりましたか……おいたわしいことであった……

音羽　玄道様、ご存じのお人どすか？

玄道　……はい……実は、徳大寺実清《とくだいじさねきよ》様と卜部兼義《うらべかねよし》様が密かに公儀に働きかけて、派遣していただいた、腕利《うでき》きの隠密の方なのです。
篠山殿は、四月三日に、徳大寺様・卜部様とお会いする予定でした……一向に音沙汰《おとさた》なく、もしや異変があったのでは、と胸騒ぎを覚え、急きょ町奉行所に問い合わせてみたところ、はたせるかな、篠山殿の屍《しかばね》が収容されてあり、…見るも無惨なお姿であった……

佐平太　……うむ。

玄道　実は、篠山源之丞殿は長州家老・坪井九右衛門殿と深いつながりがあったのです。
篠山殿は、昨年来、密かに、尾州藩と長州藩の抜け荷の探索を続けておられました。
山崎屋による抜け荷の品々の取り引き現場を確認し、また荷の収蔵先をつきとめ、いよいよ、肝心の尾張家に秘蔵された西洋の武器・弾薬のありかを探ろうという矢先、山崎屋は、何者かの手によって暗殺されてしまった……
山崎屋が収蔵していた荷の数々は、尾州藩の手によって全て回収されてしまい、篠山殿がせっかく探り出した情報も無駄になってしまった、と聞いております。

佐平太　……うむ。

玄道　で、篠山殿は、再度、配下の手の者を使いながら、藩に回収された荷のありかと、尾張家の武器・弾薬の実態を探るべく尽力《じんりょく》する一方、長州藩の抜け荷の証《あか》しを押さえることに、本腰を入れることになった……

その過程で、長州藩内の派閥争いの実態に迫り、坪井九右衛門殿と接触されたということです。

佐平太　……うむ、拙者も、天野民部殿と共に、坪井殿から、公儀隠密との接触の話は、いくらか耳にしました……

篠山殿は、坪井ご家老が、長井一派の政敵であり、彼らの行き過ぎた抜け荷のやり口に反対されておられることを知って、幕府大目付と相談の上、坪井殿に、取り引きを申し出たそうでござる。

玄道　…うむ、私どもは、その取り引きの内容までは存ぜぬが、なんでも長州の抜け荷の証《あか》しをもとに、その責任を追及し、しかるべき断罪の処置を講ずることで、長州の進めてきた列藩同盟の画策を瓦解《がかい》させるのが目的だとか……

佐平太　いかにも。坪井家老は、例の、片岡彦四郎殿が発見された抜け荷の裏帳簿をはじめとする、幾つかの有力な証拠を幕閣に提供する代わりに、公儀の協力で、長井一派の処断を実現にこぎつけると共に、長州藩そのものには「おとがめ無し」との裁定を得る、という〈裏取り引き〉を成立させたのでござる。

玄道　……なるほど。

佐平太　坪井ご家老の話では、篠山殿は、さらに、尾張家の抜け荷に対しても、長州と同様に、その証拠を押さえた上で、幕府大目付と図り、藩内の不穏《ふおん》なる勢力を一掃《いっそう》する画策を抱《いだ》いておられた由《よし》……それが首尾良く実現すれば、列藩同盟の画策は完全に「水泡《すいほう》に帰する」といっても過言ではない。

天野民部殿も、尾張家を救う手だてはそれしかない、と大いに乗り気でござった……

玄道　いかにも……尾張・長州という大黒柱が抜ければ、他の雄藩・諸藩も、列藩同盟から「身を引く」とみて、まず間違いはない。

だが、その坪井殿のもくろみは、篠山源之丞殿の暗殺によって、もろくも崩れ去った……

佐平太　しかし、それがしが天野殿と坪井殿にお会いしたことは、決して無駄ではござらん。

坪井ご家老のお力によって、長州藩・京都屋敷と大坂蔵屋敷《くらやしき》に、音羽一家の手配した間者《かんじゃ》を送り込む手はずが整いもうした。

坪井殿からは、逐一《ちくいち》、長井一派の動きを報告してくれることになっておるし、その報告にもとづいて、適宜《てきぎ》、長州屋敷内の出来事を探ることで、新たに、河内屋一味の抜け荷のカラクリも見えてくるやもしれぬ……

清兵衛　……なるほど、そうどすな……なんや、ひと筋の光が見えてきた感じどすな。

佐平太　…うむ。だが、河内屋一味の抜け荷の販路は、長州絡みだけとは限らぬ。

山崎屋暗殺後は、尾張の荷は、山崎屋の傘下《さんか》にあった他の御用商人が請け負っておるが、過去における河内屋と尾州商人の深いつながりを思えば、その荷の輸送・収蔵と販路の仕組《しくみ》を河内屋が利用せぬとも思われぬ……

清兵衛　……たしかに、……和泉屋事件から四年が経《た》っているとはいえ、用心深い河内屋のことや、まだまだ、上方《かみがた》だけで、抜け荷の品を大量にさばくとは思えまへんしな……

佐平太　いかにも……尾州の荷を利用している可能性は、大いにある。

そこで、われらは、長州のみならず、尾州藩・京都屋敷にも、間者《かんじゃ》を潜《もぐ》り込ませることにした……天野民部殿のお力添えにての。

それに、尾州と長州の京都屋敷は、堀刑部と長井隼人正による列藩同盟の画策と朝廷工作にとっても、大事なる謀り事の巣窟《そうくつ》であるやもしれぬ……この両藩の家老は、昨年来、繰り返し京の都に赴《おもむ》き、滞在しては、何事かの密談をおこなっている、との事ゆえの……

玄道　……なるほど……だが、それにしても、大がかりな、恐るべき謀略ですな……

その謀略の中心に、黒岩一徹なる怪人物がいる……

先ほども触れましたが、実は、今、宮中で、何人かの急進派の公家たちによって密かに画策されている、恐るべき謀り事にも、黒岩一徹が深く関わっておる……この人物の周《まわ》りには、恐ろしい殺気を漂わせた侍どもの集団がたむろしており、なにやら邪《よこしま》なる企《たくら》みの匂いがするのです。

しかも、身どもにとってゆゆしき事は、この黒岩とその一党に、わが異母弟《いぼてい》・土御門玄将《はるまさ》が深く関与しているということです……

音羽　…玄道様、先ほど浄心先生が、弟御《おとうとご》の事に、ちらっと触れておられましたな？

玄道　ええ……先生には、大変なご心労をおかけしてしまって、……身どもとしては、やむにやまれぬ想いに駆り立てられての依頼でしたが、……ご迷惑をおかけしました。

音羽　浄心先生は、弟御と黒岩一味のことをお調べになられたのですか？

玄道　……いえ、……結局、立ち入った調べは、何もできずじまいでしたが、……ただ、弟の玄将の身辺にいる人物が、かの黒岩一徹であるという事実だけは、判明したのです。

私は、この人物の存在をまるで知りませんでしたが、ある時、身どもがつかさどる裏土御門の鬼道「水辰《すいしん》・月夜見《つくよみ》の法」を修《しゅう》していた折、絶えて感じることのなかった、禍々《まがまが》しき火気《かき》の妖変《ようへん》を全身におぼえ、総毛立つ想いがいたしました…しかも、この火気と全く同じ妖気が、こともあろうに、弟の玄将の周りに、「炎舞《えんぶ》の輪」のようにうねりながら立ち昇っていたのです……

火の鬼道をつかさどるわが弟の呪力《じゅりょく》が、おそらく、なにか、とてつもない邪気《じゃき》の宿《やど》り主《ぬし》を招き寄せたに違いない……そう、身どもには感ぜられた。

そこで、…ご迷惑をも省《かえり》みず、浄心先生に、弟・玄将の身辺を探っていただいたのです。

音羽　…その探索の中で、黒岩一徹が浮上してきたのですね……

玄道　そうです。実は、数年前より、この京洛の地で平田神道の結社を組織して、各藩の侍たちや公家衆の一部に強い思想的感化を与えている野之口隆正《ののくちたかまさ》という国学者がいるのですが、黒岩一徹はその人物と交わり、何事かを画策しているということでした。

この野之口という御仁《ごじん》は、例の列藩同盟の支持者である急進派の公家・姉小路公遂《あねがこうじきんかつ》卿や岩倉具慶《いわくらともやす》殿と親しい間柄《あいだがら》にある。

しかも、水戸の徳川斉昭《なりあき》公のおおぼえも良く、その恩恵により、斉昭公と親交のある御老中・阿部伊勢守《あべいせのかみ》殿が福山《ふくやま》藩主であられた頃より一目《いちもく》置かれ、ために、京都所司代《しょしだい》もはばかって、野之口隆正と公家衆の関わりには一切触れようとはしないのです。

今、朝廷では、この野之口殿の影響力が、日に日に高まりつつある。

それは、徳川の二百年以上にもわたる泰平《たいへい》の中で、澱《よど》んだ水のごとく腐り切った人心を洗い流し、皇権の回復を図り、西洋列強に優《まさ》るとも劣らぬ、日輪《にちりん》のごとき〈火〉の強国をつくるべしとのかけ声となって、血気さかんで不遇感の強い、急進派の中・下級の公家たちの間に、密かに浸透しつつあるのです……

佐平太　ふーむ、その朝廷内の政《まつりごと》のうねりは、たしかに、われらが調べ上げてきた列藩同盟の画策や数々の禍々《まがまが》しき謀略の動きと、呼応《こおう》するかたちを示しておりますな……

その中心には、つねに、黒岩一徹の匂いが立ち込めている……

玄道　はい……

佐平太　例の山崎屋襲撃といい、公儀隠密・篠山源之丞殿の斬殺の恐るべき太刀筋《たちすじ》といい、抜け荷が絡《から》んだこの一連の謀《はか》り事《ごと》の背後には、数々の修羅場《しゅらば》をくぐり抜け、血塗られた所業を繰り返してきた凄腕の侍どもの組織が存在していることは、間違いない。

その組織が黒岩と結びついているとすれば、弟御《おとうとご》の周囲に立ち込めている恐るべき邪気の姿も、うなずけるものがある……

玄道　たしかに、なにか、ゆゆしき異変が、…それも、弟の周囲で起こっているばかりではなく、都を中心に、この国の隅々までを覆《おお》いつつある……身どもの幻視《げんし》する「月夜見《つくよみ》の水相《すいそう》」には、そう出ているのです……

この国の中で、…ひいては、今、世界の中で、何かが巨《おお》きく変わりつつある…その変容は、決して善《よ》きものではなく、なにやら、悪《あ》しき、禍々《まがまが》しきものの力が、ムクムクと頭をもたげつつあることの兆《きざ》しのごとく、身どもには感ぜられる……

今、音羽一家や庚申一家の方々が、あなた方「世間師」の面々が、「後《あと》には引けない」想いでこの大事件に取り組んでおられるのは、…私には、なにか、次第に拡がりつつある、邪《よこしま》なる気の流れとの、決して譲ることのできない、ぎりぎりのたたかいのごとく映るのです……

第六幕　逢瀬《おうせ》

（8）第一場　弘化三年（一八四六）・初夏〔陰暦・五月上旬〕

京都東山・一乗寺村《いちじょうじ》にある絵師・竹内連翹《たけうちれんぎょう》の屋敷。
午後、やや陽ざしの傾いた頃より、夕暮れ時まで。
竹内邸を訪れた新吉《しんきち》（新八郎《しんぱちろう》）とお京《きょう》の再会の場面。庭での会話。

新吉　…お京さん、一別《いちべつ》以来、もう、三年近くになるな……久しぶりだ……
　天保《てんぽう》十四年の秋以来、ということになる……
お京　……新八郎様……本当に、……本当に、お久しぶり……
新吉　……逢いたかった……
　やっと、……やっと、逢えたな……長かった……
お京　……ええ、……やっと、……
新吉　……久しく逢わぬ間に、……お京さん、ずいぶん、大人っぽくなって、……少し、やつれたようだけど、……でも、なんか、前と違って、……不思議に、涼《すず》やかな、…っていうか……

お京　新八郎様こそ、……見違えるほどだわ……精悍《せいかん》な殿方《とのがた》になられて……

新吉　…いやあ（笑）……日焼けして、すっかり柄《がら》の悪い、遊び人風のツラになっちまって（笑）……なにせ、荒っぽい、ヤクザな仕事ばっかりやってるから……昔のお旗本のボンボンの面影もどこへやら……思わず、顔をそむけたくなっちまうかもな……

お京　そんなことないわ（笑）……新八郎様は、昔のままよ、…今でも、……でも、なんか、…ほんとに、見違えるほど、溌剌《はつらつ》とした生気を感じるわ……水を得た魚のよう……余計な飾りや重荷を捨てて、身ひとつになられたような……

新吉　…あぁ（笑）……さすがお京さんだ……相変わらず、よく俺の事を見透《みす》かしちまう（笑）……図星だよ、…侍の昔を、きれいさっぱり脱ぎ捨てて、生まれ変わったんだから（笑）。

お京　……ええ（笑）……よかったわ、……本当に、よかった……わたし、……改めて、この世に生まれ直した新八郎様に、……いえ、新吉さんにめぐり逢えたのね……この京の都で……

新吉　……あぁ、…そうだ、……その通りだよ……お京さん……

……でも、…俺の目には、……その、……お京さんも、昔のお京さんと違って、……なんか、大きく変わったっていうか……すごく、不思議な女性《ひと》になったみたいな気がして……涼しげで、でも、寂しげで、……それでいて、どこか、なつかしくて、温かい……

お京 ……自分では、よくわからないけど……わたしも、生まれ変わったのかもしれないわ……新八郎様にお逢いできなかった歳月《としつき》の間に……

新吉 お京さん、…上洛したの、たしか、去年の三月だったな……

お京 ええ、ちょうど桜が満開の頃……この前、上洛した時は、たった二年間しか居なくて、修業途上で江戸に舞い戻ってしまったから、…京の都に来るのは、ほぼ三年ぶりということになるわね。

今度こそ、じっくり腰を落ち着けて、修業に打ち込んでみようって、思って……

新吉 ……どういう心境の変化でまた……聞いてもいいかな?

お京 ……ええ(笑)、もちろん……うまく言えるかどうかは、わからないけど……

そうね、やっぱり、新八郎様にお逢いできなくなって、……そこからよね、全《すべ》ての始まりは……

つらくって、……あなたに逢えないことが、こんなにもつらいことなのかって……地獄の苦しみだったわ……ほんとに……

新吉 ……お京さん……俺もだ……月之介先生に別れを告げて、大川に向かったあの時、お京さんにひと目会いたかった……それがかなわぬままに、お尋《たず》ね者《もの》になっちまって、江戸の地を離れ、一年半以上も、俺は、旅芸人の一座に潜《もぐ》り込んで、諸国を転々として、……うになるから……」って、励ましてもらってた……それが、あの不馴《ふな》れで心細い、挫折と戸元締《もとじめ》から、「二年先になるか三年先になるか、わからないけど、必ず、京の都で逢えるよ惑いの繰り返しだった、厳しい「世間師《せけんし》」の修業期間の俺を支えてくれたんだ……今まで俺が見たこともない世界、…その生きざまの片鱗《へんりん》さえうかがい知ることのなかった、さまざまな人々の暮らしぶりに接する中で、俺は変わっていった……一切の贅肉《ぜいにく》を削《そ》ぎ落とした、身《み》ひとつの己《おの》れの場所から、俺は、「生きる」という現場に真向《まむ》かっていかねばならなかったんだ……

日々、さまざまな人が、物が、風景が、めまぐるしく俺の感覚に立ち現われ、ささやかだが、濃密な〈物語〉を紡《つむ》いでいった……働くことの苦しさや苦《にが》さ、そしてささやかな歓《よろこ》び……未知の人に出逢って、さまざまな関わりをもつことへの怖れの念、何が起こるかわからない、見通しのきかない、一寸先は闇の状況に、己《おの》れを賭《か》けてゆくことへの身震《みぶる》いするような覚悟、……出逢い、別れ、変転する時の流れ、……なにかを成しとげ、くぐり抜け、日々の〈物語〉を紡《つむ》ぎながら、無我夢中で生きてゆくうちに、いつしか時が過ぎてゆく……確実に、己《おの》れの中に、なにかが積み重ねられ、〈俺〉という年輪が刻まれてゆく……そんな風に、数知れぬ、名も無き人々が、これまで生きてきたし、今も生きている……俺も、その一人なんだ……

お京　……ええ……そうね。

新吉　……不器用な俺自身ができることなんて、ほんとにささやかな事だし、縁《えにし》ある人々に助けられながら、やっと精一杯生きている……でも、それだからこそ、自分でなければできぬ何事かをなしとげてゆきたい……自分らしく、自然に、…ほんとに自然に生きたいんだ……己《おの》れの想いを大切にしながら、人と、嘘偽《うそいつわ》り無く接したい……でも、決して、人に何かを無理強《むりじ》いすることなく、……接する一人ひとりの場所を、〈孤独〉を、大切にしたい……そう思うんだ……

お京　……わかるわ、新八郎様……

新吉　……あぁ、ごめん……つい、俺自身の事ばっかり話して……お京さんの心の内を聞かせてもらってたのに……聞きたかったのに……

お京　…ううん、気にしないで……とても面白かったわ……新八郎様の今のお話、あたしの絵の道にも、深く通ずるところがあるし……で、……さっきの続きの話になるんだけど、……新八郎様に逢えなくなって、……しかも、よりにもよってあなたが、何の罪も無いのに、お尋《たず》ね者《もの》として、お上《かみ》の目を逃《のが》れながら、危険きわまりない〈闇〉の裏稼業の世界を生きる羽目《はめ》になって、……なんだって、こんなに酷《むご》い、理不尽《りふじん》なさだめに身を置かれなけりゃならないのかって……わたし、それがつらくて、……どんな風に、このさだめを受け止めていかなけりゃならないのか…って、死ぬほど苦しみ抜き、悩み抜いたわ……

わたしたち、ほとんど逢うこともかなわぬ、生き別れも同然の暮らしになってしまったし……

新吉　……お京さん……

お京　あたしの心は、荒れ狂う海のようだったわ……あれほど、己《おの》れが無力な、ちっぽけな存在に思えたことはなかった……

今、わたしが、こんなに悶え苦しんでいても、何ひとつできやしない……あなたが、今頃、まっ暗な土蔵《どぞう》の中で、どんなに傷の痛みに耐えて、うなされていることだろう……そして、新八郎様の傷が癒えても、これからのあなたの人生の道が、どんなに険しい、あたしなんかには想像もつかないような、怖ろしい〈闇〉の世界を舞台とする、修羅《しゅら》の道になることだろう……って、想いをめぐらせばめぐらすほど、…あたし、夜も眠られぬほど、恐くて、恐くて……あたし、そんな新八郎様のそばに寄り添うこともできず、何の力にもなれない女になってしまった……そう思うと、切なくて、苦しくて……

新吉　……済まねぇ……そんなに、……そんなに、俺の事を……
　おいらぁ、……お京さんの、そんな、つらい胸の内を、十分に想いやっていなかったな
……手紙の中でも、……おいらぁ、てめぇの事ばっかり語って……てめぇの事ばっかりに
夢中になっちまって……済まねぇ、……ほんとに……
お京　……ううん、そんな風にあやまらないで……受難の渦中におられるのは、新八郎様ご
自身なんだから……あたしなんかよりも、何倍も苦しい想いをしているのは、あなたご自
身の方だもの……
　わたしの心のざわめき、不安に真向《まむ》かってゆくのに、力足らずだったのは、わたし自身
の未熟のせい……
　これまで、お栄《えい》様の下《もと》で、未熟ながらも、自分なりに〈心眼《しんがん》〉を磨いてきたつもりだっ
た。
　孤独でありながら、森羅万象と響き合う、荒ぶるいのちの輝きを体現した、北斎先生の
〈龍《りゅう》〉のかたちが視えてきた時、わたし、たしかなものを、この手で、筆触《ひっしょく》の息づかいで、
つかみかかった、と思えたの……
新吉　……ああ、そうだった……お京さん、俺も、そうだったんだ……
　北斎先生の肉筆画《にくひつが》にふれたあの時、たしかに、俺なりに、生きる手がかりをつかんだん

だ……

お京　…ええ、そうね、たしかに、そう思ったわ……あの〈まなざし〉の先に、わたしの求める絵の世界が拓《ひら》けてゆくに違いないって、……あの時は、そう感じ取っていたの……たしかに……

でもね……新八郎様の思いもかけぬ受難と、あなたからひき裂かれた境遇に身を置かれた時、……あたし、己《おの》れの〈無力さ〉を、いやというほど思い知らされた……己れが、それまで身につけていた、視《み》えていたと、うぬぼれていた〈まなざし〉が、〈感覚〉が、どんなに「付け焼き刃」のしろものにすぎないかって、……

荒々しい波濤《はとう》のような、北斎先生の〈水〉の龍の想念も、わたしの心の中の、荒れ狂うざわめき、海鳴りの、圧倒的な無慈悲な力の前には、たちどころに色あせて、見る影も無くなってしまう……

新吉　……お京さん……

お京　……いえ、誤解してほしくないんだけど、北斎先生の猛々《たけだけ》しい、荒魂《あらみたま》の化身《けしん》としての〈龍〉の想念が、無意味であるとか、無力であるとか、言いたいんじゃないの……

北斎的な〈龍〉には、今でも、身体《からだ》の底からふるえるような力を感じるわ……新八郎様と同様に……

でも……それだけじゃダメなの、……少なくとも、この「わたし」にとっては……

北斎先生の〈龍〉の絵も、波濤《はとう》に象《かたど》られた荒々しい〈水〉の想念も、わたしにとっては、己れの生を根底から支えてくれるまなざしではなかった……

新吉 ……ふむ……

お京 わたし、……悲鳴の中で、荒れ狂う心のざわめきの中で、はかない、消え入りそうな、心細い自分を抱きかかえて、ぶるぶるふるえていた時、……それでも、己《おの》れの心が能《あた》う限り濁らないように、ひたすら、己れの心の奥底から聞こえてくる、混じりっけのない、微《かす》かなささやきに、辛抱強く耳を傾けていたの……己《おの》れ自身の〈外〉にではなく、己《おの》が心の深奥《しんおう》の〈闇〉に、じっと耳をすましていた……それしか道は無い、って、そう思えたから……

新吉 ……うむ……

お京 その中で、わたし、幼い頃からの、自分の育ち来たった道筋を、静かに振り返ってみたわ……

七歳の年に大坂に移るまで、わたし、伊勢《いせ》の国で暮らしていたの。

幼い頃は、幸せだったわ……お父様も、お母様も、あたしを大切に守ってくれてた……どんな時でも、お父様やお母様は、あたしを優《やさ》しく抱きかかえてくれた……決して、あたしを怒鳴りつけたり、ぶったりすることはなかったわ……生後しばらくして、目が開《あ》きかかった時、あたし、一晩中泣き続けていたそうだけど、朝になって、初めて、この現世《うつしよ》の、地上の風景を目にした時には、すっかり泣き止んで、にこにこ笑っていたそうよ……あたし、その時の、きらきらと光る朝の景色を、匂《にお》いを、なぜか今でも覚《おぼ》えているような気がするわ……

赤子《あかご》の時の、満開の桜の下や、一面に紅《あか》や黄色に色づいた、秋の紅葉《もみじ》の木の下で、母がわたしを抱きかかえながら、微笑《ほほえ》んでいた姿が、心に焼き付いてる……

たまに、父方の祖父や母方の祖父母がうちを訪れることがあったけど、五歳頃までのわたしは、両親以外の他《ほか》の人や他の子供たちに交わるということは、ほとんどなかった。

あの頃までの自分が、一番幸せだったわ……

でも、六・七歳頃からは、徐々に、他の子供たちや見ず知らずの大人《おとな》たちが、風景の中に登場してくるの……なじめない人たちばかりだったわ、子供たちも、大人たちも……父や母のつくり出していた、あの優しい、繊細な、ほの暗い空気と、あまりにも違いすぎたから……

新吉　……ああ、なんか、わかるような気がするよ……月之介先生や秋江さんの、あの独特の空気を想うと……

お京　特に、子供たちにはなじめなかった……大人たちは、幼いわたしとはかけ離れた所から、ただわたしを眺め回しているだけだったけど、子供たちはそうじゃなくて、直接、わたしに接触してくる……特に、男の子は苦手だったわ、…神経がずさんで、荒くたくて、体をさわったり、いろんな嫌《いや》なことをあたしに強要してくる……「温かい」というんじゃなくて、変に「甘やかされた」育ち方をしていて、そのために、人の気持が全然目に入らなくて、尊大で、おめでたくて、暑苦しい、押しつけがましい性格の子供……あるいは、一見恵まれたようにみえて、本当は、不幸な、荒れた育ち方をしていて、そのやり場のない鬱屈《うっくつ》を晴らそうとして、「弱い者いじめ」をする子供……それこそ、いろんな男の子や女の子がいて……

あたし、父が、妾腹《しょうふく》の子だったから、祖父の実家の河井家の一族の人たちとは、なにかと目に視えない軋轢《あつれき》を抱《かか》え込んでいて、……それもまた、子供同士の関係に、微妙に影響していたんだって、後《のち》になって、腑《ふ》に落ちることもあったわ……河井家の親族の子供たちや、その知人のお侍の家の子供たち、……それこそ、いろんな子供たちと、あたし、遊んだり、関わったりしてたけど、……心から楽しいと思えたことなんてない……

新吉　……ああ、……境遇はいささか違うけど、俺にもよくわかるよ……なんか、その感覚……

子供には、たしかに、大人には無い、みずみずしい感覚や得がたい心の眼、心の宝ってものがあるけど、……同時に、子供ほど、むき出しで残酷な生き物はないんだ……なにかに夢中になって、あるいは、なにかの感情に駆られて、自分とは違う「他《ほか》の人間」「他の生き物」が目に入らなくなる瞬間の子供ほど、残忍で怖ろしいものはない……俺自身の中にも、……時折、そういう子供が頭をもたげる瞬間があった……

もっとも、それは、大人《おとな》の歪《ゆが》んだ姿でもあるんだけど……大人って奴は、さまざまなきっかけで、すぐに、甘ったれた「歪んだ子供」に転落しちまう生き物だからね……

お京　……ええ、その通りよ……

中には、温かい、優しい子もいたけど、わたしには、子供のずさんで残酷な一面の記憶が、傷口の疼《うず》くような思い出と共に、あまりにも、数多く刻みつけられていて、とても、手放しで子供を讃美するような気持にはなれないの……

あたしにとって、接触してきた子供たちの多くは、……なんか、自分とは別種の、奇妙に生臭《なまぐさ》くて、薄気味の悪い〈生き物〉のようだったわ……

新八郎様の言うように、わたし自身の中にも、時には、そういう魔物が頭をもたげてくることがあった……特に、気持が荒れて、鬱屈《うっくつ》していた時なんかに……

新吉　……うん……

お京　大坂に移って、七歳から九歳までそこに居たけど、交わった子供たちへの印象は、伊勢時代とさして変わらなかった……温かくて優しい子だと思って、安心して打ち解けていた子供が、突然、信じがたいほど冷たい、残忍な振る舞いをしてきたり、とかいう体験も、少なからずあったわ……
　大坂で接触した子供たちは、母が寺子屋の師匠をしていた関係で、町人の子が多かったけど、……伊勢時代とは別の意味で、わたし、やっぱり、なじめないことが多かった……それに、大坂に居た時は、わたし、別の事で、とても苦しくて、さみしくて、……

新吉　……

お京　……話してもいいのかな、こんなこと、新八郎様に……音羽《おとわ》さんに関わることだし……

新吉　……ああ、……大丈夫《だいじょうぶ》だよ、お京さん、……俺はもう知っているんだ、……何もかも

お京　……本当に？……

新吉　…ああ、本当だよ……本所《ほんじょ》・柳島《やなぎしま》の土蔵の中に居た時分、元締から、月之介先生との事は、何もかも、うかがった……

お京　……そう……じゃ、かまわないわね、話しても……
　あたし、……音羽さんと父の事は、新八郎様のあの事件の後《あと》、父から初めて、きちんと話してもらったわ……父は、忌憚《きたん》なく、あるがままの真実を淡々とわたしに語ってくれた

……いつか、近いうちに、わたしにも話すつもりだったと断った上で。

わたしも、なんら、うろたえることはなかったわ……父の人柄を、心から信頼していたから……たとえ、それが、世間の人の目から見て、他人から見て、どんなに常軌を逸した、異常なかたちに見えようとも、父にとっては、決して、浮《うわ》ついた心から生じた出来事であったわけじゃなく、摩訶《まか》不思議な出逢いと縁《えにし》の中で、父なりに苦しみ、もがき抜き、実《じつ》の限りを尽くしたあげくの、業《ごう》の深い魂の道程であったのだということ……そして、今では、父も母も音羽さんも、その愛恋《あいれん》の業火《ごうか》の渦中を突き抜けて、心静かで温かい、幸せな良き場所に辿《たど》り着いているのだということを、……わたし、父の穏《おだ》やかで澄んだ語り口から、ごく自然に、身体《からだ》に沁《し》みとおるように、受け止めることができたわ……

父だって、今のわたしなら、必ずや、真実を、あるがままに受け止めてくれると信じたからこそ、忌憚《きたん》なく語ってくれたのだと思うし……

新吉　……お京さん、……よかった……俺も、音羽姐《ねえ》さんから聞いた時、……もちろん、唐変木《とうへんぼく》の俺のことだから、完全にって、わけじゃないんだけど、……なんか、ごく自然に、受け容《い》れられるような、不思議な〈感覚〉があったんだ……月之介先生と音羽姐さんと秋江さんの人柄の印象というか、……心のかたちっていうか、……それを想い浮かべると、……なんか、すーっと、腑《ふ》に落ちるような、……なんとも言えない感慨に襲われた……もちろん、若造《わかぞう》の未熟者の俺なんかに、三人のくぐり抜けてきた、人生の修羅場や風雪の道程がわかろうはずもないんだけれど……

お京 ……ええ、……ほんとに……父も母も、こんなに長く一緒に居る人たちなのに、今でも、なにか、つかみ所のないっていうか、……不思議な人たちなの……(笑)。

でも、音羽さんも、ほんとに、不思議な方ね……

この前の手紙の中でも、ちらっと触れたことだけど、新八郎様が深傷《ふかで》を負われて、土蔵の中に横たわっておられた間に、音羽さん、…父を通じて、あたしに密《ひそ》かに逢いにこられたの……

あたし、お逢いして、お話しさせてもらって、音羽さんが、父にとって、運命的な縁《えにし》で結ばれた、かけがえのない女性《ひと》だって、……すぐにわかった……いや応なく、わかってしまったの……

父にとって母も、運命的な絆の人だったけど、それとは全く別の意味で、父の、月之介という、ひとりの男の人の、心の深奥《しんおう》の暗がりに深く根を下《お》ろしている女性《ひと》……月之介という人の孤独な魂の〈成り立ち〉の中心に、ひっそりと身を置いている女性《ひと》……そんな印象を、あたし、いや応なく、抱《いだ》かされざるを得なかった……

新吉 ……ああ、……わかる……わかるよ、お京さん、……俺も、あのふたりに、どうしようもなく、そういう印象を感じてしまう……
元締と月之介先生の間には、誰も近づくことができず、触れることもかなわぬような、ふたりだけの、深い深い暗がりの世界がある……夜の世界が、闇の領域があるんだ……たしかに、ね。
なにか、それは、……とてつもなく、哀しくて、さみしくて、……でも、透《す》きとおった何かなんだ……俺には、そう想える……

お京　……ええ、……あたしも、音羽さんに逢った時、あの人の、えもいえぬ、深々とした暗さ・さみしさの表情にうたれたわ。
……でも、それと同時に、にっこり微笑《ほほえ》まれる時の、独特の優《やさ》しさ・愛らしさにもうたれた……とても、温かくて、なつかしいの……

新吉　……ああ、わかるよ……

お京　わたし、音羽さんのその光と闇のような貌《かお》に気づいてから、あの人と父との間の秘められた独特の空気というものが、不思議に、嫌《いや》じゃなくなった……
母も、父も、わたしにとっては、温かい、かけがえのない親なのだけれど、……でも、母の中にも、わたしの触れることのできない〈闇〉がある……父の中にも、……そして、このわたしの中にも、父や母が触れることのかなわぬ〈闇〉がある……

それは、親とかいった、目に視《み》える現世《うつしょ》の血のつながりよりも、もっと根源的に、人を人たらしめているものよ……現世《うつしょ》の中に宿りながら現世《うつしょ》を超えた、目に視えぬいのちの世界よ……そこまで降りていくと、人は、己《おの》れの、混じりっけのない、本当の〈孤独〉というものを知ることになる……

でも、同時に、本当に、身軽で、自由な存在にもなるわ……

血縁のしがらみや息苦しい世間の約束事から解き放たれた、混じりっけのないその深みから、改めて、人と人との真実《まこと》の〈絆《きずな》〉のあり方を見つめ直してみると、お父様とお母様の手で紡《つむ》ぎ出されてきた、温かい〈家族〉の意味も、別の光の下《もと》で視《み》えてくるような気がするの……そのかけがえのない意味が。

新吉 ……ああ、……そうだな……その通りだよ、お京さん……

離ればなれの状態を強いられている、俺たちの今の境遇、関係だって、別の光の下《もと》で、新しい〈かたち〉が視えてくるかもしれないよ……悲嘆にくれるばかりじゃなくて……元締と月之介先生と秋江さんの〈関係〉だって、その光に照らされて、生まれ変わってきたのかもしれない……

お京 ……ええ、わたしも、なにか、そんな気がするわ……

わたしね、……父が、母のそばに居ながら、ずーっと、人知れず、母の心の〈闇〉のすぐ傍《かたわ》らで、母を見守っていたような気がするの……母が詠《よ》み込んできた和歌を、年ごとに、じっくりと味わってみると、母の闇のかたちが、なんとなく視えてくる……それは、わたしの闇とも、父の闇とも違う……でも、お互いに「接する」ところは、たしかにあるわ……部分的に「重なる」ところもある……でも、全体のかたちは、それぞれ、はっきりと異質な方向を示している……

まあ、わたしたち人間が、文《ふみ》をしたためて、己《おの》れの心の内を少しでも形に表わそうとしたり、絵を描いたり、歌をうたったり、あるいは、なにか、物を通して作品を生み出そうとするのは、結局のところ、一人ひとりの人間のもつ、独自の心の〈闇〉を形に表わすことで、お互いの心の内に「触れ合う」ところを見つけ出したり、お互いの心の〈異質さ〉をきちんと認め合うためだ、とも言えるのだけれど……

新吉　……ああ、そうだよね、……俺も、お京さんの絵を通して、お前に出逢ったんだもんな……

俺にとっちゃ、今やってる、この「世間師」の仕事が、俺なりの、秘められた〈心の形〉って奴につながってるのかもな……（笑）。

お京　…ええ、そうかもね（笑）……

で、ね……母と父の事に戻ると、母のその心の闇を、父が傍《かたわ》らに居て、慈父のように、そっと見守っていたからこそ、母も心の安定が得られて、母らしい〈温かさ〉がにじみ出ていたのだと思うの……その母の温かさが、父を支え、また、子供のわたしの心を支えてくれていたわ……

……でも、父自身が宿命的に抱《かか》え込んでいた、幼い頃からの心の渇《かわ》き、…いつも〈水〉を欲して悶え苦しんできた、父の一番深い処《ところ》にあった、どうしようもない哀しさやさみしさ、心の渇きというものを癒《いや》してくれる〈闇〉のいのちの泉は、父の心の中で、全《まった》き形では、見出《みいだ》されることはなかった……それどころか、いつも、父の傷だらけの心は、渇《かわ》きのあまり、悶え続け、悲鳴を上げ続けていたのかもしれない……己《おの》れの人生を淡々と振り返る父の話に、静かに耳を傾けていると、あたし、どうしても、そう思えてならなかったの

……その父の、あまりにも過剰な〈渇き〉を抱《かか》えてさまよっていた孤独な魂に、運命的な〈めぐり逢い〉をしたのが、音羽さん、……すなわち「おゆき」さんだった……

新吉　……ああ……

お京　父にとって、母の温かさが、生きる上で、…この現世《うつしよ》に立ち向かい、人として、まっとうに幸せになろうとする上で、必要不可欠であったように、おゆきさんの与えてくれる〈闇〉の世界は、父の心の奥底の〈渇き〉を癒《いや》してくれる、いのちの〈水〉だったに違いない……あたしには、そう思える……

もし母と出逢っていなかったなら、父は、とうの昔に、身を持ち崩していたに違いない……父の魂は、この現世《うつしよ》の中で、荒れ果てて、奈落の底に沈んでいたに違いない……父の話からは、そう思えてしまう。

でも、おゆきさんとめぐり逢えなかったなら、父は、見果てぬ夢の中で、さすらい続け、その魂は、干上《ひあ》がってしまい、朽《く》ち果ててしまったに違いない、って、わたし、そう思うの……

だからね、父と母とおゆきさんは、切っても切れない、霊妙不可思議《れいみょうふかしぎ》な〈えにしの糸〉で結ばれた、「一蓮托生《いちれんたくしょう》」の存在だって思えて、仕方ないの……

新吉　……あぁ、わかるとも、お京さん……なんか、俺にも、そう思えるよ……

俺とお京さんも、その「一蓮托生」の絆の仲間なんじゃないかっていう風にも……

お京　……そうね、きっと……だからね、新八郎様、今のわたしなら、もう、父と母、父と音羽さんの絆のかたちを、あるがままに、自然に受け容《い》れられるんだけど、……大坂に居た頃の、まだ幼いわたしには、まったく事情は異なっていた……当たり前のことだけど。

新吉　……うん……

お京　当時のあたしは、父に、母以外の別の女の人がいたことは、うすうす子供心なりに感づいていたんだけれど、もちろん、その女の人が、おゆきさんだったなんて、知る由《よし》もなかった……

ただ、父と母が、わたしを寝かしつけた後、夜遅くまで、口争いをして、母がさめざめと泣いていた時の、眠れない自分の、切ない、胸苦《むな》しい記憶だけは、今でも、よく覚えているわ。

時々は、昼間でも、普段は穏やかな父と母が、当たり散らすように、あたしをひどく叱りつけたりした事もあったわ……打たれた事は、ほとんど全くといっていいほど無かったけれども……。父も、母をぶったりした事はなかったわ。

でも、あたしつらくて、何度も何度も、熱を出して、病に伏せることがあった……体もめっきり弱って、食も細くなり、どんどん痩せていったわ……

元気な時でも、始終、どこかイライラしていて、友達の女の子とかに、いじわるな振舞いをしたり、ひどい傷つけ方をする言葉を浴びせることもあった。

もっとも、大坂時代の全てが、そういう暗い思い出だったって、いうんじゃないのよ……今お話ししたような、つらい出来事は、大坂時代の最後の頃の事だし、それより前の、七・八歳の頃は、愉《たの》しい、いい思い出が、たくさんあるわ……

父が母を大切にしていたことも、愛していたことも、わたし疑ったことはなかったから、父が、なんだって、ほかに、好きな女の人をつくってしまったのか……全然、わからなかった、あの頃は……
だから、あの大坂時代の傷は、京都に移ってからも、あたしの心の中に、癒されないままに、そのまま生々しく残っていて、折にふれて、ずきずきと疼《うず》いたものよ……
あたしが、京の都で、絵を習い始めたのも、あの傷が大きかったの……それは、わたしの中では、物心がついてから後《のち》の、あの〈外界〉への異和感、……この現世《うつしょ》の成り立ちの〈かたち〉とはどうしてもしっくりと合わない、独特の不条理な感覚と、そのまま重なるものだったから……
わたし、絵を通して、その自分の苦しみや心の渇きに、子供心なりに、なんとか、かたちを与えようとしてたのね……きっと。

新吉　……なるほど……

お京　京都に居た時、あたし、初めて、絵をきちんと手ほどきしてもらったの。
わたしに絵を教えてくれたのは、今、わたしが内弟子《うちでし》として修業させていただいている、四条円山《しじょうまるやま》派の絵師・竹内連翹《たけうちれんぎょう》先生だった。十一の歳《とし》になった天保《てんぽう》六年の事だったわ。

新吉　……へえーっ……お京さん、そんな昔から、竹内先生と知り合いだったんだ……
でも、凄《すげ》ぇーっ……絵の手ほどきを受けた最初の師匠が、いきなり、本格的な、第一線で活躍している絵師の人だったなんて……

お京　……そうよね（笑）……運がいいっていうか、……絵画の鬼に魅入《みい》られてしまったっていうか……

「絵を描《か》く」っていう方法でしか、自分の心の「吐き出し方」をもてない自分っていうのが、どうしようもなく居るんだ…って、気づかされたことは、たしかね……竹内先生との不思議なえにしが、その時から始まった。

新吉　でも、なんだって、そんな凄《すげ》え〈えにし〉にめぐり逢えたんだい？

お京　それはね、父がわたしに運んできてくれた、不思議なえにしね……

父は、京都に移ってから、絵画への関心が急速に深まっていったの……どうしてかは、あたしにも、よくわからないんだけれど、……でも、昔から、絵は好きだったみたいね。ただひとつ推測できるのは、父にとっても、大坂時代のあの傷を、わずかでも癒《いや》すためには、絵にふれることがどうしても必要だった……っていうことね。

父は当時、円山応挙《まるやまおうきょ》先生の風景画や動植物の絵、それに伊藤若冲《いとうじゃくちゅう》先生の水墨画が好きで、つてを頼りに、あちこちの神社・仏閣や、公家や町人の収蔵者の方々を訪れては、絵を見せていただいてた……

そのたびに、わたし、父に連れられて、見て回ってたの……その中で、きっと、わたしなりの「絵画への眼」も、少しずつ、幼いなりに培《つちか》われていったのね。

新吉　ふーん、……なるほどね……

お京　でも、……わたし自身は、たしかに応挙先生や若冲先生の絵も好きだったけれども、それと同時に、……もっと険しくて、どろどろとした鬱屈《うっくつ》を感じさせる、曾我蕭白《そがしょうはく》さんとか、孤独な異形《いぎょう》の絵師・露木露珍《つゆきろちん》さんとかの暗い絵にも、惹《ひ》かれるものを感じてた……長沢芦雪《ながさわろせつ》さんの、不思議に「脱《ぬ》けた」、ひょうひょうとした屏風《びょうぶ》絵とかも、好きだったし……出逢うべき時に、絵画に出逢う〈さだめ〉を負わされてたのね……きっと、あたし（笑）。

新吉　で、……その、絵に対する眼が、少しずつ開かれていく中で、竹内先生に出逢う〈えにし〉が得られたんだ？

お京　…そう……父が、当時、画壇の主流からは外《はず》れたところで、旧来の伝統的な狩野《かのう》派や円山派・四条派の作風とは一風変わった、不思議な透明感をおぼえさせる、連翹《れんぎょう》先生の「柳」や「桜」や「雪」の絵に出逢って、衝撃を受けたの……「ここには、まぎれもない、流れるように自在な、柔らかで透《す》きとおった、本物の〈水〉がある……しかも、この〈水〉の背後には、深い奥ゆきがそこはかとなく感じられる……さまざまな人生の傷が隠されていて、その傷を包み込むようにして、透明な〈解脱《げだつ》〉への希求・憧れが紡《つむ》ぎ出されている……それでいて、『生きている』という、たしかな温かさと、女性《にょしょう》らしい艶《つや》やかな香気が伝わってくる」って……
新吉 ふーむ、……なるほど……なんか、月之介先生らしいっていうか、……わかるような気がする……
お京 父のこの言葉は、わたしがもっと大きくなって、十五の歳に、初めて連翹先生の内弟子にさせていただくことが決まった時に、父から、改めて、先生の絵についての考えをきちんと聞かせてもらった時のものなのだけれど、でも、……十一の歳に、初めて連翹先生の絵を観た、幼いわたしの〈感覚〉にも、たしかに、通じるものがあるって、そう思ったわ。
新吉 ……うん……なんか、そんな話、聞いてたら、……俺も、連翹先生に、作品を見せて頂きたくなってきた……お京さんの今の作品と一緒に。
お京 …ええ（笑）……後《あと》で、先生の仕事部屋で、いくつか見せて頂けるよう、あたし、お願いしてみるわ。
新吉 ……わあ!……そいつは、ありがてぇーっ（笑）。
お京 京から江戸に移って、十五の歳まで、自分なりに、絵の修業は続けてきたつもりだった……といっても、天保《てんぽう》七年は、例の大飢饉の年だったし、翌年の天保八年までは、わが家は、その日の食にも事欠くような、どん底の貧乏暮らしだったし、とても、画塾に通って、人様に絵を教えてもらえるような状況ではなかったわ……絵の具代なんて、全然無かったし、絵を描く場所も無かった……ただ、そんな日々でも、絵を「捨てる」ことはなかったわ、あたし……

いいや、それどころか、暮らし向きがひどくなればなるほど、日々の不安やひもじさや心の渇きがつのればつのるほど、…ますます、あたしの中に潜む「絵画の霊」のようなものは、狂おしく頭をもたげてくるの……

だから、あたし、粗末な、なけなしの紙に、ひたすら、墨で稚拙《ちせつ》な絵を描き続けたわ…父も母も、そんなあたしのこだわりを、大切にしてくれた……能《あた》う限り、描ける紙を調達してくれたし、浮世絵が手に入ったり、人に絵を見せてもらえる機会があった時は、まっ先にあたしに見せてくれた……絵草紙《えぞうし》屋とかにも連れてってくれて、いろんな挿絵《さしえ》も見せてもらったし……

新吉 ……うむ……

お京 天保九年になって、ようやく暮らし向きもましになってきてから、あたし、狩野派の画塾に半年ほど通ったのだけれど、技法を若干磨けた、という点を除けば、得《う》るものは何も無かった。

で、…画塾をやめて、ひたすら、己《おの》れの眼と手だけを頼りに、人や動植物や風景を観察しては、描《か》き続けた。
京の都を去る時に、竹内先生から餞別《せんべつ》にと贈られた、先生の「画帖《がちょう》」だけが、あたしの手本だった……もっとも、手本といっても、先生の真似《まね》をしようっていうんじゃなくて、自分が描《えが》いたものを改めて振り返る時に、繰り返し、何かを「気づかせて」くれる、貴重なよすがだった……っていうことね。

新吉　……なるほど……

お京　で、天保十年、十五の歳に、わたし、とうとう思い切って、父に、単身上洛して竹内連翹先生の内弟子になりたいって、頼み込んだの。
父と母は、一晩相談して、翌日、わたしの願いを受け容れてくれたわ……その後、父と連翹先生の間で、書信のやりとりがあって、わたしが内弟子にしてもらえることに決まった時、父は、初めて、連翹先生の絵についての己《おの》れの見解を、率直にわたしに語ってくれた……わたし、その時初めて、父の独特の〈水〉の思想というものに触れることになったの……

新吉　……ふむ。

お京　でも、女の一人旅で上洛するのも物騒《ぶっそう》だっていうんで、もう少し待つように言われて、結局、翌年の天保十一年の正月に上洛することになった。

ちょうど、父の水明塾《すいめいじゅく》出身の門人で、絵師でもあった牧村貢《まきむらみつぐ》様が、京都町奉行所に勤務されることになって、奥様とお嬢様を連れて上洛されることになり、わたしも、ご一緒させてもらうことになったの。牧村様も、絵の修業のために、かねてより、上洛を志しておられて、なんとか、京の都に転属させてもらえる機会がないか、待ち望んでおられたのね。わたし、江戸に来てからは、画塾に通った半年ほどの期間を除けば、ずっと我流《がりゅう》でやってきたから、改めて竹内先生の下《もと》で、本格的に、四条円山派の技法を、初歩からきちんと学んでみたかったの……

それと共に、自分の絵の〈こだわり〉のかたちを、京の都で、さまざまな絵を観ながら、自分なりにじっくりと見定めてみたい、って思った。

自分の育ち方の中でこうむってきた、独特の心の〈傷〉、……この現世《うつしょ》の成り立ちに対する不条理な感覚というものを、どう扱い、どう乗り越えていったらいいのか……それを、自分なりの〈絵〉のかたちを通して、なんとか探り当てたい、…って、そう思ったの。

新吉　……うん……

お京　ひとつの描き方としては、例えば曾我蕭白《そがしょうはく》さんのような絵のかたちがあるわね。漢土《かんど》・唐土《もろこし》の伝統的な故事《こじ》にちなんだ画題を選んで、その中に、己《おの》れの心の内に秘められた独特の鬱屈《うっくつ》、怒り、狂おしい情念や渇きを、奔放《ほんぽう》な想像力で描出してみせるという方法ね……

　この方法は、たしかに、己《おの》れの心の中のわだかまりを、素材に託して「解き放ってやる」という点では、優《すぐ》れたやり方だわ。

新吉　……うん、自分の中のモヤモヤを、とにかく、かたちにして「吐き出せる」し、伝統的な画題でなくっても、山水のような風景でも、鳥や獣《けもの》や人でも、己《おの》れの心を表わすための、心象《しんしょう》的な題材なら、何だって選べるしね。

お京　ええ、そう。斬新《ざんしん》で奔放《ほんぽう》なやり方といえばいえるんだけど、その反面、そういう己れ自身の愛憎や我執《がしゅう》を、もっと大きな何かに抱《いだ》き取り、浄化させてくれる方法ではないの。

新吉　……ああ、……なんかわかるような気がする……

〈毒〉をきちんと吐き出すことは必要だけど、それと同時に、その〈毒〉を「洗い清めて」くれる、もっと巨《おお》きな存在への〈まなざし〉が、人には必要なんだ……憎しみが、新たな憎しみを生むという悪《あ》しき因果《いんが》を断ち切るためにも、…人が、この現世《うつしよ》を、世界を「呪う」だけの生き物にならぬためにも……

　それは、俺たち「世間師」の生きざまにも、深く関わる問題なんだ……

お京　……ええ……そうね……

　人が不条理な感覚をくぐり抜け、癒《いや》し、人生を祝福し、生き抜くことができるには、己《おの》れの情念や渇きを「かたちあるもの」として「吐き出す」だけではなく、世界そのものへの、…それも、現世《うつしよ》の存在のみならず、現世《うつしよ》に宿りながら現世《うつしよ》を超えた世界への〈まなざし〉が描《えが》かれなければならないって、わたし、そう思ったの……

当時の十六歳の未熟なわたしが、言葉で、そんな風に、きちんとわかっていたわけではないんだけれど、〈感覚〉としては、たしかに、そう感じてた……

そのまなざしをつかむには、とにかく、物を「ありのままに観《み》る」という、四条円山派の画道の基本に立つことが、やはり大切なことなんだって、わたしには思えた。

新吉　……うむ。

お京　でも、当時の、険しい、暗い鬱屈《うっくつ》を抱え込んでいたあたしにとって、円山応挙先生や竹内連翹先生の、透明感のある風景画の世界は、あまりにも、まぶしくて、及びがたいものに感じられたの……一体どうしたら、こんなに澄んだ、深々とした静けさの境地に辿《たど》り着けるのだろう……どうしたら、こんなに美しく、優《やさ》しい境地になれるんだろう……そう思ったら、あたし、自分のどろどろとした、濁った心や、狂おしい渇きのかたちとの、あまりの〈隔たり〉の大きさに、絶望的な気持になってしまう……

なんとか、〈風景〉をあるがままに見つめる中で、応挙先生や連翹先生の境地に近づきたいのに、今のあたしではとても無理……

そう悩んでいた時に、伊藤若冲《いとうじゃくちゅう》先生の水墨画に改めて接してみて、少し何かが視えてきたような気がしたの。

今改めて、当時の〈感覚〉を振り返ってみると、やっと、〈言葉〉にすることができるような気がするわ……うまく言えるかどうか、わからないけど……

新吉　……いや、ぜひ聞いてみたいな……その「視えてきたもの」ってのを。

お京　あたしが心ひかれたのは、若冲先生の晩年に当たる七十代から八十代の頃に描かれた水墨の作品だった。特に、鶏《にわとり》の絵。なかでも、その羽毛《うもう》と尾《お》の描き方、筆さばき……余白《よはく》の大きさを活かしながら、一気呵成《いっきかせい》に、ムダの無い曲線によってとらえてみせた、鶏の生命力、…その精悍《せいかん》で自在ないのちの形に、わたし、息を呑んだわ。

その鶏《にわとり》の躍動感、生気は、決して、鶏自身という、狭い〈殻《から》〉の中から生まれているのではなく、〈余白〉の大きさと墨の〈筆さばき〉の双方《そうほう》がひとつに溶け合った〈全体感〉の気配によって生み出されている。

鶏《にわとり》は、鶏でありながら、鶏を超えた存在として描《えが》かれている。

まさに、現世《うつしよ》の地上世界に息づく〈物〉への、たしかな眼によってとらえられた、現世《うつしよ》を超えた、「もうひとつの世界」の気配を伝えていたの。

新吉　……うむ……

お京　ちなみに、その水墨の世界は、若冲先生の四十代の時の彩色画《さいしきが》の作品『動植綵絵《どうしょくさいえ》』に描かれた、静止的で硬直した世界とは、全く対照的なものだったわ……。

『動植綵絵《どうしょくさいえ》』の方は、この上なく細密に描かれた、一つひとつの動植物の〈輪郭《りんかく》〉が、極彩色《ごくさいしき》の〈対比〉の効果を活かして、異様なほどにくっきりと強調されている。

しかも、ひとつの画面の中に、おびただしい数の生き物がひしめき合っていたり、あるいは、ひとつの植物や動物の体の中に、これまた、おびただしい数の「突起《とっき》」や鮮やかな「模様の切れ目」が描き込まれていたりするの……。

そこに写し出された世界は、無数の生命《いのち》が、互いに「切り離された」個物として対立し合い、せめぎ合っている姿であって、水墨画の鶏《にわとり》のように、ひとつの〈全体〉として、風景と溶け合っている姿ではなかった。ただ、むせかえるような生命《いのち》のにぎわいがある。

伊藤若冲《いとうじゃくちゅう》という絵師の中では、歳《とし》と共に作風は変わっても、常に、このふたつの矛盾する〈まなざし〉が共存しながら、独特の〈均衡〉をつくり出しているような気がするの。

新吉　……ふーむ、むつかしいけど、すごく興味深い話だな……。

するってえと、当時のお京さんが抱《かか》え込んでいた暗い鬱屈《うっくつ》、不条理な感覚と、応挙先生や連翹先生の澄んだ、透明な感覚の間にも、その矛盾しながら共存するふたつのまなざしと似たような、〈均衡〉がつくり出せるかもしれないいって、いうことなのかな？

お京　……うーん、……わたしの言いたい事は、ちょっと違うのよね……

そんな風に、割り切って、互いに相容《あいい》れない、ふたつの〈まなざし〉の〈均衡〉をとればいい、……っていう話で、事が済むぐらいなら、わたし、こんなに苦しんだりしないわ。そんな「割り切り方」では、到底、心の安定が得られないから、苦しんできたの……わたしの心の中に、幼い頃からざっくりと刻みつけられてきた不条理な感覚、傷口というものは、そんな、キレイな、分裂した割り切り方で、手に負えるものじゃない……癒《いや》されるものじゃない……

わたしが烈しく求めて止まなかったのは、その不条理な傷口を丸ごと包み込みながら、もっと巨《おお》きな存在へと「脱《ぬ》け出ていく」ことで、身体《からだ》の奥底から、渾々《こんこん》と「生きる力」が湧いてくる、っていうような、そんな感覚・まなざしのことね……

新吉　……ああ、……そうだな、そうだったよな……俺も、同《お》んなじだ……

お京　……ええ……。だから、若冲先生のふたつのまなざしの〈均衡〉が問題なんじゃないの……あたしにとっては。あくまでも、生気あふれる水墨画への新鮮な〈驚き〉の方が、肝心だった。

あの鶏《にわとり》の生命《いのち》の輝きは、孤独でありながら、もっと巨《おお》きな何ものかによって支えられたものだったから……

なんとか、この若冲先生の晩年の水墨の境地に似た感覚で、世界をとらえられないか？　あたし、そう思うようになってきた。

で、…あたし、中途半端な状態だったけど、いったん、京都での修業を中断して、江戸に帰ってみようって思って、竹内先生に、事情を申し上げて、お願いしたの……せっかく、色々、手ほどきして、鍛えてくれていた先生には、心苦しかったのだけれど、…己《おの》れ自身を偽《いつわ》るわけにはいかなかったから。

それから後《あと》の話は、新八郎様も、もうご存じよね……

新吉　うん……お京さんも、俺も、北斎先生の肉筆画の世界に、〈龍《りゅう》〉の世界にめぐり逢った……

お京　…ええ……。でも、先にも言ったように、その北斎先生の、荒々しい、波濤《はとう》のような、〈水〉の龍の想念は、わたしにとっては、己《おの》れの生を究極的に支えてくれるまなざしではなかった。

新八郎様とひき裂かれて、荒れ狂う心のざわめきの渦中で、今にも消え入りそうな、あまりにも無力な自分に打ちひしがれていた時、あたしの中で、再び、京の都での修業の日々の中で視てきた、あの四条円山派の、深々とした、透《す》きとおった、限りない静けさの境地が、……〈水〉の清い流れが、なつかしい幻《まぼろし》のように、故郷《ふるさと》のように浮かび上がってきたの……あまりに懐《なつ》かしくて、あたし、……はらはらと、涙がとめどもなくこぼれてきた……

その涙が流れてきた時、新八郎様と別れてから、初めて、……初めて、あたし、安らかに眠ることができたの……

新吉　……お京さん……

お京　この清い〈水〉の流れに、何も考えず、深々と身をゆだねてみよう、って思った時、何かが、あたしの前に立ち現われてきた……それまでの暗黒の中に、ひと筋の光明が視えてきたの……

わたし、江戸で、北斎先生の〈龍〉に出逢うことで、逆に、改めて、京の都に息づく、もうひとつの〈龍〉のかたちを「見つけ直した」ような気がする……

北斎的な、荒々しい、波濤《はとう》のような〈龍〉を己《おの》が内に包み込みながら、それを、さらに奥深い処《ところ》でつかさどっている、深々とした透明な〈水〉の流れ、とでもいうか……猛々《たけだけ》しく、狂おしい〈火〉の龍を包み込み、善《よ》き形へと導いてくれる、静謐《せいひつ》な〈水〉の龍の気配というものが、たしかに、この世界には息づいている、流れている……たとえ、一寸先は闇で、五里霧中で、もがき苦しんでいても、…あてどのない、心細い、死にたくなるような、さみしい日々を生きていても、…己《おの》れの心の深奥《しんおう》から微《かす》かに囁《ささや》きかけてくる、促《うなが》してくる、混じりっけのない声、…濁りの無い「声なき声」を、心を鎮《しず》めて繊細に聴き取り、その声の導く方向に、そのつど己《おの》れ自身を「賭《か》けて」いくことができるなら、それは、必ずや、〈水〉の龍による、究極の〈導き〉の声であるに違いない……どんなにつらい逆境に見舞われても、必ずや、己れにとって幸せな、良き実りをもたらしてくれる道であるに違いない……そう信じ、祈り、賭けてゆこう……あたし、そう決意した……

それは、ほんとに心細くて、消え入りそうな、無力な己《おの》れを、とことん思い知らされた時に、初めて湧いて出て来た〈捨て身〉の勇気だった……意志の力で、なにかを己れに無理強《むりじ》いするような、そんな不自然なものじゃなく、水が高きから低きに流れるような、ほんとに自然な〈衝動〉だった……あたしにとっては……

新吉　……ああ、……お京さん、よくわかるような気がする……俺にも、なんか……

北斎先生の、波濤《はとう》のような、猛々《たけだけ》しい〈龍〉の感覚は、たしかに、俺たちの身体《からだ》を奥底から揺さぶり、生きる力を、闘志を燃え上がらせてくれるものだ……でも、そのまなざしにのみ偏し、とらわれてしまうと、いつも心を張りつめ、不自然な意志の力で、己れ自身を追いつめていなければならぬ〈苦行者〉のような身構えをとらざるを得なくなる。

それでは、身がもたぬし、遅かれ早かれ、いたずらにすり切れたあげく、空《むな》しく力尽きてしまうのではないかな？

北斎先生だって、そんな、いびつな形に、己れの生を追い込んでいったとは思えない。

お京　……ええ、その、荒れ狂う波濤のような〈龍〉の感覚は、実は、わたしたちの内に眠る〈火〉の相《そう》なの。

新吉　……ああ、…月之介先生が、かつて言っておられた……

もし、俺たちの内に眠る〈火〉の相が、何の制御《せいぎょ》も導きも無いままに、目覚めさせられ、暴れ狂うなら、それはただ、人を害し、美しきもの・善きものを損なうだけの、この世を荒廃に導くだけの、禍々《まがまが》しき魔性《ましょう》の仕業《しわざ》にしかならない…って。

でも、その〈火〉の相を、なんらかの〈観念〉や〈感覚〉で、無理矢理「抑《おさ》え込もう」としたり、逆に「暴走」させようとしたら、それもまた、悪《あ》しきものでしかない。

そんな不自然な身構えは、畢竟《ひっきょう》、己れ自身や他人に痛ましい犠牲を要求することになるのがオチだ。

〈火〉の相が、人をして真に幸せならしめる力をもちうるとしたら、それは、〈水〉の相によって「導かれた」ものでなければならない……って。

お京　……ええ、わたしもそう思うわ。北斎先生の荒々しい〈龍〉の姿は、たしかに、わたしたちの内に眠る、ひとつの〈火〉の相なのだけれど、同時に、その〈火〉の相は、より巨きな〈水〉の相に、〈水〉の龍に包まれ、導かれている……

だからこそ、あたしたちは、本所《ほんじょ》のあのお栄《えい》様の仕事部屋で見せて頂いた、北斎先生の九枚の肉筆画に、心の底から揺さぶられるような、充実した手ごたえを得《う》ることができた……あたし、そう思ってる。

新吉　ああ、そうだとも。

お京　だからこそ、北斎先生の〈火〉の龍は、同時に、〈水〉の龍としても描き出されているの……

つまり、波濤《はとう》という形の〈水〉の龍に、〈海〉の龍にね……

新吉　うむ、……その通りだ。

今の世の中、遊里《ゆうり》を舞台に、粋人《すいじん》の男女たちが演じる恋の戯《ざ》れ事《ごと》のように、一期《いちご》を、仮《かり》そめの、うたかたの夢と見切って、醒《さ》め切ったまなこで、無常《むじょう》の世に浮沈《ふちん》する美や狂気のあられもない生態に、舌なめずりするように好奇の目を注ぎ、ひたすら酔いしれるのが、流行《はやり》となっている……

お京　……ええ……

新吉　それは、情熱というものからは、最も遠く離れた姿だ……

この現世《うつしよ》の中で、本当にいのちを燃やして生きている人の姿ではない、と俺は思う……

お京　……ええ、……たしかに、そうね……

今の浮き世に生きている人たちには、…どんなにオモシロ可笑《おか》しく、愉《たの》しんで生きてるように見える人たちでも、どこか、言いようのない鬱屈《うっくつ》のようなものを抱《かか》え込んでいる……そんな印象を与える人たちが、たしかに多いわ……

新吉　……うむ……

だが、北斎先生の描く〈水〉の龍は、そんな抹香臭《まっこうくさ》い、饐《す》えた、萎《な》え切った魂のかたちを表わしてはいない……

刹那《せつな》的な快楽の中に、…痙攣《けいれん》的な、倒錯《とうさく》的な刺激の中に、〈死の恐怖〉を紛《まぎ》らわそうとするような、そんな悲しい、痛ましい魂のかたちを示してはいない。

この現世《うつしよ》の不条理の相《そう》に断じて屈服したりはしないし、〈諦《あきら》め〉と〈倒錯《とうさく》〉のただれた趣味の中にしけ込んだりはしねえ……って、俺は、北斎先生の画境《がきょう》を、そういう誇り高い、孤独な魂の所産《しょさん》だって、思ってる。

お京　……ええ、あたしも、そう思うわ。

でもね、新八郎様、……さっきも言ったように、北斎先生のような、とてつもない荒魂《あらみたま》の持ち主じゃない、あたしのような、過敏な、さまざまな弱さを抱え込んだ人間にとっては、北斎的な〈龍〉の想念だけでは、とても身がもたないの。

あなたもおっしゃっていたように、北斎的な猛々《たけだけ》しい〈龍〉のまなざしを、己《おの》れに無理《むり》強《じ》いするなら、あたしにとっては、ただ、不自然な意志の力で己れを「追い込んでいく」しか、道はなくなってしまう。

新吉　……うん……

お京　北斎的な〈龍〉の感覚を包み込みながら、それを超える、絶対的な〈静けさ〉の境地、清き〈水〉の流れ、…〈水〉の龍……あたし、そのかたちを、気配を、たしかにこの手で、しっかりとつかみ取りたかった……

だからこそ、再度上洛して、四条円山派の絵師になろうって、……そう決意したの。

新吉　…うん……でも、お京さん、北斎先生の絵の中にも、俺たちが観たように、深々とした静けさを感じさせる、みずみずしい作品があったよね……

お京　…ええ、そうね……でも、北斎先生の〈まなざし〉の中では、きっと、その優しさや温かさ、静けさは、もっと巨きな、荒々しい波濤《はとう》の〈龍〉の中に、「繰り込まれて」しまってるのね……

だから、北斎的な絵画のまなざしと、あたしが求めているまなざし・感覚は、たぶん、正反対の方向性をもっていることになるわ……でも、必ずしも矛盾しているわけではないし、微妙な違いといえばいえるんだけど……

新吉　……ああ、お京さん、よくわかった……よくわかったよ……お京さんが、不思議な女性《ひと》に映ったわけが……お前が、俺にとって、なつかしい人に感じられたって訳《わけ》が……本当の、本物の〈故郷《ふるさと》〉のありか、って奴を、探り当てたんだね、……きっと……

お京　……新八郎様……

新吉　お京さん、……俺もう、行かなきゃならないんだ……

ほんとは、俺の話も、ゆっくりしてみたいところなんだけど、そうもしてられねぇんだ……実は、これから、俺の仲間の望月伊織《もちづきいおり》さんと一緒に、徳大寺実清《とくだいじさねきよ》様と卜部兼義《うらべかねよし》様を、こっそり迎えに行かなきゃならねぇ……おふたりとも、身の危険を感じておられるので、音羽の元締の段取りで、誰にも見つからねぇように、抜かりなくお屋敷から連れ出した上で、合流させ、誰にも付けられていないかどうか、細心の気配りをしながら、回り道をして、ここまで、無事お連れすることになってる。

その約束の刻限が近づいてるに違《ちげ》えねえ。

もし、つつがなく徳大寺様と卜部様をお連れできたら、後で、いくぶん自由な時をもらえると思うから、その時また、話をしよう……お京さんと竹内先生の絵も見せていただきたいし……

お京　…ごめんなさい、…あたし、そんなに刻限が迫ってるなんて、知らなかったから……夢中になって、つい自分の身の上のことばっかし、しゃべって……新八郎様の体験を、じっくりお聞きしたいって思ってたのに……

新吉　…なに、大丈夫さ、……後でまた、俺の話はゆっくりするよ。…でも、…お京さんの身の上のことを、じっくり聞かせてもらえて、…俺、嬉しかった……ほんとに……

お京　……新八郎様、……ひとつ、約束して……

新吉　…ん？……何だい。

お京　……あたしのこと、……もう、お京さんって呼ぶのは止めて……ただの「お京」って、…これからは、そう呼んで……

新吉　…あ、……ああ、……そうだな……うん……

……あの、……俺のことも、…もう、新八郎様は無しだ、…侍じゃねえし……これからは、「新さん」って、呼んでくんな！

お京　……新さん……

互いの眼をみつめ合いながら、手を握り合うふたり。

新吉　……お京……（突然、激しくお京を抱き寄せる）

お京　……（両手を新吉の胸に触れ顔をうずめるが、しばしの後《のち》、おずおずと両手を、新吉の背中に回し、強く抱きしめる）

新吉　……（お京の体のぬくもりを感じ、さらに強く、恋人を抱きしめる）

＊

新吉　……俺、…こんな仕事してるから、…ほんとは、いつ、何時《なんどき》、どんなことが起こるかわかりゃしねぇ……どんなヤバイ事に巻き込まれちまうか、…わかったもんじゃねえ……ほんとに、一寸先は闇の世界なんだ……
でも、……俺、……おめぇの言ってた、水の龍の導き、ってのを、信じることができる……俺たちの運命のえにしの糸ってのを、信じてる……だから、俺自身の心の奥深くから聞こえてくる、混じりっけのねえ、声なき声のうながしに従って、てめぇの命を賭《か》けることができる……

お京　……新さん……（涙に声をつまらせて）あたしを、……あたしを、絶対、ひとりにしないで……お願い！

新吉　大丈夫だよ、無茶もしねえし、ヤケも起こさねえから……これでも、けっこう、用心深いし、嗅覚も鋭いんだゼ（笑）……
俺、……今度は、いつお京に逢えるか、わからねぇ……でも、……俺にとって、お京は運命の女だ……一蓮托生《いちれんたくしょう》って奴さ……どんなに離ればなれになってたって、いつだって、俺たちは一緒に居る……俺は、おめぇのそばに居る……
それに、俺は、ひとりぼっちじゃねぇ……いや、ひとりだけど、ひとりぼっちじゃねぇんだ……音羽の元締だって、月之介先生だって、秋江さんだって、音羽一家の面々だって、みんな、俺の大切な仲間だ……俺たちと一蓮托生の仲間なんだ……
いつの日か、必ず、お京と一緒になる……幸せになってみせる……
お京　……新さん……（はらはらと涙がこぼれる）
新吉　……さ、……もう、涙をふいて……行かなきゃならねえ……
お京　……うん……

やや離れた所から、ふたりの様子をうかがっていた竹内連翹《たけうちれんぎょう》が、声をかける。

連翹　…新吉さん、……先ほど、望月伊織様がお越しになられて、お待ちになっておられますけど……

新吉　……や!……これは、失礼いたしました……お気づかい頂き、恐縮です……すぐに参ります……では、お京さん、……あ、……いや、お京、後刻《ごこく》また……

お京　(にっこりして)……はい……

(新吉、そそくさと退場する)

連翹　…お京ちゃん、ごめんね……ふたりの邪魔して……

お京　…いえ、いいんです……すみません、あたしの方こそ……先生に、お気づかいさせてしまって……

連翹　……でも、ホンマに、爽《さわ》やかな、風のようなお人やねぇー……ええなぁ、……若いお人は……うらやましいこと……(笑)。もうすぐ、日《ひい》暮れてしまうな……灯り入れなあかんね……

お京　…はい……

(二人、退場する)

茜色《あかねいろ》の照明がゆっくり薄らぎ、漆黒の闇に包まれる。

第七幕　妖変

(9) 第一場　弘化三年（一八四六）・初夏〔陰暦・五月上旬〕

第六幕に引き続き、竹内連翹《たけうちれんぎょう》の屋敷。夜。

客間での、徳大寺実清《とくだいじさねきよ》・卜部兼義《うらべかねよし》・土御門玄道《つちみかどはるみち》・竹内連翹の会話。

徳大寺と卜部の二人は、浅黒い化粧を施《ほどこ》され、素浪人《すろうにん》の身なりに変装させられており、一同は、音羽《おとわ》の来訪を待ちながら、よもやま話をしている。

徳大寺　お京さんは、ずいぶん、晴ればれとした、嬉しそうな顔をしておじゃったの……あの憂《うれ》いがちな、寂しげだったまなこが、見違えるようにきらきらと輝き……まるで、別人のようじゃ……（笑）。
連翹　……ええ、…ほんに（笑）。
卜部　つかの間《ま》とは申せ、新吉殿と久しぶりにお逢いできて、…さぞや、嬉しゅうおもわれたのでおじゃろう……
いや、想い人との逢瀬《おうせ》とは、まこと、良きもの、美しきものじゃ……こちらまで、なにやら晴れがましゅう、…幸せな想いがいたしまする……

連翹　……ええ、ほんまどす……ふたりがめぐり逢うのは、三年ぶりのこと……さぞや、感慨深いものがおましたことやろう……

でも、……すぐにまた、離ればなれの身となる、ふたりの事を想うと、…切のうて……

玄道　…さよう……新吉殿は、今では、すっかり姿・形を変え、町人になり切っているとは申せ、お尋《たず》ね者《もの》の身……しかも、危険きわまる、〈闇〉の裏稼業に生きる者……まこと、険しき業《ごう》を背負っておられる……

若き身ゆえに、悩み、苦しみ、迷いも多かろうが、また、若きゆえに、果敢《かかん》に挑み、超えてゆける、いのちの力というものもある……生きる日々の営みが、そのまま修行の場であり、己《おの》れの内に眠る、未知なる己れを探り当て、解き放つ機縁《きえん》ともなりうる……

連翹　……はい……

玄道　私の見るところ、あの新吉殿とお京殿には、そのような〈いのちの力〉が眠っている……しなやかな心と不屈の気概《きがい》が息づいている……そう感ぜられます……

連翹　……はい……玄道さんに、そんな風に言うていただけると、……うちも、なんや、心が温《あたた》こうなって、…ほっと、救われるおもいどす……

徳大寺　……さようでおじゃるの……

麿《まろ》も、お京さんの描かれる絵には、不思議な力を感じまする……寂しく、透《す》きとおった、静かな気配の内にも、なにやら、烈《はげ》しくたぎる想いが秘められておる……一度観たら、忘れられぬ、熱いものがある……

連翹　…はい……たしかに……

徳大寺　思い返せば、麿も、卜部殿も、お京さんとは旧《ふる》い知り合いでおじゃるの……初めてあの娘御《むすめご》と出会《でお》うたのは、たしか、天保《てんぽう》六年で、まだ十一歳の幼子《おさなご》であった……初めて、絵を習ったばかりなのに、不思議に強い、烈しく内からほとばしり出てくるような、気迫ある筆跡《ひっせき》であった……技術以前に、なにか、天性の鬼気《きき》とでもいうか……深い印象をおぼえたものじゃ……

連翹　……はい……幼いながら、並々ならぬ、不幸なものをおぼえました……

徳大寺　次に出会うたのは、お京殿が十六歳の時でおじゃったの……

連翹　…はい、天保十一年のことどす。

徳大寺　…うむ。あの時も、並々ならぬ、烈しく暗い鬱屈《うっくつ》のようなものを感じたが……

連翹　……はい、あの時は、あの娘《こ》も、…まだ、己《おの》れの内なる魔物にどう形を与えたらよいのか、…どう、その魔物とたたかったらよいのか、……それがわからず、迷いに迷うておったようで……

結局、ここでの修業を中断して、いったん江戸に帰ることになったんどす……

徳大寺 …うむ……しかし、連翹先生、……今回、改めて、お京さんの筆運びと色づかいを観て思うたのですが、…十六・七の頃と比べて、あの娘御の絵には、なにか、一皮むけた、進境いちじるしいものが感ぜられる……あ、いや、江戸に戻ってから、葛飾北斎《かつしかほくさい》殿の娘御の下《もと》で、厳しい修業を積まれたとのことゆえ、技法的な面での向上は、申すまでもおじゃらぬが、……そういうことではなく、その技を駆使《くし》しながら描《えが》き出さんとした独特の感覚が、気配《けはい》が、麿には、なんとも新鮮なものに感ぜられたのでおじゃる……

昔と違《ちご》うて、己《おの》れの暗く烈しい想いを、敢えて「撓《た》める」と申すか、…心の内側に包み込んで、それを、深々とした、透《す》きとおった潤《うるお》いへと練り上げてゆこうとしているようにおもう……

哀しみの相《そう》が深く立ち昇っておるが、同時に、…〈解脱《げだつ》〉への祈りといおうか……不思議な気品が感ぜられる。

連翹 ……はい……四条円山派の技法から申せば、まだ未熟さは否《いな》めませせぬが……己れの内なる魔物をなんとか御《ぎょ》しつつ、迷いや濁りや葛藤を突き抜けて、〈水〉の心へと脱《ぬ》け出てみたいという、烈しい緊張は、あの娘《こ》の絵から、痛いほど伝わってきます……

徳大寺 …うむ、同感でおじゃる……険しき業苦《ごうく》を担わされながら、その重さに屈せず、

〈風景〉へのまなざしを通して、温かき〈いのち〉の息吹《いぶき》へと脱け出てみせたい、という純粋な悲願が脈打っているように、麿には感ぜられる……
あの娘御の絵は、まこと、……まこと烈しきものじゃ……われら、都人《みやこびと》の絵には、稀有《けう》なる烈しさにおもえる……そう、曾我蕭白《そがしょうはく》殿の鬼気迫る烈しさに、一脈通じるものがおじゃるが、……しかし、それとも全く異なるものじゃ……
連翹　…ええ、そう思います……あの娘《こ》の中には、なにやら、ふたつの心が、…烈しい怒りというか、情念といいますか、…そういうもんと、炎のような、その情念を、優《やさ》しく包み込み、浄《きよ》めてくれるような、〈解脱《げだつ》〉の境地への希《ねが》いとが、つねにせめぎ合いながら、物狂おしく渦巻いているのやもしれまへん……
徳大寺　……そういう、ふたつのせめぎ合う心というのは、もしや、…あの、新吉という若者の中にも、息づいておるのやもしれませぬの……
知り合《お》うたばかりで、こんなことを申すのもなんじゃが、……新吉殿にも、…あの若者の内にも、なにか、不思議に靭《つよ》い、烈しい炎のようなものが息づいておる……それでいながら、どこか涼しげで、野を渡る風のような、……そんな、温かで、とらわれのない生気をおぼえる……
あくまでも、麿の感覚としか、申せぬものなのじゃが……

卜部　…麿も、同感でおじゃる……
お京さんと新吉殿は、どこかしら、似たものを感ずる。
あのふたりの若者には、…なにやら、深き宿縁《しゅくえん》に結ばれた、摩訶《まか》不思議なる絆の強さをおぼえまする……
その絆の不動のかたちを本当に信ずることができ、ふたりのえにしによるめぐり逢いを本当に信じ抜くことができるなら、……その心にいのちを賭けることができるなら、……いかに離ればなれになろうとも、いかなる試練にさらされようとも、…必ずや、あのふたりは、悔いのない己《おの》れの道を生き抜くことができるし、いつの日にかめぐり逢い、結ばれ、幸せを手にすることができるであろう……麿は、なにやら、そう信じられるような気がする……いや、信じたい。
徳大寺　…卜部殿（笑）……若者のように、頬が紅潮《こうちょう》しておじゃるの（笑）……久方《ひさかた》ぶりじゃ、そのようなお顔を目にするのは……
卜部　……あ、…いや、……これは、……つい、気炎を上げてしもて……おお、恥ずかしや（笑）……
連翹　…ホホホ……でも、うちも、なんや、あのふたりの話してる姿を、遠くから見てて、…えらい、当てられてしもて（笑）……お気持は、ようわかりますえ……

ふたりとも、けなげで、……思わず、「がんばりや！」って、力こぶ入ってしもて……（笑）。

玄道　……ええ（笑）……わかります、身どもにも……

卜部　他人事《ひとごと》ながら、…こんな、ハラハラした、熱い想いにさせられたんは、……あの、おゆきさんと月之介殿の時以来でおじゃるの（笑）……

徳大寺　……いや、まことにの……

卜部　……思えば、月之介殿も、本当に不思議な御仁《ごじん》でおじゃった……

足代弘訓《あじろひろのり》殿も、いつか申されておられた……あの河井月之介という人物は、まことにとらえどころのない、異形《いぎょう》の旅人じゃ……わしは、かつて、あのような面妖《めんよう》なる人間に出逢《でお》うたことがない……

侍の身分に生まれながら、いささかも侍らしいところがなく、学問を志し、教師を生業《なりわい》としながらも、一向に、学者らしくも、教師らしくもない……鋭敏な知性をもちながらも、知識人の匂いというものがない。

かといって、庶民的であるわけでもない……市井《しせい》に身を置く一介の浪人者の体《てい》を装ってはおるが、侍らしい匂いは全くなく、生業《なりわい》にて、その人柄を推《お》し測《はか》ることもできぬ……

ただ、誰にも似ていない、ひとりの「孤独な男」がそこにおる、というだけの、奇妙に浮いた存在であって、己《おの》れが心から安んじて帰属することのできる、何らかの集団や仲間や場所があるようにも見えぬ……

玄道　……なるほど……

卜部　ひどく不幸な人物に見えることもあるが、そうとも言い切れぬ……ただ、わしは、あの男と話していると、不思議に「知己《ちき》」を得《う》るような、なつかしい想いがしてくる反面、なんともいえぬ、落ち着きの悪い、不安な心持ちになってくる……いっそ、完全に付き合いを断ち切ってしまいたいとも思うのじゃが、なにやら、ひっかかりもあり、その「ふん切り」もつかぬ……全く、困りものじゃ……そう仰《おお》せになっておられた（笑）。

徳大寺　……いや、ようわかるような気がする……

月之介殿と話しておると、……ふと、己《おの》れが、一体何者なのか、わからなくなることがある……

連翹　……ええ、……ほんまに……

卜部　月之介殿のような御仁は、資質としては、むしろ、歌舞音曲《かぶおんぎょく》や物語の作り手、あるいは絵師のような、「芸道《げいどう》」に携《たずさ》わる方が向いているのではないか、と思われるほどに、繊細で濃密な感覚と情念の持ち主なのに、彼は、己れのその資質を、あくまでも醒《さ》め切った〈理知〉の内に包摂《ほうせつ》せんとする……冷たく、透《す》きとおった清水《しみず》のような言《こと》の葉《は》の内に、燃えるような情念が息づいておる……繊細だが、強い決断力によって、瞬時のうちに選び取られた言葉の数々の背後に、彼の〈孤独さ〉が透《す》かし視える。

徳大寺　……いかにも、……まこと、深々とした〈水〉の中に、烈しき〈火〉を秘めた御仁じゃ。

…しかし、その〈火〉は、恐ろしきものでもあるが、温かきものでもある……

娘御のお京さんと同様に、彼の〈水〉もまた、静けさの内に荒々しさを秘めているようにも思えるが、同時に、なんとも優《やさ》しきものじゃ……

連翹　……ええ……ほんまに、……月之介様は、女子《おなご》のように優しゅうて、…弱くて、……そして恐いお人どす……

卜部　……うむ、さようでおじゃるの……

月之介殿のそのお人柄は、なにやら、おゆき殿にも、深く通ずるものがあるように、麿にはおもえるのじゃが……

玄道　……はい……身どもも、そうおもいます……

卜部　初めて、おゆきさんが、足代《あじろ》殿の紹介状を携《たずさ》えて、麿を訪《たず》ねて来られた時は、本当に驚いた……あの女性《にょしょう》の、なりふりかまわぬ、必死の形相《ぎょうそう》に、…あまりの烈しい一途《いちず》さに、……ただ、ただ、圧倒されっぱなしであった（笑）。

玄道　……はい（笑）……

卜部　……しかし、それ以上に驚かされたのは、よりにもよって、あの、愛恋《あいれん》の業火《ごうか》に身を苛《さいな》まれておられた「おゆき」さんが、……今では、「音羽」殿と名を変えられて、江戸の〈闇〉の稼業の元締《もとじめ》となられ、こたびの、われらの大事についての、「頼みの綱」ともいうべき存在となられた、という事実じゃ……なんたる奇遇《きぐう》……霊妙《れいみょう》なる神明《しんめい》のえにしというべきか……

玄道　……はい……なにやら、人知では測《はか》り知れぬ、妖《あや》しき機縁《きえん》をおぼえまする……身どもとしては、その機縁が「吉《きち》」と出てくれることを、祈るほかはありませぬ……

卜部　……うむ、……そうじゃの……

徳大寺　音羽殿から雨宮浄心殿に便《たよ》りがあり、消息がわかったのは、たしか、天保《てんぽう》十二年のことでおじゃったの？

玄道　…はい……おゆき殿が「音羽」と名を変えられ、浄心先生の庵《いおり》を後《あと》にされて、闇の世間師《せけんし》の世界に入られた後、しばらくして、おゆき殿は消息不明となった、と伝え聞いております……

音羽殿は、上方《かみがた》世間師の元締の一人であった「庚申の清兵衛」さんの世話にて、旅回りの芸人一座に潜《もぐ》り込み、諸国を転々とされておられたのですが、やがて、信濃《しなの》の善光寺《ぜんこうじ》の辺りで事件に巻き込まれ、消息不明になられたとのことでした……それきり、清兵衛さんのもとにも、浄心先生のもとにも、音羽殿から便りはなく、数年の歳月が経《た》ちました……

卜部　……うむ。

玄道　一方、天保十年になって、突然、江戸におられた河井月之介殿より竹内連翹先生に便りがあり、娘御のお京殿の内弟子修業の件について、ご依頼があったのです。

連翹　…はい。

玄道　そこで、ようやく、われらも、久しく消息不明だった月之介殿の、江戸での住まいを知ることとなりましたが、……肝心《かんじん》の音羽殿の行方《ゆくえ》がわからぬのでは、連絡のしようもなく……

徳大寺　結局、天保十二年まで待たねばならなかったのでおじゃるの。

玄道　…はい……庚申の清兵衛さんは、八方手を尽くして、音羽殿の行方を探索されたのですが、……生死すら不明である以上、どうにも手の打ちようもなく、……浄心先生も、雪乃様も、身どもも、……とにかく、ひたすら祈り続けるほかはありませんでした。

卜部　……うむ、麿も、あの時は、一心不乱に勤行《ごんぎょう》に励み、おゆき殿の無事を祈り続けた……

玄道　……はい……

卜部　それだけに、天保十二年に、音羽殿より便《たよ》りがあった、と耳にした時は、麿も、久しき憂《うれ》いから一瞬解き放たれて、生き返ったような心地でおじゃった……

玄道　……身どもも、同じでした……浄心先生も、雪乃様も、思わず涙ぐまれて……
　あの時の想いは、一生忘れられませぬ……

卜部　……まことに、の……

玄道　音羽殿より庚申の清兵衛さんに便りがあり、その中に、浄心先生への書状が添えられてありました。
　音羽殿は、今では、江戸の世間師の元締となっておられ、配下の者たちと共に、さまざまなる難事に、日々奔走《ほんそう》されておられることがわかり、清兵衛さんは、その近況の報告かたがた、急ぎ、浄心先生への書状を携《たずさ》え、音羽谷の庵《いおり》に赴《おもむ》かれたのです。

卜部　……うむ。

玄道　書状の中で音羽殿は、卜部様と身どもに対しても、さぞやご心労をおかけしたことでございましょう、申しわけなく、幾重にもおわびいたしたく……と、記されておられました……

卜部　…いや、いや、……玄道さん、浄心殿のお話を聞き、久しき歳月にわたる音羽殿の窮状と苦闘を想うなら、…われらへの気づかいなど、不要のもの……こちらこそ、恐縮のおもいじゃ……

玄道　ただ、……音羽殿に、月之介殿の住まいをすぐにでもお知らせしては、という、われらの提案に対して、浄心先生は異をとなえられたのです。

卜部　……さようであったの……

玄道　先生は、…音羽一家にとって、今は、世間師としての〈正念場《しょうねんば》〉じゃ……この時期に、元締である音羽さんの心を乱してはならぬ……月之介殿の住まいを知らせることは、今しばらく控《ひか》えられよ……そう申されました……

卜部　……うむ。

玄道　音羽一家が、今のぎりぎりの懸崖《けんがい》・窮状を首尾良く切り抜けられたなら、必ずや、世間師としての、大いなる道が開けるであろう……何年先になるかはわからぬが、その時が自《おの》ずから訪《おとず》れるまで、辛抱《しんぼう》づよく「待ち」続けねばならぬ……

「待つ」とは、ひとつの、偉大なる思想なのじゃ……

わが内に宿りたる〈水の龍《りゅう》〉の導きを信じ、その声を濁りなく聴き取り、その精妙《せいみょう》なるはからいに己《おの》が身を「賭《か》ける」、という勇気なのじゃ……

月之介殿とおゆきさんは、切っても切れない、前世《ぜんせ》からの霊妙《れいみょう》なる縁《えにし》の糸で結ばれておる……ふたりに宿りたる、大いなる〈水の龍〉のはからいを、断固として信じ抜くことじゃ……必ずや、近き将来、ふたりがめぐり逢う機縁《きえん》は訪れることであろう……そう申されておられました。

徳大寺　……うむ……なんとも、味わい深い、お言葉でおじゃるの……
見通しのきかない闇の中で、濁りのない心で、〈未知〉なるものに己《おの》れを賭けてゆこうとする、……身震《みぶる》いするような、恐るべき〈決断〉の力、覚悟のほどを感じさせる……

玄道　……はい……浄心先生の、余人《よじん》にはうかがい知れぬ、世間師としての〈修練〉の凄まじさを感じまする……

卜部　……まことに……

連翹　……ほんまどすな……

徳大寺　浄心殿の言われた通り、音羽殿と月之介殿は、めぐり逢《お》うたのじゃな……

玄道　……ええ……天保十四年の秋に、江戸にて……

徳大寺　……ふむ……それにしても、……なんとまあ、霊妙不可思議《れいみょうふかしぎ》なる縁《えにし》であることかの……

卜部　……感慨無量でおじゃるの……しかし、…月之介殿のご家族も含めて、…なんたる、男と女子《おなご》の大いなる魂の〈試練〉であったことでおじゃろう……
われらには、想像も及ばぬほどの、畏《おそ》るべき、凄まじき愛恋《あいれん》の業苦《ごうく》の道程をくぐり抜けられ、……ついに、ある〈解脱《げだつ》〉の境位へと到達されたのやもしれぬ……

玄道　……はい、……なにやら、身どもにも、そのようにおもわれまする……

音羽殿と月之介殿、秋江殿、お京殿、……さらには、新吉殿も含む、……他の者にはうかがい知ることのできぬ、彼らだけの、不可思議なる絆・家族というものが、形作られてきたのやもしれませぬ……

ただ、……雨宮浄心先生と雪乃様だけは、そんな月之介殿の〈絆〉の世界が、わかっておられるようなのです……

連翹　でも、……うちも、なんとなく、月之介様や音羽さん、秋江さんのお心が、わかるような気がします……うちも、男はんには、ずいぶんと振り回され、泣かされてきましたさかい……

徳大寺　……先生……

連翹　……人が人の心にすがり、うつろさのあまり、……さみしさのあまり、…相手を思い通りにしたいともがく、浅ましい〈我執《がしゅう》〉こそ、人がいつも最後に突き当たる〈壁〉であり、己《おの》が全霊をかけて、超えてみせなあかんもんどす……

玄道　……うむ……音羽殿も、その苦しみについて、触れておられた……

人が人の魂を所有し、貪《むさぼ》ろうとする、その浅ましき我欲の妄念こそ、まさに、餓鬼道《がきどう》の地獄であると……

連翹　……はい、ほんまに、人という生き物を、悪業《あくごう》の淵《ふち》へと引きずり込む、怖ろしい〈とらわれ〉やとおもいます……

その餓鬼道の地獄を超えて、人が人を想い、いたわり、この世を、人生を祝福しうる場所へと突き抜ける悲願こそ、わたくしにとっての画道《がどう》の理想であり、四条円山派の〈水〉の心どす……

徳大寺　……うむ……まことに……

各々が、もの想いに駆られ、しばし、沈黙が一座を支配する。

竹内連翹の下男・与一《よいち》が、襖《ふすま》の外から声をかける。

与一　先生、……音羽はんが、お越しやしたんどすが、……すんまへん、失礼します。（襖を開ける）

連翹　…おお、おいでにならはったか……

……お膳《ぜん》の方は、どないや？

与一　へい……もう整《ととの》うて、離れのお座敷の方に……
お京はんが手伝《てつど》うてくれはって、おかげさんで、筍の木《たけのこき》の芽和《めあ》え、ええ塩梅《あんばい》に仕上がりましたで……昆布とかつおだしのようきいた吸物《すいもん》も絶品やし、蕗《ふき》の煮物《にもの》も、そら豆の塩茹《しおゆ》でも、そらもう……

連翹　…おお、おお、さよか！……ふたりとも、おおきに……（笑）。
芍薬《しゃくやく》の花は、お座敷の方に移しといてくれたんか？

与一　…へい……花瓶《かびん》ごと、先生のおっしゃった場所に……

連翹　……おおきに、与一はん……お疲れどした……
では、皆さん、離れの方に参りまひょ……ささやかなもんやけど、お夜食を用意いたしておりますよって……与一はん、音羽さんを離れの方に案内《あない》してさし上げてや……

与一　…へい……（与一退場）

徳大寺　先生、お気づかいさせてしもて、…いや、かたじけない、馳走《ちそう》になりまする…

一同、一斉に立ち上がり、退場する。

（10）第二場　第一場に引き続き、竹内連翹の屋敷。夜。

離れでの、徳大寺実清・卜部兼義・土御門玄道・音羽による密談の場。

徳大寺　……以上が、ここ十月《とつき》ほどの間に、朝廷内で生じてきた、さまざまなる対立・紛糾《ふんきゅう》と謀《はか》り事《ごと》の、面妖《めんよう》なる実態でおじゃる……

音羽　……はい。

徳大寺　今、麿《まろ》がお話しした内容の要点は、先ほど音羽殿にお渡しした、お手元の文書の中に記してあるが、どうしても、直接、そなたにお会いして、自《みずか》ら詳細なる説明を行う必要があると思い、かく、危険を冒して、ここまで忍んでまいったのじゃ……

その文書は、極秘の物にて、くれぐれも、取り扱いには、気をつけてたもれ。

音羽　……はい……よく心得てござりまする……

徳大寺　もし、お話しした内容について、いささかでも腑《ふ》に落ちぬ事、不明なる事あらば、なんなりと、麿か卜部殿の方に、お尋《たず》ねになられたい。

音羽　……はい、ご配慮、恐縮に存じ上げまする……

徳大寺　改めて繰り返すまでもないことじゃが、こたびの謀り事の中心にあるのは、尾張家と長州・肥前・津和野《つわの》などを中心に立案された、倒幕列藩同盟《れっぱんどうめい》の画策じゃ……

先にも申したように、この企《くわだ》てには、薩摩をはじめ、さらに、複数の有力なる外様《とざま》大名の参加もありうる……

音羽　……はい。

徳大寺　徳川将軍家を倒し、面目を一新した、列藩中心の新政権を、天皇《ミカド》の名の下《もと》に樹立するか、もしくは、将軍家の下《もと》で、列藩中心の新幕府をつくり、これまでの譜代《ふだい》大名・直参《じきさん》旗本《はたもと》中心の旧幕府を解体する、という構想でおじゃる。

卜部　さよう……しかし、たとえ将軍家の存続を認めたとしても、それは名目上のことであり、中心的な〈権威〉は、あくまでも天皇《ミカド》にある、という点に、この構想の要《かなめ》がおじゃりまする。

姉小路《あねがこうじ》・中山卿《なかやまきょう》らと結んだ長州・尾州《びしゅう》の策士どもが抱《いだ》いておる野望は、旧来の、徳川将軍家と各藩を中心につくられし、侍どもの身分秩序と政《まつりごと》の制約を、大幅に改変し、朝廷権威の昂揚《こうよう》を図ることで、侍から民百姓《たみ》に至る、この国の全《すべ》ての人間を、ひとつの権威ある政府の下《もと》に跪《ひざまず》かせ、思い通りに支配せんとするもくろみにほかなりません。

その権威をつくり上げるために、彼らは、平田派の国学を前面に掲げておる……

津和野藩出身の国学者・野之口隆正《ののくちたかまさ》の影響力が、今や、朝廷内に、恐るべき勢いで浸透しつつあり、ために、先ほども徳大寺様が説明されたように、性急なる国体の変革を唱《とな》える急進派の公家たちと、穏健派の間で、さまざまなる争いが絶えぬありさまとなり、そこにつけこんでくる、野心的な諸藩の侍どもや脱藩者《だっぱんしゃ》・浪人者《ろうにんもの》による、得体の知れぬ企《たくら》みもあって、……もし、このまま、列藩同盟の画策に朝廷が巻き込まれていくなら、ゆゆしき事態に陥《おちい》らぬとも限らぬ……

玄道　いかにも……恐るべき邪気《じゃき》の流れを感じまする……

徳大寺　幕府創設以来、二百数十年もの間、朝廷の政《まつりごと》への参加の道が閉ざされ、公家衆の活動の場が、儀式・儀礼や官位の授与、学問や風流・芸事《げいごと》の道へと封じ込められてきたという不満は、つねに、わが朝廷の中にくすぶり続けてきた。

特に、幕政の腐敗が顕著《けんちょ》になればなるほど、その不満はつのらざるを得ぬ。

わが徳大寺家は、今を去ること八十八年の昔、宝暦《ほうれき》の騒動の折に、幕府によって、ひどい処罰をこうむったことがあった。

麿とても、現今《げんこん》の幕府の理不尽なるやり口には、かねがね憤懣《ふんまん》やるかたない思いがいたしてきたものでおじゃる……卜部殿や足代弘訓《あじろひろのり》殿と同じく、麿も、大塩の乱には、同情の念に堪えず、…胸ふたがれる想いであった……

音羽　……はい。

徳大寺　エゲレス・メリケンをはじめとする、諸外国の侵略の脅威が、日に日に高まる中、われら日の本の民《たみ》による、新たな「尊王《そんのう》の国体」を模索《もさく》し、打ち立てんとする志は不肖《ふしょう》、この徳大寺実清の内にも、燃え立っておる……

卜部　…いかにも、麿とても、同様の想いでおじゃる……

徳大寺　しかし、その新たなる尊王の国体は、朝廷と幕府の〈融和〉の下《もと》に、わが国土に宿りたる、天地《あめつち》の神々への、畏怖《いふ》・畏敬《いけい》の念と結びついた、「人心《じんしん》の融和」への祈念《きねん》によって支えられたものでなければならぬ……というのが、麿の考えなのじゃ……

玄道　……はい、わかりまする……
音羽殿、実は、徳大寺様も、卜部様も、われらと同様、〈水〉の思想の信奉者であらせられるのです……

音羽　……はい……

玄道　徳大寺様は、竹内連翹殿のお弟子で、四条円山派の絵師でもあらせられる。
まこと繊細で、柔らかな、京の清流の心を写し出された、懐《なつ》かしい作品の数々を生み出されておる……

徳大寺　…いや、いや、…画道においては、麿など、連翹師の足元にも及ばぬ未熟者……お恥ずかしきこと……

卜部　実清様のお母上は、さる町家出身の笛の名手であらせられた……

心穏やかで、透きとおった音色を奏でられる、…まこと、優しきお方であった……

実清様には、母御譲《ははご》りの、町衆的《まちしゅう》な気さくさや温かさがおありで、描《えが》かれる絵の数々にも、青く澄んだ清流の中に、なんともいえぬ、懐かしいぬくもりを感じさせる……そう、やはり、玄道殿が申されるごとく、後水尾院《ごみずのおいん》の〈水〉の思想に相通《あい》ずるものがおじゃる。

玄道　……はい。畏《おそ》れながら、身どもの考えでは、後水尾院のごとく、徳大寺様も卜部様も、朝廷が政《まつりごと》の世界から遠ざかるほうが、かえって、清い〈水〉の流れを生むことになり、本来の朝廷の〈光〉を解き放つことになる……すなわち、時の権力者に、政《まつりごと》の正しき姿を、暗黙の裡《うち》に知らしめることになる……と、お考えあそばされているようにおもわれまする……

徳大寺　…いかにも、玄道殿の申される通りでおじゃる。

今、わが国の民《たみ》は、ほとんど誰もが、天皇《ミカド》のことを、現人神《あらひとがみ》として意識してはおらぬ。

かつて幕府より処罰された竹内式部《たけのうちしきぶ》や山県大弐《やまがただいに》のように、あるいは尊王論者・高山《たかやま》彦九郎《ひこくろう》のように、政《まつりごと》の場に天皇《ミカド》を引きずり出そうとしているのは、一部の公家や神官・

知識人にすぎぬ。
これこそ、「徳川の世の平和」の証《あか》しというものじゃ。天皇《ミカド》が政《まつりごと》の場から遠ざかることで、逆に、朝廷本来の役割が生きてくるからでおじゃる……清らかでおごそかな、わが国の風土に宿りたる、神々の〈水〉の心をしらしめる、という役割がの……

卜部 ……いかにも。

徳大寺 現人神《あらひとがみ》としての天皇《ミカド》を、ことさらに意識しないことにより、かえって、「神々が遍《あまね》く宿りたる国」としての、「優しい水の国」としての、日本《にほん》の姿とその伝統を守り伝える、朝廷や都の気高《けだか》さが、人々に受け継がれてゆくのでおじゃる。

玄道 いかにも……ある特定の選ばれし人物を、神聖なる王として崇《あが》め奉り、その足元にひれ伏すことで、己《おの》れの「人としての責任ある生きざま」をゆだね切り、他の何人《なんぴと》にも替え難《がた》い、たったひとりの、個人としての己れの人生を譲り渡し、集団に帰依《きえ》することで、幸せな、充実した、良き生を送ることができる、と考えるのは、大いに疑問に思います。
さようなる集団的心性と権力者への跪拝《きはい》は、人々の物の見方・感覚が均一であり得た、素朴な古《いにしえ》の世においてならともかく、人々の暮らしぶりが多種・多彩なるものに分かれ、人の心のありようが、個々の人間によって、きめ細かく、異質なるものへと変じてゆきつつある、現今《げんこん》の世相においては、全くもって、愚かしく、危険なしろものというべきではないでしょうか。

徳大寺　……うむ、麿も、そう思う。

人が、己《おの》れ自身のかけがえのない一生の意味を、ある特定の権力者や、国や、なんらかの集団の中に埋没させ、解消させてしまうという生き方は、今の世においては、なにやら、恐るべき、邪《よこしま》なる道に通じておると、感ぜられてならぬ。

しかし、それは、人にとって、何ら、崇《あが》めるべき神聖なるものが無くてもよい、ということではない、と麿は思う。

人が幸せに生きるには、人と人との絆、人と風土との絆というものは、なくてはかなわぬものじゃ……己れが生きる暮らしの場を優しく包み込み、心の傷《いた》みやさみしさを抱《いだ》き取り、癒《いや》してくれる、繊細なる〈水〉の気配、聖なる神々の気というものは、やはり、かけがえのないものではないかの？

人々が集団の締めつけから身をもぎ離し、一人ひとりの人間が、己れの固有の生涯を、大切に守り、育ててゆくためにも、己れに宿りながら己れを超えた大いなるもの、聖なるものへの信仰は、必要不可欠なるもののように、麿は思うのじゃが。

玄道　……いかにも、私もさように思いまする。

音羽　……はい……

卜部　麿も、同感でおじゃりまする。

実清様や玄道殿の言われる〈水〉の思想は、わが卜部一族に代々伝わり来たる「元本宗源神道《そうげんしんとう》」の考え方にも、相通《あい》ずるものがある……

わが神道では、顕幽《けんゆう》一体の教義、すなわち、目に視える現世《うつしよ》の地上界の本質を、目には視えぬ「もうひとつのこの世」である、幽暗玄妙なる霊気の世界と捉《とら》え、その霊気の本源を、陰・陽二気を生む根元たる、霊妙《れいみょう》不可思議な〈闇〉の働きに求めまする。すなわち、「一念未生《いちねんみしょう》」「一気未分《いっきみぶん》」たる「元神《げんしん》」の霊現《れいげん》に帰着させるのでおじゃる。

麿の考えでは、この〈闇〉のいのち、「元神」とは、一種の〈水〉の気、〈水〉の精の働きにて、森羅万象の営みは、すべて、この〈水〉の霊気の深奥《しんおう》より紡《つむ》ぎ出《いだ》されし、陰陽二気の離合集散《りごうしゅうさん》、葛藤と融和の綾《あや》なす〈火〉の興亡の物語にほかなりませぬ。

肝心なのは、本源のいのちたる〈水〉への正しき畏怖・畏敬の念であり、〈水〉のいのちに包まれた、あるべき〈火〉のかたちを見定め、自《みずか》らの〈火〉に、しかるべき位置をとらせることにありまする……

玄道　……はい……身どもの「水辰《すいしん》・月夜見《つくよみ》の法」にも、相通《あい》ずる精神であると思いまする

……

卜部　政《まつりごと》という力の論理、さらには、人を力ずくで思い通りに支配し、己《おの》が欲を満たさんとする尊大なる意志を超えて、森羅万象に宿りたる神々の、目に視えぬ霊気に包まれることで、心の安らぎをうると共に、つつましく、己れの天より与えられし職分を尽くし、己れのできる事を通じて、人々が自然に助け合うという、民百姓《たみ》の心のあり方こそ、徳川の世の平和を支えてきた大本《おおもと》であると、麿は考えるのでおじゃるが……

徳大寺　……まことにの、麿も同感じゃ……

音羽　……はい、……わたくしも、ささやかながら、世間師として、名も無き人たちと共に生きてきた身として、さように思いまする……

卜部　わが吉田神道《よしだしんとう》も、至らぬところはあれど、久しき御世《みよ》にわたって、地方の神社との絆を育《はぐく》み、卜部一族の中からも、ささやかながら、わが国人《くにびと》の心の安らぎに、目に視えぬかたちで寄与せんとする志を抱《いだ》いた神官を、少なからず輩出《はいしゅつ》してまいった……

……しかし……

玄道　今や、平田派神道の台頭《たいとう》によって、わが国人《くにびと》の心性に、重大なる翳《かげ》りが見え始めた、……ということですな……

卜部　いかにも……

麿は、なにも、わが吉田神道が、平田派の勢いに押されて、衰退の道を辿《たど》っているのが

「口惜《くちお》しい」と言いたいのではない……卜部一族の中には、歯がみをする者もおるが、麿自身にとっては、宗旨《しゅうし》の勢力争いなぞ、どうでもよいことじゃ。
麿が怖れておるのは、平田神道の中に息づく、尊大なる〈火〉の思想じゃ……〈力〉への渇望じゃ。

玄道　……はい。

卜部　外国の侵略の脅威が高まり、一揆《いっき》・打ちこわしに動揺する世相の中で、わが国体を憂《うれ》うる者どもの中に、平田派神道は、急速に拡がりつつある。
麿には、この流れは、わが国人《くにびと》が決して失ってはならぬ、大切なる心の眼を、亡《な》くしていくような道程に思われてならぬ……

徳大寺　……うむ……

玄道　……はい……

卜部　今、朝廷内を分裂させ、紛糾《ふんきゅう》の元凶となっている「倒幕連判《れんぱん》」の謀《はか》り事《ごと》は、まさに、この〈火〉の思想の所産にて、……ひいては、「徳川の平和」を根底より覆《くつがえ》し、わが国体を、西洋列強に対峙《たいじ》しうる、餓狼《がろう》のような〈火〉の強国へと変じようとする、恐るべき企図《きと》に通じるものと、麿の眼には映る。

徳大寺　まことに、の……

このまま、岩倉・姉小路《あねがこうじ》らの倒幕の画策や、平田国学の浸透を、朝廷内に許していけば、取り返しのつかぬ事態に陥り、やがて、朝廷は、野心的な諸藩や、それと結んで暗躍する策士どもの跳梁《ちょうりょう》する、陰湿な〈政争〉の場へと堕《だ》してしまうであろう……

……麿は、そのことを、何よりも怖れておる。

玄道　……はい。

しかも、すでに先日申し上げましたように、倒幕列藩同盟の画策をもちかけた謎の人物・黒岩一徹なる者は、長州藩・尾州藩と組んで、南蛮渡来の武器・弾薬を使用して、血なまぐさい謀略を推し進めていると思われまする。

徳大寺　……うむ。

列藩同盟画策の中心にいる尾州・長州の二藩は、抜け荷によって莫大な利益を上げており、その抜け荷の品々が、倒幕のための武器・弾薬や悪《あ》しき謀略に使われるとすれば、ゆゆしきことじゃ。

すでにご存《ぞん》じのように、麿と卜部殿は、かねてより噂のあった尾州・長州の抜け荷の証拠を押さえることで、この両藩を窮地に追い込み、列藩同盟そのものを瓦解《がかい》させることを狙って、密《ひそ》かに幕府大目付《おおめつけ》・板倉備後守《いたくらびんごのかみ》殿と接触してまいった。

板倉殿の派遣された公儀隠密《こうぎおんみつ》・篠山源之丞《しのやまげんのじょう》殿のお働きで、長州藩の抜け荷の尻尾《しっぽ》をつかまえかかったのでおじゃるが、……あとひと息というところで、無念にも、篠山殿は刺客の手にかかり、証拠の品は奪い去られてしもうた……

玄道　…はい、長州藩隠《かく》し目付《めつけ》・片岡彦四郎《ひこしろう》殿もその場にて殺《あや》められ、長井一派の謀略の証《あか》しとなる抜け荷の裏帳簿も、持ち去られてしまいました。

徳大寺　…うむ……麿と卜部殿は、篠山殿の死を確認した後、ただちに、京都所司代《しょしだい》を通じて、大目付・板倉殿に、早馬《はやうま》にて書状を送り、今後の対策について打診いたした。

板倉殿は、事態を深刻に受け止められ、篠山殿の配下の者どもに対しては元より、長州の坪井《つぼい》ご家老とわれらに対しても、現在知り得ている限りの抜け荷に関する情報を、洗いざらい提供するように、強く求められた。

その上で、集めた情報をもとに、篠山殿に代わる新たな隠密の人選を急ぎ検討されたのじゃが、……

卜部　…その人選は、難航《なんこう》をきわめておる……

徳大寺　うむ……篠山源之丞殿は、公儀随一《ずいいつ》といってもいいほどの腕利《うでき》きの隠密……

彼に代わる人物となると、容易ではない……

卜部　結局、その人選が終わらぬ内に、先日、音羽殿と談合なされた玄道殿の口より、新たなる情報がわれらにもたらされたのじゃ。

玄道　……はい……

徳大寺　すでに玄道殿より詳しくうかがったが、音羽殿の配下の方が、坪井ご家老及び尾張家大目付・天野民部《あまのみんぶ》殿と接触され、ご両人の密かな力添えにて、尾州・長州両藩の京都屋敷と長州・大坂蔵屋敷《くらやしき》に、間者《かんじゃ》を潜《もぐ》り込ませたる由《よし》……

音羽　……はい……

徳大寺　さすれば、音羽殿の配下の方々の手によって、長州・尾張の抜け荷のカラクリも見えてくるやもしれぬ……

音羽　……はい、……わたくしどもも、その希《のぞ》みに賭けたいと存じ、調べを進めております。

徳大寺　……うむ。
　そうなると、へたに新たなる隠密を派遣して探りを入れることで、敵方に警戒心を抱《いだ》かせ、せっかく調べを進めているそなたたちの邪魔《じゃま》立てをするという事態に陥るより、むしろ、そなたたち世間師の調べの〈成果〉を待って、その上で、必要に応じて新たなる隠密を送り込む、という方が賢明ではあるまいか……われらは、そう考えた。

音羽　……はい、……わたくしも、その方が賢明だと心得まする。

徳大寺　そこで、急ぎ、板倉殿へ書状を送り、篠山殿に代わる新たな隠密の派遣は、しばらく見合わせる方がよかろう、というわれらの提案を申し述べたのじゃ。

音羽 ……はい……

徳大寺 問題は、大目付・板倉殿が、われらのこの提案を受け容《い》れてくれるかどうかということじゃ……あ、いや、音羽殿、……案ずるには及ばぬ、そなたたち世間師の名も所在も、われらは、一切、大目付殿には明かしてはおらぬゆえ……その事は、玄道殿より、くれぐれも念を押されているゆえの……麿も卜部殿も、さような手抜かりはいたさぬ……

音羽 ……はい（笑）……坪井様も、天野民部様も、わたくしどもの正体は、一向にご存じありませぬ……ただ、故《ゆえ》あって、抜け荷のカラクリを探り、無実の者の遺恨《いこん》を晴らさんとする、〈闇〉の稼業の者であるとしか……（笑）。

卜部 実は音羽殿、……玄道殿より、そなたに、宮中の大事について折り入ってお頼み申したき儀があると、書状にて打診した際、…われらは、幕府大目付・板倉殿にも、内々にて、この件を打ち明けたのじゃ……

いや、もちろん、そなたたちの名も所在も、正体も、いささかも口にしてはおらぬ……実清様が仰《おお》せになられたように、われらも、そんな阿呆《あほう》ではない……（笑）。

音羽 ……はい（笑）……

卜部 実は、板倉殿は、昨年来、二度にわたって、少数の伴の者を引き連れ、お忍びで上洛なされたのじゃ。むろん、今回の宮中の大事が、幕府の存亡《そんぼう》に関わる重大事であるからこそ、のお忍びであった。
その際、われらは、京都所司代《しょしだい》を通じての、板倉殿の全面的な協力を取りつけることができた。
その代わり、われらの独自の調べについても、秘密厳守の下《もと》に、情報を提供する、との約束が交わされたのじゃ……

音羽　……はい。

卜部　で、玄道殿を通じてそなたに仕事を依頼する直前、われらは、二度目の上洛をなされた板倉殿に、「子細《しさい》あって、名も正体も明かせぬが、麿たちの存《ぞん》じよりの者の人脈を通じて、独自の調べをおこなってみたい」と、恐る恐る申し上げてみたのじゃ。

音羽　……はい……

卜部　すると、板倉殿はにやりとされて、「それは、もしや、世間師と称する、闇の裏稼業の者どもの事ではありませぬか？」と仰《おお》せになられた……

音羽　……はい（笑）……

卜部　麿たちが、返答に窮しておると、板倉殿は、「…まあ、これ以上は、お訊《き》きいたしますまい……拙者も、『世間師』なる謎の組織については、いささか人づてに聞き及んでおりまする……実は、元・江戸南町奉行であられた矢部駿河守《やべするがのかみ》殿が、堺《さかい》奉行であられた頃、〈闇〉の世間師どもの力を借りて、さまざまなる悪事を摘発したことがあったということでござる……その〈闇〉の者どもには、余人《よじん》の介入を許さぬ独自の組織があり、また掟《おきて》があって、頼み事をする者は、あらかじめ仕事に関わる取り決めに従わねばならぬ……万一、要《い》らぬ詮索《せんさく》をしたり、秘密を口外《こうがい》したりしようものなら、必ず、〈闇〉の組織より、しかるべき報復を受ける、との事……拙者も、これ以上は、あれこれお訊きいたさぬが身のためというもの……」と申されておられた……（笑）。

音羽 ……ホホホ……それは、賢明なるご判断でござりました……

矢部駿河守様は、鳥居甲斐守《とりいかいのかみ》の謀り事にて、無実の罪で南町奉行の職を追われた後、伊勢・桑名《くわな》藩にお預けの身となられましたが、天保十三年に、悲憤慷慨《ひふんこうがい》のあまり、食を断たれてお亡くなりになった、と聞き及んでおりまする……

卜部 ……うむ……

板倉殿も、「政《まつりごと》に携《たずさ》わる者を志す以上、己《おの》が力量を存分に発揮せんとする野望は、誰の胸にもあるし、そのためには、時には、しかるべき地位に立たんとして、賄賂《わいろ》を使うという、必要悪も生じてこよう。かの水野越前守《みずのえちぜんのかみ》殿も、ご老中の地位を手にされるまでには、ずいぶんと策を弄《ろう》し、賄賂《わいろ》を使ってこられた。〈義〉に厚い矢部殿とて、例外ではあるまい。『清濁併せ呑む《せいだくあわ》』器量を、いや応なく備えねばならぬのが、政《まつりごと》に生きる者の宿業《しゅくごう》である のやもしれぬ……しかし、矢部駿河守殿は、そのような者どもの中にあっても、上に立つ為政者《いせいしゃ》として、民百姓《たみ》の困苦に能《あた》う限り『寄り添わん』とする、政の本道というものを、最後まで見失うことのなかった、稀有《けう》なる『もののふ』であった、と身どもは思う」と仰《おお》せられておった……

音羽 ……はい、……わたくしも、さように存じまする……

卜部 まあ、…それはさておき、……無事、板倉殿の諒解《りょうかい》を取りつけた上で、われらは、今回の件について、玄道殿を通して、音羽殿に打診することになったのじゃ。

それゆえ、先に述べたように、われらが、大目付・板倉殿への書状の中で、そなたたち世間師の調べが一段落するまで、新たな公儀隠密の派遣は、しばらく見合わせるよう、ご進言申し上げた際にも、板倉殿は、われらの提案を受け容れて下された。

音羽 …それは、ようござりました……おかげで、わたくしどもも、己れの仕事に一意専心《いちいせんしん》できまする……

卜部 ……うむ……先にも申したように、板倉殿も、篠山源之丞殿に代わる、腕利きの隠密の人選に窮しておられ、……しかも、篠山殿の調べが、ほとんど水泡に帰した以上、……おまけに、剣呑《けんのん》この上ない刺客どもが背後に控えている以上、一体、いかなる方面から探りを入れるべきか、……ほとほと、思案に暮れておられたのじゃ……

徳大寺　いかにも……そこで、音羽殿、改めてお願いいたしたいのじゃが、…そなたたちが調べ上げてくれた抜け荷がらみの情報を、一段落してからでもよいのじゃが、麿と卜部殿に、密《ひそ》かにお知らせいただきたいのじゃ……

その貴重なる情報をもとに、板倉殿は、新たなる公儀隠密の人選を行い、次なる戦略を練り上げたい、と申されておられる。

音羽　……はい、宜《よろ》しゅうございます。尾州・長州の京都屋敷と長州・大坂蔵屋敷での調べをお知らせいたしましょう。

わたくしどもとしては、抜け荷のカラクリが暴《あば》かれ、頼み人の無念の想いを晴らすことさえできるなら、それでよいのです……

徳大寺　かたじけない……それとあとひとつ、先にもお頼みしたごとく、長州・尾州の京都屋敷を密議の場にして推し進められていると思われる、列藩同盟の画策や宮中内での謀り事についての情報も、漏《も》らさず、われらに逐一《ちくいち》、お知らせいただきたい、ということじゃ。

音羽　……はい、先にお預かりした文書と徳大寺様の詳細なるご説明を踏まえて、わたくしどもの手で調べ上げた事実を、逐一、報告させていただく所存でございます。

徳大寺　……いや、ありがたい……なにとぞ、よしなにお願い申す……音羽殿。

音羽　……はい……
　実は今夜、祇園《ぎおん》のさる店で、姉小路《あねがこうじ》様・中山様と懇意《こんい》の、肥前・松浦《まつら》様の側用人《そばようにん》である渋川修理《しぶかわしゅり》と申されるお方が、長州の長井隼人正《ながいはやとのしょう》、尾張の堀刑部《ほりぎょうぶ》の、両藩ご家老と密談を行う、との情報が、わたくしどもの間者《かんじゃ》によってもたらされました。
玄道　……ほう……それは……
音羽　…はい……そこで、実は、音羽一家の伊吹佐平太が、密かに張り込んでおるところでございます……
卜部　…うむ……それは、心強い。
　さような大物三人が密議を凝《こ》らすとあらば、必ずや、抜け荷がらみ、あるいは列藩同盟をめぐる重大事に関わることに相違あるまい。
徳大寺　……うむ、……その話し合いの中身《なかみ》を知ることができれば、われらにとって、大いに役立つ情報となるやもしれぬ……
音羽　……はい、……抜かりなく、調べ上げてくれるものと思いまする……
徳大寺　いや、音羽殿、今夜は、われらも、ここまで足を運んだ甲斐《かい》があったというものじゃ……返すがえすも、労をおかけいたし、心苦しいが、ひとつ、宜《よろ》しくお頼み申す…
音羽　……はい……

徳大寺　では、…これにて、われらは退散いたそう、卜部殿……所司代《しょしだい》の侍衆も、われらの帰りが遅いゆえ、さぞや、気を揉《も》んでおることでおじゃろう。

卜部　いかにも……。実清様のご説明の途中で、亥《い》の刻《こく》を告げる四《よ》ツの鐘が聞こえましたゆえ、……もう四《よ》ツ半《はん》はとうに過ぎておりましょう……子《ね》の刻《こく》も近い……急ぎ戻らねばなりませぬな、……鷹司《たかつかさ》・西園寺卿《さいおんじきょう》との約束の刻限も迫っておりますゆえ……

徳大寺　さようでおじゃるの……音羽殿、すでに申したように、われらは、所司代《しょしだい》側に無理をお願いして、本日の会合の場を設けたのじゃ……宮中の大事に関わる密談を、誰にも気取《けど》られぬように行うために、麿の存じよりの者の手引きで、密かに屋敷を脱《ぬ》け出し、会合の場に赴《おもむ》かねばならぬ、……すでに、大目付・板倉殿には、諒承《りょうしょう》を取りつけてあるゆえ、問題はない……所司代の侍衆を警護につけることは、まかりならぬ、…敵方にわれらの動きを察知されては、元も子もない……護衛《ごえい》は、麿のつてで頼んだ凄腕の用心棒二人が同道《どうどう》するゆえ、案ずるには及ばぬ、…とな。

卜部　……さよう。所司代側を説得するのは、なかなかに気骨《きぼね》が折れた……

万が一、何事かの変事が起こっても、所司代の者には一切責任は問われぬ、という諒解《りょうかい》を、板倉殿には取りつけてあるゆえ、案ずるには及ばぬ、と言いつくろって、……強引に説き伏せたのじゃ。その上で、所司代側の全面協力を取りつけた。

音羽　……はい。わたくしの方から、お屋敷に参上できますればよいのですが、……ご存じのように、大塩の乱以来のいきさつもあり、元締のわたくしが、所司代の役人衆に「顔を覚《おぼ》えられる」わけには、まいらぬのでございます。

徳大寺　いや、無理を押して、本日の会合をお願いしたのは、われらの方じゃ。関わりを持ちとうないお上《かみ》の役人どもに、敢えて協力を依頼し、そなたたちに気苦労をおかけいたした……相済《あい》まぬことでおじゃった。

おかげで、首尾良く、ここまで辿《たど》り着けたようじゃ。

音羽　……はい……ここまでの道中、付けられた気配は全く無いと、伊織《いおり》と新吉が申しておりました……まず、危険はあるまいと存じまする。

卜部　麿たちの屋敷の周《まわ》りは、所司代屋敷の手の者たちが、交替にて警固《けいご》しておる……麿たちが、外出したとは、誰も、気づいてはおりますまい。

徳大寺　……うむ、……しかし、屋敷を脱け出すのは、ひと苦労でおじゃったの……

所司代の侍衆になりすました望月《もちづき》殿と新吉殿が屋敷まで来られ、いきなり、所司代の役人の格好《かっこう》をして同道されたい、と言われた時は、唖然《あぜん》といたした（笑）……服を着替えさせられたばかりか、急ぎ髪形も変えられ、化粧まで施《ほどこ》されて、面相を変じ、笠をかぶりて屋敷を出る、という始末で、……かつては、宮中きっての「いたずら者」として鳴らした麿も、こんな異様な変装をさせられたのは、生まれて初めての事じゃ（笑）……

卜部 …いや、まことに（笑）……

音羽 わたくしが、かつて旅芸人の一座におりました頃に、ほとんど昔の痕跡《こんせき》を留《とど》めぬまでに姿・形を変える、特異なる化粧と変装の技《わざ》を習い覚えた事がございました……その技を、おそれながら、応用させていただいたのでございます……（笑）。

卜部 ……いや、麿も仰天《ぎょうてん》いたした……美事《みごと》な技であった（笑）……

おもえば、昔、音羽殿が、伊勢の国より、旅回りの一座と共に都に乗り込んでこられた折も、そなたは、美事に変装しておられたのだったの……

音羽 ……はい（笑）……

徳大寺 麿と卜部殿は、所司代の役人になりすまして屋敷を出て、合流した後《あと》、東山にある、所司代の者たちの屯所《とんしょ》となっておる役宅《やくたく》にて、再び姿・形を変えさせられて、今度は、なんともむさ苦しい（笑）素浪人《すろうにん》の格好となった……一段と浅黒い化粧にさせられて、笠も替えさせられ、……いやはや、こんなにドキドキさせられたのは、いたずら盛りの子供時代以来の事……（笑）。

卜部 …ほんに、ほんに（笑）……怖ろしかったが、愉《たの》しゅうおじゃりました……

音羽 ご面倒をおかけいたし、恐縮でございます……（笑）。

徳大寺　帰りの段取りは、いかが相《あい》なるのでおじゃるかの？
音羽　帰りは、もう夜も更けて、東山の所司代屯所《とんしょ》は閉鎖されておりますゆえ、伊織と新吉を護衛に付けまして、今出川御門《いまでがわごもん》にほど近い、わたくしどもの隠れ家《かくが》まで、ひとまずご足労をおかけいたします。
そこで再び、化粧を変え、所司代の役人衆の服に着替えられてから、目立たぬように、お屋敷までお連れもうし上げる所存でございます。
徳大寺　……うむ……よしなにお頼み申す。鷹司《たかつかさ》・西園寺《さいおんじ》の両卿は、われらとは別に、所司代の侍衆の護衛のもと、わが屋敷に参られることになっておる……急ぎ戻らねばならぬ。
音羽　すぐに伊織と新吉をこの場に呼びますれば、……
玄道　あ、……いや、その前に、音羽殿、……身どもに、いささか気がかりなことがあります……
伊織殿と新吉殿が護衛される、帰りの道筋は、いかなる方角をとられるのでございますか？　詳しくお知らせ下さい。
音羽　ここ一乗寺村《いちじょうじ》から白川村《しらかわ》へと南下し、山中越《やまなかごえ》との交叉《こうさ》地点を西に折れ、百万遍《ひゃくまんべん》を通って、御所《ごしょ》の北にある今出川御門《いまでがわごもん》に向かうつもりでございますが……
玄道　……それは、危《あや》うい……

あくまでも身どもの感覚としか申せぬのですが、なにやら、南西、坤《ひつじさる》の方《かた》……おそらく、百万遍近辺から今出川方面にかけて、忌《い》むべき妖気をおぼえまする……
少々遠回りになり、面倒ですが、道筋を迂回《うかい》することはできませぬか？

音羽　……と、仰《おお》せられると？

玄道　さよう……山中越《やまなかごえ》との交叉《こうさ》地点を西に折れるのではなく、そのまま、南の真如堂《しんにょどう》まで下《くだ》り、そこから西の聖護院《しょうごいん》村方面まで進んでから、賀茂川に出て、荒神橋《こうじんばし》を渡り、寺町《てらまち》御門より御所《ごしょ》に入り、迂回《うかい》されながら、徳大寺邸へ向かうのが、賢明だと思いまする。

徳大寺　いや、さようなる回り道は、とてもできかねる。
鷹司・西園寺両卿との密談の刻限が迫っておる……おふたりには、ご多忙の折に、しかも深夜にもかかわらず、無理をお願いして、お越しいただくのじゃ……「事は一刻を争う」と言うても過言ではないほどの、朝廷内の謀り事に関わる、大事なる話し合い……遅れるわけにはまいらぬのじゃ。

音羽　伊織・新吉の話では、付けられた気配は全く無く、……それに、はばかりながら、望月伊織は、幾たびも修羅場をくぐり抜けてきた、新当流《しんとうりゅう》の凄腕の剣客《けんかく》、新吉も、並々ならぬ一刀流《いっとうりゅう》の使い手にて、まず、敵に遅れをとることはあるまいと、わたくしは踏んでおるのでござりまするが……

卜部　…うむ……まず、大事あるまい。

徳大寺　卜部殿、急ぎましょうぞ……音羽殿、よしなにお頼み申す。

音羽　はい……ただ今、伊織と新吉を呼びまするゆえ、外にて、お待ち下さりませ。

徳大寺　…うむ。

（徳大寺と卜部、退場する）

玄道　……しかし、音羽殿、……私の杞憂《きゆう》であればよいのですが、……やはり、どうにも気がかりじゃ……

音羽　……はい、……わたくしも、微《かす》かに、なにやら胸騒《むなさわ》ぎがいたしまする……

（しばし、思いつめた後、猿《ましら》の吉兵衛《きちべえ》を呼ぶ）吉《き》っつぁん、…吉っつぁん！……

吉兵衛と竹内連翹登場。

吉兵衛　へい、元締……

音羽　吉っつぁん、こんな夜更《よふ》けに済まないけど、「八瀬《やせ》・卍組《まんじぐみ》の衆」に大至急つなぎをとって、手練《てだ》れの助太刀《すけだち》を送ってもらえるよう手配できないかねぇ。

徳大寺様と卜部様は、白川村《しらかわ》まで下《くだ》ってから、山中越《やまなかごえ》との交叉地点を西に折れて、百万遍《ひゃくまんべん》の方に向かわれることになってる……

なんとか、百万遍近くに辿《たど》り着かれる前に、助《すけ》っ人《と》の衆を間に合わせるようにしたいんだ。

吉兵衛　……へい、……

でも、元締、八瀬《やせ》までは、かなりの道筋、……足の速い小六《ころく》を使いにやっても、助太刀《すけだち》に間に合うかどうかは、わかりませんぜ……

音羽　……まあ、あくまでも、玄道様とあたしの胸騒《むなさわ》ぎの事だし……十中八九、要《い》らぬ心配だとは思うんだけどね……

連翹　あの、……こんな夜更《よふ》けですが、うちの与一《よいち》を使いにやって、近所の農家の人から、なんとか馬を借りられるよう、頼んでみましょうか？

吉兵衛　……あぁ、そいつはありがてぇ！……ぜひ、お願いします！

音羽　竹内先生、夜分に、相済《あい》みませぬ。

お手数をおかけいたしますが、危急の怖れの事にて、よしなにお願い申し上げまする…

連翹　……はい、では早速《さっそく》に……

（四人退場）

（11）第三場　夜半。山中越《やまなかごえ》から百万遍《ひゃくまんべん》方面に向かう道筋。

煌々《こうこう》と輝く月の面《おもて》を時折雲がよぎる。

人家の灯りもまばらな、人通りの無い深夜の路上を、提灯《ちょうちん》も持たずにひっそりと歩む一行。

望月伊織《もちづきいおり》が先導となって歩み、徳大寺実清と卜部兼義が後に続く。

新吉がしんがりをつとめ、背後にも、油断なく気を配っている。

伊織と徳大寺・卜部は、浪人者の身なりをしており、三人とも、笠をかぶっている。

新吉は頬被《ほおかむ》りをし、町人姿だが、太刀《たち》を腰に差している。

伊織　……新さん、後ろの方はどうだい？

新吉　ここまでの道筋では、付けられた気配は、全くありませんが……

伊織　……うむ、…たしかにそうだが、……前方は、ちっとばかり、勝手が違うようだぜ

……

新吉　……はい、……迫ってきましたね……

突如として、四方の暗闇の中から、覆面をした黒装束《くろしょうぞく》の侍の一団が現われ、四人を取り囲む。

伊織と新吉が徳大寺と卜部の盾《たて》になるようにして、四人がひとつに固まる。

伊織　……来やがったな……（囁《ささや》くように）新さん、あの桜の木だ……一気に移るぜ！……

新吉　……はい！

やや離れた所に立って指揮を執《と》る、覆面姿の黒岩一徹が、片腕を振り下ろすと、四方から一斉《いっせい》に、刺客《しかく》の侍たちが四人に襲いかかる。

伊織と新吉は、すばやい動きで敵の刃《やいば》をかわしながら、徳大寺と卜部を桜の木陰《こかげ》に誘導し、改めて、木陰を背に、受けの構えをとり、迎えうつ。

烈しい死闘。二人《ふたり》、三人と、斬り倒される刺客たち。


おもむろに、伊織の前に立ち現われる樋口又兵衛《ひぐちまたべえ》。

刺客の内、又兵衛だけは、覆面をしていない。

他の刺客たちは、やや退《ひ》いて、伊織と又兵衛の立ち合いを見守るようにしながら、身構える。

笠を取り去る伊織。

ふたりの剣客《けんかく》を場の中心とする、濃密な殺気の渦が立ち込め、瞬時に、稲妻《いなずま》のような、白熱した激突の気流が迸《ほとばし》る。

八双《はっそう》の構えから突進したふたりの剣が、烈しい火花を発しながらぶつかり、つばぜり合いのまま、押しつ押されつ、併行して疾走《しっそう》する。

一瞬飛び去った後、瞬時に、正眼《せいがん》の構えで呼吸を整えようとした伊織に、又兵衛の八双の豪剣が、火の玉のように、凄まじい勢いで突進してくる。

虚をつかれ、慌《あわ》てて受けの構えに転じた伊織の太刀《たち》を、又兵衛の剣が一気に打ち砕《くだ》く。

刃《やいば》が折れる寸前、受けの太刀を斜《しゃ》に流しながら、間一髪《かんいっぱつ》で、樋口の切っ先の勢いから身をかわした伊織。

折れた刀を捨て、すでに斬り倒された刺客の太刀をすばやく拾い上げ、体勢を整えようとする。

脂汗《あぶらあせ》を浮かべ、荒い息をつきながら、かろうじて正眼に構え直す伊織。

対照的に、余裕の笑《え》みを浮かべながら、ゆっくりと正眼に構える樋口又兵衛。

樋口　……ほう、……岩切《がんせつ》の太刀《たち》をかわすとは……初めてのことじゃ……できるな、うぬ……

伊織　…岩切の太刀？……馬庭念流《まにわねんりゅう》に伝わると聞く、あの幻《まぼろし》の妖剣《ようけん》か……

樋口　いかにも……鬼神《きしん》をも一刀両断にする、わが念流、奥義《おうぎ》の秘太刀《ひだち》じゃ。拙者は、樋口又兵衛、お見知りおき願いたい……貴公《きこう》の姓名は？

伊織　新当流《しんとうりゅう》、望月伊織……

樋口　シントウ流？……ふむ、鹿島《かしま》新当流か……どうりでの、……並はずれた見切《みき》りの達者とみゆるが、はたして、かような闇の中で、わしの剣先を見切れるかの……

腰を落とし、左足をやや前に出しながら、柄頭《つかがしら》を胸元《むなもと》まで上げ、隙《すき》の無い、正眼《せいがん》の構えをとる樋口又兵衛。

伊織も、腰を落とし、脇を締めて、肘《ひじ》を前に突き出し、刀を両手で右肩にかけ、切っ先を後方に寝かせる。

息のつまるような、緊迫した殺気が周囲に広がる。

ふたりの立ち合いを、固唾《かたず》を呑んで見守りながら、遠巻きにしている刺客たち。

新吉は、桜の木陰に身を潜《ひそ》めている徳大寺と卜部を、隙なく護衛するように、正眼に剣を構えている。

突如、攻撃に転ずるかのように、大地を蹴って前に走り出そうとする樋口。

その一瞬の重心の揺れに隙《すき》を見出《みいだ》した伊織は、刀をかついだまま、猛然と樋口めがけて突進する。

樋口の太刀が己《おの》れに届く寸前に、いち早く、右肩の後《うし》ろからすばやく水平に弧《こ》を描《えが》いた伊織の剣先が、樋口の右脇腹の隙を狙って、鋭く伸びるように迫る。


しかし、……


次の瞬間、なぜか、そこに樋口の姿は無く、伊織の剣は、空《むな》しく宙を斬っていた……

一瞬虚をつかれ、うろたえた伊織の背後から、鋭い切っ先が弧を描いて伸びてくる。

間一髪《かんいっぱつ》でかわすが、右腕に、かすり傷を負う伊織。血が滴《したた》り落ちる。

闇の中で、樋口又兵衛が、伊織の構えとそっくりに、刀を両手で右肩にかけ、切っ先を寝かせている。

樋口　……ほう……よくぞ、かわしたの……馬庭念流「太刀割《たちわ》りの術」……人呼んで、

「鸚鵡《おうむ》の太刀」ともいう。
おぬしの技《わざ》を、そのまま「鸚鵡返し」のように、使わせていただいたまでのこと……
どうやら、「見切り」の術においては、わしの方が、一枚も二枚も上手《うわて》のようじゃの。
その手傷で、血を流しながら、いつまで、わしの剣先をかわし続けることができるかの
……

勢い込んで、変幻自在に太刀筋《たちすじ》を変えながら、伊織に斬りかかる樋口又兵衛。
身体《からだ》の数ヵ所にかすり傷を受けながら、必死に防戦する望月伊織。
思いもかけぬ伊織の劣勢に、うろたえる新吉。

黒岩　今だ！……奴らの息の根を止めろ！

刺客《しかく》の侍たちが、一斉に、新吉・徳大寺・卜部に襲いかかる。
新吉の必死の防戦の最中《さなか》、徳大寺実清と卜部兼義は、刺客たちに斬られてしまう。
慌《あわ》てて、徳大寺と卜部のもとに駆けつけようとする伊織と新吉。

意気消沈《いきしょうちん》するふたりに、勢いづいた刺客たちが、一斉に襲いかかる。

新吉もまた、随所《ずいしょ》にかすり傷を負い、脂汗《あぶらあせ》を流しながら死闘を続けている。

出血のため、消耗がひどく、動きの鈍った伊織と新吉。

ふたりは、互いの背を盾《たて》にし合いながら、気力を振り絞って、敵に立ち向かう。

……激闘の最中《さなか》、遠方より、次第に近づいてくる、馬のひづめの音。

一瞬、気を取られて、音の方角を凝視する刺客たち。

……突如、四方の暗闇の中から、飛礫《つぶて》の攻撃が矢のように降りかかり、刺客たちを打ちのめす。

次々と顔面をやられ、血を流す刺客たち。

黒岩一徹をかばいながら、必死に飛礫を刀で打ち落とし、身をかわす樋口又兵衛。

黒岩　……退《ひ》け、退けーっ！

一斉に引き揚げてゆく黒岩と刺客たち。

八瀬《やせ》の飛礫《つぶて》集団・卍組《まんじぐみ》の頭領・野瀬左源太《のせさげんた》が、多くの手練《てだ》れの配下を引き連れ、猿《ましら》の吉兵衛《きちべえ》・小六《ころく》と共に登場。

吉兵衛と小六は馬にふたり乗りしており、若者の小六が馬を操り、袋を背負った吉兵衛が後《うし》ろに乗っている。

伊織 ……あぁ！　吉《き》っつぁん、小六、……助かったぜ！　もう少しでお陀仏《だぶつ》だった……済まねぇ……とんだザマになっちまった……元締に合わす顔がねぇ……

吉兵衛 ……何をおっしゃるんで！……旦那《だんな》、新さん、……無事でよかった……おいらたちこそ、……もう少し早く、駆けつけられりゃ……

伊織 ……八瀬の衆、……かたじけない！……

左源太 卍組《まんじぐみ》頭領・野瀬左源太《のせさげんた》でござる……とんだ事で、……なんと申してよいやら……

伊織 ……いや、……こちらこそ助太刀《すけだち》いただき、……「地獄で仏」とはこのこと、感謝の言葉もありませぬ。

見事な業《わざ》でござった……音に聞く「八瀬微塵流飛礫術《みじんりゅうつぶてじゅつ》・鬼夜叉の舞《おにやしゃまい》」、初めて拝見つかまつった……

左源太　恐縮でござる……

吉兵衛　……望月の旦那、……徳大寺様の方は、……残念ながら、もうお亡くなりで……

……でも、卜部様の方は、深傷《ふかで》を負っておられますが、手当《てあ》てによっちゃあ、まだ間に合いやすぜ！……

伊織　…さようか！……吉っつぁん、なんとしても、卜部様を死なせちゃならねえ！

……応急の処置はできるかい？

吉兵衛　……へい！……おいらと小六で、今、できる限りの手当てはしてますんで、……あっしの診《み》るところでは、大丈夫です！……卜部様の手当てが済んだら、すぐに、旦那と新さんの方も、応急手当《てあて》をいたしやすから、ちょっくら、お待ちになっておくんなさい……

伊織　俺たちの方は、大丈夫だ……薬と布を置いといてくれたら、俺と新さんで何とかする……八瀬の衆も手伝ってくれるし、心配いらねえよ……

それより、卜部様に、可能な限りの手当てを頼むぜ！

吉兵衛　へい！……まかせておくんなせえ。

卜部兼義に応急の手当てを施してから、小六に、早急に戸板《といた》の用意を命じる吉兵衛。

吉兵衛　小六、戸板をもってきたら、済まねぇが、八瀬の衆と協力して、大急ぎで卜部様を南の吉田《よしだ》村のお屋敷まで運んでくんねぇか！……幸い、吉田村は、ここから、ほど近い……

小六　へい！　お安いご用でさぁ！　でも、徳大寺様の方《ほう》は、……？

吉兵衛　徳大寺様の方は、おいらが、大急ぎで今出川御門《いまでがわごもん》北のお屋敷までお知らせする……警固をしている所司代《しょしだい》のお侍衆にも、お知らせしなきゃならねえ……

徳大寺様のご遺体は、これから、八瀬の衆と一緒に、お屋敷まで運んでいく。

小六　へい……でも、親方《おやかた》、……厄介事《やっかいごと》になりゃしませんかね？……これ以上、所司代のお侍衆に関わるってえと……

吉兵衛　……心配いらねえよ……万、万が一の事を考えて、元締は、その辺の非常時の対応まで、きちんと思案していなさる……おいらたち世間師が、お上《かみ》がらみの厄介事に巻き込まれねえようにってな……おいらにまかせときな……

小六　へい……それじゃ、さっそく……

（小六、三人の卍組の者と共に退場）

吉兵衛　……じゃ、望月の旦那、あっしも、これから、徳大寺様のお屋敷まで……
焼酎《しょうちゅう》に、薬と布は、ここに置いときますんで……

伊織　……うむ、気が重かろうが、よしなに頼む。

吉兵衛　とんでもねえ……旦那と新さんこそ、どんなにおつらいか！……お察しします……
おいらだって……こんなことになっちまって、元締が、どんなに心を痛められるか……全
て、ご自分の責任だって、そうお思いになられるに違いありやせん……そう思うと、……
あっしぁ、いたたまれなくなっちまう……

伊織　……あぁ、……俺だってそうだ……このままじゃ、元締に合わす顔がねぇ……
このまま泣き寝入りしたんじゃぁ、徳大寺様だって浮かばれやしねえし、卜部様だって、
……どんなに無念なおもいをなさることか……

伊織の傍《かたわ》らで、黙って、うなだれている新吉。

吉兵衛　元気出しておくんなせえよ、旦那……まだ、この勝負、……おいらたちの負けって
決まったわけじゃありやせん……これからじゃ、ありやせんか！

……「七転び八起き」って奴でさ！
新さん、……おめぇも、負け犬みてえに、うなだれてんじゃねえよ！
……若《わけ》えんじゃねえか、しっかりしな！

新吉　……でも、……吉っつぁん、……元締に、おいら合わす顔がねぇ……
…姐《ねえ》さんに、よりにもよって、このおいらが、……おいらの力が足りねえばっかりに、
とんでもねえ、哀しい想いをさせちまって……

吉兵衛　……心配すんじゃねえよ、元締はな、そんなヤワな女性《ひと》じゃねえよ！……
幾たびも、凄《すげ》え、人生の修羅場をくぐり抜けてこられたお人だ、……でっけえ〈龍《りゅう》〉の
宿《やど》り主《ぬし》よ！
お優しくて、温《あった》かくって、……烈《はげ》しくって、恐《こえ》えお人なんだ！……
おいらたちとは、まるっきり、人としての〈修行〉が違うんだ……
おめぇが、元締の心配なんかすんのは、お門《かど》違いなんだ……
それより、おめぇが、そんな風に責任感じて「落ち込んでる」方が、よっぽど、元締に
とっちゃ、つれえことなんだ……わかるかい？

伊織　……あぁ、新さん、吉っつぁんの言う通りだぜ……
俺たちが、しゃきっとして、立ち直ることが、今は、何より大事なんだ……

仕事は、終わったわけじゃねえ……これからなんだ……

新吉　……はい……

吉兵衛　……じゃ、旦那、あと、宜《よろ》しく頼みやすぜ……でも、一刻も早く、ちゃんと、傷の手当てしておくんなさいよ！

伊織　……あぁ、心配いたすな、……早く行け！

（吉兵衛、馬に乗って、徳大寺邸に向かう）

卍組の者に手伝ってもらいながら、焼酎《しょうちゅう》で傷口を洗い、薬を塗り、布を巻きつけて、応急手当をする伊織と新吉。

伊織　……それにしても、……恐ろしい奴だった……あの樋口又兵衛という男……伊吹さんの言っていた、凄腕の侍どもの組織、黒岩一徹配下の者どもに、相違あるまい。

新吉　……はい……

伊織　新さん、…俺たちは、これから、抜け荷のカラクリを暴《あば》いてゆく中で、必ずや、あの「手練《てだ》れの侍ども」と、再び刃《やいば》を交えることとなろう。

新吉　……はい。

伊織　しかも、次に奴らと相《あい》まみゆる時は、おそらく、「大坂」が舞台だ……その時こそ、奴らとの〈決着〉をつけねばならぬ、ギリギリの正念場《しょうねんば》だ。

新吉　……はい……

伊織　想像を絶するほどの〈死闘〉となるであろう……しかも、大坂が舞台となりゃあ、こたびのように、「八瀬の衆」の力を借りるわけにはいかねえ……

庚申一家の者《もん》と俺たちだけで、決着をつけるしかねえんだ……

新吉　……はい！……

伊織　……このままじゃあ、俺たちは、樋口又兵衛をはじめとする刺客どもを相手にして、勝ち目はねえ……なんとしても、あの樋口の〈妖剣《ようけん》〉を封じる太刀筋《たちすじ》を編み出さなきゃならねえ……奴の剣さばきを身をもって知っているのは、俺だけだ……この俺自身が、なんとかしなきゃならんのだ……

新吉　……伊織さん……

伊織　傷が癒《い》えたら、新さん、俺は、鞍馬《くらま》・貴船《きぶね》の奥、芹生《せりょう》の里《さと》に隠棲《いんせい》しておられる、俺の剣の師匠《ししょう》・川上浮月斎《かわかみふげつさい》殿を訪《おとず》れてみるつもりだ……もしや、樋口の妖剣を封じる、思わぬ手がかりが得られるやもしれぬ……

新吉　……伊織さん、……その時は、俺も、ぜひご一緒《いっしょ》させて下さい！

伊織「……うむ……」

第八幕　秘剣　水月

⑿ 第一場　弘化三年（一八四六）・夏〔陰暦・五月下旬〕

貴船《きぶね》神社に近い、鞍馬山《くらまやま》山中・僧正《そうじょう》ヶ谷《たに》。
巨大な杉の大木が林立する、昼なお幽暗《ゆうあん》な深山渓谷《しんざんけいこく》。
大木の根が四方に伸び、盛り上がっている。
山道《さんどう》の途中の奇岩《きがん》の上に、護法魔王尊《ごほうまおうそん》を祀《まつ》る小堂「奥《おく》の院魔王殿《いんまおうでん》」が見えている。

山中での、望月伊織と新吉の会話。

伊織　……ここを訪れるのも、本当に久方《ひさかた》ぶりじゃ……相変わらず、津々《しんしん》たる魔界の霊気が身に迫ってくるの……

新吉　……凄い所ですね……こんな所に居ると、深山幽谷《しんざんゆうこく》の中に己《おの》が身を拉《らっ》し去られ、溶かし込まれてしまいそうな気分になる……

伊織　うむ（笑）……人ではない、異形《いぎょう》の獣《けもの》か、怪鳥、あるいは、風にでも化身《けしん》したかのような感覚に襲われる……とりわけ、夜はの……

新吉　……ええ……なんか、わかります……

伊織　わしは昔、まだ速水十郎太《はやみじゅうろうた》と名乗っていた頃、この鞍馬山の山中で、さる修験者《しゅげんじゃ》に師事《しじ》して、烈しく剣の修行に打ち込んだことがあった……その修験者は、名を教えてくれなかったので、わしは、勝手に「天狗殿《てんぐ》」と呼んでいた……

新吉　……天狗殿、ですか？（笑）……

伊織　この僧正ヶ谷で牛若丸《うしわかまる》に武術を教えたという、かの天狗の故事《こじ》にちなんでの……

天狗殿は、恐ろしい棒術《ぼうじゅつ》の使い手で、身も軽く、森羅万象のざわめきに呼応して、己《おの》が気配《けはい》を変幻自在に操《あやつ》り、隠形《おんぎょう》・遁甲《とんこう》、憑依《ひょうい》の術は、まさに、鬼神《きしん》の業《わざ》というほかはなかった……

天狗殿の術《わざ》が、単に、修験者としての肉体の鍛練《たんれん》や、暮らしぶりの、俗人から遠くかけ離れた苛酷《かこく》な抑制によってのみ生み出されたものとは、考えられぬ……

彼の神業《かみわざ》を支えていたものは、肉体上の修練・禁欲のほかに、もうひとつ、独特のまなざし、感覚があったはずじゃ……

新吉　……ええ……

伊織　多年、道場で修行を積んできたとはいえ、所詮《しょせん》は、凡俗の、非力《ひりき》な肉体の持ち主であるわしにとっては、その天狗殿のまなざし・感覚こそが重要だった……森羅万象と呼応しうる、その独特の〈気《き》〉の感覚がの……

新吉　……はい……

伊織　その感覚をいくらかでも会得《えとく》しうるならば、この現世《うつしよ》の息のつまるような仕組《しくみ》や、やり切れねえ悲惨な出来事、己《おの》れの無力感……要するに、「生きる」ことに伴う〈しがらみ〉って奴を、超える道筋が視《み》えてくるかもしれん……俺は、そんな風に夢みていたんだ……

新吉　……ええ……わかります……

伊織　天狗殿の語るところによれば、この鞍馬山の神仏を祀《まつ》る鞍馬寺《くらまでら》には、毘沙門天《びしゃもんてん》・千手観音《せんじゅかんのん》・護法魔王尊《ごほうまおうそん》の、三つの本尊《ほんぞん》があるとされる。

この三体の本尊は、別々のものではなく、本来、宇宙をつかさどる、ひとつの大いなる生命《いのち》が、三つの化身《けしん》をとって顕《あら》われたものであり、毘沙門天は日輪《にちりん》、千手観音は月、護法魔王尊は大地の精霊であるという。

魔王尊は、ここから見える、あの奥の院・魔王殿《まおうでん》に祀《まつ》られておるが、なんでも言い伝えによれば、天空に高貴燦然《こうきさんぜん》と輝く、あの宵《よい》の明星《みょうじょう》に宿る精霊の化身でもあるそうな……

われら人間は、大地に抱《いだ》かれた存在ゆえ、魔王尊につかさどられておることになるが、大地と月と日輪は、元々、ひとつの生命《いのち》の顕《あら》われゆえ、互いに呼応《こおう》し、感応《かんのう》しうる存在だということになる。

もちろん、天空の星々もまた、われらとつながっておる。

奥の院のあるこの僧正ヶ谷は、鞍馬山の内でも、大地の霊気の最も強い場所であるということじゃ。

つまり、己《おの》が内なる力を、修行によって解き放つのに、最適の地だということになる。

新吉 ……なるほど……日月星辰《じつげつせいしん》の〈気〉は、われらの〈内〉に在《あ》り、修行によって、その封印《ふういん》を解くことが可能だということですね……

伊織 その通り。人は、修行の力によって、己《おの》が内に眠る、大いなるいのちの力をひき出し、現世《うつしよ》の桎梏《しっこく》を超えることができる……

日輪《にちりん》のごとく赤々と燃え上がり、月輪《げつりん》のごとく、深々とした〈闇〉に包まれてたゆたい、星々の輝きにて心を洗い、〈風〉のごとく大地を駆け抜けよ……

天狗殿は、そう申された……

新吉 ……気宇広大《きうこうだい》なる心のまなこですね……

でも、俺には、ささやかな身の内より自《おの》ずと湧《わ》き出《い》ずる〈解脱《げだつ》〉の境地のようにも思えてきます……
必ずしも、修験者や密教の行者《ぎょうじゃ》のような、常人の及びがたい荒行《あらぎょう》・苦行《くぎょう》にて修行を積んだ者にしかわからぬ境地ではなく、……ふつうの日常の暮らしを黙々とくぐり抜けながら、「地を這《は》う」ようにして「天翔《あまが》ける」ことも、また、可能ではないでしょうか……
……俺には、そう思えます……
伊織　……ああ、そうかもしれねえな、新さん……
世間師稼業の中で、命を張ってきた、今の俺なら、そのことが、なんとなくわかるような気がする……
己《おの》が身体《からだ》を張って、さまざまな歓びや哀しみを背負って、懸命にその日その日を生きている、名も無き人々もまた、そんな風に〈解脱《げだつ》〉できるのかもしれねえ……己《おの》れの日々の暮らしそのものが〈修行〉の場だし、己れの内なる日月星辰《じつげつせいしん》を解き放ち、輝かすことができるんだ……きっと……
新吉　……ええ……
伊織　だが、天狗殿に師事《しじ》していた頃の、まだ若い、血気盛んな剣客《けんかく》の俺には、天狗殿の言葉の深い意味は、わかろうはずもなかった……
俺は、学問も苦手だったし、むつかしい事はわからん……頭の先っぽではなく、己《おの》れの実感で、たしかにつかみ取ったことしか、信ずることはできん……天狗殿の高遠な思想も、当時の俺には、「猫に小判」でしかなかった……

ただ、彼の言葉は、俺にはむつかしすぎたが、なんとも不思議で、印象深く、美しかった……その後の人生でも、折にふれて思い出しては、反芻《はんすう》し、じっくりとかみしめてきた……この頃、ようやく、少しずつ視《み》えてきたってとこかの……（笑）。

新吉　……ええ（笑）……俺も、…まだ、ケツの青いガキだけど、…自分にとって大切におもえた、いろんな言葉を、折にふれて思い出すことがあります……

伊織　……うむ……

天狗殿に師事《しじ》していた頃の俺は、とにかく、世の中って奴がむしゃくしゃして、がまんならなかった……奉行所の務《つと》めも、親兄弟や親類・縁者も、同僚・知人も、女も、……何もかも、うんざりだったんだ……ただ、剣術だけが、俺のはけ口だった……

たしかな実感を通して、この憂《う》き世《よ》のしがらみを、しばし忘れさせてくれるものだった。

新吉　……はい（笑）……俺も昔は、一時《いっとき》、そんな想いで道場通《がよ》いをしていました……でも、俺は、怠《なま》け者でだらしなかったから、結局、伊織さんのような精進《しょうじん》はできなかったんだけど（笑）。

伊織　ハハハ……いや、いや、俺には、他に、何の取《と》り柄《え》もなかったからの（笑）……

それはともかく、……せっかく、天狗殿に師事している以上、どんなにトロいオツムをしていても、とにかく、己れの実感で精一杯つかみ取ることができる何かを、見出《みいだ》さねばならん……そう思って、俺は、変幻自在に繰り出される天狗殿の棒術の烈しい動きや、神出鬼没《しんしゅつきぼつ》の隠形《おんぎょう》・憑依《ひょうい》の術に立ち向かうことで、〈気配〉に対する「見切《みき》り」の技《わざ》を能《あた》う限り磨いてみることにした……

新吉　……はい……

伊織　天狗殿の技には、足元にも及ばなかったが……おかげで、貧しいながらも、後《のち》のわしの「新当流《しんとうりゅう》」の技量の、いわば下地《したじ》が形作られることとなった。

新吉　……でも、伊織さん、……そもそも、何だって、この鞍馬山で、天狗殿から指南《しなん》を受けることになったのです？

伊織　……うむ、……俺は、実は、元々は新当流の剣客ではない。
わしは、速水十郎太《はやみじゅうろうた》という本名を名乗っていた頃、京都東町奉行所に勤務しつつ、洛中の京八流《きょうはちりゅう》の道場に通っていた。
その道場主《ぬし》は、神坂右近《かみさかうこん》という、一風変わった、独特の玄妙《げんみょう》な剣の使い手だった。
それは、古くから、京八流の流れの中に伝えられてきた「鞍馬流《くらまりゅう》」と称する太刀《たち》だった。
神坂殿自身は、鞍馬流の継承者ではなかったが、かつて、新当流の剣客・川上浮月斎《かわかみふげっさい》に教えを乞《こ》うたことがあり、その節《せつ》に、鞍馬流の秘太刀《ひだち》を伝授されたことがあったのだ。

わしは、その玄妙な剣風《けんぷう》への興味から、神坂殿の紹介で、鞍馬・貴船《きぶね》の奥にある芹生《せりょう》の里に隠れ棲《す》むという川上浮月斎殿を訪れ、教えを乞うたのじゃが、浮月斎殿は、わしとの会見の後《あと》、神坂殿とわしの立ち合いを見た上で、何を思われたのか、「まず、鞍馬山に赴《おもむ》かれ、しばらく、あの山にて、鞍馬流の『使い手』に師事《しじ》なされてみるお気持はないか」とおっしゃられた。

唐突ではあったが、わしも感ずるところがあり、浮月斎殿のお勧《すす》めに従うことにした。

彼の紹介で、鞍馬寺のさる高僧にお会いし、その老師のつてで、例の修験者、天狗殿に師事することになったのじゃ。

新吉　…すると、伊織さんは、その時は、まだ新当流の剣客ではなかったのですね……

伊織　さよう。時には仮病《けびょう》を使って勤めをサボり、時には、夜中《やちゅう》に赴《おもむ》き、かれこれ、半年近くも、鞍馬山に通っては、修行に打ち込んだ……十日以上も、奉行所を欠勤したこともあったし、長期欠勤をしばしば繰り返したあげく、何一つ手柄《てがら》らしい手柄も立てなかったというんで、ひどい減俸《げんぽう》処分を食《く》らった上に、謹慎《きんしん》を仰《おお》せつけられた……(笑)。
もっとも、天狗殿との修行の中では、生傷《なまきず》が絶えなかったし、時には、派手なケガもしたから、欠勤の全部が全部、仮病であったというわけでもない(笑)。

新吉　川上浮月斎先生に師事されたのは、その鞍馬山での修行の後《あと》なのですね。

伊織　そうだ。天狗殿の下《もと》で、能《あた》う限り「見切り」の技《わざ》を磨いた後、わしは、再び、浮月斎殿を訪れて、教えを乞うた。先生は、俺の話をじっくりと聞き、俺の目を、じっと見据えられてから、おもむろに立ち上がられ、木刀《ぼくとう》を二本用意し、俺との立ち合いに臨《のぞ》まれた……

短いが、烈しい立ち合いが、数回繰り返された後《あと》、俺は、川上先生の弟子になることを許されたのだ。

新吉　川上先生ご自身は、鞍馬流の剣客ではないのですね？

伊織　先生ご自身は、あくまでも、新当流《しんとうりゅう》の使い手じゃ。

ただ、……浮月斎先生の太刀筋《たちすじ》の奥の深さとそれを支える心眼《しんがん》は、たしかに、鞍馬流の奥義《おうぎ》に通底するものがある。つまり、かの天狗殿の武術に通底するものがあるのだ。

もっとも、なぜと言われても、説明はできぬ……あくまでも、俺の〈感覚〉でしかないゆえの……

俺の見るところでは、浮月斎殿の編み出された新当流の〈秘太刀《ひだち》〉の数々は、鞍馬流との交わりの中で、初めて生み出されたものだといっていい。

俺は、その、先生独特の「新当流」の神技《しんぎ》に魅《み》せられてきた……

新吉　……ふーむ、いや、……伊織さんの〈精進《しょうじん》〉の凄まじさが、よくわかったような気がします……

伊織　……しかし、その剣術馬鹿の精進のおかげで、町奉行所の勤務はさっぱり身が入らず、役立たず・ゴクつぶしということで、上役《うわやく》からは、すっかり持てあまされる始末となった。

天保《てんぽう》二年の暮れ、たまたま二条城で剣の御前試合《ごぜんじあい》を披露《ひろう》したことがきっかけで、当時、堺奉行《さかいぶぎょう》に就任されたばかりの矢部駿河守《やべするがのかみ》様の目に止まり、矢部様の口利《くちき》きで、俺は京都東町奉行所から大坂西町奉行所へと転属を命ぜられた。

「このような使い手を、京都に埋《うず》もれさせておくのは、いかにも惜しい。大坂ならば、『水を得た魚』のように所を得て、存分《ぞんぶん》の働きをすることであろう」と仰《おお》せになってお られた、とのことじゃ（笑）。

新吉　……「水を得た魚」ですか？（笑）……

伊織　……うむ（笑）……

当時、大坂は、比較的おっとりとした京の都とは違い、犯罪の巣窟《そうくつ》だった……俺は、大坂で、その凄まじい実態を目の当《ま》たりにした。

腐敗し切った役人どもによる犯罪の目こぼしや悪事のもみ消し、収賄《しゅうわい》の横行《おうこう》、暴利を貪《むさぼ》る豪商たちの悪辣《あくらつ》な投機《とうき》や買い占め、貧民たちの惨苦《さんく》や、それを食い物にする外道《げどう》どもの暗躍……

たしかに、京の都に居た時のように、閑職《かんしょく》に追いやられ、暇《ひま》を持て余《あま》すことはなくなったが、同僚・上役の不義・不正に煮え湯を呑まされた事も、京に居た時の比ではなかった……とうてい、「水を得た魚」なんていう心境じゃなかったぜ……（笑）。

新吉　矢部駿河守様の下《もと》で働かれたのは、もっと後のことなのですね？

伊織　矢部様が、堺奉行から大坂西町奉行に転任なされたのは、天保四年のたしか七月だった……

矢部様がお奉行の時にも、次から次へと、見るに堪《た》えねえ、醜悪な犯罪は絶えることがなかったし、お奉行のお裁《さば》きにも、上役の取り調べにも、色々と、納得のいかねえ事はあったさ……

でも、「水を得た魚」とまでは行かぬまでも、町方同心《まちかたどうしん》として、俺なりに腕は振るえたし、会心《かいしん》の手柄《てがら》を立てられたこともあった……

それというのも、なんといっても、矢部様が、この俺を信用し、可愛《かわい》がってくれたからだ……「速水十郎太《はやみじゅうろうた》は、当節《とうせつ》には珍しい、気骨《きこつ》ある、〈義〉に厚き者……しかも、当代《とうだい》一流の手練《てだ》れでもある」と、……過分《かぶん》なお誉《ほ》めの言葉まで頂き、調子乗りの俺は（笑）、うかうかと舞い上がって、矢部様のために、柄《がら》にもなく、獅子奮迅《ししふんじん》の働きをしようと意気込《いきご》んだってわけだ……（笑）。

　まあ、……あの頃が、俺のロクでもない役人暮らしの中で、唯一《ゆいいつ》、「いい思い出」のある時代には違《ちげ》えねぇ……

新吉　「洗心洞《せんしんどう》」の塾生となられたのも、その頃なのですか？

伊織　…いや、洗心洞に入塾したのは、もっと前で、大坂に移った天保三年の年だった。

　当時の俺は、いいようのない鬱屈《うっくつ》を抱《かか》え込んでいた。大坂に移ることで、川上浮月斎先生の下《もと》での修行の日々も終わりを告げ、俺は、いまだ、己《おの》れらしい生きざまも、剣の道も見きわめられぬまま、心に虚《うつ》ろなものを抱え込んで、さすらっていた……

　大坂に来てからの同心《どうしん》暮らしは、京に居た時とは違い、役目に忙殺《ぼうさつ》される日々だったが、やり切れぬ想いが降《ふ》り積もっていくばかりだった……

　洗心洞の塾生になったのは、そんな時だった……大塩平八郎殿の燃えるような〈義《ぎ》〉の心が、俺の中に、熱く沁《し》みとおっていったのだ……むつかしい陽明学のリクツは、よくわからなかったが、彼の思想の何かが、……というより、彼の言葉の何かが、俺の心の奥に眠っていたものを目覚《めざ》めさせたのだ……

　大坂町奉行所の与力《よりき》だった人の中に、こんな御仁《ごじん》がおられたのか……と、衝撃を受けた。

新吉　……ああ、……わかります……俺にも……

伊織　まあ、俺は、学問が苦手で、こむずかしいリクツって奴がぞっとしねえ人間だから、お世辞にも、いい塾生だったとは言えぬがの（笑）。
…ただ、じわーっと沁《し》みてくる言葉、嘘偽《うそいつわ》り無く、心の底から「腑《ふ》に落ちる」って思える言葉ってのは、たしかにある……それだけは信じることができるし、…大切な「心の宝」なんだ……

新吉　……はい……

伊織　洗心洞で、俺は、何人かの大切な友人にも、めぐり逢えた……中山篤之進《なかやまあつのしん》もそうだったし、河井月之介《かわいつきのすけ》もそうだった……
月之介殿は、俺と全く正反対の人間で、何事もつきつめずにはおかない、思慮深い御仁で、武道についても、からっきし疎《うと》かった……それなのに、不思議にウマが合《お》うた（笑）。

新吉　……ああ（笑）……伊織さん、なんか、よくわかる、俺……

伊織　中山篤之進殿には、彼の、混じりっけのない義憤《ぎふん》の心……というか、大塩殿の見果てぬ夢に同心し、世直しへの燃えるような献身に生きんとする姿に、俺は、リクツ抜きにひかれていた……真の「もののふ」の心を見ていたのだ……
その篤之進殿のご妻女が「おゆき」殿、すなわち、今の「音羽の元締」だった……

新吉　……はい……

伊織　俺は、その元締の用心棒となり、音羽一家の身内となった……なんという、人の世の〈えにし〉の不思議さであることよの……

新吉　……ええ……まことに……

伊織　大坂に来て、洗心洞に入塾するという機縁《きえん》がなかったなら、「速水十郎太《はやみじゅうろうた》」ならぬ「望月伊織《もちづきいおり》」、すなわち、後《のち》の「音羽一家」の俺自身はあり得なかった……というより、俺が、本当の俺自身になることは、あり得なかった……そう断言できる……不思議な宿縁《しゅくえん》だ……だから、俺は精一杯、生きていきたい……悔《く》いのないように……

新吉　……はい。

伊織　大塩殿や洗心洞とのえにしも摩訶《まか》不思議だが、矢部駿河守《やべするがのかみ》様とのえにしも、しみじみ、奇《く》しき「めぐり合わせ」だと思わずにはいられぬ。

矢部様に見出《みいだ》されることがなかったなら、俺は、大坂に来ることはあり得なかった……

新吉　矢部様は、大塩平八郎殿を、どうご覧になっておられたのですか？

伊織　大塩殿は、当時、役人どもの不正に業《ごう》を煮《に》やしており、政《まつりごと》の円滑な運営のために、強引な手管《てくだ》に長《た》けた「能吏《のうり》」を用いたり、出世を急ぐあまり、賄賂《わいろ》も辞さぬ、「清濁併《せいだくあわ》せ呑む」矢部様に対して、厳しい批判の言葉を浴びせていた。

しかし、辛辣《しんらつ》な〈苦言〉を呈する大塩殿に対しても、矢部様は一目《いちもく》置き、その「癇癪持《かんしゃく》ち」には閉口《へいこう》していたが、大塩殿の人柄と力量を、信頼され、愛しておられた。鳥居甲斐守《とりいかいのかみ》と対立して失脚された矢部様は、お預けとなった桑名《くわな》藩で、自ら食を断たれ、自死されたと聞く……

新吉　……ええ……

伊織　今となっては、矢部様の下《もと》で、青雲《せいうん》の志を抱《いだ》いて、けなげに精進していた頃の、白昼《はくちゅう》の浮き世の「俺」も、遠い、遠い、「昔」の語《かた》り草《ぐさ》よ……

新吉　……伊織さん……

伊織　……おっと、……とんだ「世迷《よま》い言《ごと》」になっちまったな……

そろそろ行くとするか……芹生《せりょう》の里《さと》は、この鞍馬山を降りたところに流れている貴船川《きぶねがわ》を、さらに上流に遡《さかのぼ》った、山の中にある。

新吉　……はい。

（13）第二場　芹生《せりょう》の里《さと》にある川上浮月斎《かわかみふげつさい》の庵《いおり》。

浮月斎と速水十郎太《はやみじゅうろうた》（望月伊織）の会話。
新吉は、そばに控えて、師弟の話に、じっと耳を傾けている。

浮月斎　……ふむ……すると、十郎太、おぬしの「見切《みき》り」の術《わざ》は、ことごとく、その樋口又兵衛とやらに見破られていた、と申すのじゃな？

十郎太　……さようでござる。
樋口の微《かす》かな〈隙《すき》〉を見出し、そこを衝《つ》こうとしたそれがしの動き・太刀筋《たちすじ》を、奴は、あらかじめ「見切って」いたばかりか、拙者《せっしゃ》が斬りつけた瞬間《とき》には、すでに、奴の姿は、消えていたのです……

浮月斎　……うむ……その者は、思わず隙を見せたのではなく、わざわざ隙をつくり出すことで、おぬしに〈誘い〉をかけたのじゃ……
おぬしが「見切り」の達者であることをわきまえ、動きに伴う、ほんの微《かす》かな〈隙〉をも見逃《みのが》さず、「つけ込んでくる」ことを承知の上で、仕掛《しか》けてみせた……

十郎太　……はい……

浮月斎　しかも、その〈誘い〉をかけた時に、すでに、樋口は、それに次ぐ、おぬしの攻撃の太刀筋《たちすじ》までも、瞬時に「見切って」いたことになる……

十郎太　……いかにも。

浮月斎　樋口の姿が、おぬしの眼前《がんぜん》より「消えた」のは、おぬしの〈意識〉が、相手の動きへの「見切り」と、ひたすら「攻めん」とする己《おの》れの〈鋭気《えいき》〉に拘束されて、〈気配〉を察知《さっち》する力を、一時的に失っていたからじゃ……

馬庭念流《まにわねんりゅう》には、己れの気配を瞬時に消して、「敵の視界の外に出る」という術《わざ》があると伝え聞く……

その術《わざ》も、おそらく、おぬしの場合と同様に、立ち合いの相手の〈意識〉を一定の方向に誘導し、拘束することで、〈気配〉の察知力を封じようとするものであろう。

十郎太　……なるほど……

浮月斎　しかも、おぬしの説明では、相手の姿を見失った直後に、こともあろうに、樋口は、おぬしの技《わざ》と全く同じ太刀筋《たちすじ》で、背後から、おぬしに斬りかかってきた……

十郎太　……いかにも……

一瞬、まるで、己《おの》れの太刀《たち》が、目に視えぬ何ものかに「はね返され」て、そのまま己れ自身に「返って」きたかのような錯覚を覚《おぼ》え、総毛立《そうけだ》ちました……

浮月斎　……うむ……まさに、音に聞く、馬庭念流「鸚鵡《おうむ》の太刀《たち》」……

立ち合いの相手の〈虚《きょ》〉を衝《つ》き、うろたえさせるのが、目的じゃ。

己れが自信をもって仕掛けた太刀筋が見破られ、そっくりそのまま「返される」ことで、相手は、己れの太刀筋・技量の全《すべ》てが見切られ、「あしらわれて」いると感じ、無力感に打ちひしがれる……

その「戦意の喪失《そうしつ》」が、つけめなのじゃ。

だからこそ、「鸚鵡《おうむ》の太刀」は、別名、「太刀割《たちわ》りの術《じゅつ》」とも呼ばれる。

十郎太　……なるほど……

浮月斎　……じゃが、その樋口又兵衛と申す剣客は、たしかに、恐るべき妖剣の使い手……

十郎太、残念ながら、おぬしの話を聞く限りにおいては、「見切り」の技《わざ》に関する限り、樋口は、おぬしより上手《うわて》だとみていい……

十郎太　……はい……

浮月斎　わが新当流の技《わざ》の要《かなめ》は、「見切り」の修練と、いかな殺気溢《あふ》れる、鋭き剣風《けんぷう》に対しても、うろたえることなく、しなやかな柳のように変幻自在に対応しうる「受け流し」の術《じゅつ》にある。
十郎太　……いかにも……
浮月斎　その見切りの術《わざ》において、相手の方が上手《うわて》だとすると、こちら側から積極的に仕掛けるあらゆる攻撃は、すべて、あらかじめ相手に見切られ、有効に防御《ぼうぎょ》されてしまう。
十郎太　……は……
浮月斎　受け流しの術《わざ》によって、ある程度までは、相手の攻撃をかわし続けることはできようが、防戦一方のままでは、体力をいたずらに消耗し、気力も削《そ》がれてゆき、やがて、随所《ずいしょ》に隙《すき》を生み出してゆくことになる……それでは、到底《とうてい》、勝ちを収めることはできぬ。
十郎太　……いかにも……
浮月斎　まず、立ち合いの当初においては、相手の気勢《きせい》に圧倒されぬためにも、猛々《たけだけ》しい闘志を前面に出すことが必要じゃ。
十郎太　……は……
浮月斎　しかし、見切りの術《わざ》が封じられているとなれば、いつまでも攻撃の闘志を持続することはかなわぬ……
十郎太　……は……闘志を失わぬように努めながらも、受け流しの構えにて、敵の攻勢をかわし続けながら、能《あた》う限り消耗を避け、なんとか、相手の微《かす》かな〈隙〉を見出《みいだ》すほかに、手だてが無いようにも思うのですが……

浮月斎 ……いや、十郎太、……必ずしも、そうではない……

十郎太 ……と、申されると？……

浮月斎 ……うむ……

猛々《たけだけ》しい攻勢の気《き》とは、たとえるなら、〈虎《とら》〉の相《そう》じゃ。

〈虎〉としての鋭気《えいき》・技量の点から見れば、樋口又兵衛は、おそらく、当代随一《ずいいつ》といってもよいほどの、無双《むそう》の剣客であろう……

十郎太 ……いかにも、それに相違ござるまい……

浮月斎 うむ……しかし、そこに、彼の弱点・限界もまた存《そん》する。

虎は獰猛《どうもう》だが、あくまでも、〈地上〉に緊縛《きんばく》され、徘徊《はいかい》する生き物。

その猛々《たけだけ》しさは、餓狼《がろう》のごとく、満たされぬ〈渇き〉に駆り立てられて苛立《いらだ》ち、獲物に襲いかかり、貪《むさぼ》る者の気だ。

その猛々しさは、肉を食《く》ろうて生きる業《ごう》を背負った獣《けもの》が、この現世《うつしよ》の、地上の苛酷《かこく》さに抗《こう》して「生き抜かん」とする上で、必要な何かでもある……

人もまた、一面では、悲しきことながら、その、肉を食らう獣《けもの》のごとき性情と業苦《ごうく》を背負わされておる。

十郎太　……はい……たしかに……

浮月斎　だが、その餓狼《がろう》の相《そう》、虎《とら》の相に、己《おの》が生きざまの究極の拠《よ》り所を置かんとするなら、人は、際限のない〈渇き〉に駆り立てられて、絶えず苛立《いらだ》ち、己《おの》れを主張して、気を張りつめ、闘争の泥沼の渦中で、残忍さと無感覚に蝕《むしば》まれてゆくほかはあるまい……

あげくの果ては、いささかの心の安らぎもなく、人のぬくもりも得られぬままに、鬼のごとき存在と化し、自滅してゆくことになろう……

十郎太　……はい……

浮月斎　天地・天道《てんどう》の世界は、人を、本来、そのような存在たらしめてはおらぬ。

人には、〈虎《とら》〉の相《そう》と共に、〈龍《りゅう》〉の相《そう》というものが備わっておるのだ。

虎は、自《みずか》らを烈しく顕示《けんじ》せる、ぎらついた〈日輪《にちりん》〉の相、〈火〉の相であり、龍は、人や獣《けもの》も含む森羅万象に宿り、それを包み込み、流れる川のごとく活《い》かしめる、大いなる〈水〉の相……深々とした闇をつかさどる〈月〉の相なのじゃ……

十郎太　……は……人に宿りたる、人を超えた、大いなる〈水〉の相と、人をして、苛酷なる地上の現世《うつしよ》を生き抜かしめる、獰猛《どうもう》なる〈火〉の相……わかりまする……

浮月斎　龍は、虎と対峙《たいじ》しながらも、虎の気を包摂《ほうせつ》し、虎を超える……

龍とは、〈水月《すいげつ》〉の気なのじゃ……

水月の気は、到る所に遍《あまね》く行きわたる〈虚空《こくう》〉のごときいのちとして、地上に縛りつけられた虎のいのちを包摂し、その殺気を打ち砕《くだ》く力をもつ。

虎が、自《みずか》らの力に驕《おご》り、溺《おぼ》れる時、虎は、龍の〈水〉の気に触れることで、自らの毒、瘴気《しょうき》によって自壊する。

己《おの》が悪気《あっき》が、〈谺《こだま》〉のように体内に反響し、神経を狂わせ、虎を自滅の行為へと駆り立てるのだ。

虎が、真にすこやかな、善《よ》き生命の相となって顕《あら》われるには、龍の〈水気《すいき》〉に包摂《ほうせつ》され、その内部で、猛々《たけだけ》しく、溌剌《はつらつ》とした〈歓喜〉の相をとって、舞い踊ることができねばならぬ。

〈水〉の内に包まれた〈火〉の相でなければならぬのだ。

十郎太　……はい……

浮月斎　樋口又兵衛の剣は、虎の相、烈しき火の相ではあるが、水の相、龍の相というものを欠いておる。

おぬしが、見切りの術をよすがに、ひたすら攻勢の気に身を置いている限り、おぬしは、虎の相の内にある……つまり、樋口と同じ土俵の上に立っていることになる。

十郎太　……は……たしかに。

浮月斎　それでは、おぬしに勝ち目はない……虎としての獰猛《どうもう》さと鋭き嗅覚《きゅうかく》においては、樋口又兵衛は、おぬしより、おそらく数段上だからだ。

十郎太　……は……

浮月斎　おぬしが、樋口の「見切り」を封じ、彼に〈隙〉を生み出させ、倒すには、虎を凌駕《りょうが》する龍の相、〈水月《すいげつ》〉の気に、瞬時にして、身を転ずることができねばならぬ。

もちろん、最初から、いきなり、龍の相に身を置くことはできぬ。

立ち合いの当初においては、相手の気に呑み込まれぬために、烈しき闘志を前面に出す虎の相、獅子《しし》の相というものは必要じゃ。

しかし、立ち合いにおける〈激闘〉の気が、白熱した〈頂き〉に達し、それを越えると、ふと呼吸を整える一瞬というものがある……そこまで、敵の攻勢をかわし、心気《しんき》を乱すことなく、持ちこたえられれば、の話じゃが……

十郎太　……はい……

浮月斎　その「一瞬」に到達した時が、〈龍〉の気相《きそう》に「身を転ずる」契機なのじゃ……それまでの〈攻勢〉の身構えを解き、虎の相を消し去り、己《おの》が感覚をひたすら〈水月〉の気へと変じてゆく……

それは、ほんの一瞬の契機じゃ……その機を逸《いっ》すると、二度と再び、それをつかむことはかなわぬ……

その瞬時の機に己れを賭ける、〈捨て身〉の勇気をもてるかどうかに、樋口との勝負の明暗がかかっているとみてよい……

十郎太　（かすかに脂汗《あぶらあせ》を浮かべながら）……はい……

浮月斎　これ以上は、言葉にては、説明がかなわぬ……あとは、実戦にて、〈呼吸〉を会得《えとく》してもらうしかない。

十郎太　……は……なにとぞ、ご指南《しなん》のほど、よしなにお頼み申し上げまする……

浮月斎　……うむ……おぬしに、わしの編み出した、新当流秘太刀《ひだち》・水月《すいげつ》を授けよう。

（14）第三場　芹生《せりょう》の里《さと》。

闇の中から、ゆっくりと、柔らかでほのかにセピア色のスポット・ライトが二箇所浮上し、各々の照明の中に、川上浮月斎《かわかみふげつさい》と速水十郎太《はやみじゅうろうた》の師弟が、木剣《ぼっけん》を手にして、対峙《たいじ》している。

離れた所から、息を呑んで見守る新吉。

風の音。

正眼《せいがん》に構える浮月斎と十郎太。

突如、疾走《しっそう》して激突するふたり。
しばし、めまぐるしく太刀筋《たちすじ》を変えながら、木刀《ぼくとう》で烈《はげ》しい打ち合いが展開される。
木刀と体を押し合いつつ、併走《へいそう》し、互いをはじき返すように、後方に飛び去るふたり。

十郎太が着地した直後、正眼に構え直す暇《いとま》もなく、浮月斎の逆袈裟斬《ぎゃくけさぎ》りの木太刀《きだち》が、十郎太の右脇から胸元《むなもと》にかけて、すばやく伸びてくる。

十郎太は、反射的に浮月斎の木刀を払い上げ、そのまま返す刀で、浮月斎の左脇の隙《すき》を衝くように、右下段の「車《しゃ》（斜）」の構えから、左上段へと斬り上げる。

しかし、十郎太の太刀筋を見切っていた浮月斎は、すばやく後方に飛び去り、十郎太の剣は空《くう》を斬る……直後、間髪《かんはつ》を入れず、深く沈んだ浮月斎の木刀が、「突き」の姿勢で、十郎太の「みぞおち」の辺りを狙って、目にも止《と》まらぬ速さで、真っ直ぐに伸びてくる。

……浮月斎の姿が沈んだ瞬間に、「突き」の動きを見切った十郎太は、相手の木太刀が己れに届く寸前に、思い切って跳躍する。

宙を振り仰《あお》ぐ浮月斎の左手の木剣が、瞬時に弧《こ》を描いて十郎太に襲いかかる……同時に、中空《ちゅうくう》より、大上段に振りかぶった十郎太の豪剣が、一気に打ち下ろされる。

浮月斎は、その豪剣を、左手の木剣で受け止めながら、瞬時に斜《しゃ》に流し、身をかわす。改めて、正眼の構えで向かい合ったふたりは、再度激突し、俊敏な動きで、自在に太刀筋《たちすじ》を変えながら、烈しく打ち合う。

木刀と体を押し合いつつ併走した後、はじき返されるように、飛び去るふたり。

静かに相対峙《あいたいじ》しながら、呼吸を整えようとする。

……ふと、木刀を足元にだらりと垂らし、外に向かっていた全身の気を脱《ぬ》こうとする浮月斎。

内側に、ひたすら心気《しんき》を吸い込むように、ため込むようにして、己《おの》が風景を、深く静まり返った湖水《こすい》のような、清澄《せいちょう》な感覚へと変じてゆく……

浮月斎を焦点のようにして、〈虚《きょ》〉の静謐《せいひつ》な気配が、波紋のように拡がってゆく……

朝霧に包まれるように……透《す》きとおった水に、全身を洗い流されていくように……

不思議な浮遊感が、速水十郎太の身体《からだ》を包み込んでゆく……

己《おの》れを樋口又兵衛に擬《ぎ》し、あくまでも攻撃的な身構えをとり続けようとする十郎太は、己れの立ち位置が失われてゆくような不安に駆られ、耐え切れずに、師に斬りかかる……

…八双《はっそう》の構えから、斜めに振り下ろされた十郎太の豪剣が、浮月斎に触れるより早く、十郎太の左脇肋骨《ろっこつ》の隙間に、師の木剣が食い込むかのように迫り、間一髪《かんいっぱつ》でぴたりと止まる。

浮月斎　新当流秘剣・水月《すいげつ》……またの名を、谺返《こだまがえ》しと言う……

十郎太の全身から、一気に、滝のような汗が流れる。

十郎太　（額の汗を拭《ぬぐ》いながら）……かたじけのうござった……

新吉が駆け寄る。

新吉　……伊織さん！……

風の音。

第二部（大坂篇）

第九幕　罠

(15) 第一場　弘化《こうか》三年（一八四六）・夏〔陰暦・閏《うるう》五月〕

大坂・曾根崎《そねざき》にある出合《であ》い茶屋の一室。夜半。
降りしきる五月雨《さみだれ》。
廻船問屋《かいせんどんや》・大津屋彦左衛門《おおつやひこざえもん》と人妻・お袖《そで》の密会の場。
ほの暗い行燈《あんどん》の灯りに包まれた離れの座敷。

ひとつの布団《ふとん》の中で、もつれ合うふたり。

大津屋　……あぁーっ……たまらん……
……なんちゅう、かぐわしい肌や……しっとりした肌ざわりや……
体中がとろけそうや……こんな女体《からだ》、……わし、初めてや……
あんたみたいな女子《おなご》を毎晩抱けるご亭主は、なんちゅう果報者《もん》や……

……わし、もう、辛抱たまらん……溺れてしもた……

お袖 ……お袖……お袖！（しがみつきながら、貪《むさぼ》るように、女の肌に夢中で唇と舌を這わせる）

……あぁ！……もうこのまま、何もかも放《ほ》かして、溺れ死んでしもてもかまわへん…………そんな……無体《むたい》なお人……ここは、その場限りの出合い茶屋……

言うに言われぬ、いわくを抱えた男と女子《おなご》が、しばし、憂《う》き世《よ》を忘れて、戯れに生きる

夢枕……うたかたの甘い蜜……あ！……やめて！……やめて……

大津屋 ……濡れて、……別れて、……水に流すと言うんか……そんなん、……わし、いや

や！……

この想い、……この体、忘れられよか……

お袖 ……ずっと、……ずーっと、……お前に、そばにいてほしい……離さへんで！…わし……

……ホホホ……困ったお人やこと……

大津屋 ……お袖！……あぁ、……お袖……

狂ったように女体《にょたい》に溺れている大津屋の首に、背後から指を絡《から》ませつつ、いきなり、簪《かんざし》で、

急所を思いっ切り、ひと突きにするお袖……

一滴の血も流すことなく絶命する大津屋彦左衛門。

こわばった、冷ややかな表情で立ち上がる女。

行燈《あんどん》の灯りを吹き消す。

長襦袢《ながじゅばん》を脱ぎ捨て、座敷に入った時の衣装共々、風呂敷《ふろしき》に包むと、あらかじめ部屋の中に隠してあった黒装束《しょうぞく》に着替え、顔を頭巾《ずきん》で覆い隠す。

雨の降りしきる中、障子《しょうじ》を開け、無人の気配を確かめると、音も無く、縁側から庭づたいに闇の中に消え去る。

(16) 第二場　昼過ぎ。天満橋《てんまばし》南にある大坂東町《ひがしまち》奉行所内の一室にて。

大津屋彦左衛門の死体の検分を終えた工藤十郎左衛門《くどうじゅうろうざえもん》（大坂東町奉行所・吟味役与力《ぎんみやくよりき》）と朝岡新之丞《あさおかしんのじょう》（同奉行所・盗賊改《とうぞくあらため》役《やく》与力）の密談の場。

工藤　……どうや、朝岡、……大津屋の変死、おぬしは何と視《み》る？

朝岡　……うむ……検死の調書《しらべがき》にあったように、一滴の血も流れてはおらぬ……この前の播磨屋久兵衛《はりまやきゅうべえ》の時と同じだ……だが、播磨屋の時は、鋭い鑿《のみ》のような金物で、心の臓をひと突きだった……明らかに殺しだと分かる……じゃが、今回の大津屋の場合は、傷口らしい傷口もなく、一見、体調の異変による急死のようにも見えるが……

工藤　……うむ……年甲斐《としがい》もなく、出合い茶屋で若い女体に溺れて、のぼせ上がっているうちに、やり過ぎて（笑）、頭の栓《せん》か心の臓が切れてしもたのかもしれん（笑）……噂によれば、なんでも五人も妾《めかけ》を抱えた、相当な色気狂《いろきちが》いの狒狒親父《ひひおやじ》やったいう話やからな……（笑）。

まあ、腑分《ふわ》けの方にも回されることになろうから、その辺の変死なら、いずれ、真相ははっきりするやろ……

じゃがの、朝岡、……わしとしては、どうにも納得がいかへんのや……

朝岡　……うむ……俺の視るところでは、おそらく殺しだ……それも、並はずれた玄人筋《くろうとすじ》によるものだ……

工藤、おぬしは気づいたかどうかわからんが、大津屋の首、後頭部のすぐ下の辺《あた》りに、ごくわずかな刺し傷があった……おそらく、なにか、ごく細い、鋭利な金具……例えば、簪《かんざし》のようなもので、突き刺した傷痕《きずあと》に相違ない……

あの箇所は急所で、おそらく殺し屋は、そこをひと突きにすることで、一滴の血も流さずに大津屋を殺《あや》めたとみていい……

以前、適塾《てきじゅく》の緒方《おがた》先生にうかがったことがある……いかな猛獣とて、その急所を突かれれば、いちころでくたばるとか……

工藤　……なるほど……とすれば、凄腕の玄人筋《くろうとすじ》による殺しとみて、間違いはないの……十中八九、天神《てんじん》の辰五郎《たつごろう》の手の者とみてええやろ……

朝岡　……うむ……

工藤　今、作次郎《さくじろう》と米吉《よねきち》に命じ、殺しのあった刻限近くに、現場近辺に居たと思われる不審者の特徴をもとに、めぼしい輩《やから》を調べさせとる。
犯行の鍵《かぎ》を握っとるのは、やはり、例の人妻風《ひとづまふう》の謎の女や……

朝岡　……うむ……播磨屋も、大津屋も、その女が、出合い茶屋に誘い込んだ上で、殺めたというわけじゃな……

工藤　うむ……目撃によれば、播磨屋と大津屋では、出合っていた女の容姿の特徴も、場所も異なるが、誘い込んだ手口といい、まず同一の女とみていい……着物や髪型こそ違え、色白でほっそりした撫で肩の、なんとも色っぽい大きな目の、ふるいつきたくなるような、ええ女やったそうや……左の首筋にホクロがあるという……
播磨屋も大津屋も、出合い茶屋の離れの間《ま》で、濡れ場の真っ最中に、骨抜きにされた上で、殺められとる……しかも、ふたり共、一滴の血も流さず、急所をひと突きや……深夜の出来事で、おまけに梅雨《つゆ》時のこの季節や、雨の音で、座敷を抜け出した女の気配に気づいた者《もん》は、誰もおらん……

朝岡　……うむ……周到《しゅうとう》に練《ね》られた、鮮やかな手口だの……天神の仕業《しわざ》とみて、まず間違いはあるまい……

工藤　……天神一家といえば、こたびの二件の殺しに絡《から》んで、まっ先に思い浮かぶのが、四年前に起こった抜け荷の一件じゃ……

朝岡　……うむ、天保十三年の、和泉屋《いずみや》の闕所《けっしょ》と処刑の一件だの……

工藤　……さよう。

四年前のあの事件は、われら東町奉行所が月番《つきばん》の時に起こった。

あの時は、わしもおぬしも、唐物《からもの》と阿片《アヘン》の摘発、その運び屋どもへの探索、阿片中毒者の家族や医者への聴き取りなど、……それこそ、昼夜を分かたず走り回り、情報を集め、証拠固めのために力を尽くした……

朝岡　……いかにも、……あれほど、懸命に働いたことは、後にも先にもなかった……

阿片中毒者たちの地獄の惨苦には、見るに忍びないものがあったからの……

工藤　そういうわれら東町奉行所の獅子奮迅《ししふんじん》の働きの結果、動かぬ証拠の数々によって、すでに抜け荷組織の元締《もとじめ》として嫌疑をかけられ、お縄になっていた和泉屋藤兵衛《いずみやとうべえ》が、磔《はりつけ》・獄門《ごくもん》にかけられた……

朝岡　……うむ……

工藤　……じゃがの、朝岡……今だからこそ、おぬしにだけは、正直に申すが、……俺は、あの和泉屋の件には、ずーっと、ひっかかりをおぼえてきた……表立って口には出せんのやが、俺のこれまでの役人人生の中で、あれほど後味《あとあじ》の悪い事件は、他にはなかった……

朝岡　…同じ思いだ、工藤……おぬしの胸中は、とうに察しておる……誰がどこで聞き耳を立ておるかもわからぬゆえ、これまで、うかつには口に出せなんだがの……

工藤　……ああ、……俺もや……

俺には、磔《はりつけ》にかけられて処刑される寸前まで、必死の形相《ぎょうそう》で無実を訴えていた和泉屋藤兵衛の悲痛な声と目の色が忘れられんのや……

証拠は出揃《そろ》っておるし、お奉行直々《じきじき》のお裁《さば》きに文句はつけられへんのやが、……どうにも納得がいかん……やり切れんのや……

朝岡　……うむ、まことにの……

工藤　和泉屋は、たしかに精力的で野心的な、商才に富む人物ではあったが、一本筋の通った商道徳の心をもつ、清廉《せいれん》な男やった……

職人や商人《あきんど》たちとの、また顧客《こきゃく》との、一人ひとりの信用を大切にし、責任ある品を売る商人やった。

阿片《アヘン》にまで手を出したり、法外な暴利を貪《むさぼ》るような男やなかった……

わしは、和泉屋との取り引き相手や顧客の評判を丹念に追跡してみて、改めて、それを痛感した。

それと対照的なのが、和泉屋の商売敵《がたき》やった河内屋利兵衛《かわちやりへえ》や……奴の商《あきな》いのやり口は、調べれば調べるほど、強引・悪辣《あくらつ》なもので、しかも、法には何一つ触れず、確たる証拠も残さぬ、したたかなものやった……
朝岡　……ああ、……天神一家の筋からも、河内屋の抜け目のないやり口は、到る所に見え隠れしておる……
工藤　……うむ……。和泉屋の事件は、あまりにも出来すぎておる。和泉屋が倒れて得をしたのは、和泉屋から抜け荷の誘いを受けたと、口をそろえて証言しておる河内屋・大津屋・播磨屋たちじゃ……抜け荷の真《まこと》の首謀者は、奴らではないのか？
朝岡　阿片《アヘン》・唐物《からもの》の密売組織として、和泉屋の手代《てだい》・惣助《そうすけ》の証言によって明らかにされた、例の「神仙会《しんせんかい》」……
工藤　…うむ……一文字屋長次郎《いちもんじやちょうじろう》なる人物を元締《もとじめ》と仰《あお》ぐ、〈偽名〉の商人《あきんど》どもから成る謎の組織じゃの……
朝岡　うむ……その「神仙会」から、抜け荷の品とは知らずに「運送」を請け負った者どもがおった……
工藤　……うむ……四年前のあの時のわれらの調べでは、その運び屋どもから最終的に荷を受け取っていたのもまた、一文字屋《いちもんじや》らと同様、全《すべ》て〈偽名〉の商人《あきんど》どもであった。
朝岡　さよう……長浜屋治兵衛《ながはまやじへえ》をはじめ、伊佐木屋《いさきや》・大和屋《やまとや》・井筒屋《いづつや》…など、全てが、得体の知れぬ、偽名の商人どもで、そ奴らの張りめぐらした闇の組織が、「神仙会」の命《めい》によって、上方《かみがた》各地で、阿片《アヘン》と唐物《からもの》の密売に携《たずさ》わっておった。

朝岡　……うむ……実際に百姓・町人の手に阿片を売り渡していた「売人《ばいにん》」どもは、その闇の組織から雇《やと》われていただけで、そ奴らを捕《と》らえ、糾明《きゅうめい》してはみたものの、結局、「神仙会」なる組織の実態は、何一つ解明することはできなんだ……

工藤　いかにも……売人《ばいにん》どもの筋から「神仙会」に迫ろうとしても、徒労に終わっただけじゃった……

抜け荷の「運送」を、それとは知らずに請け負っていた者どもは、皆、神仙会がたしかな素性《すじょう》の組織だと信じていたと口を揃《そろ》えて証言しておるし、それというのも、過去に神仙会に品物の売却《ばいきゃく》を「委託《いたく》」した商人《あきんど》たちが、和泉屋《いずみや》をはじめ、日野屋《ひのや》・白銀屋《しろがねや》・伊丹屋《いたみや》……など、いずれも、由緒《ゆいしょ》ある問屋衆《とんやしゅう》であったからだと申しておる……

朝岡　たしかに、名が挙《あ》がったのは、由緒ある油問屋《あぶらどんや》・材木問屋《ざいもくどんや》・薬種問屋《やくしゅどんや》・木綿問屋《もめんどんや》の面々《めんめん》であった……彼らから品々の「売却」を請け負ったという、神仙会と問屋衆の連名による「証文《しょうもん》」も、たしかな筋からの依頼の仕事であったという「証拠」として、運び屋どもの手によって提出された。

……じゃが、あの時のわれらの調べでは、当の問屋衆《とんやしゅう》は、「神仙会」などという組織は聞いたこともないし、ましてや、売却の委託《いたく》など、全《まった》く覚えがないと、口を揃《そろ》えて証言しておったの……

工藤　うむ……問屋衆と神仙会の連名による「証文《しょうもん》」も偽造されたもので、自分たちには一向に覚えはないと申しておった。

朝岡　たしかに、の……

じゃが、おぬしは、和泉屋の闕所《けっしょ》と処刑の後《あと》、あの時の一連の「証言」に疑いを抱《いだ》き、「洗い直してみる」決意をしたというわけじゃな……

工藤　……さよう……問題は、謎に包まれた「神仙会」なる組織が、真《まこと》に「実在」しておったかどうか、ということやない……そんなもんは、何の手がかりにもならん……ただの「目くらまし」のようなもんや……

朝岡　…うむ……俺も、今では、そう考えておる……

工藤　あの時の一連の「証言」の中で、事件の〈真相〉に迫る上で、わずかなりとも「手がかり」になりうるものがあるとすれば、第一に、われらの調べの全《すべ》てが、元・和泉屋の手代《てだい》やった惣助《そうすけ》の証言に基《もと》づくものであったということや。

奴は、今や、河内屋利兵衛から、西宮《にしのみや》の出店《でみせ》を任《まか》せられているほどに、厚い信頼を寄せられておる。

朝岡　……うむ……

工藤　そして、第二に、その惣助の証言によって、阿片《アヘン》と唐物《からもの》の「運送」に携《たずさ》わった業者どもがあぶり出されてきたということ。さらに、その者どもの「証言」と提出された「証文《しょうもん》」によって、神仙会に品物の売却を「委託《いたく》」したとされる材木問屋・薬種問屋・木綿問屋の名が挙《あ》がった、という事実じゃ……

朝岡　……うむ……

工藤　ならば、その者どもの素性《すじょう》・人脈・動きを、徹底的に「洗い直してみる」ほかはあるまい……どれほど、時と精力を費《つい》やしたとしても、の……

朝岡　うむ……おぬしのその、粘りに粘る忍耐力が、実《み》を結んだというわけじゃな……

工藤　…いや、……まだ、「実を結んだ」とは言えぬ。
　じゃが、神仙会との関わりで名の挙《あ》がった例の問屋衆や運び屋どもを手がかりに、粘り強く、糸をたぐっていくと、……やはり、「天神一家」の息のかかった者どもが、あぶり出されてきた……しかも、天神一家と河内屋利兵衛の間には、おぬしもよく存じておるように、長年にわたる、「持ちつ持たれつ」の深いつながりがある……

朝岡　……うむ……

工藤　和泉屋事件の後、上方《かみがた》での阿片や唐物の出回りは下火になっておるが、わしがあぶり出した天神関係の人脈と河内屋の密《ひそ》かな〈交流〉を粘り強く張っておれば、必ずや、抜け荷の「取り引き」現場を押さえられる……わしは、そう踏んでおる……

朝岡　……ふむ……

工藤　もし、河内屋が、抜け荷組織の真《まこと》の首魁《しゅかい》であったとすれば、播磨屋と大津屋の殺害も、河内屋との間に生じた、利害をめぐる、仲間内の争いやもしれん……天神の辰五郎《たつごろう》の手の者による玄人筋《くろうと》の殺し、というのも、うなずける……

朝岡　いかにも……つじつまは合う。

……工藤、実はの、……俺は、おぬしが、鬼気《きき》迫る執念をもって、河内屋利兵衛の悪事の尻尾《しっぽ》をつかもうと、この四年の間、密《ひそ》かに悪戦苦闘を続けてきたことを、知っていた。おぬしが、和泉屋の処刑の後も、引き続き唐物取締役《からものとりしまりやく》として、粘り強く抜け荷の探索を続けてきたこと……何度か繰り返し、抜け荷の陸揚《りくあ》げや運送、取り引きの現場、収蔵《しゅうぞう》先を押さえようと試みたにもかかわらず、失敗に終わったことも、わしは、よう存じておる。

工藤　……なんと……極秘の内に、事を進めてきたつもりじゃったが……

たしかに、天神一家と河内屋の繋《つな》がりに探《さぐ》りを入れるに当たっては、おぬしの力をたびたび借りたし、得がたい情報を手にすることもできた……感謝にたえんが……しかし、河内屋らの抜け荷の一件についてのわれらの調べは、上役《うわやく》のごく一部の者にしか知られてはおらぬはずやが……

朝岡　ハハハ……（笑）。

俺は、たしかに盗賊改役《とうぞくあらためやく》として、天神一家の動きを追ってはいるが、同時に目付役《めつけやく》をも兼務《けんむ》しておるでの……同僚・上役どもの不審な動きには、常に気配りをしておる……俺なりの嗅覚《きゅうかく》も磨いてきたつもりだ……連中の動きいかんによっては、こちらの身も危《あや》うくなりかねん……

おぬしもよう心得てはおろうが、天神の息は、今や、西町は元より、東町奉行所の役人どもにもかかっておるでの……わしも、場合によっては、己《おの》れの爪《つめ》を隠す必要もある……わしなりの志《こころざし》と義は、これまで、ぎりぎりのところで守り抜いてきたつもりではあるが、……事と次第によっては、涙を呑んで、天神一家の悪事に目をつぶらねばならぬこともあった……そうしなければ、東町の中で生き残れぬし、おぬしもそうじゃが、わしも妻子を抱《かか》えておる身……やむをえぬ事もある……

工藤　……うむ……

朝岡　…それだけに、万に一つも遺漏《いろう》の無きよう、十分な裏付けを取った上で、ここぞという時と所を踏まえて、盗賊改役及び目付役として、長年丹念に調べを進めてきた成果をもとに巨悪の摘発に臨《のぞ》みたい、というのが、わしの志であり、また大義《たいぎ》だ……

工藤　……朝岡、ようわかる……わしとて、同じ思いじゃ……

今や、数少のうなってしもたかもしれんが、……わしらのような人間がおらなんだら、この大坂の町も、ひいては上方《かみがた》も、真っ暗闇や……

朝岡 …うむ（笑）……わしも、その心意気で、これまで慎重に、己れの仕事を進めてきた……

じゃがの、工藤、……目付役としての俺の視るところでは、おぬしの抜け荷摘発の網のかけ方や段取りの仕方には、なにか、重大な手落ちがあるような気がする……怒らずに聞いてほしいのじゃが……

工藤 ……うむ……俺も、それは感じてきた……こう二度、三度と、自信をもって行なった手入れや荷改めが空振りに終わってはの……

朝岡 …うむ……抜け荷のカラクリを支えているのは、河内屋利兵衛と天神の辰五郎、奴らの息のかかった商人《あきんど》や地回《じまわ》り、それに河内屋が御用達《ごようたし》を務めている長州藩ばかりではない。たしかに、大坂町奉行所の内部に、一味とぐるになっている者どもがおる。そ奴らが、あらかじめ、抜け荷組織の者どもに、荷改めや手入れの情報を流しているとみていい。

工藤 ……うむ……わしの訴えに耳を傾け、手配に力を貸して下された上役《うわやく》衆の中に、内通者がいる、ということか……

朝岡 …うむ……だが、その者だけではない……内通者は、わが東町のみならず、東西の両町奉行所にまたがっておると思われる……
その内通者たちの網の目は、…工藤、おぬしが考えているよりも、おそらくずっと巧妙で、怖ろしいものだ……くれぐれも心せねばならぬ……

工藤 ……ふむ……おぬし、その者たちの調べはついておるのか？

朝岡 ……いや、残念ながら、まだ、しかとは断定できぬ……しかし、目星《めぼし》を付けた役人は、絞《しぼ》られてはきておる……今はまだ、おぬしにも知らせるわけにはまいらぬが、もうしばらく調べを進めた上で、内通者の顔ぶれがほぼ確定すれば、おぬしにも、内密に打ち明けるつもりだ……近いうちに、わかるであろう……もうしばらく、待ってくれ。
内通者の者どもと河内屋利兵衛・天神の辰五郎のつながりをなんとか裏付けた上で、抜け荷の陸揚《りくあ》げ・運送の現場か、収蔵《しゅうぞう》場所のいずれかを押さえられれば……と、もくろんでおるところじゃ……その節は、むろん、まっ先に、おぬしに知らせるつもりだ。
…工藤、今はまだ、おぬしにも言えんが、もし、わしのこの調べ・裏付けが成功すれば、大坂町奉行所の膿《うみ》を一気に出させることも、夢ではない……

工藤 ……うむ、それは頼もしい……
俺も、吟味役《ぎんみやく》与力のほかに、唐物取締役《からものとりしまりやく》・地方役《じかたやく》を兼務しておるゆえ、その筋から、これまで、河内屋関係の荷の動向に粘り強く目を光らせてきた。先にも触れたが、神仙会《しんせんかい》から仕事を請け負ったと証言しておる阿片《アヘン》・唐物の運び屋どもや、例の問屋衆《とんやしゅう》を手がかりに、天神関係の人脈をあぶり出すこともできた……朝岡、盗賊改役《とうぞくあらためやく》であるおぬしの協力も仰《あお》げたし、おかげで、天神一家と河内屋の連携《れんけい》のカラクリも、ようやくその大筋《おおすじ》が読めてきた……必ず、奴らの首根っこを押さえてみせるわい！

朝岡　……しかし、…こう激務が続いては、身がもたんの……
仕事の話はこれぐらいにして、どうだ、久しぶりに、今宵《こよい》は、夕飯を食いながら、一献《いっこん》傾けようではないか？

工藤　……あ、……いや、今夜は止《よ》そう……ヤボ用があっての……（笑）。

朝岡　……ふむ（笑）……この前見かけた、例の色っぽい芸者か？
道頓堀界隈《どうとんぼりかいわい》だったが、……まさか、工藤、天神の息のかかった女ではあるまいの？

工藤　心配は無用じゃ……昔からの馴染《なじ》みの、よう気心の知れた女や……天神とは無縁の者……あれこれ聴かぬが花、というものぞ……（笑）。

朝岡　……まあ、それならよいが（笑）……おぬしのことだ、まず心配はあるまいが、……なんといっても、大坂の北半分は、今や、天神のシマだ……くれぐれも、油断なきようにの……

工藤　……うむ……

(17) 第三場　夜半。五月雨《さみだれ》の降りしきる道頓堀《どうとんぼり》の路上。

料亭から出合い茶屋へと続く、人気《ひとけ》の無い暗い路地裏《ろじうら》を、ほろ酔い機嫌《きげん》で、芸者・仇吉《あだきち》と相《あい》合傘《あいがさ》で歩いてゆく工藤十郎左衛門。

…狭い路地を抜けて、広い丁字路《ていじろ》に出た時、いきなり暗闇の中から、地回《じまわ》りのならず者数人と、用心棒ふうの侍の一団が襲いかかって来る。

とっさに仇吉をかばい、路地の隅に追いやった工藤は、刃《やいば》の群れをかわしながら、刺客《しかく》たちに太刀《たち》を向ける。

酔っているとはいえ、かなりの使い手である工藤の太刀筋《たちすじ》は鋭く、たちどころに、二、三人のならず者たちを斬り捨て、負傷させる。

侍たちとも刃《やいば》を交えるが、刺客たちは工藤の剣さばきに手こずり、一進一退のまま、雨の中、息づまる緊迫した対峙《たいじ》が続く。

かすり傷を負いながらも、必死の暗闘を続ける工藤。

……遠方から、「旦那《だんな》！」と叫びながら、役木戸《やくきど》の作次郎《さくじろう》が駆け寄ってくる。

立ち塞《ふさ》がる地回りたちを、次々と杖《じょう》で突き飛ばしながら、工藤のそばまでやって来た作次郎。

作次郎　旦那に至急お知らせせなあかん事が起こって、方々《ほうぼう》、探し回っていたんですわ！

工藤　……あぁ！……ええとこに来てくれた……作次郎、話は後や！……

（小声で）地回りの奴らを、一人でもいい……捕《つか》まえるんや！……天神の子分どもに相違ない……

作次郎　へい！……まかしとくんなはれ！

……その時、路地の隅に身を潜《ひそ》めていた仇吉《あだきち》が、地回りの一人に捕まえられそうになり、身を振りほどきながら、工藤のもとに駆け寄ってくる。

仇吉　……旦那！

……一瞬、仇吉の方に気をとられた工藤の背後から、いきなり、作次郎が、懐《ふところ》から取り出した短刀で背中を突き刺す。

工藤 ……作次郎、きさま！……

驚いて、作次郎の方を振り向いた工藤の胸に、今度は、駆け寄ってきた仇吉が、匕首《あいくち》を突き立て、とどめをさす。

……力尽きて、雨の降りしきる路上に倒れ込む工藤十郎左衛門。

第十幕　鏡太郎

(18) 第一場　弘化三年（一八四六）・晩夏〔陰暦・六月〕

大坂・天王寺《てんのうじ》にある四天王寺《してんのうじ》の境内《けいだい》。

六月二十一日の大師会《だいしえ》の縁日。


多くの露店が出ている中に、茣蓙《ござ》の上に、異形《いぎょう》の絵を並べて売っている店があり、暗い貌《かお》の、繊細な目をした、細工物《さいくもの》の職人ふうの痩《や》せた青年が、うつむいて座り込んでいる。

青年の名は、鏡太郎《きょうたろう》。

露店を次々と見つめながら、ゆっくりと境内を歩んでいく新吉《しんきち》。

ふと、鏡太郎の絵が目に止まり、心ひかれるものをおぼえて、しゃがみ込んだまま、じっとみつめる。

鏡太郎の方は、別段、新吉にことさらに意を止めることなく、うつむいたまま目をつぶり、瞑想しているような、深々とした気配を漂わせている。

……一枚の絵が、新吉をくぎづけにする。

それは、暗い波濤《はとう》の中から、妖艶《ようえん》な黒髪を体に巻きつかせながら、昇龍《しょうりゅう》のように、天に向かって身をくねらせつつ昇っていく、裸体の女の、苦悶に満ちた表情を描いた絵だ……女の下半身は、蛇身《じゃしん》となっている。

そして、画面の右半分には、女の姿と対比されるように、彼女をみつめる、暗く沈んだ、しかし、不思議な透明感をおぼえさせる、哀しげな大きな眼が描き込まれている。

新吉　……あの、……この絵を買い求めたいんだけど、……一体、いくらぐらいするもんなのか、……俺、あんまり持ち合わせがないもんで……

鏡太郎　……あ、……あぁ、……いや、……それ欲しいんなら、売る気がないわけやないんやけど、……

……俺、……こんな店、出しておきながら、今さら、けったいなこと言うようやけど、……ホンマは、誰にでも売りたい、いうわけやないんや……売りたい人にしか売りとうないんや……腹立てんといてな……悪気《わるぎ》があって、そんなこと言うてんのとちがうんや……特に、その絵は、……

新吉 ……あんた、なんで、よりによって、それ欲しいんや？

鏡太郎 ……あ、……いや、……そう改まって、それ聴かれると、困るんだけど、……うん、そうだな……うまく言えないけど、……この絵の中に息づいてる、想いの熱さ、烈しさ、かな……それに、哀しみの深さと、静けさ……たぎるように、狂おしく、烈しいのに、……でも、…静かで、深いんだ……俺、こんな絵見るの、……生まれて初めてだ……

新吉 ……ちゃんとした、本職の絵師の、きめ細かな筆づかいとは、ほど遠いやろ……乱暴な、ムチャクチャな絵や……

鏡太郎 ……それ、……ホンマは、俺の描《か》いたもんやねん……

新吉 絵の隅に、「金剛童子《こんごうどうじ》」って、雅号《がごう》があるけど……

鏡太郎 ……あぁ、俺のことや……

新吉 ……こんな、奇想天外な絵、俺、江戸じゃ見たことないけど……北斎先生の絵の中にも、こんな色づかい、筆運び、……見たことない……

失礼だけど、……一体、誰に絵を習ったの？

鏡太郎 別に、……誰に習ったこともないわ……絵の好き嫌いはあるけど、……そんなに熱心に絵を観て回ったこともないし、……描《か》きたくなった時に、やむに止まれず描いただけのことや……ここに並べてる絵は全部そうや……

新吉 俺、本職は、絵師やないし、……ホンマは、仏師《ぶっし》なんや……

鏡太郎 ……へえ……

新吉 そんな、絵の修業も何もしたことがない、ど素人《しろうと》の描《か》いた、ムチャクチャな絵を売るなんて、……ホンマは、正気の沙汰《さた》やないんやが（笑）……どういうわけやら、俺の、そんな、さみしい手すさびを気に入ってくれて、どうしても欲しいいう、けったいな人らがいて、……思いもかけぬ顛末《てんまつ》から、ここで、こうして人様に見てもろたり、気が向いたら売ったり、という次第《しだい》になっとるわけや……（笑）。

鏡太郎 ……あぁーっ……なるほどね……

……でも、……俺、…そのけったいな人らの気持が、なんか、わかるような気がする……（笑）。

新吉 あんたも、けったいなお人やねえーっ……（笑）。

鏡太郎 お江戸の人のようやが、……仕事で、上方《かみがた》に来はったんか？

新吉　……あ、……あぁ、……そんなとこ……（笑）。

鏡太郎　……気にせんといてな……別に、興味あって聞いたんやない……他人《ひと》の身の上の事も、己《おの》れの事も、あれこれ聴いたり聴かれたりするのん……ホンマは大嫌いやねん、俺……（笑）。

新吉　……あぁ（笑）……俺も、ホントは……

鏡太郎　……ハハハハ……

新吉　……ふふふ……

鏡太郎　その絵、どうしても欲しいんか？

新吉　……無理に、って頼むわけにゃ、いかねえけど……もし、売ってくれるんなら、ぜひ……

鏡太郎　あぁ、ええわ、売ったる……持ってき。

新吉　あんまり持ち合わせてないんだけど……いくら？

鏡太郎　値はいくらでもええ、あんたの払いたい額を置いてってや……

銀《かね》を鏡太郎に手渡し、木箱に収められた絵を受け取った新吉が店を離れると、向こうから、二人の人物がやって来て、新吉に合流する。
ひとりは、庚申《こうしん》の清兵衛《せいべえ》。
もうひとりは、深編笠《ふかあみがさ》をかぶった、素浪人ふうの望月伊織《もちづきいおり》。

(19) 第二場　天王寺にある庚申の清兵衛の隠れ家《かくが》。午後。

清兵衛と望月伊織（速水十郎太《はやみじゅうろうた》）、朝岡新之丞《あさおかしんのじょう》の会話。新吉も加わっている。

伊織　……まあ、以上が、四年前の和泉屋闕所《いずみやけっしょ》事件にまつわる抜け荷の真相を追ってきた、庚申の清兵衛親方の調べの大筋だ……
いまだ、抜け荷の陸揚《りくあ》げの現場や収蔵《しゅうぞう》場所は確認できずじまいで、河内屋関係の取り引きに抜け荷の品が紛《まぎ》れ込まされているという証《あか》しも、全く得られぬままだ。

朝岡　……うむ。

伊織　残る探索の手がかりは、今も申したように、大坂町奉行所内に巣くっていると思われる、河内屋一味への内通者だ……そ奴らの動きを通して、逆に、河内屋らの抜け荷の段取りを探り出す以外に、今のところ、手の打ちようがない……

清兵衛　……へい、その通りで。わてらも、ここ数年の間、河内屋と天神一家に接触した役人衆の内、なんらかの利権の手づるがあると目星《めぼし》を付けた人物の動きを、それはもう辛抱《しんぼう》強く、丹念に張り込んできました……

朝岡　……うむ……それで、抜け荷組織への内通者とおぼしき人物の目星はついたのか？

清兵衛　……へい……完全に、とまではいきまへんが、絞《しぼ》られてはきてます……

朝岡　遠慮は要《い》らん……わしの方でも、ほぼ絞り込まれておる……姓名を申してみよ。

清兵衛　……へい……わてらの調べでは、今のところ三人……ひとりは、東町奉行所与力《よりき》・黒崎平左衛門《くろさきへいざえもん》、あとの二人は、西町与力の片村権太夫《かたむらごんだゆう》と大坂船手《ふなて》奉行配下の与力・島田《しまだ》平内《へいない》……

朝岡　……ふむ、……なるほど、……残る一名は、島田平内か……これで、ほぼ読めてきた……

……いや、実はの、わしの調べでは、抜け荷のカラクリに加担する内通者どもは、奴らが密偵《みってい》や伝令として使っている下《した》っ端《ぱ》の小者《こもの》どもを除けば、四名はいるはずだ……その内の三名までは、わしにも目星は付いている。

わしの同僚が、密《ひそ》かに調べ上げてきた抜け荷絡《がら》みの情報が、河内屋や天神一家の者どもに筒抜けになり、奉行所の手入れや荷改めが、ことごとく失敗に終わってきたのも、この三名の者どもの連携《れんけい》と画策があったればこそじゃ……

伊織　……うむ……

朝岡　しかし、彼らの通報や入れ知恵だけで、抜け荷の陸揚げから運送・収蔵にいたるまでの段取りが、かくも綿密・周到に、しかも臨機応変に整えられるとは、とうてい考えられぬ。

少なくとももう一人、事情に精通した者、……しかも、摂津《せっつ》の海岸沿いから大坂方面への街道筋にかけて顔がきき、極秘裡《ごくひり》に、独自の手配を行うことのできる者がいなくてはならぬはずじゃ。

清兵衛　やはりの……船手奉行の配下か……少なくとも、抜け荷の陸揚げと大坂方面への運送の具体的な段取りは、おそらく、その島田平内《しまだへいない》が整えているとみてよかろう……

……へい……間違いおまへんやろ……島田の手代《てだい》が、このところ、摂津・播磨《はりま》の海沿いの村々と、大坂を、何度も行き来してますよって……

朝岡　……うむ……

伊織　しかし、朝岡、そうなると、おぬしの言う四名の内、あとの一名は誰じゃ？

朝岡　……うむ、……速水《はやみ》、おぬしにとっては、因縁《いんねん》のある男よ……大坂西町奉行所与力・内山彦次郎《うちやまひこじろう》じゃ……

伊織　……なんと……

清兵衛　……わても、東町の渡辺弥一郎《やいちろう》様からお聞きしたことがおます……
なんでも、天保七年のあの地獄の大飢饉の年に、幕府の言いなりになって、大坂に集められた諸国の米を、江戸表へ無理矢理廻《まわ》そうとした張本人の一人とか……
伊織　……いかにも、……上方《かみがた》の民百姓《たみひゃくしょう》の地獄の惨状をよそにの……
己《おの》れの宛《あ》てがわれた職責さえ全《まっと》うすれば、それでよいと考える、組織の忠実な僕《しもべ》、役人根性の見本のような手合いよ……大塩平八郎殿が最も憎んだ男だった……
朝岡　……うむ……
しかし、内山は、大坂町奉行は元より、江戸表の幕閣《ばっかく》にも、お覚えのよい能吏《のうり》じゃ……老中・水野越前守《みずのえちぜんのかみ》殿による天保の改革の折には、お上《かみ》に命ぜられて、大坂に運ばれる諸国からの品々を調べ上げ、商《あきな》いの実状を報告した功績によって、御勘定格《おんかんじょうかく》にまで抜擢《ばってき》されておる。
今や、内山彦次郎の権力は、大坂の東西両町奉行所では不動のものだ……お奉行でさえ、奴には頭が上がらぬ……幕閣にも、絶大な信頼を置かれている……
伊織　……なんてこった……すると……
朝岡　……うむ……この抜け荷の一件を解決することは、もしうまくいけば、そのまま内山の悪事を露見《ろけん》させることになり、ひいては大坂町奉行所の長年の病巣《びょうそう》を一気に摘出《てきしゅつ》することにもなるのだ……

伊織　……ふむ……

朝岡　……じゃが、問題は、はたして、内山自身の悪事の証拠を、こちらの思惑通り、きちんと押さえられるかどうかが、いまひとつ心もとないという点だ……町奉行所内で、黒幕として糸を引いておるのが内山だとしても、実際にその手足となって動いておるのは、今や内山の懐刀《ふところがたな》として働いておる敏腕与力・片村権太夫《かたむらごんだゆう》じゃ……

なにせ、片村は、唐物取締役《からものとりしまりやく》、地方役《じかたやく》、それに諸御用調役《しょごようしらべやく》を兼務しておるでの……抜け荷一味とつるんで、大坂町奉行所内で、全ての仕切りを行なっているのは、おそらく奴だ……俺の視るところ、東町の黒崎平左衛門は、通報のあった手入れと荷改めの情報を、そのつど、片村に知らせているだけで、悪事の算段そのものには積極的に関わってはおるまい……

抜け荷の唐物や阿片《アヘン》の密売に深く関わっておるやもしれぬ長州藩を別とすれば、少なくとも抜け荷の陸揚げと大坂方面への運送、収蔵に関する限り、河内屋一味と組んで、その算段の実質的な中心にいるのは、片村権太夫と島田平内だとみてよかろう……片村の権限を後《うし》ろ盾《だて》にして、島田が、具体的な段取りをしていると考えれば、筋が通る。

伊織　……ふむ、……すると……

朝岡　……うむ……片村と島田の動きを徹底的に張って、河内屋・天神一家との連携の現場を押さえられれば、一気に、抜け荷の証拠をつかんだことになる。
その上で、あわよくば、内山彦次郎の尻尾を押さえられれば……というところかの。
伊織　……うむ……だが、朝岡、……内山は、昔から、蛇のような狡猾《こうかつ》さを備えた、冷徹な能吏だった……
今回の大がかりな抜け荷のように、危険極まる画策に絡む以上、万が一にも、己れに累の及ばぬように、あらゆる備えを施しているとみていい……町奉行所内にも、いかなる網を張りめぐらしておるか、わかったものではない……おぬしは、よほど気をつけねばならんぞ……
朝岡　……うむ、よう心得ておる……実は、先頃、抜け荷のカラクリと河内屋一味の動きを粘り強く探索し続けてきた、俺の同僚の吟味役《ぎんみやく》与力・工藤十郎左衛門《くどうじゅうろうざえもん》が、何者かによって殺《あや》められた。
伊織　……なんと……。下手人の目星は、付いておるのか？
朝岡　…うむ、地回《じまわ》りの者どもの死骸が二つあった……それに、工藤の体に、数ヵ所の刀傷があり、烈しい立ち合いの形跡もある……まず、間違いなく、天神の辰五郎の手の者とみてよかろう……場所は、道頓堀《どうとんぼり》の路地裏だった……

清兵衛　……天神の奴らに、間違いおまへんやろ……

朝岡　……しかし、致命傷となったのは、背中と胸に残る、短刀の刺し傷じゃ……

伊織　…短刀?……ふむ、妙じゃの……

朝岡　さらに、ひっかかるのは、この殺しに、謎の女が絡んどるということじゃ。

伊織　……女?……

朝岡　……うむ……実は、殺しのあった晩に、工藤は、その女と密会しておったのだ……俺も、一度だけ、その女を道頓堀界隈《かいわい》で見かけたことがある……芸者のようだったが……ちらっと一目見ただけじゃが、不思議に印象に残る、色っぽい女だった……

清兵衛　……道頓堀界隈やったら、天神の息のかかった女とちゃいますか?

伊織　……手がかりはないのか?

朝岡　……うむ、工藤が刺客に襲われる直前、芸者風《ふう》の若い女と相合傘《あいあいがさ》で歩いていたという、複数の目撃証言もある……ほろ酔いかげんだったようだ……俺の見た女と同一人物かどうかは、わからん……

…ただ、ひとつ気になるのは、工藤と歩いていた女は、なんとも妖艶《ようえん》な色香《いろか》の漂う女で、年恰好《としかっこう》といい、貌《かお》つき・体つきといい、なんとなく、先にもふれた出合い茶屋での播磨屋・大津屋殺しに絡んだ、人妻風《ひとづまふう》の謎の女と、同一人物だと思われてならんのだ……

伊織　何か、決め手となるような特徴はないのか？

朝岡　播磨屋・大津屋殺しの時は、女の左の首筋にホクロがあったとの証言がある。しかし、わしの記憶では、工藤と一緒にいた女には、さようなホクロは無かった……目撃者たちの証言も、同じだ。

清兵衛　いや、旦那、ホクロなんて、いくらでもつくれまっせ……付けボクロかもしれへん。

伊織　……うむ……芸者風と言っておったが、人妻という可能性はないのか？

朝岡　……まあ、それはあるまい（笑）……工藤は身持ちの堅い妻子持ちで、おまけに、恐ろしく用心深い男じゃ……素人《かたぎ》の女に手を出して、家庭内に波風を立てたり、同僚・上役の噂になるような煩《わずら》いをしょいこむ奴ではない（笑）……

天神一家の息のかかった道頓堀で、……それも、つい先頃、人妻風の女による殺しが立て続けに起こったこの時期に、さような密会をするとも思えぬ……

伊織　……ふむ、なるほど……

朝岡　今、配下の同心《どうしん》・磯貝弥九郎《いそがいやくろう》に命じて、道頓堀界隈の芸者と、料亭・水茶屋《みずぢゃや》・出合い茶屋関係の奉公人を、徹底的に洗い直しているところじゃ。

目撃証言による女の特徴から、思わぬ手がかりが得られぬとも限らぬ……磯貝は、信頼のおける、実績のある男だ。これまで、幾多の事件で、関係者やその知人・縁者との接触をもとに、丹念な聞き込みを続けながら、闇に包まれていた犯罪の背景や、そこに絡んだ人脈をあぶり出すことで、思いもかけぬ掘り出し物を見つけてきた……その手腕には、定評がある……調べの手際《てぎわ》も、迅速《じんそく》で、無駄が無い。

伊織　磯貝か……あいつには、顔を知られておる……おぬしと組んでおるのか……どうもいかんな……あいつは、たしかに頭の切れる奴だが、……苦手だ……

朝岡　まあ、そう言うな……これまで、随分《ずいぶん》、あいつのおかげで助けられてきた……俺も、随分目をかけてきたし、呼吸も合っておる……腕も立つ。

……しかし、それにしても解《げ》せん……、工藤十郎左衛門ほどの手練《てだ》れが、ほろ酔いかげんだったとはいえ、短刀で背中と胸をひと突きにされ、絶命するとは……

伊織　……うむ、よほどの油断があったとみえる……その相合傘《あいあいがさ》の女が、下手人かもしれんの……おそらく、刺客《しかく》に気を取られた一瞬の隙《すき》をついたのだろう……

朝岡　人一倍用心深い工藤が、天神の息のかかった道頓堀界隈に馴染《なじ》みの女をつくるとなると、相当な勇気を要するはずじゃ……よほどの信頼を寄せていたとみゆるの、……その女に……

清兵衛　……なにか、よほどのいわくつきの女やったいうことですわな……昔、担当なされた何かの事件か、あるいは、ご自身の身の上の因縁《いんねん》話かなんかで、よほどの事情があって、工藤さんの同情をひいてた女子《おなご》かもしれまへんな……

伊織 …しかも、工藤さんがぞっこん惚《ほ》れ込んでしまうような、なにやら、妖《あや》しい色香の女だった、……ということだの。

清兵衛 ……あ、……

伊織 ……なんじゃ、……どうした？

清兵衛 ……いや……ふと、例の行方《ゆくえ》しれずの、お菊《きく》さんのことを想いついたんどす……

伊織 和泉屋藤兵衛《いずみやとうべえ》の一人娘・お菊のことか？

清兵衛 ……へい、……もし、お菊さんが、両親の仇討《あだう》ちをもくろんでるとしたら、狙う相手は、河内屋・大津屋・播磨屋と、父親に悪事の濡《ぬ》れ衣《ぎぬ》を着せるのに加担したと思われる大坂町奉行所のお役人やないか、……ふと、そうおもたんどす。

朝岡 ……ふむ……なるほど……

和泉屋闕所《けっしょ》事件の担当は、われら東町奉行所で、その時の吟味役《ぎんみやく》与力が工藤十郎左衛門だった……しかも、工藤は、唐物取締役と地方役《じかたやく》を兼務しておったから、抜け荷の品々の密売の販路《はんろ》を探索する中心人物であり、責任者でもあった……

伊織 …うむ……お菊さんが、工藤殿を敵《かたき》として付け狙っても、おかしくはないの……

清兵衛　……へい……

朝岡　三件の殺しに絡んだ、例の謎の女が、お菊だとすると、……

伊織　……うむ、つじつまが合わぬこともない……和泉屋事件のお裁《さば》きの後も、引き続き、抜け荷の真相を執拗《しつよう》に追っていた工藤殿が、行方知れずとなっておったお菊さんを見つけ出し、その身の上に同情して、ほだされたあげく、ぞっこん惚れ込んだとしたら、……腑《ふ》に落ちるの……

朝岡　……うむ……工藤がお菊と密会を重ねておったことも、あやつほどの手練《てだ》れが易々《やすやす》と隙を見せたことも、……納得がゆくの……

……しかし、播磨屋・大津屋殺しの玄人《くろうと》筋の手口といい、工藤殺しに、複数の地回りや侍が絡んでおることといい、……お菊一人の犯行とは到底思えん……裏で糸を引いておるのは、天神の辰五郎ということになる。

清兵衛　辰五郎がお菊さんを操《あやつ》っているとすれば、河内屋と天神一家がつるんでる以上、奴らは、お菊さんを利用して、邪魔な工藤さんを片づけた、いうことどすな……もちろん、お菊さんは、辰五郎と河内屋利兵衛が裏でつながってることは知らへん……

朝岡　……うむ、その可能性は大いにある……工藤は、唐物取締役と地方役《じかたやく》の権限を活用して、長い時をかけて、信頼のおける、多くの密偵《みってい》を養成してきた……その者らの集めた情報をもとに、河内屋関係の荷の動向を徹底的に洗い直しながら、抜け荷のカラクリに肉薄せんと試みていた……河内屋と天神一家のつながりも、ぬかりなく、押さえておった……抜け荷一味にとっては、最も危険な、目の上の瘤《こぶ》とみなされても、おかしくはない……

工藤のもくろんだ荷改めや手入れの情報を、東町奉行所の黒崎平左衛門から伝えられた片村権太夫《ごんだゆう》が、島田平内《へいない》や河内屋らと連絡を取り合い、工藤の先手を打ってきたに相違ない……その対応の中で、奴らは、工藤の進めてきた調べがいかに丹念で、恐るべきものであるかを悟ったのやもしれん……

伊織　……ふむ……

清兵衛　お菊さんを利用して、播磨屋と大津屋を殺《あや》めたんは、河内屋が、抜け荷の利益を独り占めしようとする肚《はら》づもりかもしれまへんな……

朝岡　まず、そう踏んで、間違いはあるまい。

伊織　……だが、朝岡、工藤さんの進めてきた抜け荷探索の実態を知って、恐れをなした河内屋と天神一家が、彼の命を奪ったとなると、……次に奴らが付け狙うのは、おぬしではないのか？

朝岡　……うむ、その可能性は高いの……俺は、盗賊改役として、長らく天神一家の悪事を追ってきた……工藤に、辰五郎と河内屋のつながりについて、数々の情報を提供してきたのも、このわしじゃ……おまけに、目付役《めつけ》として、東町のみならず、西町の片村権太夫や内山彦次郎の身辺にも目を光らせてきた……奴らが、わしの動きを察知していたとしても、不思議はないの……

伊織　だとすれば、おぬしは、用心の上にも用心を重ね、片時も油断なきよう、心せねばならぬ……朝岡、先にも申したが、内山彦次郎を甘くみてはいかんぞ……大塩殿はもとより、わしも、中山篤之進《あつのしん》も、内山一派の手練《てれん》・手管《てくだ》に、何度煮え湯を呑まされたことか……

朝岡　……よう心得ておる……

心配いたすな、速水……もし、抜け荷一味が、このわしの命を付け狙ってくるとすれば、奴らは、必ずや、工藤の時と同じように、例の女を使って、罠《わな》を仕掛けてくるはずじゃ……

和泉屋闕所事件の折、わしは、吟味役ではなかったが、工藤の差配《さはい》の下《もと》で、地方役《じかたやく》として、証拠固めのために懸命に働いた……もし、例の謎の女が、お菊だとすれば、工藤同様、この朝岡新之丞を、憎い敵《かたき》として付け狙っていても、おかしくはない……天神の辰五郎に、言葉巧みに言いくるめられ、父親を無実の罪に陥《おとしい》れた張本人の一人が、このわしだと思い込まされておったとしても、不思議ではあるまい……

伊織　……うむ……

朝岡　……まあ、そう恨《うら》まれても仕方ないの……わしと工藤が必死にかき集めた証言や品々が、父親の和泉屋藤兵衛の悪事を裏付ける証拠として提出される羽目になったのだからの……和泉屋の娘にいわれのない敵《かたき》呼ばわりされるのは哀しいことじゃが、その痛みが、かえって、俺のこの四年間の寝覚《ねざ》めの悪さを、いささかでも和《やわ》らげてくれるというものよ……（笑）。

伊織　……朝岡……

朝岡　ひとつ、奴らの仕掛ける罠《わな》に乗ってみようではないか……女が接触してきたら、俺が囮《おとり》となって、身をさらしてみよう……「虎穴《こけつ》に入《い》らずんば虎子《こじ》を得ず」じゃ……

伊織　……そうじゃの……

清兵衛　……よろしおま……わてらが、朝岡の旦那《だんな》を護《まも》らせてもらいます……道頓堀界隈は、与力殺しのあったばかりの地や……いくら何でも、女子《おなご》も用心して、近づいてきまへんやろ……まず、曾《そ》根《ね》崎《ざき》界隈の水茶屋・料亭辺《あた》りで遊んでみるいうのは、どうでっしゃろ？
よかったら、ウチの若い者《もん》を、若旦那風の遊び人に仕立てて、朝岡の旦那と一緒に回らせてみまひょ……

もし、女が接触してきたら、ウチの者《もん》は早々に退散させて、女と旦那を二人っきりにしますよって……油断したふりして、敵の誘いに乗っておくんなはれ……そしたら、きっと尻尾《しっぽ》出しますやろ……でも、くれぐれも気ぃつけてくんなはれや。

朝岡　……うむ。

伊織　……まあ、その手しかあるまいの……われらが、天神の奴らに気《け》どられぬように、常時、おぬしの身辺に、付かず離れず目を光らせておるゆえ、心配いたすな……いざという時には、俺たちが、ただちに助太刀《すけだち》に飛び出す……飛び道具にも気配りをしておるゆえの……

朝岡　…うむ、かたじけない……よしなに頼む。

清兵衛　……しかし、お菊さんを捜し出してくれって、わては、和泉屋の番頭《ばんとう》やった伊兵衛《いへえ》さんから、頼まれてます……もし、謎の女がお菊さんやとしたら、これ以上罪を重ねさせたらあかん……なんとしても、捕《つか》まえて、天神の操《あやつ》りの魔手から救い出さんことには、……わても、世間師《せけんし》として、伊兵衛さんに顔向けできん……

……ただ、わてらも、朝岡の旦那も、あいにく、お菊さんの顔を知らへん。

亡くなった工藤十郎左衛門様は、和泉屋事件の吟味役与力やったから、もちろんお菊さんの顔はご存じやったはずやけど……人相書《にんそうがき》をもとに、お菊さんの知人たちのつてを頼りに、消息を洗い直してみたんどすが、皆目《かいもく》、わからへんのですわ……

朝岡　もしも例の謎の女がお菊だとすれば、かなり妖艶《ようえん》な色香の漂う女ということになるが

……

清兵衛　……へい、でも、町内の聞き込みでは、お菊は、たしかにきれいな娘《こ》やったが、ウブで、生真面目《きまじめ》な、堅い感じのする娘で、…首に、ホクロはありまへん……

伊織　…いや、女は変わるものだ……事と次第によったらの……とてつもなく変わる……

清兵衛　…そういわれれば、……そうどすな……たしかに……

…ただ、……ひとつ、手がかりはおます……

お菊には、末を誓い合《お》うた、相思相愛《そうしそうあい》の想い人がおったんどす……

伊織　……ほう……

清兵衛　……それが、その相手いうんが、こともあろうに、親の敵《かたき》の首魁《しゅかい》である河内屋利兵衛の一人息子・庄三郎《しょうざぶろう》やった、いうんですわ……

伊織　……なんという……因業《いんごう》な話じゃの……

清兵衛　……へい、ホンマに……

和泉屋が闕所になった後《あと》、お菊は、庄三郎と別れて消息不明となり、庄三郎は、父親の河内屋利兵衛と烈しく対立して家を飛び出し、やはり、行方知れずとなった、と聞いとり

ます……

庄三郎は、十六から十七歳ぐらいの頃、たしか天保九年から十年にかけてやったと聞いとりますけど、一時期、父親の廻船問屋《かいせんどんや》の仕事を手伝って、北前船《きたまえぶね》に乗り込み、ずいぶん商《あきな》いに精出《せいだ》したことがあったいう話どす……そやけど、和泉屋事件の起こる二、三年ほど前から、商いへの熱意が急速に薄れてゆき、母方の祖父に本格的に弟子入りして、とうとう、仏師《ぶっし》になってしもたそうで……

新吉　……仏師、ですか？……

清兵衛　……あぁ、木や金使《かねつこ》て仏像造る、あの仏師のことや……

庄三郎は、店の者《もん》にも、養母にも優《やさ》しゅうて、みかけは、とても穏《おだ》やかな子で、ことさらに父親に口ごたえし、争ういうことは、めったになかった、いう話どす。

朝岡　……養母？……母親は、生みの親ではないのか？

清兵衛　へい……なんでも、昔、父の利兵衛が、奉公人の娘に手を付けて、はらませた子やとか……

庄三郎は、優しい、おとなしい子やったけど、…ただ、いったんこうと思い決めると、決して後《あと》には退《ひ》かず、ののしられようが、打たれようが、己れの決めた事を黙々と貫こうとする頑固さと辛抱強さがあったようで……物静かですけど、その、内に秘めた想いの強さは、店の者たちや養母にも、怖れと頼もしさをおぼえさせていた、という話どした……

伊織　……ふむ、なるほどの……

新吉　……あの、……だしぬけに、なんですけど（手に持っていた木箱の中から一枚の絵を取り出して、清兵衛に見せる）……この絵、描《か》いた人のこと、ご存じじゃありませんか？

清兵衛　……こいつぁ、……鏡太郎《きょうたろう》の絵やが、……そうか、新さん、あんた、お大師《だいし》さんの縁日に出てたあの子の店で、この絵を買い求めたんやな？

新吉　…ええ……無性《むしょう》にひかれて……

キョウタロウさん、っていうんですか、あの人……

清兵衛　鏡《かがみ》の太郎って書くんや……時には、「狂う」ほうの「狂」の字を使って、「狂太郎」と名乗ることもあるけどな……（笑）。

絵の隅に、「金剛童子《こんごうどうじ》」いう名があるやろ……これが、鏡太郎の絵師としての名や。

新吉　……本人は、仏師って言ってましたけど……

清兵衛　……あぁ、たしかに本職は仏師っていうか、木彫《きぼ》り細工《ざいく》の職人なんやけど……

今や、この子の描《か》く絵は、天王寺《てんのうじ》から今宮《いまみや》・住吉《すみよし》界隈を中心に、不思議な人気があって、中には、熱狂的といってもいいぐらいの、凄いのめり込み方をする者もあ《もん》って、闇の世界では、ひとかどの異形《いぎょう》の絵師として、その名をとどろかせとるんや……

中には、お上《かみ》に睨《にら》まれそうな、ヤバイ作品もあるよって、あくまでも、闇の中で、こっそり売り買いされ、収集されとる……作家本人の与《あずか》り知らぬ所で、破格の闇値がつけられとるんや（笑）……

……もっとも、鏡太郎本人は、そんな事情を小耳に挟《はさ》んでも、一向に関心も示さへんし、知りたいとも思わへんみたいや（笑）……

伊織　（清兵衛から手渡された絵を見て）……ふむ、たしかに、世間ではお目にかかれないような、異様な筆づかいと色味だが……しかし、「金剛童子」とは、また、変わった雅号《がごう》じゃの……

清兵衛　おそらく、この名の由来は、四天王寺《してんのうじ》の「庚申堂《こうしんどう》」の本尊である、帝釈天《たいしゃくてん》の使者・青面《しょうめん》金剛童子から来たもんでっしゃろ……わての「庚申の清兵衛」という世間師の名も、そこに由来するもんどす……

朝岡　……庚申参りの庚申か？

清兵衛　へい、……庚申参りの信仰の大本には、人の身体《からだ》に宿る邪悪な虫が、人を、いわれのない業苦《ごうく》の淵《ふち》、無間地獄《むげんじごく》に陥れる奸計《かんけい》を、断じて許すまじ、という金剛心《こんごうしん》がおます……

伊織　……うむ……青面《しょうめん》金剛には、この世の不条理と、人の性《さが》の邪《よこしま》なる気に、断固打ち勝つという、不動心が込められておる……

清兵衛　……へい、その通りで……その不動心・金剛心こそ、わてら世間師を支えている心意気どす……

伊織　……いかにも……

新吉　……はい……

清兵衛　……そやけど、新さん……なんで、あんさん、だしぬけに鏡太郎の絵なんか取り出したんや？……

……あ！……そうか……さっき、わてが、河内屋の庄三郎が仏師やったいう話《はなし》したさかい、それで、……

新吉　ええ……もしかすると、この絵を描《か》いたあの仏師が、庄三郎さんじゃないかって、ふとそう思って……

鏡太郎さんって、あの人の本名なんですか？

清兵衛　……いや、たぶん違うやろ……あいつの本名は、わし、知らへんのや……

わしは、ご存じのように、天王寺・今宮から住吉にかけての香具師《やし》の元締《もとじめ》や……それで、あの鏡太郎にも、露店もたしてるんやが、……わしのもうひとつの商《あきな》いは、口入《くちい》れ屋や……鏡太郎との、そもそものなれそめは、あいつに、働き口を世話してやったことが縁で……

三年前に初めて店に現われた時は、乞食《こじき》のようななりで、「木場《きば》で働かしてくれ」ってポツリ言うて、黙々と日雇《ひやと》いしてたんや……

まあ、しばらくの間は、ほとんど誰ともろくに口きかんと、酒びたりの暮らしやったんやが、そのうち、細工物《さいくもの》の仕事の才があるいうことがわかって、ひょんな事から、木彫《きぼ》り細工《ざいく》の親方の下《もと》で働くことになったんどす。

伊織　……ほう……

清兵衛　暇《ひま》な時に、長屋の近所の子供らを相手に、玩具《おもちゃ》作ってやってたんですわ……それがきっかけで、親方の目を惹《ひ》いて……

朝岡　……なるほどの……

清兵衛　で、木彫り職人の仕事をしばらく続けておったんやが、仏師の修業をした事があるいうんで、寺からのちょっとした依頼の品を試作させてみたところ、思いのほか凄いもんが出来てしもて、……結局、今は、仏師の仕事が中心になってます……

……でも、気に食わんと、なかなか仕事に身が入《はい》らへん……むらっ気が強いんどす。時々、ひどく気がふさいで、まったく仕事せんようになる……そんな時、かえって、絵の方に打ち込んで、がむしゃらに描《か》いてたりするんですわ……

大酒くらって、稼いだゼニをあっという間に使いはたしてしまうことも、たびたびおました……

伊織 ……ふむ、なるほどの……なにか、口には出せん、つらい思い出があるようじゃの……

清兵衛 ……へい、……スネに傷もつ、なにか、因業《いんごう》なわけありをしょった子やいうのは、感づいてましたけど、……本人も、しゃべりとうないみたいやし、こっちも、無理矢理問いつめる必要もない……

わてら世間師は、本人から進んで言い出さん限り、昔の話をあれこれほじくり返すようなことはしまへんよってな……

伊織 ……うむ……

清兵衛 ……そやけど新さん、あんた、なんで、鏡太郎が、河内屋の庄三郎やっておもたんや？

新吉 ……いえ、……庚申の元締が、庄三郎さんの話をされてる時に、なんとなく、この絵を描いた人が庄三郎その人なんじゃないかって……ふと、そう想いついただけです……

改めて、皆で、鏡太郎の絵を回し観る。

伊織　……しかし、観れば観るほど、なんとも妖気《ようき》の漂う、異様な絵じゃの……
朝岡　……たしかに、……なにか、そら怖ろしいものがある……
清兵衛　……なんや、じっとみつめてると、なんとも言えん、哀しい気持が、じわーっとこみ上げてくるような絵どすな……
伊織　……深く、烈しい想いが、……息づかいが伝わってくるの……
なにか、……うまく言えんが、……ひとつの地獄の渦中をくぐり抜けながら、それを超えて、天高く羽ばたきたい、……とでもいうような……
朝岡　……うむ、……なにか、地獄を脱《ぬ》け出さんとする、身悶《みもだ》えするような、……狂おしい祈りのようなものが、息づいておるように感ぜられる……
清兵衛　……そうどすな……
……でも、それと共に、わてには、この黒髪を体に巻きつかせながら昇ってく蛇身《じゃしん》の女子《おなご》の、得もいえぬ苦しみを、…右の、憂《うれ》いを帯びた巨《おお》きなまなこが、包み込んでるような……優《やさ》しゅう抱《だ》き取ってるような、……なんや、そんな気がします……
新吉　……ええ……俺も、そう感じます……哀しいけれども、……烈しいけれども、……でも優しい、……本当に優しい、深々とした絵です……
伊織　……そうじゃの……

清兵衛　……そうか！……新さん、……おまはん、この女子《おなご》の苦しみとそれをみつめるまなこの姿に、……お菊さんの地獄と鏡太郎の想いを重ねて視てたんやな？

新吉　……ええ……庄三郎さんの話を聞いた時、……なぜか、この絵の、えもいえぬ哀しさ、烈しさ、……寂しさと優しさが、想い出されたんです……

伊織　……うむ、たしかにの……わしにも、なにか、身に沁《し》みて感じられる……他人事《ひとごと》としてではなく、の……

新さんの言うとおり、この絵を描いた鏡太郎という若者が、河内屋の庄三郎やもしれんの……

清兵衛　……でも、まさか、あの、痩《や》せこけて、浅黒く日焼けした、陰鬱《いんうつ》な貌《かお》の兄《にい》ちゃんが、大店《おおだな》のボンボンの庄三郎とは、……思ってもみまへんでした……

……なにせ、商人《あきんど》臭さや商才なんて、これっぽっちも、感じられまへんさかいなぁ（笑）……

酔《す》いも甘いもかみわけてきたとおもてましたけど、……わしも、まだまだ、人を見る眼が甘い……修業が足らんわ（笑）……

朝岡　その絵を描いた鏡太郎が庄三郎だとすると、……お菊の消息をつかむ手がかりが得られぬとも限らぬの……

清兵衛　そうどすな、……よっしゃ、……ひとつ、これから、鏡太郎の仕事場になってる細工小屋《さいくごや》に出向いてみまひょ……
　本人がしゃべりとうないのに、根掘り葉掘り、昔の話を聞き出すいうんは、なんとも気が進まんことやけど、……この際、肚《はら》をわって、わてらの誠《まこと》を切々と訴えたなら、……あるいは、あの子も、心を開いてくれるやもしれまへん……
……あくまでも、世間師としてのわての勘働《かんばたら》きですけど、あの子は、人の誠が通じへん子やない、って、そう思いますねん……
新吉　……俺も、そう思います……一度しか話したことないですけど……なにか、そんな気がします……
清兵衛　もし、あの子が庄三郎やったら、……変に、あの子の顔色うかがって、小細工《こざいく》せんと、……思い切って、正直に、心を打ち明けてみたら、どうでっしゃろ？
伊織　……うむ、……そうじゃの……
　己れの切なる想いを、これほどまでに絵に込めることのできる若者……あなどることなど、できんの……
新吉　……はい……
伊織　……よし！……ひとつ、皆で乗り込んでみよか……

朝岡　……うむ。

一同、一斉に立ち上がり、退出する。

(20) 第三場　天王寺にある鏡太郎の細工小屋《さいくごや》。たそがれ時。

闇の中での、鏡太郎の独白による回想の場。

舞台の上手《かみて》の中央に鏡太郎が座り、彼の姿だけが、闇の中で、灯りに照らされて浮かび上がっている。

鏡太郎を取り巻くようにして、庚申の清兵衛・朝岡新之丞・望月伊織・新吉が座り、青年の話に耳を傾けている。

四人の聴き手の姿は、ほの暗い影となって浮かび、かろうじて判別できる程度である。

……俺の母は、お紋《もん》といって、貧しい仏師《ぶっし》の娘やった……

借財のために、大店《おおだな》の河内屋の奉公人となったが、主人の利兵衛《りへえ》の手が付いて、子をはらんだ。その子が、庄三郎《しょうざぶろう》……つまり、この俺や……

河内屋利兵衛は、お紋を別宅に囲ったが、俺は、正妻の子として育てられ、たまにしか、母には、会わせてもらえんかった……

母は、観音《かんのん》信仰が厚く、薄幸《はっこう》な人やった……後に、出家《しゅっけ》して、亡くなった……

養母のおまささんは、俺のことを、それなりに大切にしてくれた……境遇を憐《あわ》れんでくれたんやろう……親父《おやじ》が俺を後継ぎ扱いしてひいきにしてくれたこともあって、おまささんも気ぃ使《つこ》うてくれて、……　ありがたかったけど、子供の頃から気詰《きづ》まりやった……

俺は、親父にはなじめんかった……生母《せいぼ》のお紋と仏師である祖父の房吉《ふさきち》にしかなつかへん子やった……さみしがりやで、しょっちゅう家出《いえで》しては、母の寮《りょう》や祖父の長屋に転がり込んで、そのつど、店の者《もん》に連れ戻されては、親父に折檻《せっかん》されたもんや……

……小さい頃から、俺は、己《おの》れがたまたま生まれ合わせて息をしてる、この娑婆《しゃば》世界というもんが、嫌《いや》で嫌でたまらんかった……いつも、この憂《う》き世《よ》を捨てて、逃げることばっかり、夢みてたもんや……

そんな時は、祖父《じい》ちゃんの長屋に行って、仏様の像を見せてもろたり、木の細工物《さいくもん》をいじったりするのが、好きやった……

成長しても、その心は変わらんかった。

いや応なく、店の手伝いをさせられるような歳《とし》になっても、大人《おとな》の世界には、なじめへん……
　そのくせ、時たま、変に、狂おしい気持が湧き起こってきて、……猛烈に、がむしゃらに、泥まみれになって働いて、生き抜いてみたくなる……生きて生きて、生き抜いて、……そのまま、何《なん》も考えず、お陀仏《だぶつ》できたら、……それが、一番幸せかもしれんなぁ……って、考えたこともあった……
……なんや、己《おの》れの中に、いつも、ふたりの自分が居て、…その間を、どっちつかずで揺れ動いてるような感覚があった……
　無性《むしょう》に哀《かな》しゅうて、何もかも放《ほ》かして、この世から消えてしまいたいような、…向こう岸の世界に往《い》ってしまいたいような衝動が、いつも、心の中に疼《うず》いてる……
……でも、それと同時に、このおぞましい現世《うつしよ》の中で、人と熱く関わって、目一杯《めいっぱい》身体《からだ》張って生きてみたい、……どんな痛みや哀しみがあっても、最期《さいご》の最期まで、烈しく生き抜いてみたい……そんな俺が、息づいているんや……
　親父《おやじ》の利兵衛は、俺の人嫌いな性分《しょうぶん》、浮き世離《ばな》れしたところが、大嫌いやった……
「神経の細《こま》かい、女子《おなご》みたいな奴や」って、ようボロクソ言われたもんや……俺が密《ひそ》かに隠し持ってた、祖父《じい》ちゃんからもろた観音《かんのん》様の像や細工物《もん》、……俺のその大切な宝を、あいつは、容赦《ようしゃ》なく叩《たた》き毀《こわ》し、焼いてしもたこともあった……

「お前の、女々《めめ》しい、負け犬根性の強い、神経質なとこは、母親譲りや」……親父は、青筋《あおすじ》立てて怒《おこ》りながら、そう言うてた……

そのくせ、親父は、母のお紋《もん》の仏心《ぶっしん》の厚さ、観音信仰に、不思議にひかれてもいた。母を散々《さんざん》なぶり、地獄の苦しみを味わわせながら、変に、母を畏《おそ》れてもいた。

母は、よう、幼い俺を両の手で抱きしめながら、さめざめと泣いていた……燃えるような残照《ざんしょう》の中で……

あの秋の夕暮れ時の光景が、今でも鮮やかに、灼《や》けつくような想い出と共に、瞼《まぶた》に浮かんでくる……

あの時のお母《かあ》ちゃんの貌《かお》は、忘れられへん……涙の溢《あふ》れた、深い深い瞳《ひとみ》と、……狂うてたのかもしれへんけど、でも、きれいな横顔やった……

母のお紋は、天保《てんぽう》六年、俺が十三の歳《とし》に亡くなった。


俺が十四になった時、親父は、俺に、商《あきな》いを本格的に仕込もうとした。

二年間ほど、他《ほか》のお店《たな》で、みっちり見習い奉公をさせられた。

十六の歳、天保九年やったが、俺は、敦賀《つるが》出身の越前屋喜平次《えちぜんやきへいじ》という商人《あきんど》に出会った。

風通しのいい、面白い人やった……喜平次さんは、平《ひら》の水主《かこ》から北前船《きたまえぶね》の船頭《せんどう》にのし上がり、ついには、自分の持ち船まで手に入れた、活力溢《あふ》れる新興の商人《あきんど》やった……旧《ふる》い硬直した習《なら》わしや物の考え方にとらわれない、なんとも柔軟で奔放《ほんぽう》な男で、俺は、しばらく喜平次さんと一緒に北前船に乗り込みながら、さまざまな土地の、さまざまな職業の人たちと付き合い、取り引きをするという体験を重ねる内に、なにか言いようのない、温かい息吹《いぶき》が、身体《からだ》の中に吹き込まれるような想いを味わった……俺は、生まれて初めて、商《あきな》いの面白さというもんを知った……

前年の天保八年の二月には、大坂では、大塩の乱が起こって、世情は騒然となっていた。天保七年から八年にかけての大飢饉の悪夢は、今でも忘れられん……この世の地獄やった……

親父の河内屋利兵衛のやり口も手前勝手なひどいもんやったが、あの時の、大坂の豪商たちの非道《ひどう》な所行《しょぎょう》は、俺の心をまっ暗にした……

何の因果《いんが》で、商人《あきんど》の息子なんかに生まれてしもたのか……己《おの》が身が呪《のろ》わしゅうて、情けのうて、たまらんかった……

それだけに、越前屋喜平次さんとの出会いは、俺にとっては、暗黒の中にひと筋の光明が射し込んできたような、……そんな感覚やったんや……喜平次さんと出会って、俺は、人と関わることの温かさを知り、生きる力を引き出されたような気がした……

十六から十七の歳《とし》、天保九年から十年にかけて、俺は、一時期、北前船による廻船業《かいせん》の商いに烈しく打ち込んだ。

ほんまは、親父《おやじ》の利兵衛も、喜平次さんと同様、無名の小商人《こあきんど》から成り上がった人間や。傾いてた河内屋の身代《しんだい》を、己《おの》れの財力で買い取って、ここまで店を大きゅうした。

俺が、それまでと打って変わって、商いに精出すようになったんで、親父は、狂喜して舞い上がった。

息子の、商人《あきんど》としての奔放《ほんぽう》な才覚と精力、豪胆《ごうたん》さに、己れの若い頃の姿を重ね合わせ、

「さすが、この利兵衛の跡《あと》を継ぐ男子や……」と、自慢してはばからんかった……

そやけど、……親父の期待とは裏腹に、俺は、やがて、潮が引くように、商《あきな》いへの熱意が薄れていった……自分でも、どないもこないもならへんかった……

それというのも、商人《あきんど》としての利兵衛のえげつない変貌《へんぼう》ぶりと野心を知ったからや……

親父も、昔は、喜平次さんみたいな、裸一貫《はだかいっかん》からのし上がって、夢を膨らませながら、奔放《ほんぽう》に自在に世を渡り歩く、精悍《せいかん》な、一匹狼の商人《あきんど》やった……日輪《にちりん》のような、みずみずし

い生気を放つ男やったに違いない……それが、多くの者たちを引きつけた。

そやけど、ある時から、利兵衛は変わっていった……俺が生まれた頃の親父は、もうすでに、昔の親父やなかった……次々と欲しいもんを手に入れ、貪《むさぼ》ることしか知らん、浅ましい、けだもののような男に変わりつつあった……

利兵衛の欲は止《とど》まることを知らず、法の網をかいくぐりながら、したたかにくり広げられる、あくどい事業欲によって、利は利を生み、多くの弱い者たちが、その生《い》け贄《にえ》となっていった……

俺が親父の非道なやり口を初めて思い知らされたんは、天保十年の秋のことやった。同じ廻船問屋の佐野屋仁左衛門《さのやにざえもん》さんをあくどい手口ではめて、店を倒産に追い込んだという事実を知った……佐野屋さんの番頭《ばんとう》と手代《てだい》を巧みに丸め込んで、店の大切な証文《しょうもん》と預かり金を盗み出させ、商《あきな》いが立ちゆかなくなるように画策したんや……

結局、店は親父が買収し、佐野屋さんは、土地・家屋も顧客も奪い取られた上に、重い借財を抱《かか》えたまま夜逃げし、行方《ゆくえ》知れずとなった……後に、噂に聞いたところでは、一家心中したそうや……

この事件がきっかけとなり、俺は、親父の隠された裏の貌《かお》を、次々と垣間《かいま》見ることとなった……それは、えげつない、非情なもんやった……

他の商人《あきんど》たちと組んだ米の買い占めと投機、相場《そうば》の悪辣《あくらつ》な操作、店の乗っ取りの手口、利兵衛の息のかかった高利貸しによって地獄の苦しみを嘗《な》めさせられた人たち……

天保十一年に入って、俺の商《あきな》いへの情熱は、急速に冷めていった……

利兵衛の目に余る所業《しょぎょう》は、商いにおいてだけではなかった……

あいつは、女中《じょちゅう》奉公人はもとより、傾いた店の借財のカタに奪い取った人妻や娘たちを、次々と、己《おの》れの色欲《しきよく》の餌食《えじき》にしていったんや……

特に、お紋《もん》が死んだ後《あと》から、その乱行《らんぎょう》は、歯止めがきかなくなっていった。

奴の女グセの悪さは、若い頃からのものやったが、特に、初老に入った、四十代の末・五十代の頃から、そのひどさが際立《きわだ》ってきた……

親父には、俺のほかにも男の子があったが、はやり病《やまい》で死んだり、親父に見捨てられて他人の手に渡ったり、……中には、利兵衛の魔手から逃《のが》れようとして、子供を連れて行方《ゆくえ》知れずになった女の人もあったよって、……結局、親父のもとに残った男子は、俺だけやった……

正妻のおまささんには、女の子が二人おって、俺の姉たちやが、もう他家に嫁《とつ》いでて、河内屋にはおらん……おまささんも、天保十年の春に亡くなった……

ほかに、俺には、三人の母違いの妹がおったが、親父はいたって冷淡で、俺も、小さい頃から、ほとんど顔を合わせたこともない。

親父は、なぜか、俺以外の子供には、ほとんど関心を示さんかった……

おまささんとお紋を除けば、利兵衛が、己れの色欲の餌食にした女たちへのふるまいは、およそ、同情の余地の無い、冷酷なもんやった……

俺は、親父の醜悪《しゅうあく》な生きざまに耐えられへんかった……

ほんまは、すぐにでも、商人《あきんど》をやめて、家を出たかったんやが、……そうもいかん事情があった……

あんさんらが見抜いた通り、俺には、末を誓い合《お》うた想い人があった……いうまでもなく、和泉屋藤兵衛《いずみやとうべえ》さんの一人娘・お菊《きく》さんや……

お菊さんは、俺より年上《としうえ》やけど、俺たちは幼《おさな》なじみやった……姉と弟のようにして育ったんや……

和泉屋さんには、よう可愛《かわい》がってもろた……子供の頃、俺とお母ちゃんは、藤兵衛さんのはからいで、利兵衛に内緒《ないしょ》で、こっそり、よう、和泉屋さんの寮《りょう》で逢わせてもろたもんや……

俺とお菊さんの仲も、藤兵衛さんとお妙《たえ》さんのご夫婦は、温かい目で、見守ってくれてはった……俺は、お菊さんを、必ず幸せにしたる思《おも》て、所帯を持つことを夢に見て、商《あきな》いに精出してきた……

俺たちは、お互いなしには生きられへん……そう思うてきた……今でも、ふたりのその心は、変わらへん……て、俺は信じてる……

俺の商《あきな》いへの熱意は失われたが、なおも、辛抱して、商いの仕事は続けていた……でも、俺は、商人《あきんど》以外の世界に、己《おの》れの生きる道を見出《みいだ》そうと、心中《しんちゅう》深く期するものがあった。

祖父の房吉《ふさきち》の下《もと》で、仏師《ぶっし》としての本格的な修業を積むことに、心を決めた。

むろん、親父の利兵衛は、猛反対したが、俺は、後継ぎとして商人《あきんど》の仕事を続けるという条件の下《もと》で、親父を必死に説得し、なんとか折れさせた……親父は、いったんこうと言い出したら、どんなに脅《おど》しすかしされても後《あと》へは退《ひ》かん、という俺の性分《しょうぶん》を、よう知っとるさかいな……（笑）。

いつか家を出て、どこか、利兵衛に知られへん土地に行って、そこで、仏師として糧《かて》を得ながら、お菊さんと所帯を持つつもりやった……

そやけど、その夢は、天保十三年、俺が二十歳《はたち》の年に起こった和泉屋さんの闕所《けっしょ》騒ぎによって、無残に砕《くだ》け散ってしもた……
あの事件が起こった時、俺は、まだ、抜け荷のカラクリの真相を知らんかった……
抜け荷と阿片《アヘン》密売の張本人が、ほんまは、父親の利兵衛やいうこと……よりにもよって、お世話になった和泉屋藤兵衛さんとおかみさんを死に追いやり、お菊さんに地獄の苦しみを嘗《な》めさせたんが、あいつやったなんて……それを俺に教えてくれたんは、お菊さんやった……

鏡太郎を照らし出していた灯りが消え、舞台が闇に包まれる。
舞台の下手《しもて》にスポット・ライトが浮上し、和泉屋藤兵衛と妻・お妙《たえ》、娘のお菊の姿が現われる。

（回想の場）

藤兵衛　……お妙、お菊、わしはこれから、お奉行所に連行されることになった……
お妙　……え？……お前さん……

お菊　……お父ちゃん、……なんで、また……

藤兵衛　詳しゅう事情を説明してる暇《いとま》はない……うちの蔵《くら》の中から、ご禁制の抜け荷の唐物と裏金《うらがね》が出てきたんや……わしには、さっぱり、身に覚えのないもんや……ほんまやったら、ただちに、その場でお縄になって連れてかれるとこなんやけど、……幸い、温情のあるお役人やったさかい、……わずかの間《ま》ならいうことで、女房と娘に、ひと言別れを告げる時をもろたんや……

お妙　…お前さん！……抜け荷なんて……そんな事、……

藤兵衛　もちろん、わしは抜け荷なんて身に覚えのないことや！　奉行所のお役人の説明では、…手代《てだい》の惣助《そうすけ》が、抜け荷の証拠となる裏帳簿《うらちょうぼ》を提出してきたそうや……わしが、大量の唐物や阿片《アヘン》を売りさばいて、暴利を貪ってたいうんや……今、惣助の証言にもとづいて、抜け荷の密売の販路《はんろ》を探索中で、阿片患者の聴き取りも進められてるという……

お妙　……お前さん、まさか……正直に言うて下さい！

藤兵衛　神明《しんめい》に誓って、わしには、身に覚えはない！……はめられたんや！……惣助を抱き込んで、わしをはめた黒幕の極悪人《ごくあくにん》がいるいうことや……

お妙　……お前さん！……

お菊　……お父ちゃん！……誰が、そんなことを！……

藤兵衛　お役人の言うところでは、河内屋利兵衛、大津屋彦左衛門、播磨屋久兵衛《きゅうべえ》の三人が、わしから、抜け荷の誘いを受けたという証言をしてるそうや……なんちゅう奴らや！

大津屋も播磨屋も、長年、一緒に力を合わせて、助け合《お》うて、廻船問屋の仕事を続けてきた仲間や……何で、あいつらに、そんな、とんでもない讒訴《ざんそ》をされにゃならんのや！

……わしが、あいつらに、何をしたというんや！

お妙　……お前さん、…もしや！……

藤兵衛　……あぁ、…まず、間違いなく、黒幕は、河内屋の利兵衛や！

…実はな、お妙、抜け荷の唐物と阿片《アヘン》が密かに上方《かみがた》に出回ってるいう話は、わしも以前、小耳に挟《はさ》んだことがある……その商いに、利兵衛の奴が一枚かんどるんやないか、という疑いはあった……あいつは、長州のお侍衆と深い付き合いがあるよってな……

河内屋抜きで、大津屋や播磨屋が、己れらの才覚だけで、抜け荷に手ぇ出すとは、とても思えへん……そんな豪胆さも、つても、あいつらには無い……

利兵衛が、彦左衛門と久兵衛を誘い込んで、わしをはめたんや……わしの取引先《とりひきさき》をそっくり奪い取り、ついでに、わしに濡《ぬ》れ衣《ぎぬ》着せて、己れらのど汚《きたな》い悪事の足跡を消そうという肚《はら》づもりやろ……

…惣助の奴、どんな甘い餌《えさ》を与えられたか知らんが、…長年の恩を仇で返すような外道《げどう》に成り下がりよって！……

お妙　……お客さんとの信用ある取り引きを何よりも大切にしてきたお前さんの堅実な人柄は、皆さんご存じどす……抜け荷で暴利を貪ってたなんて、……ましてや、阿片《アヘン》に手を出してたなんて……うちの持ってる店や蔵の中を、隅から隅まで調べてもらえば、そんな、法外なおカネだの、品物だの、……濡れ衣やいうことは、明らかどす！

藤兵衛　わしも、これから、お奉行所に出向いて、誠心誠意、その事は訴えてみるつもりや……

…そやけど、もう、和泉屋はあかんかもしれん……お妙、わしに、もしもの事があった時は、番頭の伊兵衛《いへえ》とよう相談して、お菊共々、身のふり方を、よう考えるんや……

お妙　……そんな……いやどす！……わては、……お前さんの居ない暮らしなんて、……そんなん、いやや！……絶対、いやや！……（涙にむせんで）いやや……

お菊　……（涙につまって）お父ちゃん……

奉行所の同心《どうしん》が入ってくる。

同心　和泉屋、……もう刻限やで……同道《どうどう》せい！

藤兵衛　……へい……

お妙　……ほな、お妙、行くさかい……お菊、……お母ちゃんを頼むで……

同心　（お妙を引きはがし、突き飛ばす）……ええい、控《ひか》えい！

お菊　……お前さん！（藤兵衛に必死にとりすがる）

（倒れた母親を抱き起こし）お母ちゃん！……

連行される藤兵衛。

泣き崩れるお妙と、母を抱きしめてむせび泣くお菊。

ひとたび照明が消え、舞台は闇に包まれる。

再び、舞台の下手《しもて》にスポット・ライトが浮上し、お菊と庄三郎《しょうざぶろう》の姿が現われる。

（回想の場）

お菊　……庄《しょう》さん、……お別れやわ……うち、身を売ることになったんや……

庄三郎　……え？……

お菊　……どないしても借金返さなあかん、義理のあるお店《たな》があって……もう、決まってるんや……

庄三郎　……なんで、俺に言うてくれへんかったんや！……力になれたかもしれへんのに……

……身売りって、どこにや？……奉公人か、……芸子《げいこ》か？……まさか、女郎《じょろう》やないやろな！……

お菊　……芸子や……どこの置屋《おきや》かは、言えへんけどな……

庄三郎　……なんでや？……

お菊　……店の人との約束やねん……うちが和泉屋のお菊やいうことを誰にも知られへん所で働かせてくださいい言うて、決まったことや……

…それに、庄さんには、もう会わん方がええんや……うちも、つらいさかいな……

……でも、庄さん、ありがとうな……うちの借財、……とても、庄さんの手に負えるようなもんやない……河内屋さんの世話になる気は、毛頭ないさかい……

庄三郎　……お菊さん！……もう、俺とは会えん言うんか！

……そんなんいややで、俺……絶対に、いややで！……

お前のおらん人生なんて……そんなん、ありえへん！

お菊さん、頼む！……俺も、連れてってくれ！……どこなりと……


お菊　……あかん！

河内屋利兵衛の息子であるあんたと、どうして一緒になれる思うの！

……うち、今でも、磔《はりつけ》にされたお父ちゃんの、あの恨《うら》みに満ちた、悪鬼《あっき》のような形相《ぎょうそう》が、忘れられへん……このままやったら、未来永劫《えいごう》、成仏《じょうぶつ》できへん、……血を吐くような想いで、そう訴えてたお父ちゃんの貌《かお》が、目の色が、あたしの心に焼き付いて離れへん……

お父ちゃんのことを想うと、そして、後を追って、首をくったお母ちゃんの哀しみの深さを想うと、あたし、……悔《くや》しさのあまり、…憎しみのあまり、体中が灼《や》けつくようなおもいがする……

庄三郎　……お菊さん……

お菊　お父ちゃん、お母ちゃんを死に追いやった河内屋利兵衛、大津屋彦左衛門、播磨屋久兵衛、そして、手代の惣助、…それに、河内屋たちとぐるになって、お父ちゃんに濡れ衣を着せた奴ら…奉行所の役人たち……あの悪党どもを、あたし、絶対に許さへん！

庄三郎　……お菊さん……お前、お父ちゃん、お母ちゃんの敵《かたき》を討つつもりなんか？

お菊　……庄さん、……あんたには、関わりのないことや……あたしだけが負わされた、因業《いんごう》な地獄のさだめや……うちかて、つらい……けど、このままやったら、憎しみのあまり、気が狂いそうになる……あたし、このまま、庄さんと一緒にいたら、きっと、あんたのことも憎むようになる！……あんたを殺してしまいたい……そうおもうかもしれへん……うち、もう、あんたと一緒におったらあかんのや……一緒にはいられへんのや！

（庄三郎のもとから、走り去る）

庄三郎　……お菊さん！（後を追って走り出そうとするが、躊躇《ちゅうちょ》して立ち止まってしまう）

一人呆然《ぼうぜん》とたたずむ庄三郎。

ゆっくりと照明が薄らぎ、舞台が闇に包まれる。

再び、舞台の上手《かみて》の中央に、灯りに照らされた鏡太郎の姿が浮かび上がる。

鏡太郎の独白の場面に戻る。

……それっきり、お菊さんは、俺の前から、姿を消してしもた……いくら捜しても、消息はつかめへん……

お菊さんがいなくなってまもなく、俺も、親父《おやじ》と大喧嘩《おおげんか》して、家を飛び出した……名も変えて、天王寺まで流れて、……今では、ごらんの通り、その日暮らしの、浮き草稼業のしがない木彫り職人や……

これから、どないして生きていったらええんか、……皆目《かいもく》、わからへん……

……ただ、お菊さんのことだけは、どうしても忘れられん……もう一度、お菊さんにめぐり逢《お》うて、己れの想いを伝えたい……せめて一目なりとも、逢いたい……ただ、……ただ、その一念だけで、一日一日を、かろうじてやり過ごしてる……生ける屍《しかばね》のようなこの身を、……かろうじて、持ちこたえているんや……

(21) 第四場　深夜。人通りの無い、曾根崎《そねざき》郊外の路上。

人家が点在する街道を、女の肩を抱きながら、一杯機嫌《きげん》で歩む朝岡新之丞《あさおかしんのじょう》。甘えるように朝岡にもたれかかっている芸者・仇吉《あだきち》。神社の森が近い。

朝岡　……いやぁ、よい気分じゃ（ふと立ち止まって、空を見上げる）……なんとも、なまめかしい、妖《あや》しい朧月夜《おぼろづきよ》よの……そなたのような、不思議な芸子《げいこ》に出逢《でお》うたのは、初めてのことじゃ……なにやら、夢心地《ゆめごこち》のようで……昨日《きのう》までの己れとは、別人になったような気分がする……思いもかけぬことであった……

仇吉　……さっきもおっしゃってましたけど、……旦那《だんな》、大坂生まれやのに、上方《かみがた》なまりがおへん……江戸暮らしが長かったせいやって……なんでまた、……

朝岡　……あぁ、俺、旗本の次男坊やさかいな……家は兄貴が継いで……育ったんは、大坂なんやけど、……大きゅうなってからは、なんや、家におるのが気づまりで、…肩身の狭い、窮屈な部屋住《へやず》み暮らしなんかしてるのが嫌《いや》になってな……いっちょう、江戸へ出て、一旗揚《ひとはたあ》げたろ思《おも》て（笑）、……しばらく、裕福な叔父の家に寄食《きしょく》させてもらいながら、江戸で、学問と剣の修業に打ち込んだんや……

幸い、剣の腕が認められて、五年後には、道場の師範代《しはんだい》までさせてもらえるようになり、なんとか、己れ一人の食い扶持《ぶち》ぐらいは細々と稼げるようになったんで、叔父の家も出て、やっと気楽に羽を伸ばせるようになった（笑）。

十六から二十五の歳《とし》まで、江戸暮らしやったから、すっかり、江戸なまりが板についてしもた。

兄貴が病死して、俺が家を継ぐことになって、大坂に戻ったんやが、相変わらず、しゃちこばった侍言葉《さむらい》のままで通しとる。

上方《かみがた》なまりも、その気になれば使えるんやが、江戸なまりの侍言葉の方が、なんや、背筋がぴりっとして、……日々、殺伐とした仕事に追われてる「与力《よりき》」としての俺の気分には、しっくりくる（笑）……人としてのけじめがつくんや……

俺みたいな人間は、「侍」としての、何かきりっとした心棒のようなもんがないと、あっという間に、身を持ち崩《くず》してしまう……特に、大坂のような、刺激の強い、ゼニの街《まち》、……盛り場《さかば》と町人だらけの街ではの……（笑）。

仇吉　……旦那のようなお侍はんに出逢《お》うたんは、うち、初めてどす……

大坂町奉行所の与力はんや言われたさかい、どんな恐いお人やろっておもたのに、……旦那こそ、不思議なお人どす……うちが、今まで知り合《お》うたお役人の人らは、皆、うちのような女子《おなご》を前にしたら、ごくふつうの、当たり前の男はんどしたのに（笑）……

朝岡　……当たり前に、助平《スケベ》な男どもであったか（笑）……

仇吉　……へい（笑）……それはもう、……鼻の下伸《の》ばして、……下心《したごころ》丸見えで（笑）……

……でも、旦那は、何かが違う……旦那、ホンマは、優しい男《ひと》なんやろか？……

朝岡　……それとも、……

仇吉　…悪い男なんか？……ってか……（笑）。

朝岡　…へい（笑）……ホンマは、正直そうに、優しそうに見えて、……案外、煮ても焼いても食えん、悪い男はんかもしれまへんなぁ（笑）……

朝岡　……ハハハ……そういうお前も、男心《おとこごころ》を手玉に取る、とんでもない性悪女《しょうわるおんな》かもしれんの……

……いかな実直・律義《りちぎ》な堅物《かたぶつ》も、あるいは逆に、海千山千の、遊び上手の女たらしも、お前の妖《あや》しい色香《いろか》の前には、心とろかさずにはおられぬやもしれぬ……そんな魔性《ましょう》の匂いをおぼえぬこともない……

仇吉　……まぁ（笑）……旦那、ご冗談も、ほどほどにしておくれやす（笑）……怒《おこ》りますえ……

朝岡　……かと思えば、ふと垣間《かいま》見せる童女のような笑《え》みに、……ハッと心を衝《つ》かれることもある……なにか、ほっとさせられるような気分になる……久方《ひさかた》ぶりじゃ……このような気持は……つくづく、妖しい女子《おなご》じゃの、そなたは……

仇吉　……まぁ、まぁ（笑）……狐《きつね》が変化《へんげ》してるみたいな言い方どすな……ひどいお人やこと……（笑）。

朝岡　俺は、今まで、仕事の鬼やった……女房も、子供のことも、かえりみず、がむしゃらに働いてきた……

そうしておらぬと、……何かが崩《くず》れてしまうような怖れが、いつも、俺の中にあった……

じゃが、そなたと出逢《お》うて、……遠い昔に置き去りにしてきた童《わらべ》の心に帰ったような、……なんとも不思議な想いに誘われて、……なんや、仕事のことも、……今、取り組んでる事件のことすらも、……いや、……この憂《う》き世《よ》の何もかもを、いっそのこと、放《ほ》かしてしまいたくなる……

仇吉　……旦那……

朝岡　……お前の肌に包まれて、……お前の胸の中で、眠り込んでしまいたくなる……何もかも忘れ去って……

仇吉　……旦那……可哀相《かわいそう》なお人……せめて、一晩なりとも、……いや応なく染《し》み着いた憂き世の汚《けが》れを、……人知れず背負い込んだ罪の重さを、……何もかも忘れて、……眠りまひょ……

……今夜は、うち、旦那を帰しませんよって……

朝岡　……仇吉……いや、……和泉屋のお菊さん……

仇吉　……え？……

朝岡　……この朝岡新之丞に、憂き世のしがらみの全てを忘れさせて、一晩の、甘い安らかな眠りを与えてくれるというのか……

……そして、……その上で、俺の命を奪い、今度は、あの世の眠りにつかせようというのか……それとも、……あの社《やしろ》の森の中に待ち伏せしている刺客《しかく》どものように、今この場で、ただちに、俺の命を奪おうとするのか……

仇吉　……あんた……やっぱり、最初《はじめ》っから……

朝岡　……お菊さん！……誤解するな！……

あんたは、良《い》い女性《ひと》だ……ほんとは、優しくて、…温かくて、……美しい……美しい心《こころ》根《ね》の女性《ひと》だ……

俺が、……俺が、あんたをはめるために、芝居《しばい》をするような男だと思うか！

……いや、……初めのうちは、たしかに、あんたをはめるつもりだった……密《ひそ》かにあんたを捕らえて、悪党どもの魔手から救い出し、同時に、抜け荷一味の企《たくら》みをあばくつもりだった……それは事実だ……

しかし、……あんたと出逢って、俺の心は変わったんだ！……

俺は、あんたをだますつもりなんかない！

あんたが、この朝岡新之丞を、親御《おやご》殿の敵《かたき》の片割れだと誤解するのも、無理はない……

しかし、俺は、誓って言うが、あんたの父親をはめたりなぞ、していない！

あんたは、天神の辰五郎と河内屋利兵衛に踊らされているんだ！……お菊さん、俺を信じてくれ！

いきなり、匕首《あいくち》を抜いて、朝岡新之丞を刺そうとする仇吉。

朝岡は、仇吉の刃《やいば》をかわし、すばやく手刀《てがたな》で匕首を叩き落とすと、彼女の手を後《うし》ろ手《で》にひねり、動けないように捕まえる。

物陰より、鏡太郎と望月伊織、新吉が、密かに二人の様子をうかがっている。（伊織と新吉は、頬被《ほおかむ》りをしている）

鏡太郎　……間違いない……お菊さんや！

心がはやって飛び出そうとする鏡太郎を、懸命に抑え込む新吉。

新吉　おめぇは、動くんじゃねぇ！　俺たちに任《まか》せておくんだ。

伊織　新さん、むこうの社《やしろ》の森陰に、ずいぶん潜《ひそ》んでるようだぜ……

新吉　ええ、社《やしろ》の裏手から回り込んでみましたが、用心棒風の侍が二人、それに、刀を帯びた地回《じまわ》りのヤクザ者たちで、総勢十一名ほどです……でも、飛び道具は持ってないようです。

伊織　……て、ことは、奴ら、お菊さんを殺《あや》める気はねぇようだな……

新吉　……はい。

伊織　朝岡は、一刀流《いっとうりゅう》の凄腕だ。いきなり襲いかかられても、まず遅れはとらぬ。新さん、奴らが斬りかかってきたら、おぬし、まっ先に、朝岡のそばに駆けつけ、お菊さんを押さえ込め！　俺は、朝岡の背後と脇に回る。

新吉　はい！

お菊の後ろ手を押さえながら、神社の森陰で待ち伏せしている刺客たちに向かって、呼びかける朝岡新之丞。

朝岡　こそこそせずに、出てきたらどうだ！　天神の飼い犬ども！……待ちかねておったぞ。

刺客たちが一斉《いっせい》に現われ、朝岡とお菊を取り囲む。

伊織　……では、行くぞ！……新さん……

新吉　……はい！

この時、突如、「待て、待てぇーっ！」という叫び声と共に、遠方から、二人の人物が、猛然と駆け寄ってくる。

二人は、刺客たちの群れの中に割って入り、一人は刃《やいば》を交《まじ》えながら、いま一人は、杖《じょう》を荒々しく振り回しながら、刺客たちを散らし、打ち据えつつ、朝岡新之丞とお菊のもとに走り寄る。

一人は、朝岡配下の同心・磯貝弥九郎《いそがいやくろう》、もう一人は、元・工藤十郎左衛門配下の役木戸《やくきど》・作次郎《さくじろう》。

伊織 ……ちっ！　磯貝弥九郎だ……俺は、奴に顔を知られてる……
新さん、済まねぇが、ちっと待ってくれ！
打って出る呼吸は、俺が合図するから……

新吉 ……はい。

朝岡・お菊に磯貝弥九郎と作次郎を加えた四人を、遠巻きにする刺客たち。
緊迫した対峙《たいじ》の気配が立ち込めている。

磯貝 朝岡さん、……遊び嫌いのあなたが、よりにもよって、この多忙な折に、芸者風の女と連れ立って、曾根崎《そねざき》の色街《いろまち》をうろついてるって……作次郎の知らせで、急きょ駆けつけた次第《しだい》で……こいつは、ひょっとすると、ごっつヤバイ思《おも》て……間に合ってよかった……

作次郎　…へい、その通りで……わても、工藤の旦那の仇《あだ》を討ちたいいう一心で、謎の女の足どり追って曾根崎界隈まで来てたんどすが、……そこで、たまたま、朝岡の旦那を見かけたんで、……大急ぎで、磯貝の旦那にお知らせした、いう訳《わけ》で……

朝岡　済まん！……訳《わけ》は後《あと》で話す……作次郎、とりあえず、この女をしっかり捕《つか》まえとくんだ！

作次郎　…へい！（朝岡に代わって、お菊の後ろ手を押さえる）

朝岡　磯貝、こいつらは、天神の放《はな》った刺客どもだ……斬り捨ててもかまわんが、生き証人はどうしても要《い》る！　そこんとこ、わきまえて、たたかえ！

磯貝　むろんのこと、よう心得てござる！

四方から、一斉に襲いかかる刺客たち。
入り乱れた烈しい殺陣《たて》。
刺客の侍一人と地回り一人が朝岡に斬られる。
磯貝は、もう一人の刺客の侍と刃《やいば》を交えている。

……いきなり、作次郎が、お菊の腕を放し、朝岡新之丞の隙《すき》を衝《つ》いて、懐《ふところ》から取り出した短刀で、背後から彼を突き刺そうとする。
気配を察知した朝岡は、間一髪《かんいっぱつ》で刃《やいば》をかわし、作次郎の腕をつかんで、短刀を叩き落とす。

朝岡　何をする、作次郎！　きさま、……天神の回し者か！……すると、……
言い終わらぬうちに、いきなり、背後から、磯貝弥九郎が朝岡を突き刺す。

朝岡　……磯貝！　きさま……（息絶えて路上に倒れ込む）
猛然と飛び出す望月伊織と新吉。

伊織　磯貝弥九郎！　きさま、それでも武士か！　卑怯者《ひきょうもの》め……許さん！

磯貝　……きさま……速水十郎太《はやみじゅうろうた》！……生きておったのか！……謀反人《むほんにん》の残党め、……返り討ちにしてくれるわ！
烈しく斬り結ぶ伊織と磯貝、新吉と刺客たち。

伊織によって、真っ向上段から唐竹割《からたけわ》りにされる磯貝弥九郎。
恐怖のあまり、金切《かなき》り声をあげるお菊。
物陰から猛然と飛び出す鏡太郎。

鏡太郎　……お菊さん！

驚きのあまりひきつった表情のお菊が、大慌《おおあわ》てで走り去る。その後《あと》を追う作次郎。
新吉が鏡太郎をかばい、刺客の地回り一人を斬り捨てる。
伊織も、刺客二人を斬り捨て、残った刺客たちは、逃げ去ってゆく。

伊織　新さん、おめぇ、気づかれねぇように、奴らの後《あと》を付けて、なんとしても、お菊さんのゆくえをつきとめるんだ！

新吉　がってんだ！（走り去る）

慌《あわ》てて新吉の後《あと》を追いかけて、駈《か》け出してゆく鏡太郎。

一人残った望月伊織。

片膝をついて、朝岡新之丞を抱き上げると、しばし、無言で抱きしめる……

朝岡の遺体を仰向《あおむ》けに横たえ、胸の上で両手を組ませてから、片手で弔《とむら》いの仕草《しぐさ》をし、立ち上がると、静かに闇の中に歩み去ってゆく。

第十一幕　愛染《あいぜん》

(22) 第一場　弘化三年（一八四六）・初秋〔陰暦・七月〕

夕暮れ時。

天神《てんじん》の辰五郎《たつごろう》の隠れ家《かくが》（土蔵《どぞう》）の中に幽閉されているお菊。

鬢《びん》がほつれ、やつれ切った面差《おもざ》し。

赤い長襦袢《ながじゅばん》から片肌が半ば露《あら》わなままに、足を斜めに崩して座っている。

最初は、闇の中に茜《あかね》色のスポット・ライトが浮上し、その中に、お菊が座っているが、次第に、毒々しい紅色の照明に変じてゆく。

土蔵の扉が開き、天神の辰五郎と共に、河内屋利兵衛《かわちやりへえ》が現われる。

利兵衛　……気分はどうや、お菊はん……
久しぶりやのう……

お菊　……河内屋利兵衛！……なんで、ここに？……

利兵衛　……相変わらず、きれいやの……

……いや、昔の、和泉屋《いずみや》の娘さんやった頃の、ウブなあんたより、……今のお前さんの方が、ずーっと色っぽいの……

……男の味を知って、……女に磨きがかかって、……肌は、娘の頃と同じように、色白で清らかな匂いを放っとるのに……唇も、目の色も、体つきも、……男を知り抜いて、熟《う》れきった、……なんとも妖艶な、ふるいつきたくなるような、ええ女になったの……

……そんなふうに、わしを憎しみに満ちた顔で睨《にら》みつけると、……一層、目の光が艶《つや》を帯びて、……たまらんほど、美しゅうなる……

辰五郎　……ほんまどすな……

利兵衛　……ふふふ……なぜ、わしがここにおるんか、解《げ》せぬようやの（笑）……

お前さんと心を一つにして、親の敵《かたき》を一人一人殺《あや》めるのに力を貸してくれていたはずの天神の辰五郎が、……よりにもよって、なぜ、敵《かたき》の首魁《しゅかい》である、この河内屋利兵衛を、ここに招き入れたか？……わからんとみえる（笑）……

辰五郎　旦那《だんな》（笑）……舌なめずりするように、お菊をいたぶって、……ヘビの生殺《なまごろ》しにするつもりどすか……悪いお人やな、ホンマに……

利兵衛　……ふふふ……お菊はん、……お前、この辰五郎を、ホンマに信じ切っていたんやな（笑）……浪花《なにわ》の世間師《せけんし》として、弱い者《もん》、非業《ひごう》のさだめに泣いた者《もん》のために、ひと肌もふた肌も脱《ぬ》いでくれる、侠気《おとこぎ》のある親分とでも思うとったんか（笑）……それとも、……初めて、お前を女にしてくれた男やいうことで、……身も心もゆだねてしもたんか（笑）……己れを手込めにした男の肉体《からだ》に、荒々しい獣《けもの》のような、頼もしい力をおぼえたんか……この辰五郎親分が、お前の仇討《あだう》ちの悲願に本気でほだされるような、頼りがいのある、男の中の男とでも思《おも》てたんか（笑）……

辰五郎　……ちょっと、……旦那、……いくらなんでも、えげつない、……言い過ぎでっせ……

利兵衛　まあ、無理もないがの……藤兵衛はんとお妙《たえ》はんが亡くなって孤児になったお前さんに、助け船を出して、店の借金返すために、お前さんを芸者にして置屋《おきや》に入れてくれたんは、この辰五郎はんやさかいな……おまけに、お前さんの仇討ちの希《ねが》いに親身になってくれて、殺しの業《わざ》を覚えさせて、段取りまで整えてくれたんやからな……

お菊　……辰五郎……あんた、うちに近づいてきた当初から、……利兵衛とぐるやったんやな？……何もかも、あんたらが仕組んで、うちらを罠《わな》にかけたんやな！……お父ちゃんもお母ちゃんも殺して、罪の濡《ぬ》れ衣《ぎぬ》まで着せて……その上、うちに同情するふりして、うちを力ずくで……

辰五郎　……お前かて、……お前かて、変わったやないか……俺に抱かれて、……燃えて、歓《よろこ》んどったやないか……何もかも昔を忘れて、生まれ変わって、……どんな事にもうろたえん、強い女になる言うたやないか……

今さら何や……俺の正体、知らされたからて……

…俺もお前も、河内屋の旦那も、みーんな一蓮托生《いちれんたくしょう》、同じ穴のムジナなんやで……

利兵衛　（思わず、お菊にうっとりとみとれて）……おぉ、憎しみで、目がぎらぎらと輝いて！

……美しい……なんと美しい……たまらん！

……もっと憎むがええ！……

……あぁ、お菊はん、お前の言うた通りや！……お前の両親を死に追いやったのは、

……疑いを知らぬお前の美しい心を、汚《けが》れを知らぬウブな心と体を、力ずくで汚《けが》し、…みだらな地獄の淵《ふち》に、汚辱《おじょく》の淵に沈めたんは、わしらや……この河内屋利兵衛と、ここに居《お》る天神の辰五郎や！

…ついでに教えといたろ……お前が親の敵《かたき》として付け狙い、殺《あや》めるのに一役《ひとやく》買った、大坂町奉行所の工藤十郎左衛門と朝岡新之丞は、実は、お前の敵《かたき》でも何でもない！

……敵《かたき》どころか、あいつらは、長年の間、必死になって、お前のお父ちゃんの無実を証明するために、この河内屋利兵衛と天神一家の悪事を追い続けていたんや……
その、何の罪もない役人たちを、お前は、自らの手で殺《あや》めたんやで！

お菊　……なんやて！……
……それじゃ、……あの時の、朝岡さんの言葉は……
……あぁ！……あたし……あたし、何ということを！……あぁーっ！……

利兵衛　播磨屋と大津屋も、お前が、見事に片づけてくれた……
上方《かみがた》の抜け荷組織の商《あきな》いは、今や、この河内屋利兵衛が一手に仕切っとる。
わしらの手先になってくれた和泉屋の手代《てだい》・惣助《そうすけ》には、約束通り、店を持たしたった。

辰五郎　惣助は、今や、河内屋の旦那が最も信頼される、商いの片腕や。

利兵衛　番頭の伊兵衛《いへえ》に仕切られてた和泉屋の時とは違《ちご》て、つまらん忠義立てを捨てて、思い切って悪事に手を染めて、一線を越えてからというもの、……水を得た魚のように、己れの欲・野心を羽ばたかせて、大胆な商才を発揮しとる！……頼もしい奴や。

お菊　……なんてこと……あの人非人《にんぴにん》！……

利兵衛　うっとうしい工藤と朝岡も、もうこの世にはおらへん……今や、抜け荷のカラクリをあばき出せる奴は、誰もおらん。

播磨屋・大津屋・工藤殺しの下手人として、お菊、……お前をお上《かみ》に突き出すことは、いつでも出来るんやで！

辰五郎　町奉行所内のさまざまな役職に、河内屋の旦那の息のかかったお役人衆がおられるんや……

お前が何を訴えても、耳を傾ける者《もん》なんて、おらへん……

利兵衛　……そやけど、お前をお上《かみ》に突き出したりはせん……

お菊、お前は、今からわしの女や！

……わしは、お前が和泉屋におった娘の頃から、お前にひかれていた……いつか、ものにしたる思《おも》て、目ぇ付けてた……

……お前が庄三郎《しょうざぶろう》の想い人やった、いう事は、知っとる……お前と庄三《しょうざ》が、どんなに相思相愛《そうしそうあい》の間柄《あいだがら》であったかもの……お菊……お前と庄三は、どこか、よう似とる……お前ら、ふたりとも、無垢《むく》な、……きれいな心を持ってて、……それを、いつまでも、後生《ごしょう》大事に守っとる……守ったまま、この浮き世を生きていける思《おも》てる……庄三の奴も、わしの手から逃《のが》れて、家を出てしもた……お前を、血まなこになって捜し続けとるかもしれん……

お菊　……庄さんが……

利兵衛　……わしは、お前を放《はな》さへんで、お菊……お前が今でも、心の底で、庄三を慕《しと》うていても、……お前と庄三がひかれ合《お》うていても、……いや、お前ら二人がひかれ合えばひかれ合うほど、わしは、お前を欲しくなる……お前らの仲を引き裂いて、お前を俺の女にしたくなる！

お前がわしを憎めば憎むほど、……俺は、一層、体が熱うなって、お前を力ずくで俺のもんにしたくなる……お前が男の手で汚《けが》されて、汚辱《おじょく》の中で悔《くや》し涙を流し、俺を憎む心がつのるほど、…俺の心は、体は、熱く燃えるんや……

俺は、お前を、辰五郎から譲り受けた……ハナっから、そのつもりやったんや……

お前が辰五郎の女やったなんていう事実は、わしには、何の痛痒《つうよう》も感じさせせん……

辰五郎に抱かれたお前を、このわしが改めて抱く……ゾクゾクするような男の栄華や
……力の証《あか》しや！……この河内屋利兵衛が、お菊を抱く究極の男や！

お前はわしの女や……誰にも渡さへんで。

お菊　……悪魔！

半狂乱で河内屋利兵衛につかみかかるお菊……

利兵衛を押し倒し、喉頸《のどくび》を絞《し》めようとする……夜叉《やしゃ》のような形相《ぎょうそう》。

顔をまっ赤にする利兵衛。

天神の辰五郎が、慌《あわ》てて、お菊を羽交《はが》い締《じ》めにして、利兵衛から引き離す。

ほうーっと息をつく利兵衛。

仰向《あおむ》けに寝かせられたお菊の体に、辰五郎がまたがり、女の両手を床に押さえつける。

なおも足をばたつかせるお菊の頬《ほお》に、辰五郎が二度、三度と、烈しい平手打ちを食らわせる。

ぐったりしたお菊の体の上に、今度は利兵衛がまたがり、女のうなじや首筋に口づけしながら、柔らかい手つきで、女の髪を指に絡ませつつ、ゆっくりと愛撫《あいぶ》する……

利兵衛　（耳元で甘くささやくように）……済まんの、……荒くたいことして……おとなしゅうしててほしいさかい……
……何も怖《こわ》がることなんか無い……乱暴なことばかり言うたけど、……わし、ほんまにお前が好きや……大好きなんや……可愛《かわい》い……ほんま、可愛い、おもてるんや……痛いおもいさせて、ごめんな……

お菊の腰紐《こしひも》を解いて、長襦袢《ながじゅばん》をゆっくりと脱がせながら、女の肌をまさぐり、愛撫する河内屋利兵衛。

天神の辰五郎が気をきかし、土蔵の扉を開けて、退出する。

紅色の照明がゆっくりと薄らぎ、舞台が漆黒《しっこく》の闇に包まれる。

(23) 第二場　夜。

天神の辰五郎の手下《てした》たちが見張っている河内屋の寮《りょう》の一つ。

お菊が囲われている。

舞台の上手《かみて》が、行燈《あんどん》の灯りに照らされたお菊の部屋、下手《しもて》が、部屋の外で、縁側から庭に続いている。庭には、二人の地回《じまわ》りが見張りに立っている。


辰五郎の手下の地回り二人を当て身で気絶させた新吉が、鏡太郎を引き連れ、ひっそりと、縁側から、お菊の部屋に忍び込もうとする。ふたりは、頬被《ほおかむ》りをしている。

部屋の中では、長襦袢《ながじゅばん》姿のお菊が、まだ床《とこ》につかず、布団《ふとん》の上に座り込んだまま、絵草紙《えぞうし》をうつろな目で眺め回している。

傍らには、酒の入った徳利《とっくり》と茶碗が置かれている。

いきなり障子《しょうじ》を開けて、部屋に忍び入ってくる新吉と鏡太郎。

新吉　（唇に人差し指を当てながら、お菊の方を向いて）……しっ！……

頬被《ほおかむ》りを取る新吉と鏡太郎。

お菊　……庄《しょう》さん！……

鏡太郎　……お菊さん！　なんも言わんと、俺と来てくれ！

苦しげな表情で、激しく首を横に振るお菊。

お菊　もう、遅すぎる……あたし、取り返しのつかへん事ばかり、しでかしてきた……もう、二度と再び、昔の庄さんと菊には戻れへん……庄さんまで、巻き込んでしまう……あんたを危ない、とんでもない目に遭《あ》わすくらいなら、うち、死んだ方がマシ……お願い……あたしのことは忘れて！……もう、放《ほ》っといて……あたし、せめて、あたしにしかできへん事をやりとげてから、死にたい……
……お願い、……このまま帰って……

鏡太郎　……冗談やない！……そんなこと、できるか！……
　生きるも死ぬも、お菊さんと一緒やって、……俺は、とうに決めとる！
お菊　……庄さん……
新吉　お菊さん！……庄さんの命がけの気持、……何も言わずに、汲《く》んでやってくれねぇか！
　このまま帰ったら、……庄さんも、俺も、一生悔《く》いが残るってもんだ！……な、……そうじゃねぇか！
鏡太郎　…新さん……ありがとう！……
　お菊さん、……俺、お前が何と言おうと、……この場から、お前を抱きかかえてでも、一緒に連れてくで！……絶対、離れへんで！

真《ま》っ直《す》ぐに、らんらんと光る眼でお菊を見据える鏡太郎。

お菊　……庄さん……
新吉　……さ、急ぐんだ……一刻も早く、奴らの目の届かねぇ所に逃げのびるんだ！

立ち上がり、長襦袢《ながじゅばん》の上に着物を重ね、帯を締めると、お菊は、箪笥《たんす》と壁の隙間《すきま》に隠してあった地図を懐《ふところ》に収める。

障子を開け、部屋を脱《ぬ》け出し、庭づたいに闇の中に消えていく鏡太郎・お菊・新吉。

行燈《あんどん》の灯りが消え、舞台は闇に包まれる。

＊

しばらく後《のち》に、舞台の上手《かみて》に灯りが浮上し、鏡太郎・お菊・新吉の三人が座って話をしている姿が現われる。

三人は、郊外の草深い百姓屋に、ひっそりと身を隠している。

（舞台の下手《しもて》は、小屋の外の草むらの風景で、闇に包まれている。）

お菊　……庄さん、……あたしは、もう昔のあたしやないんや……
……越えたらあかん一線を越えて、……魔道《まどう》に入ってしもた……
その姿を、お見せしましょう……

お菊は立ち上がると、帯を解き、着物を脱ぎ、長襦袢《ながじゅばん》一枚になると、諸肌脱《もろはだぬ》いで、背中に彫られた鮮烈な般若《はんにゃ》の刺青《いれずみ》を、鏡太郎と新吉の眼前に晒《さら》してみせる。
息を呑む二人。

お菊　紀州藩の華岡青洲《はなおかせいしゅう》という医者が創ったっていう麻沸散《まふつさん》という薬で眠らされて、一昼夜《いっちゅうや》かけて、刺青師《いれずみし》に彫られた……利兵衛が彫らせたんや……
あいつは、……利兵衛の奴は、……あたしがあいつを憎めば憎むほど、舌なめずりして歓《よろこ》ぶんや……ぞくぞくするほど感じるんや……
あたしがあいつを憎む心が強ければ強いほど、あたしは、あいつに縛られてしまう……
あいつは、それが嬉《うれ》しゅうて嬉しゅうて、たまらんのや……
あたしがあいつを憎んで、悔《くや》し涙を流して、己《おの》れの非業《ひごう》のさだめを呪えば呪うほど、
……あいつは、ますます、そんなあたしを力ずくで汚《けが》し、己れの思いのままに従わせよう

と、燃えてくる……
あたしの憎しみの深さを、この世への呪いを、わざわざ、般若《はんにゃ》の、…鬼女《きじょ》の面に仕立て上げて背中に刻みつけ、……あいつへの憎しみによってがんじがらめに縛られた、あたしの悶《もだ》え苦しむ心を、汚《けが》された肌を、夜ごと舌なめずりするようにいたぶり、味わいながら、あたしを抱くんや……あたしの憎しみと呪いを利用して、あいつはあたしを支配し、犯し、貪《むさぼ》ろうとする……

突如、ぎらぎらと憎悪に満ちた目で、鏡太郎と新吉を見据えるお菊。

お菊　……あんたらに、……あんたらのような、おぼこい子らに、……こんな、あたしのくぐり抜けてきた地獄が、どないなもんか、わかる？……この世の男どもに、あたしのような女子《おなご》がこうむった痛みが、血の涙が、いかばかりのものか、……わかるか？……わかるわけない……わかられてたまるか！

鏡太郎　……お菊さん……

お菊　庄さん、……あんたは、もう、あたしと一緒《いっしょ》に居《お》ったらあかん人なんや……あんたと一緒に居《お》ったら、あたし、己《おの》れを蔑《さげす》み、憎むあまり、あんたまで破滅させてしまう！……うちは、もう、この現世《うつしよ》では、幸せになんかなれへん身の上になってしもたんや……修羅《しゅら》の魔道《まどう》に引きずり込まれて、その炎熱《えんねつ》地獄の渦《うず》の中で悶《もだ》え苦しみ続けるしかない、悪業《あくごう》深い呪われた身の女になってしもた……

鏡太郎　……お菊さん、……それは違う！……違うで、それは……

お菊　……でも、堕《お》ちる所まで堕ち切ってしもた、このあたしにも、まだやれる事は残ってるんや……呪われたさだめを負わされて、この世に生まれ落ちてきたこの身でも、たしかに生きてきたっていう、最後の意地いうんは、残ってる……

あたし、実は、…刺青《いれずみ》される前に、利兵衛に、「ひとつだけお願いがある」って頼んで、四天王寺《してんのうじ》の愛染堂《あいぜんどう》に籠《こ》もって、密《ひそ》かに願掛《がんか》けしてきたんや……

利兵衛には、善悪不二《ふじ》の人外《じんがい》の境《きょう》に入った魔性《ましょう》の女として生まれ変わり、お前さんの女にふさわしい身になってくるから、って言《い》い訳《わけ》してきたけど、……ほんまは、そんな悪魔の、外道《げどう》の手先にまで成り下がる気なんかなかった！

……あたしは、女としての、人としての、最後の意地を貫くために、密かに願《がん》を掛けた。

断じて、河内屋利兵衛の思い通りにはさせへん！

あんな男の想い描《えが》くような世界の住人に、あたしは絶対ならへんし、あんな奴の世界を、感覚を、あたしは、絶対に許さへんし、認めへん！

鏡太郎　……あぁ！　お菊さん、そうや！……俺かて同じ思いや！

お菊　あたしは、河内屋になびいた振りをして、抜け荷の内情を探り、どないしても、お父ちゃんとお母ちゃんの仇《あだ》を討《う》ち、罪滅ぼしをしたる、って決意した……

抜け荷の品々が密かに収められてる蔵《くら》は、あたしの探り出したところでは、後《あと》で詳《くわ》しく地図を見せて教えるけど、摂津《せっつ》には、今のところ六ヵ所あって、その内の五ヵ所までは、わかってる……あと、京都にも、二、三ヵ所あるみたいやけど、……どうしても、阿片《アヘン》の収められた蔵だけが、わからへん……摂津の五ヵ所の蔵にも、京都の蔵にも、阿片は無い……どこか、あと一ヵ所、大量の阿片と……それから、武器・弾薬が収められた蔵があるはずなんや……

新吉　……ふむ……

お菊　それと、…大坂町奉行所の中に、河内屋や天神一家とつながりのある黒幕の役人たちがいて、抜け荷の情報を奉行所に知らせても、巧妙に握りつぶすか、あらかじめ、手入れの段取りを河内屋と天神一家に漏《も》らす内通者がいて、どうにもならへんみたいなんや。

ヘタすると、第二、第三の和泉屋のような、無実の罪を着せられる犠牲者が出ないとも限らへんし……

新吉　お菊さん……あんた、河内屋の抜け荷の証拠を暴《あば》いて、奴らを破滅させると同時に、利兵衛を殺して、自害する気だな……

鏡太郎　……お菊さん！……それはあかんで！……

死ぬ時は、俺も一緒や！……この世でも、あの世でも、俺たちは、どこまでも一緒や！

……絶対に離れへんで、俺……（はらはらと涙がこぼれる）

新吉　お菊さん、……庄さんの気持を、……この人の、あんたを想う一途《いちず》な心を、……死を賭《と》した誠《まこと》の心を、赤心《せきしん》を、わかってやってくれ！

この人は、…庄さんは、あんたの何もかもを受け容《い》れている……あるがままのあんたの何もかもを、受け容れているんだ！……

…この人はな、あなたのことを、これっぽっちも、汚《けが》れた女だなどと思ったことはないんだ……あなたのこうむってきた理不尽《りふじん》な仕打ちも、……語り得ない、伝えがたい地獄の惨苦《さんく》も、屈辱のおもいも、……何もかも引き受け、全《すべ》てを包み込もうとしているんだ……あなたの全てを包み込み、……ただ、……ただ、優《やさ》しく包み込もうとしているんだよ……

鏡太郎　……新さん……

お菊の瞳《ひとみ》から、はらはらと涙がこぼれ落ちる。

新吉　……お菊さん、仇討ちのことは、俺たちにまかせるんだ……俺たち音羽《おとわ》一家が、必ず決着をつけてやる！……あんたのお父っつぁんとおっ母さんの恨《うら》みも、あんたの想いも、必ず、俺たちの手で晴らしてみせる！

それが、天神一家とは似ても似つかねぇ、真《まこと》の「世間師《せけんし》」である、俺たち音羽一家の仕事なんだ……心意気なんだ！

お菊さん、……お前さんにとって、今、一番大切なことは、これ以上、利兵衛の奴に心を縛られねぇように努めることだと、おいらは思う……利兵衛のことも、辰五郎のことも、……何もかも、忘れちまうことだと思う！

……もちろん、お前さんが言うように、俺も、庄さんも、まだケツの青い、おぼこい若造《わかぞう》かもしれねぇ……お前さんのような、人の世の地獄の、底の底まで、いや応なく見させられちまった、……けだもののような、浅ましい男どもの性《さが》を、いやというほど見せつけられてしまったお人から見りゃ、……俺が、こんなエラそうなことを言うのは、お門《かど》違いかもしれねぇ……

でもね、……お菊さん……おいらはね、お前さんが、何も考えず、庄三郎さんの胸の中に飛び込んで、……何もかも庄さんにゆだねて、全てを忘れ去って生まれ変わり、一《いち》から出直すことが、何よりも必要なことだと思うんだ……

それこそが、あんたが利兵衛や辰五郎からこうむった毒牙《どくが》の傷を癒《いや》し、憎しみによって心を縛られる苦しみから救われる、ただ一つの道なんじゃないか、って……おいらには、そう思えてならないんだ……

鏡太郎　……あぁ……お菊さん、俺もそう思う！……新さんの言う通りやと思う……何もかも忘れて、大坂を出よう！……利兵衛のことも、過去の一切のつらい悪夢も、……何もかも忘れよう！……俺も忘れる！……

新さんの言った通り、……お父ちゃんとお母ちゃんの恨みも、お菊さんの全ての憎しみも、新さんたちに預けよう！……世間師の人たちの誠《まこと》の心を信じ、過去への執着《しゅうちゃく》の全てを思い切ってゆだねてしまおう！

新吉　…あぁ、…それがいい！

お菊さんと庄三郎さんの逃亡の道筋と段取りは、俺たち音羽一家の手で必ずつけてやるから！

鏡太郎　……あぁ！　新さん、ありがとう！……

お菊さん、……な、ええやろ？……新さんの勧《すす》めに従おう！

目をつぶり、苦しげな表情で、ふたりの若者の言葉に耳を傾け、考え込んでいたお菊。

深くゆっくりとうなずく。

新吉　……お菊さん……

こんなこと言うと、……また、お前さんから顰蹙《ひんしゅく》を買うかもしれねぇが、……刺青《いれずみ》をなすったお菊さんの決心は、決して、悪に屈したわけじゃあなく、……逆に、「断じて邪《よこしま》なるものを許さぬ」という、不退転《ふたいてん》の決意を示すものだと思う。

それは、不条理なるものへの怒り、……憎しみに全身を蝕まれた者の阿修羅《あしゅら》の怒りでもあるが、同時に、不動明王《ふどうみょうおう》の怒りにも通じていると、俺は思う。

憎しみは何も生まないなどと、さかしらに言う坊主《ぼうず》どもは多いが、それは大きな間違いだ！

人の痛みや哀しみを踏みにじって恥じぬ者どもを憎むことなくして、どうして、大切な心の宝を守り得よう。

邪悪なるもの、許すべからざる悪を、心の底から憎むことなくして、どうして、大切な人を守り得よう、幸せになれよう。

人を愛する心と、邪《よこしま》なるものを憎む心、許さぬ心は、表裏一体《ひょうりいったい》のものだ。

だからこそ、不動明王の怒りは、観世音菩薩《かんぜおんぼさつ》の慈悲に通じているんだ。

大日如来《だいにちにょらい》の生命《いのち》の輝きに通じているんだ。

お菊さんが般若《はんにゃ》の刺青《いれずみ》に託した想いは、不動明王の怒りの心に通じていると、俺は思う
……

あんたは、己れの刺青《いれずみ》を恥じることなんかない！

その刺青《いれずみ》は、お前さんの不条理や汚《りが》れの証しではなく、お前さんの心の靭《つよ》さの象徴《しるし》なんだ！

俺は、むしろ、断じて不条理に屈しない、お菊さんの心の清さ、気高《けだか》さに打たれる……

……そのお菊さんの想いは、この新吉と音羽一家が、たしかに引き受けたぜ！

お菊　（涙ぐんで）……新吉さん……

鏡太郎　……新さん……

お菊　……実はね、……新吉さん……
うちが、四天王寺の愛染《あいぜん》さんに密《ひそ》かに掛けた願いは、もうひとつあるんや……

新吉　……もうひとつの願掛け？

鏡太郎　……え？……なんや、それって？……

お菊　……うん（微《かす》かに笑《え》みを浮かべる）……それはね……

庄さんと、……この世の一切の悪因縁《あくいんねん》と業苦《ごうく》を超えて、……彼岸《ひがん》の浄土で結ばれること……

新吉　……お菊さん……

お菊　現世《うつしよ》の一切の罪業《ざいごう》をこの手で洗い清めて、彼岸の浄土で、蓮《はす》の華《はな》と咲いて結ばれ、永遠の命を得て、いつの日にか、来生《らいしょう》に転生《てんせい》し、晴ればれとした、美しき心をもった男女として、つつましく、地道な、幸《さち》ある夫婦《みょうと》として、実りある一生を送ってみたい……そんな祈りを抱《いだ》いて、あたし、密かに、命がけの願掛けをした……

鏡太郎　（涙ぐみながら）お菊……お前……

黙って、お菊を、ひしと抱きしめる鏡太郎。

涙を流しながら、感無量の想いで、ただ静かに抱き合うふたり。

ふたりをみつめながら、涙ぐむ新吉。

灯りが薄らぎ、舞台が深々とした闇に包まれる。

(24) 第三場　天神の辰五郎の隠《かく》れ家《が》。深夜。

辰五郎と、大坂西町奉行所与力《よりき》・片村権太夫《かたむらごんだゆう》、大坂船手《ふなて》奉行配下の与力・島田平内《しまだへいない》による密談の場。行燈《あんどん》に灯りがともされている。

片村　……そいつは、具合が悪いことになったの、辰五郎。すると、お菊は、摂津《せっつ》にある抜け荷の品々の収蔵場所、蔵のありかを存じておるというわけじゃな？

辰五郎　……へい、……ただ、阿片《アヘン》の収めてある例の場所だけは、お菊の奴も、まだ知らへんはずどす……京都の蔵の方は、問題おまへんし、伏見《ふしみ》の長州屋敷のことも、感づかれてはおらんはずどす……

片村　それにしても、河内屋ともあろう者が、……よりにもよって、己れの情婦《いろ》に、例の地図を持ち出されるとは、……うかつにも程《ほど》がある……骨抜きにされおって！

辰五郎　……へい、済んまへん、片村様、島田様にまでご迷惑をおかけして、面目次第《めんぼくしだい》もないことで……わてらの手落ちどす……

お菊の見張りに立ってた二人の子分たちが、何者かに当て身を食らわされて、倒れてました……幸い、寮《りょう》の周りを張ってたウチの者《もん》が、女を連れて走り去っていく若い者《もん》を見かけて、……三人で挟《はさ》み撃《う》ちにしたんどすが、たちまち刀で峰打《みねう》ちにされて……気を失ってしもて、……女はお菊で、連れ去った町人風の若造《わかぞう》は、二人やったいうことやけど、その内の一人は、恐ろしく腕の立つ奴で、間違いなく、侍上がりどす……

二人とも、頬被《ほおかむ》りをしてましたけど、ウチの連中は、見覚えがある言うてました……例の朝岡殺しの時に現われた奴らに違いおまへん……

片村　その奴らの正体に、心当たりはあるのか？

辰五郎　……へい、……おそらく、天王寺・住吉《すみよし》を根城《ねじろ》とする世間師・庚申の清兵衛の手の者《もん》とみて、間違いおまへんやろ……

以前、天神一家の者《もん》が、庚申の奴らともめて、やり合《お》うた時に、血の気の多い、若い「サンピン上がり」がおったそうで、ウチの連中が、えらい手こずって、……そいつの顔にそっくりや言うてましたさかい……

片村　……庚申一家か、……なるほど、奴らのことは、わしも、地方役《じかたやく》を兼務しておるゆえ、よう耳にしておる……河内屋関係の高利貸しのもめ事では、ずいぶん、その方《ほう》たちを悩ませておるようだの……

辰五郎　……へい……昔から、なにかと因縁《いんねん》のある奴らどす……

片村　ふむ、たしかに厄介《やっかい》な者どもよの……

お菊の持ち出した地図が、庚申一家の手に渡るとなると、……面倒じゃの……

奴ら、抜け荷のカラクリを暴《あば》いて、何を企《たくら》むつもりかの？……

辰五郎　……へい……お菊を連れ出したことといい、和泉屋関係の者《もん》から依頼された仕事かもしれまへんな……

片村　うむ……その可能性は、大いにあるの……

島田　……しかし、摂津の蔵の内、五ヵ所までが、すでに知られているとなると、……早急に手を打たぬと、抜け荷の密売の販路《はんろ》・カラクリを察知されてしまうというおそれは、十分にある……拙者《せっしゃ》が手配してきた荷の陸揚げと運びの段取りも、変えてしまわねばならぬし、新たな収蔵先も作らねばならぬ……

片村　……うむ……まず、摂津の五ヵ所の蔵の中から、今ただちに運び出せるだけの荷を、気づかれぬように運び出し、一刻も早く、他の隠し場所に移さねばならぬ……それも、上方《かみがた》以外の地にの……

辰五郎　……へい……

片村　新たな抜け荷の算段は、その後《あと》じゃ……
……それと、お菊を一刻も早く見つけ出し、始末せねばなるまい……
お菊が存じている抜け荷絡《がら》みの情報は、五ヵ所の蔵のありかだけか？

辰五郎　……いえ、……わてにはようわからへんのどすが、……河内屋の旦那が、……寝物語に、どんな事を、お菊に漏《も》らしとるか……知れたもんやおまへん……
なにせ、……今じゃ、利兵衛の旦那、……お菊に、それはもう、べろべろにのめり込んではるさかい……

片村　……むむ、……それは危《あや》ういの！……あの用心深い利兵衛が、易々《やすやす》と、地図を盗まれてしまうようではの……

島田　……危ういですな……一刻も早く、お菊の口を塞《ふさ》がぬと、……いかなる事態になるか、わかったものではない……

辰五郎　……へい……ですが、利兵衛の旦那は、逃げたお菊になおもご執心《しゅうしん》で、……「なんとしても、お菊を連れ戻せ！」と、…それはもう、凄い剣幕《けんまく》で、言わはるんですわ。

島田　冗談ではない！……事は、一刻を争うのじゃ……露顕《ろけん》してからでは、地団駄《じだんだ》踏んでも、後《あと》の祭りなのじゃぞ！……わかっておるのか？

片村　……うむ、……第一、お菊が、河内屋のもとから逃走した以上、たとえ、お菊の身柄《みがら》を取り戻したとて、もはや、あの女子《おなご》を信ずることなど、金輪際《こんりんざい》出来ぬではないか！
……いつ何時《なんどき》、お菊の口から、われらの企《たくら》みの秘密が漏れるか、わかったものではない
……一刻も早く見つけ出して、始末せい！

辰五郎　……止むをえまへんな……よろしおま、……河内屋の旦那には内緒で、わてらの手で、なんとしても、お菊を始末しますさかい！

片村　利兵衛には、このわしの方から、きつう言うておく……おぬしたちが、利兵衛に逆恨みされぬようにの……おぬしたちは、何も懸念《けねん》せずともよい……一刻も早く、見つけ出すよう、力を尽くせ！

辰五郎　……へい！

片村　万が一《いつ》、町奉行所の方に、抜け荷絡みの垂《た》れ込みがあっても、わしと東町の黒崎平左衛門《へいざえもん》が細心の気配りをしておるゆえ、案《あん》ずるには及ばぬ……必ず、握りつぶす！

辰五郎　……へい！……それをおうかがいして、わてらもひと安心どす……
天神一家の他《ほか》に、片村様から早速《さっそく》にご手配いただいた助っ人《すけと》の衆のお力で、ただちに、大坂市中三郷《さんごう》を中心に網を張らせてもらいました。

片村　うむ……わしは、地方役《じかたやく》と諸御用調役《しょごようしらべやく》を兼務しておるでの……西町の与力・同心はもとより、役木戸《やくきど》・長吏《ちょうり》・髪結床《かみゆいどこ》の者どもも大量に動員して捜索できる……長吏・小頭《こがしら》どもも

にも号令をかけ、道頓堀・天満《てんま》はもとより、場合によっては、天王寺・鳶田《とびた》の非人《ひにん》たちを総動員させることも可能じゃ！

手配の口実なんぞは、何とでもつけられる……凶悪な賊徒《ぞくと》捕縛のため、とでもしておけばよい……河内屋とその方《ほう》らが、口裏を合わせさえすれば、問題はない。

辰五郎　へい！……ありがたいことで、……おかげさまで、夜を徹した捜索が行われてます……お菊はもとより、若造二人も、年格好《としかっこう》から人相《にんそう》・風体《ふうてい》、着物の事細《ことこま》かな特徴まで、ウチの者《もん》が抜かりなく押さえてますさかい、…お手配の衆も、まず見逃《みのが》すことはおまへんやろ……

わてらの追跡では、奴ら、まだ、そう遠くへは行っておらんはずや……大坂市中の北組《きたぐみ》の町中《まちなか》か、その周辺の村に潜《ひそ》んでるんやないか、とおもてます……つい先ほどの知らせでは、淀川を越えた北中島郷《ごう》の江口《えぐち》村の近辺で、それらしい三人組を見たという垂《た》れ込みがあったそうで……

片村　……さようか！　それは頼もしい……どうやら、奴らの潜伏先を見つけるのも、時間の問題じゃの……

辰五郎　へい！……なんとか夜明けまでには見つけたる、おもてます。

島田　お菊を含む、その三人を片づけることさえできれば、蔵のありかを、庚申一家の者どもに知られずに済むやもしれませぬな！

片村　……いや、島田氏《うじ》、それは甘い了見《りょうけん》やもしれぬぞ！
そもそも、庚申の手の者が油断をみすまして忍び込み、まんまとお菊を誘い出したという時点で、すでに、われらは、奴らに遅れをとっておるのだ。
天王寺から住吉を股にかけた世間師・庚申の清兵衛ともあろう者が、たかが子分の若造二人に全ての算段をまかせるはずもなかろう……必ずや、子分二人と密《ひそ》かに連絡を取り合い、われらの張りめぐらした網の目を脱する肚《はら》づもりであろう……例の地図も、もはや、子分どもから、庚申一家の手に渡されているやもしれぬ……

島田　……なるほど……では、やはり、この際、これまでの抜け荷の段取りは、根本から、考え直さねばなりませんな……

片村　うむ、販路も含めて、大幅な変更が必要となろう……急ぎ、今、長州藩・大坂蔵屋敷《くらやしき》に滞在しておられる長州家老・長井隼人正《ながいはやとのしょう》殿、それに、京の都におられる尾州《びしゅう》藩家老・堀刑部《ほりぎょうぶ》殿にも連絡を取り、河内屋共々、密談の場を設けねばなるまい……

島田　……は！……

行燈《あんどん》の灯りが薄らぎ、闇に包まれる。

(25) 第四場　再び、鏡太郎・お菊が身を隠している、郊外の草深い百姓屋。夜。

舞台の上手《かみて》に灯りがゆっくり浮上し、その中で、鏡太郎とお菊が身を寄せ合い、抱き合ったまま座っている。
下手《しもて》は小屋の外の草むらで、闇に包まれている。

鏡太郎　……この小屋に隠れてから、もう一昼夜になるな……
……新さん、天神の奴らに見つからずに、無事、仲間と連絡とれたんやろか？……地図、渡せたんやろか？……えらい遅いなぁ……

お菊　……辰五郎の手下だけやない……利兵衛の奴、きっと、ぐるになってる町奉行所の役人たちの力も借りてる……地図持ち出されたことも、もう気づいてるはずや……血まなこになって、うちらのこと捜し回ってるに違いない……新吉さんかて、ここまで帰り着くの、容易なことやないやろ……辛抱《しんぼう》づよく待つしかないわ……

鏡太郎　……そやな……

目を閉じて、鏡太郎の胸に、ひしとしがみつくお菊。
鏡太郎も目を閉じ、お菊の乱れた髪と頬《ほほ》を優しく撫でながら、しっかりと抱きしめる。

しばらくして、新吉が、草むらの中を、周囲に目を光らせながら小走りでやって来て、小屋の窓から声をかける。
鏡太郎がしんばり棒をはずして戸を開け、新吉が中に入ってくる。

新吉　……遅くなって、済まねぇ……ずいぶん、気ぃ揉《も》んだだろう……
なんとか、天神の奴らに感づかれねぇように、仲間に連絡をとってきた……事情を説明して、地図も、庚申の元締に渡してきた……ただちに、五ヵ所の蔵に、庚申一家の者《もん》が張り込んでくれるそうだ。
お菊　……よかった！……
新吉　清兵衛さんが、大急ぎで、屈強の手の者をかき集めてくれてるし、伊織さんと佐平太《さへいた》さんも、追っつけ駆けつけてくれるはずだ！　もうしばらくの辛抱だ。
庚申の元締が、お前さんたちの逃亡の道筋と段取りを整えてくれてる……この小屋を出て、なんとか追っ手の奴らの目をかわし、斬り抜けながら、難波《なにわ》の河口まで辿《たど》り着いて、船に乗っちまったら、こっちのもんだ！

鏡太郎　……新さん、ありがとう！（希望に目を輝かせて、顔を見合わせるお菊と鏡太郎）

この時、新吉の後《あと》を付けてきていた片村権太夫の密偵《みってい》が、小屋に忍び寄り、窓から、中に居るお菊の姿を認めて、急ぎ通報のために走り去ってゆく。

灯りが消え、舞台は、しばしの間、漆黒の闇となる。

＊

闇の中から、男たちの凶暴な殴《なぐ》り込みの声が響きわたり、次いで、新吉の、殺気立った応戦の声がする。女の悲鳴。

舞台の上手《かみて》にスポット・ライトが浮上し、その中で新吉が、次々と小屋の中に乱入してきた天神の辰五郎の子分たちと、凄絶な斬り合いを繰り広げている。

二人の地回りを斬り倒すが、新たに小屋に入ってきた刺客《しかく》の侍に斬りつけられ、かすり傷を負う。

返り血を浴び、髪ふり乱しながら、三人の刺客と汗まみれになってたたかう新吉。

一方、鏡太郎は、お菊の盾《たて》になって、天びん棒を振り回しながら、必死の形相《ぎょうそう》で、三人の地回りと渡り合っている。

こちらも、体の二ヵ所にかすり傷を受け、血を流しながらたたかっている。

新吉に向かっていた刺客の侍が、鏡太郎の方を横目に見て、いきなり、横合いから彼に斬りかかってくる……慌《あわ》ててかざされた天びん棒が真っ二つに叩《たた》き斬られる。

うろたえて尻もちをつく鏡太郎。

正面から斬りかかる侍。

鏡太郎をかばおうと、思わず身を挺《てい》したお菊の背を、凶刃《きょうじん》が斬り裂く……

鏡太郎　……お菊！

さらに、鏡太郎に一撃を加えようとした侍の背中を、駆け寄った新吉の刃《やいば》が刺し貫く。

侍が俯《うつぶ》せに床《ゆか》に倒れると同時に、体から刀を抜き取った新吉。

しかし、脂《あぶら》のこびりついた彼の刀は、もう、使いものにならない。

古い刀を捨て、刺客の落とした刀を急いで床から拾《ひろ》い上げようとするが、その一瞬の隙《すき》に、地回りに斬りつけられ、刀を拾う暇《いとま》もなく、かすり傷を受けながら横転して身をかわす新吉。

さらに斬りつけてきた地回りは、しかし、いきなり「ぐわーっ！」という悲鳴と共に床に倒れ込んでしまう。

……ふと新吉が見上げると、駆けつけてきた望月伊織、伊吹佐平太《いぶきさへいた》、庚申の清兵衛の手下たちの姿が目に入り、彼らは、残った天神一家の刺客たちを次々と斬り倒している……

すべての刺客たちを斬り捨てた伊織・佐平太・庚申の手下たちが、新吉と鏡太郎・お菊の傍《そば》に寄ってくる。

お菊を抱きしめ、烈しく泣き崩れる鏡太郎。

……しばしの後《のち》、徐々に、自分でも得体の知れない、この世の不条理への無尽蔵《むじんぞう》の憤怒《ふんぬ》が鏡太郎の身の内からこみ上げてきて、灼熱《しゃくねつ》の鉄のごとき、戦闘的な獰猛《どうもう》な意志が、何かを決断させたかのように、青年の貌《かお》を、無気味《ぶきみ》な不敵さを帯びた、蒼《あお》ざめた色に変貌させてゆく。

お菊の遺体を静かに横たえ、胸の上で両手を組ませ、両膝をついたまま、しばし俯《うつむ》いて、哀悼《あいとう》の姿勢をとった後、ゆっくりと無言で立ち上がる鏡太郎。

黙って鏡太郎を見守る新吉・伊織・佐平太、そして清兵衛一家の助っ人たち。

とどろく雷鳴。烈しい雨の響き。

第十二幕　決断

(26) 第一場　弘化三年（一八四六）・秋〔陰暦・八月八日〕

庚申の清兵衛の隠《かく》れ家《が》（土蔵）。
夜半。密談の場。
伊吹佐平太の報告に耳を傾ける音羽・清兵衛・望月伊織、そして新吉。

佐平太　……お菊さんが命がけで持ち出してくれた地図のおかげで、ついに、摂津《せっつ》における抜け荷の品の収蔵場所も判明した……しかし、地図が盗まれたことは、すでに、河内屋と天神の一味にも知られておるとみていい……摂津における五ヵ所の蔵のありかが発覚した以上、おそらく、連中は、大急ぎで、抜け荷の品を、他の収蔵場所に移し替えるであろう……抜け荷の陸揚げや大坂方面への輸送も、ほとぼりが冷めて、摂津に新たな蔵を設けられるまでは、控えるやもしれぬ。
　そこで、庚申一家の者と吉兵衛《きちべえ》・小六《ころく》が手分けして、至急、昼夜を分かたず、交替で五ヵ所の蔵に張り込み、荷の移動を監視することとした。

清兵衛　……へい。

佐平太　案《あん》の定《じょう》、七月二十四日の夜半、五ヵ所の蔵より、夜陰《やいん》に紛《まぎ》れて次々と抜け荷の品が運び出され、荷駄《にだ》隊にて京方面に向かった……途中、淀《よど》から、舟に荷が積み換えられ、宇治川《うじがわ》沿いに北上し、伏見《ふしみ》まで運ばれた……さらに、長州藩・伏見屋敷にて、すでに荷駄隊によって運び込まれていた普通の物産の荷と、中身を入れ換えた上で、今度は、近江《おうみ》に運び、途中、琵琶湖《びわこ》づたいに水運を使って北国路《ほっこくじ》につなげる道筋と、陸路を美濃《みの》方面に向かい、さらに、尾張方面と中山道《なかせんどう》を信濃《しなの》方面に向かう行程の、二つに岐《わか》れる形で輸送していくのを、見届けることができた。

清兵衛　……へい……最終的には、加賀・信濃・尾張の三方面に向かったということですわな。

佐平太　さよう。しかし、もうひとつ、重要な事実がある。実は、五ヵ所の蔵から運び出された抜け荷の品々の他に、伏見長州屋敷で合流した、もうひとつの荷があったということじゃ……

音羽　お菊さんの地図には載《の》っていなかった、摂津にある、もうひとつの抜け荷の収蔵場所から運び出された荷だね……

佐平太　いかにも……。後《あと》から、その荷を運び込んだ者どもを尾行《びこう》していったところ、なんと、長州藩・大坂蔵屋敷《くらやしき》へと入って行った……

そこで、大坂蔵屋敷に潜《もぐ》り込ませてあった間者《かんじゃ》のお糸《いと》に、改めて、屋敷内を慎重に探らせてみたところ、……普通の物産の荷の間に、巧みに混入される形で、阿片《アヘン》が忍ばせてあった……

清兵衛　……五ヵ所の蔵には無い阿片のありかが、よりにもよって、大坂蔵屋敷とは、……ずいぶん、大胆なことをしはりますなぁ…長井隼人正《ながいはやとのしょう》はんも……

お菊さんの言葉では、阿片の収められた、その六つめの蔵には、例の南蛮渡来《なんばんとらい》の武器・弾薬もあったはずやが……

音羽　坪井九右衛門《つぼいきゅうえもん》様ですら、お気づきにならなかったんだからねぇ……己れの足元に阿片や武器・弾薬が忍ばせてあったなんて……

佐平太　…まことに……見事に盲点をついた、大胆な計略でござる……

長井隼人正は、以前、大坂蔵屋敷の頭人《とうにん》を長らく務めたことがある……その折に、蔵屋敷内に、独自の人脈を根づかせておったのでござろう……

伊織　……なるほど……恐ろしい男よの……謀《はか》り事《ごと》の才といい、肚《はら》のすわり方といい、……こりゃ、長井隼人正の政《まつりごと》の野心は、ハンパじゃねぇな……

佐平太　……いかにも……

音羽　お糸ちゃんの調べでは、大坂蔵屋敷に残ってる阿片《アヘン》は、まだ多いのかい？

佐平太　いや、さほど多くはなかったようでござる……お糸の話では、運び出された荷の量からみて、阿片の大半はもはや蔵屋敷には無く、例の三つの行程のいずれかを使って、他の収蔵場所に移されているとみていい……武器・弾薬も、蔵屋敷には無い……

音羽　……別の場所に移され、しかるべき機を見計らって、黒岩一徹《くろいわいってつ》の一味に渡されるというわけだね……

佐平太　……おそらく、それに相違ござるまい……

しかも、…お糸の報告では、…蔵屋敷内に残されておった阿片も、……実は、八月二日に物産と共に運び出されて、別の場所に移されてしまい、……今では、蔵屋敷内の抜け荷の品は、すべてが搬出《はんしゅつ》されて、……もぬけの殻《から》、ということじゃ……

伊織　……やれやれ、なんてこった……

音羽　……でも、伏見《ふしみ》長州屋敷が臭《くさ》いとにらんであったのは、お手柄《てがら》だったね。でなけりゃ、淀《よど》で舟に荷を積み換えられた時、危《あや》うくまかれちまうところだった。

清兵衛　…あぁ、そうや、……淀から伏見までは、天神の奴らが、川伝いに土手《どて》に張り付いてて、それはもう、油断なく目を光らせてたよって、……ウチの者《もん》も、淀から先へは、付けられへんかった……

音羽はんの配慮で、あらかじめ、伏見の長州屋敷の近くに見張り所を設《もう》けてあったさかい……荷の行方《ゆくえ》を見失わずに済んだんや……

音羽　長州の京都屋敷に潜《もぐ》り込ませてあった甚助《じんすけ》さんと尾州《びしゅう》・京都屋敷のお梶《かじ》さんの働きのおかげだよ……尾州・長州の京屋敷と伏見長州屋敷の間で、頻繁《ひんぱん》に連絡を取り合ってるっていうんで、ピーンときたんだ……

佐平太　伏見の長州屋敷は、単に、長州と河内屋の商《あきな》いを結びつける拠点であったばかりでなく、両者と尾州《びしゅう》商人の利害をつなげ、抜け荷の密売の販路《はんろ》を巧妙につくり上げるための画策・密談の場であったのやもしれぬの……

清兵衛　……なるほど……合点《がてん》がいきますなぁーっ。

音羽　和泉屋さんの闕所《けっしょ》と処刑の後《あと》、河内屋が、上方《かみがた》でさばきにくくなった抜け荷の唐物《からもの》や阿片《アヘン》を、東国《とうごく》で売りさばいてきたのも、黒岩一徹の一味に、尾州商人の手を介して南蛮渡来の武器・弾薬が渡されてきたのも、すべて、…伏見の長州屋敷での算段によるものだったってわけだ……

佐平太　黒岩一味が、例の三河《みかわ》・遠江《とおとうみ》・美濃《みの》での一連の爆破・掠奪《りゃくだつ》・放火や一揆《いっき》・打ちこわしの煽動《せんどう》の張本人であることは、疑いござらん。元締や伊織さんには、すでに詳しくご報告いたしておるゆえ、ご存じの事じゃが、……

もう四ヵ月も前のことになるが、祇園《ぎおん》の料亭・染川《そめかわ》で、長州の長井隼人正、尾州の堀刑部《ほりぎょうぶ》、それに、肥前松浦侯《まつらこう》の側用人《そばようにん》・渋川修理《しぶかわしゅり》の三人が、密談を行なった。

それは、例の、倒幕のための列藩《れっぱん》同盟の画策と宮中工作の現状報告、そして、今後の対策を話し合うものであった……

伊織　……うむ……

佐平太　その折、拙者《せっしゃ》は、天井裏《てんじょううら》に密かに張り込んでおったのだが、彼らの口から、初めて黒岩一味の美濃・東海での謀略の実態を、この耳で、たしかに聞き取ったのだ……その軍資金は、やはり長州の長井隼人正から出ておった……

清兵衛　……でも、なんでまた、そんな謀《はか》り事《ごと》をするんやろか？……人の暮らしを踏みにじって、いたずらに人を殺《あや》めて、……百姓衆にとったら、たまったもんやおまへんで……

佐平太　……どうやら、美濃・東海での血なまぐさい謀略は、幕領や諸藩の人心に不安・動揺を与え、幕府の権威を落とすことに、目的があるらしい……倒幕のための段取りの一環《いっかん》なのであろう。

伊織　大方《おおかた》、そんなところなんだろうな……ひでぇ話だ……

佐平太　その時の話では、黒岩らは、百姓たちへの阿片《アヘン》の密売にも手を貸しているということじゃった……長州から受けている恩義に報いるために、上方《かみがた》及び東国での河内屋の商《あきな》いに、積極的に力を貸しているとのこと……河内屋関係の荷の護衛《ごえい》を請け負っているとか……

音羽　河内屋が儲《もう》かれば儲かるほど、長州への御用金《ごようきん》も増えるからねぇ……

清兵衛　……なんやかんやと、人の生き血を吸いながら、利兵衛の奴が肥え太ってゆく仕組《しくみ》になっとるんや……

新吉　……もう、こんなのうんざりです！……俺……

佐平太　……黒岩一味の謀略には、さらに、おまけがついておる……奴らは、列藩同盟をつくる上で、あるいは、倒幕を推し進める上で、邪魔《じゃま》となる人間たちを、幕閣《ばっかく》や旗本、諸藩の要人《ようじん》、さらには、幕府や藩に仕えるさまざまな役職の人材の中から選び出し、「暗殺《あんさつ》人別帳《にんべつちょう》」なる文書を作成中である、ということだった……

伊織　……まったく、怖ろしい連中だ……己れの政《まつりごと》の理想のためには、手段を選ばぬ者……大義《たいぎ》のためには、非情の鬼となれる者どもなのやもしれぬの……大塩の残党だった俺にも、そんな狂気に駆られた一時期があった……今も、慚愧《ざんき》の念に堪《た》えぬ……

清兵衛　……でも、……わてには、むつかしい事はようわからへんけど、……どんな理想か知りまへんけど、……そんな怖ろしい連中がつくり上げた政《まつりごと》の仕組なんかが、はたして、人を幸せにするのに、ホンマに役に立つんやろか……

そもそも、政《まつりごと》やのご法度《はっと》やの、……そんなもんで収まりがつかへんからこそ、わてらのような仕事も要《い》るんやないですか……ただでさえ、世の中の仕組《しくみ》いうんが、こんなにもねじ曲がってる上に、悪い奴があっちゃこっちゃ、こんなに仰山《ぎょうさん》いて、のさばって、……まっとうな、優《やさ》しい、きれいな心をもった人たち、弱い人たちが、息をしてるのがやっというような、こんなひどい娑婆《しゃば》世界を、……政《まつりごと》なんかで変えられるいう感覚そのものが、わてには、さっぱりわかりません……

音羽 ……ほんとだね……

新吉 ……はい……

清兵衛 ましてや、幸せになりたいおもて、その日その日を懸命に生きとる者《もん》の痛みや祈りを、平然と踏みにじれるような冷酷非情な奴が、どんなキレイ事《ごと》並べ立てて、政《まつりごと》を牛耳《ぎゅうじ》ってみたところで、……しょせん、人の命を虫けらみたいに扱うような、残酷な、ろくでもない国しかつくれへんのと違いまっか？……

伊織 ……いや、まったくじゃ……

佐平太 ……うむ……

清兵衛 ……なんとか、わてらがつかんだ抜け荷の収蔵場所の情報をもとに、河内屋や天神の奴らばかりやなく、……その、黒岩の一味や、長州・尾州《びしゅう》の悪者《わるもん》どもを退治する道は、おまへんやろか？……前に、おっしゃっておられた、ご公儀《こうぎ》のお力とやらもお借りして……

新吉　長州の大坂蔵屋敷も含めて、摂津の六ヵ所の蔵に収められていた抜け荷の品は、すべて、別の収蔵場所に移されてしまったんですか？

清兵衛　…いや、全部ではないわ……大坂蔵屋敷の方は、さっき伊吹の旦那が言われたように、今は、もぬけの殻《から》なんやが、例の地図に載ってた五ヵ所の蔵には、まだ、抜け荷の品は、一部残されとる……収められてた唐物《からもの》の量が多すぎて、一度には荷車に積み切れんようやった……荷車の数をあんまり増やすと、真夜中でも、目立ちすぎるさかいな。

阿片《アヘン》や武器・弾薬はもちろんのことやが、おそらく、高価な物は、ことごとく運び出したとみていいやろ。

阿片の大半は、さっきも言われたように、上方《かみがた》以外の場所に移されてる……大坂蔵屋敷に残ってた阿片は、たぶん、上方でさばくつもりの分やろ。

佐平太　それに相違あるまい。

新吉　……すると、先ほどのお話に出た、三つの道筋を通して、上方以外の土地に運ばれた荷の中に、阿片の大半と武器・弾薬、それに高価な唐物のすべてが収められていて、それらの荷に、河内屋の抜け荷の生命がかかっている、ということですね？

清兵衛　……そういうことや……この新しい蔵に移された抜け荷の品を守ることができれば、河内屋としては、大きな損害はこうむらずに済む、いうことやろ。
音羽　……そういうことだろうね。
清兵衛　先ほど述べた三つの道筋を通って、最終的に抜け荷の品々が運び込まれた蔵は、わてら庚申一家の者《もん》が確かめたところでは、加賀・信濃・尾張国内の三ヵ所に設けられてます……加賀にある蔵は、特に大きなもので、河内屋と抜け荷の約定《やくじょう》を結んで提携関係にあったと思われる銭屋五兵衛《ぜにやごへえ》が、加賀藩から払い下げてもらった山林の中にあります。
　この三ヵ所の蔵は、いずれも、人里離れた山間《やまあい》の地にあって、蔵のそばには、見張り用の山小屋があって、管理を請け負っている土地の者《もん》が、毎日、配下の番人《ばんにん》数名を詰《つ》めさせていて、蔵とその周辺に、抜かりなく目を光らせてます。
音羽　もし、河内屋の抜け荷の証拠を握ろうとするなら、その三ヵ所の蔵から運び出された品が、実際に取り引きされる現場を押さえて、抜け荷の証拠の品と共に、取り引きに携《たずさ》わった人物の誰かを生き証人として捕らえて、お上《かみ》に突き出すしかないね……
佐平太　さよう……今の段階では、それしか手はござるまい……法によるお裁《さば》きによって河内屋らを処罰してもらうとしたら……
音羽　ただ、問題は、大坂町奉行所の現状だね……

伊織　…いかにも。前にも拙者が申した通り、内山彦次郎や奴の懐刀《ふところがたな》・片村権太夫が牛耳《ぎゅうじ》っている、今の大坂町奉行所では、証拠の品や生き証人を差し出してみても、握りつぶされるだけじゃ……もちろん、抜け荷絡《がら》みの情報を知らせても、これまた握りつぶされるか、さもなくば河内屋一味に筒抜けになるだけのこと……

唯一《ゆいいつ》の道は、お奉行への直訴《じきそ》じゃが、工藤十郎左衛門と朝岡新之丞の亡《な》き今となっては、そんな事を企《くわだ》てる気骨《きこつ》ある役人もおるまいて……

清兵衛　……へい、わても、知り合いのお役人衆の顔を思い浮かべてはみたんどすが、……どれもこれも、いまひとつ、その点で、頼りになりそうなお人はおへん……渡辺の旦那が生きとったらなぁ……

音羽　……やっぱり、京に居る卜部兼義《うらべかねよし》様にお願いして、幕府大目付《おおめつけ》・板倉備後守《いたくらびんごのかみ》様のお力を借りるしかなさそうだねぇ……まだ傷が完治なさらず、静養なさっておられる卜部様にご心労をおかけするのは、心苦しいのだけれど……

佐平太　……うむ……それしかなさそうですな……大目付殿直々《じきじき》のお墨付《すみつ》きをもとに大坂町奉行を直《じか》に動かし、阿片《アヘン》を含む抜け荷の証拠の品と生き証人をもとに、河内屋の抜け荷の摘発を行わせ、長州藩と河内屋の癒着《ゆちゃく》の解明へともっていくしか、手はあるまい。

伊織　もし、黒岩一徹の一味と尾州《びしゅう》商人・河内屋のつながりを立証できれば、長州のみならず、尾張家の謀略までも瓦解《がかい》に追い込むことができるやもしれぬの……

音羽　そうだね……そう行けば、非業《ひごう》の死をとげられた徳大寺実清《とくだいじさねきよ》様の願いもかなえられたことになるね……なによりの供養《くよう》になるかもしれないね……

伊織　……ただ、大目付・板倉殿の権威で大坂町奉行を動かすといっても、……奉行所を牛耳っている内山彦次郎は、幕閣にもお覚えのよい男じゃ……よほど確たる抜け荷の証拠がない限り、大坂町奉行も、内山を押さえて、河内屋の処罰に踏み切ることはできまい。ヘタをすると、内山とつながる幕閣から横槍《よこやり》が入り、板倉殿の越権行為ということになり、大目付殿の地位も危《あや》うくなりかねん……

佐平太　……うむ、そうじゃの……よほどの確たる証拠が必要となる……

問題は、はたして、抜け荷の取り引き現場をうまく押さえられるかどうか、ということじゃ……

先に庚申の親方が申されたように、加賀・信濃・尾張にある三ヵ所の蔵は、いずれも、山間《やまあい》の地にあり、厳しい監視の下《もと》にある。蔵の近辺に、われらが見張り所を設けることなど、とうてい不可能なことじゃ。離れた所から、街道筋を行き来する荷車を見張るのが、精一杯じゃ。

それに、この三ヵ所の収蔵地は、いずれも上方《かみがた》から遠方の地にあり、庚申一家の力をお借りしても、われらの手の者が常時張り込んでいる、というわけにはまいらぬ……庚申一家も、音羽一家も、さまざまな、困難な仕事を抱《かか》えておるゆえの……

清兵衛　……そうどすな……抜け荷の品は、一体、いつ運び出されるものやら、見当もつきまへんよってな……わてらの力だけでは、心もとない話どすな……

新吉　蔵の管理を請け負っている者を捕らえ、生き証人とするのは無理なんですか？

佐平太　三ヵ所の蔵の管理を請け負っているのは、河内屋の者ではない。土地の者じゃ。各々《おのおの》の蔵の所有名義人も、実は河内屋ではなく、われらも、土地の者も、およそ耳にしたこともない商人《あきんど》じゃ……その得体の知れぬ商人《あきんど》から管理を請け負っている者がいるだけのことで、……その管理人を捕らえてみたところで、黒幕の河内屋には辿《たど》り着けん……

清兵衛　それこそ、まさに、河内屋の抜け荷の手口や！……摂津の五ヵ所の蔵かて、河内屋の名義やない……なんや、聞いたこともない商人《あきんど》の蔵や……

抜け荷の品だけ押さえてみても、損失を与えることはできても、河内屋がその品の扱いに関与しとるという事実を証拠立ててくれる「生き証人」がいない以上は、当の河内屋をお縄にすることは、できへんのや……それが、頭痛の種《たね》なんや……

河内屋をお縄にするには、どうしても、抜け荷の取り引き現場を押さえて、証拠の品と共に、取り引きに関与した人物から、抜け荷の張本人が河内屋やいう、確かな証言を引き出さなあかんのや……たとえ、イモヅル式に辿ってでもな。

佐平太　……うむ……いかなる複雑な販路《はんろ》を辿ろうと、いかに、河内屋が正体を隠そうとしても、最終的に、抜け荷の取り引きを終えて、手に入れたカネは、必ず、張本人の河内屋のもとに入るはずだからの……取り引きの動かぬ証拠となる。

問題は、その取り引き現場を押さえることじゃ……先にも申したように、それが難《むずか》しいのじゃ。

……やはり、この際、京の卜部兼義様にわれらの調べを報告し、大目付・板倉殿を通じて公儀隠密《こうぎおんみつ》を派遣していただいて、その隠密の手配によって張り込んでもらうしかあるまい……そうなれば、わしら世間師《せけんし》は、身を退《ひ》くほかはない……公儀と直接関わることは、裏稼業に生きる身として、後々《のちのち》も、なにかと災いの種《たね》になる怖れがあるからのう……（笑）。

清兵衛　へい……でも、公儀の手に負えますやろか？

河内屋の息のかかった商人《あきんど》は、上方《かみがた》を中心に、それはもう仰山《ぎょうさん》あって、河内屋は、自らの手を汚《よご》さず、それら、他の商人たちを直接・間接に利用して、巧みに仕事を請け負わせてきました……天神一家の使い方かて巧みで、天神の人脈を使いながら、それと気《け》どられんように画策する……さっきも言うたように、架空《かくう》名義の店かて、あっちこっち作って、己れの悪事の足跡を消すように工夫しとる……

抜け荷みたいなヤバイ大仕事の時は、それはもう、慎重の上にも慎重に、陸揚げの時から、機を見計らって、幾たびか荷の中身を入れ換えながら運んどったに違いおまへん……たとえ、荷が蔵から運び出されたことを察知できても、その後《あと》が問題や……わてらが、散々《さんざん》煮え湯を呑まされてきた、そんなやり手の河内屋の段取りを見抜いて、抜け荷の取り引き現場を押さえるなんちゅう芸当が、はたして、幕府のお役人さんにできるもんでっしゃろか？

伊織　……そうじゃの（笑）……われらでさえ、これほどの時と精力をかけて、いまだに押さえられぬ取り引き現場を、公儀隠密が押さえられるかどうか……考えてみれば、すこぶる心もとない話だの（笑）……

佐平太　……言われてみれば、たしかに……拙者だとて、尾州商人・山崎屋祐五郎《やまざきやゆうごろう》の取り引き現場を一度見ただけで、……あれ以来、一度も、現場を押さえられたことはない……

新吉　……あの、……皆さんの話をずっと聞いてて思ったんですが、……なんか、おかしいですよ。

……だいたい、当てにもならない公儀の役人や大坂町奉行なんかに、河内屋一味の調べや処罰を期待すること自体、俺は、まったく納得がいきません！

……それじゃ、何のために、俺たちが命を張ってきたか、わからねぇじゃありませんか！……本末転倒《ほんまつてんとう》ですよ！

虚《きょ》をつかれたように、一同、唖然《あぜん》とする。

新吉　河内屋利兵衛や天神の辰五郎の残虐非道な振る舞いが明々白々である以上、和泉屋さんご夫婦やお菊さん、それに工藤さん、朝岡さんの無念の想いを晴らすことこそが、俺たちの本当の仕事なんじゃないんですか？……鏡太郎だって、あんまりにも可哀相《かわいそう》だ……お上《かみ》のお裁《さば》きだの、不完全極まる、この世のご法度《はっと》なんぞが問題なんじゃねぇ！

そんなもんじゃ、どうにもならねえ不条理に断じて屈しないという、……絶対に、長い物になんか巻かれやしねえっていう、生身の人間の心の底からの憤《いきどお》り……嘘偽《うそいつわ》りのねえ、熱い心ってのが、俺たち世間師の魂なんじゃねえんですか！……

利兵衛だの、辰五郎だの、あいつらとぐるになってる奉行所の蛆虫《うじむし》どもだの、……そんな、とんでもねえ、外道《げどう》の中の外道といってもいい、人非人《にんぴにん》の奴らを野放しにしておいて構わねえなんて法は、絶対ありゃしねえ！……あっちゃ、いけねえんだ！

音羽　……そうだね……新さんの言う通りだよ……あたしたちは、人様にないものねだりなんかしちゃいけないんだ……あたしたちは、あたしたちにしかできない仕事をするほかはない……己れの手に余る政《まつりごと》や謀り事の世界に、これ以上、首をつっこむべきじゃないんだよ……手に余ることは、人様にお任《まか》せするしかない……

長州や尾州や黒岩一味による政《まつりごと》の禍々《まがまが》しい謀略や、徳大寺様、卜部様の無念の想いもあるけど、……ずっと調べを進めてくれてた佐平太さんや清兵衛さん、伊織さんはじめ、みんなにも済まないとは思うけど、……でも、あたしら世間師にとって、何よりも重んじなけりゃならないのは、和泉屋さんの番頭だった伊兵衛さんの頼みだ……

お菊さんが亡くなられた今となっては、あたいらにできることは、和泉屋さん、お菊さん、それに、和泉屋さんの無罪・潔白を証明しようと、力を尽くしてくれていた工藤さん、朝岡さんの非業《ひごう》の死を無駄にしないことだ……あの人たちの無念の想いを、恨みを、晴らしてやることなんだ……あの人たちが、きちんと成仏《じょうぶつ》できるように力添えしてやることなんだ……

それは、心優しい、心正しい人たちを踏みにじり、食い物にした奴らが許されるなんて、とんでもねえ不条理を、断じて認めねえっていう、心の底からの叫びなんだ……リクツなんかじゃないんだよ……決して置き換えのきかねえ、己れ自身の固有の想いだし、…固有の痛みなんだ……政《まつりごと》だの、ご法度《はっと》だの、坊主《ぼうず》による、罪業《ざいごう》や因果応報の説教だのが、出る幕じゃないんだよ……

伊織　違《ちげ》えねぇ（笑）……

新吉　……はい！……

佐平太　……実はその、……これから話すつもりだったのじゃが、……河内屋一味との談合のため、……長州の長井隼人正や尾州の堀刑部、……さらには、黒岩一徹の一味までもが、近々《ちかぢか》、この大坂の地に集結するやもしれんのだ……

一同　……え？……

佐平太　……いや、例の、抜け荷の五ヵ所の蔵が発覚したことに伴い、奴ら、どうも、抜け荷の段取り・仕組を、大本から作り変えようともくろんでおるようなのじゃ……単に、旧来の五ヵ所の蔵に代わる新たな蔵を摂津に設けるというだけではなく、もっと大がかりな段取りの変更とみてよいであろう。

音羽　伊吹さん……確かなのかい？

佐平太　……はい……十中八九、間違いはござらん……

伊織　……て、ことは、伊吹さん、……事と次第によっちゃあ、俺たちは、……河内屋や天神の奴らばかりじゃなく、……黒岩一味を含む、抜け荷関係の侍どもとも、一戦交《まじ》えなけりゃならなくなるってわけか？……

佐平太　……さよう……あくまでも、ご一同のお心次第じゃが……
伊織　……そうか……やはりの……どうやら、新さん、あの樋口又兵衛《ひぐちまたべえ》とは、やはり決着をつけねばならねぇようだぜ……
新吉　……はい……
伊織　……正直言って、しょんべんチビりそうなんやが、……でも、悪くねぇ……誰かが、あの悪霊《あくりょう》どもを退治する役を買って出るしかねぇしな（笑）……
清兵衛　……そうどすな……やるしかおまへんやろ……
音羽　……そうだね……音羽一家始まって以来の大仕事になっちまったけど……やるっきゃないネ……

……物陰に潜んで、一同の話を盗み聞きしていた鏡太郎が、いきなり飛び出す。

鏡太郎　俺も、仲間に入れて下さい！

当惑する一同。

伊織　おめぇの手に負えることじゃねぇ！　斬った張ったの、凄《すげ》え出入《でい》りになるんだ……この前の時とは、比べものにならねぇほどだ！
……おまけに、……お前の親父《おやじ》の河内屋利兵衛を殺《や》らなきゃならないんだゼ……わかってるのか、坊や！
一緒に付いてきてみろ……お前、十中八九、命を落とすぜ。仮りに生きのびたとしたって、親父の最期《さいご》を目《ま》の当たりにするかもしれねぇ！……そんなことになっちゃ、お前、一生、俺たちを怨むことになるかもな……いや、今でも、気がつかねぇうちに、そうなっちまってるかもな……

鏡太郎　連れてってくれへんのなら、いっそ、この場で殺《や》ってくれ！

清兵衛　アホなこと言うんやない！
音羽はん、こいつの性根《しょうね》はわしが保証する……命はとらんといてやってくれ！

新吉　元締、俺からもお願いだ！
鏡《きょう》さん、お前、お菊さんの分まで生きなきゃならねえ……
お前を最後までかばって、無事を祈ったお菊さんの心を想ってもみろ……お前の中には、お菊さんが生き続けているんだ！

音羽　……そうだね……新さんの言う通りだ……坊や、命を粗末にしちゃいけない……

あんたの覚悟のほどは、あたしにゃ、痛いほど、よくわかるよ……

でもね、あんたは、まだ死んじゃいけねぇ……男も女も、一生の内には、ぎりぎりの命の張り処《どころ》ってもんがある……鏡太郎さん、あんたにとって、今これから、あたいらが体を張って仕掛ける出入りは、まだ、その張り処じゃねえ。

むしろ、あんたにとって、今、一番の、性根《しょうね》の試される、ぎりぎりの懸崖《けんがい》は、あんたがいや応なくこうむってしまった地獄の悪夢を、生き抜くことできちんとくぐり抜け、超えてみせることなんだ。

清兵衛さん、この坊やの身のふり方は、今はとりあえず、あんたにゆだねときますよ。

もし、首尾良く、この命がけの出入りに打ち勝って、音羽一家が生き残ったなら、その時は、改めて、坊や、あたしらも、世間師として、お前さんの行く末が拓《ひら》けるよう、ささやかながら、力になろうじゃないか……

どうだい、今回は、そういうことで、納得して、引き下がってくれねぇか……清兵衛さんのもとで、おとなしく待っててくんな……

清兵衛　鏡さん……わしも、そう希《ねが》ってるで……しばらく、お前の身柄《みがら》を、俺に預からせてくれ……

鏡太郎　……はい……

清兵衛、土蔵の外に控えている子分の佐助《さすけ》を呼び、鏡太郎の身柄を託して、外に連れ出してもらう。

鏡太郎が退出したところで、再び、出入りの段取りについて密談に入る、音羽・清兵衛・佐平太・伊織そして新吉。

佐平太 ……実は、尾州藩《びしゅう》・京都屋敷に滞在していた堀刑部《ほりぎょうぶ》が、一昨日の八月六日に、密かに京を発ち、長州藩・伏見屋敷に立ち寄り、そこで、長井隼人正の用人《ようにん》・藤林右京亮《ふじばやしうきょうのすけ》と合流して、大坂に向かった……吉兵衛と小六に張らせているが、おそらく、今、長州藩・大坂蔵屋敷に滞在している長井隼人正と落ち合い、密談に及ぶためであろう。

わざわざ大物の家老二人が、それも大坂にて談合する以上、その場には、必ずや、河内屋利兵衛、そして、大坂町奉行所の片村権太夫と大坂船手奉行配下与力・島田平内も同席しておるに相違ない……よほどの大がかりな談合とみゆる。

もちろん、抜け荷の段取りを根本的に改めんとする話し合いのため、とみるのが妥当《だとう》であろう……黒岩一徹とその一味も加わるに相違ない……

吉兵衛の調べによれば、黒岩の配下とおぼしき侍どもが、夏以来、京の都を拠点として、繰り返し京・大坂の間を行き来し、長州藩・大坂蔵屋敷や河内屋に立ち寄り、密談を行なっているという。

おそらく、例の阿片《アヘン》密売のために、長井隼人正・河内屋利兵衛と緊密に連携しつつ、荷の護衛《ごえい》に当たる段取りを周到に打ち合わせているのであろう……奴らは、今もまだ、京の隠れ家にとどまっておると思われる。

伊織　……うむ……

佐平太　とすれば、今回の大坂での長井隼人正と堀刑部の密談の場には、河内屋や片村・島田らの他に、黒岩一徹が加わることは、まず間違いあるまい。

抜け荷の段取りを大本からつくり変えんとする緊急の重大事に、黒岩本人が居合わせぬはずはないからの。

伊織　うむ……黒岩の謀り事の成否《せいひ》は、抜け荷のカラクリと切っても切れぬ関係にあるからの……せっかく、京の都に滞在していながら、さような大事なる話し合いの場に加わらぬとは思えぬの……それに、抜け荷の販路《はんろ》が変更されるとなれば、荷の護衛の段取りも大本から変えずばなるまい……

佐平太　いかにも……。今回の長井と堀の談合が、われらの推測通りのものであるとすれば、黒岩一徹自《みずか》ら、大坂に乗り込んでくることは、疑いない。

伊織　奴が来る以上、樋口又兵衛《ひぐちまたべえ》をはじめとする、主な配下の侍どもも同行するとみてよい、ということじゃの……

佐平太　さよう……。夏以来、京の都での、黒岩一味と公家《くげ》衆及び諸藩の侍たちの接触を手がかりに、奴らの動向を追ってきたが、われらが知る限り、黒岩一徹は、決して単独で動くことはない。

黒岩が出歩く時には、決まって、腹心の者と思われる配下の侍どもが、影のように付き従い、奴の周囲に、油断なく目配りをしておる……吉兵衛・小六といえども、黒岩本人の身辺《しんぺん》にうかつに近づくことはできん。

今回の大坂での談合の場にも、必ずや、黒岩配下の手練《てだ》れの者どもが控えておるとみていい……

伊織　…うむ……十中八九、間違いはあるまい……

佐平太　もちろん、河内屋らの護衛のために、天神の辰五郎とその子分・用心棒たちも、大勢出張っているに違いないし、談合の場によそ者を近づけさせぬために、油断なく見張っておるはずだ。

……今度ばっかりは、音羽一家最大の正念場だ……密談の日取《ひど》りと刻限・場所を抜かり

なく押さえた上で、……そして、護衛に当たる者どもの配置・人数・武器・飛び道具も

きっちり押さえた上で、……こちらから一気に仕掛け、カタをつける……

新吉　……はい……

佐平太　音羽一家からは、伊吹佐平太・望月伊織・新吉の三人を出す……

元締……よろしいですな？

音羽　……ああ、……異存はないよ……

新さん、……かまわないかい？……

新吉　……はい……かすり傷も、もうすっかり治ったし、……大丈夫です……

清兵衛　……庚申一家からは、選《え》りすぐりの三人の身内《みうち》を助《すけ》っ人《と》に出しまひょ……

ちょっと、待っとくんなはれ……

土蔵の外に控えていた三人の子分たちを呼び寄せる。

清兵衛　とりあえず、この三人を加勢に入れてもらえたら、と思います。

左から順に、……鬼火《おにび》の権六《ごんろく》、閻魔《えんま》の佐助《さすけ》、巽《たつみ》の又蔵《またぞう》どす……（順に頭を下げる子分たち）

この三人は、いずれも、数々の命がけの修羅場《しゅらば》を斬り抜けてきた、いわば百戦錬磨《れんま》の者

たちどすさかい、……きっとお役に立つ思います。

佐平太　かたじけない……よしなに頼む。

権六　……へい！……

佐平太　この六人で殴《なぐ》り込むと、とりあえず決めておこう。
ただし、今、吉兵衛と小六が、抜け荷一味の接触の動きを慎重に探ってるところだ。
もし、奴らの人手があまりに多すぎる時は、さらに、庚申の元締に、助っ人を増やしてもらわねばならん……最終的な仕掛けの顔ぶれ・人数は、連中の集まり具合を見据えながら、ぎりぎりまで待って、決めるほかはあるまい。

清兵衛　へい、よろしおます……わてらの手の者《もん》から、いつでも、臨機応変に助っ人を出せるよう、準備万端《ばんたん》整えておきまひょ。

佐平太　相済《あい》まぬ……なにとぞ、宜《よろ》しゅう頼む……

清兵衛　……へい……

伊織　ただの、庚申の、……今度ばっかしは、今までとは勝手が違う……できる限り、犠牲者は出したくねぇ……
今回の出入りは、今までの、そんじょそこらのヤクザ同士の斬った張ったじゃねぇ……侍同士の、……それも、恐ろしい凄腕の刺客《しかく》どもも含まれる、とてつもねぇ戦《いくさ》になるに違《ちげ》えねぇ！

庚申一家の助っ人はありがてぇが、おぬしたちには、あくまでも、天神一家とのやりとりに止《とど》めておいてもらいてぇし、天神の方を引き受けてもらえれば、それで十分だ。侍同士の斬り合いには、手出しは無用だ……清兵衛さんの身内に、犠牲者は出したくねぇ！

庚申一家が消えたら、上方《かみがた》一帯の弱い者にとっちゃ、この世の闇だ……おめぇさんたちは、くれぐれも、慎重にふるまってくんな……侍同士のこういう修羅場は、音羽一家に任《まか》せといてくれ、……こちとらの意地と心意気をとっくりと見ててほしいってもんよ（笑）……と、イキがってはみたものの、……ホンマは、しょんべんチビりそうなんやけどな……（笑）。


清兵衛　……望月の旦那、……おおきに、……エラい、感じ入ってます……

ほな、宜《よろ》しゅうお頼《たの》申しますさかい……

でも、この三人は、旦那方のお心のままに、存分に使ってやっておくんなはれ……これでも、けっこう頼りになりまっせ！

伊織　……ああ、ありがとよ！……ごっつ嬉しいで、元締……

第十三幕　激闘

(27) 第一場　弘化三年（一八四六）・秋〔陰暦・八月〕

夜。

河内屋の寮《りょう》。

舞台の上手《かみて》が寮の一室で、和洋折衷《せっちゅう》の大広間《おおひろま》の一部となっている。

下手《しもて》は庭の一部で、篝火《かがりび》がたかれ、天神一家の地回《じまわ》りたちが固めている。

寮の庭は、手入れはよく行き届いているが、周辺に松の木が生えているだけの、一望の下《もと》に見渡せる、広々とした大庭園である。

密談のため大広間に集結した長井隼人正《ながいはやとのしょう》・堀刑部《ほりぎょうぶ》・河内屋利兵衛《かわちやりへえ》と片村権太夫《かたむらごんだゆう》・島田平内《しまだへいない》。

そして、黒岩一徹《くろいわいってつ》。

六人は、長方形のテーブルを囲んで、椅子《いす》に座っている。

河内屋利兵衛の真正面、最も離れた所に、黒岩一徹が向かい合って座り、河内屋の右横に長井隼人正、黒岩の左横に堀刑部が居て、長井と堀は、並んで座っている。

長井の正面には島田平内、堀の正面には片村権太夫が座り、島田と片村が並んでいる。

庭に面した縁側と大広間は障子《しょうじ》で隔てられており、テーブルから離れた大広間の隅、障子の傍《そば》に、天神《てんじん》の辰五郎《たつごろう》と惣助《そうすけ》が、それぞれ椅子《いす》に座って控えている。


利兵衛　……すでに、皆様方にもお伝えいたしておりますように、摂津《せっつ》の五ヵ所の蔵のありかが発覚し、抜け荷の品々を、長州様の大坂蔵屋敷を含む六ヵ所から別の蔵へと、急ぎ移し替えねばならぬことに相《あい》なりましてございます……阿片《アヘン》の大半と武器・弾薬、外国から買い取った銀貨、それに金剛石《こんごうせき》や薬物など、とりわけ高価な品々につきましては、すでに運び出し、かねての手はず通り、尾張、中山道《なかせんどう》・信濃方面、北国路《ほっこくじ》の三通りの道筋に岐《わか》れて密かに輸送し、収蔵いたしました……後《あと》を尾《つ》けられた形跡も、ございません。

移し替えた抜け荷の品は、慎重に機を見て、密売の段取りに乗せるつもりでございます。

これで、今のところ、摂津の五ヵ所の蔵に残っている品々が急きょ摘発されても、手ひどい損害はこうむらずに済みまする。

五ヵ所の蔵は、河内屋の名義ではなく、架空《かくう》の店の所有物となっております……この店は、それらしい商《あきな》いの体裁《ていさい》を整え、まことしやかな帳簿や証文《しょうもん》・書き付けまで揃《そろ》えておりまするが、あくまでも架空のものにて、河内屋とは縁もゆかりもないもの……たとえ、蔵がお上《かみ》に押さえられても、わたくしどもには、なんら累は及ぶものではありませぬ……

長井　……うむ、ご苦労じゃった……不測の事態ではあったが、いつもながら、鮮やかな対応……頼もしゅう思うぞ、河内屋……

利兵衛　……へい、恐れ入りましてございます……これも、長井様の並々ならぬご配慮と、片村様・島田様のご才覚とお力添えの賜物《たまもの》でございます……さらに、抜け荷の品々の輸送と東国での取り引きの段取りにつきましては、これまで、なにかと、尾州《びしゅう》の商人衆《あきんど》のお力をお借りしてまいりました……堀様のおかげでござります……

堀　……いや、いや、……販路《はんろ》の段取りについては、商《あきな》いに疎《うと》いわしなど、大した事はしておらん……すべて、河内屋、……おぬしらの才覚の賜物《たまもの》じゃ……

利兵衛　……恐れ入りまする……

長井　大坂町奉行所の方は、大事ないかの？

片村　……は……ご懸念《けねん》には及びませぬ。
今のところ、五ヵ所の蔵に絡《から》んで、垂《た》れ込みがあったという知らせはありませぬ……町奉行所内で独自の抜け荷探索の動きをする者も、今のところはおりませぬゆえ、ご安堵《あんど》下され。

内山彦次郎様の目配《めくば》りに、ぬかりはござらん。抜け荷絡みの垂れ込みがあれば、拙者《せっしゃ》が内々に処理いたしまする……万が一《いつ》、摘発の動きが起こっても、事前に、河内屋のもとに、迅速《じんそく》に知らせが届き、これまでのように、しかるべき手を打ちまするゆえ、ご心配めさるな。

いかなる抜き打ちの手入れや荷改めの動きにも対応しうるだけの手だてを、島田殿と共に、われらは練り上げてまいりましたゆえ……のう、利兵衛？

利兵衛　……へい……その点は、今のところ、十中八九、懸念《けねん》は、ございますまい……ただ、……内山様が、さる幕閣《ばっかく》筋から仕入れた情報によれば、すでに、新たな公儀隠密《こうぎおんみつ》の派遣も内定しており、近々《ちかぢか》、以前にも増して、さまざまな筋から、徹底した探索が行われるとのこと。後で、皆様にも、詳しくご報告申し上げたいと思いますが……

ここにおられる黒岩一徹様の配下の方《かた》のお働きによって、前回の隠密の動きは封じることができましたが、これまでのような抜け荷の段取りを続けていくのは、危《あや》ういことでござります……早急に、陸揚げから輸送、収蔵、販路の段取りに至るまで、根本から手だてを考え直さなければなりませぬ……そのため、このたび、ご無理をお願いして、皆様方にお集まりいただいた次第でござります。

堀　……うむ、よう心得ておる……こたびの三日にわたる大坂での談合によって、なんとか、新たな段取りの見取り図だけは、合意によってつくり上げておかねばならぬ。
その見取り図を踏まえた上で、各々《おのおの》の担当する役割・領域についての、細《こま》かな段取り・手配の形を練り上げてゆかねばならぬ、ということじゃの？

長井　……いかにも……これからの三日間の話し合いの詰《つ》めがいかなる形をとるかによって、われらの今後のとるべき道も自《おの》ずから定まるというものじゃ……

堀　……うむ……そうじゃの……

長井　……ところで、例の五ヵ所の蔵のありかを記した地図を、お菊とやらに持ち出させた者どもは、一体、いかなる筋の者なのじゃ？

利兵衛　……へい……ここに控えおりまする天神の辰五郎の話では、この大坂で、天神一家と勢力を二分している、天王寺・住吉を根城とする世間師・庚申の清兵衛の手の者とか……

片村　先頃、われらの動きを内偵していた、大坂町奉行所与力・朝岡新之丞を始末した際、われらの邪魔立てをした手練《てだ》れの者たちがおりましたが、その者らが、お菊を使って、地図を持ち出させたもよう……おそらく、和泉屋ゆかりの者より、抜け荷探索の仕事を請け負ったものと思われまする……
拙者が耳にしたところでは、庚申の清兵衛は、これまで、引き受けた仕事は、確実に、抜かりなく仕上げてきたとのこと……伝え聞くところでは、かつて、矢部駿河守《やべするがのかみ》殿が堺《さかい》奉行であられた時も、矢部殿より内密にて仕事を引き受け、探索や摘発の力添えをしたとか……蛇のような執念で、何年かかっても、事件を追跡し、獲物《えもの》を追いつめるという噂もござる……

辰五郎 ……へい！……その通りで……ホンマにしつこい、……わしらにとっては、何度も苦々《にがにが》しいおもいを味わわされてきた、…うっとうしい、因縁《いんねん》のある連中どす……

片村 ……執念深くわれらを付け回し、抜け荷のカラクリを暴《あば》こうと図ってきた朝岡新之丞や工藤十郎左衛門も、庚申一家の者どもとつながっておったようだからの……

島田 ……奴らに、これ以上暗躍されると、せっかく新たな段取り・仕組をつくり上げても、いつ嗅《か》ぎつけられるか、わかったものではありませぬ……特に、拙者が担当している抜け荷の陸揚げと摂津への荷の運搬が、最も危《あや》うい……頭が痛いことでござる……

利兵衛 ……この際、目ざわりな庚申一家の者どもを、内山様、片村様はじめ、大坂町奉行所の総力を挙《あ》げて、…また、黒岩様配下の衆のお力をもお借りして、徹底的に叩《たた》きつぶし、庚申一家のシマを天神一家が押さえられれば、抜け荷のカラクリについては、もはや、公儀《こうぎ》がいかに探索の手を伸ばそうとも、恐るるに足らず、と思われまする……

長井 それに、……（にやりとしながら）そうなれば、上方市場《かみがたしじょう》を、河内屋、……その方《ほう》が、すっかり思いのままに操《あやつ》ることもできる、というわけじゃな……泣きをみる弱い者どもが、また一段と増えるの……

浮かばれぬ者、悲運に倒れていった者どもの呪詛《じゅそ》の声がつのり、河内屋、……おぬし、ろくな死に方はできぬぞ……

利兵衛 なんの……この利兵衛にとって、この世は商《あきな》いの戦場、……そしてまた、ひとりの男としての戦場でございます……

たった一度限りの人生……己れ自身のありとあらゆる弱さとたたかい、屍《しかばね》を乗り越え、力の極限を追い求めて、……この浮き世にあって、浮き世を超え、……己れの生死をも超えて、……未踏の栄華を、商人《あきんど》としての栄華をこの手にしたいもの……と、いつの頃からか、夢にとり憑《つ》かれた狂人のように、さまようておりまする……

……その夢のおかげで、長井様、堀様も、巨《おお》きな利を手にされ、また、男子としての本懐《ほんかい》ともいうべき大望《たいもう》を、密《ひそ》かに抱《いだ》かれておられるのでございましょう……(笑)。

長井 口がすぎるぞ!……場所柄《がら》をわきまえよ、河内屋……

利兵衛 ……へい、……そうどすな、つい調子こいてしもて……すんまへん……

長井 ……ふむ……だが、まあ良いわ……

堀 ……いや(笑)……当たらずといえども、遠からず、かもしれんの……

黒岩　（にやりとして）……河内屋……貴公《きこう》、面白い男よの……一介《いっかい》の商人《あきんど》にしておくのは惜しい器《うつわ》の人物かもしれんの……

利兵衛　……黒岩様……あなた様も、でございますよ……失礼ながら、一介のご浪人の身に甘んぜられるお方とは思えませぬ……

私は、昔は、かような人間ではありませんでした……ただ、裸一貫《はだかいっかん》から始め、人の三倍は働き、才覚の限りを尽くして、必死に生き抜いているうちに、いつしか、己れの深奥《しんおう》に巣くっている心の〈闇〉とでも申しましょうか、……その〈闇〉の蓋《ふた》が、次々と開かれてゆき、……なにか、その中から、……わが心をわしづかみにするような、得体の知れぬ強い力が、……手が、腕が、ムクムクと湧き起こってきただけです……その力に抗《あらが》うことが、私にはできなかった……

黒岩様、……私は、実は、……あなた様の中にも、その私と同じ匂《にお》いをおぼえているのですよ……（笑）。

この時、遠方から、次第に、男たちの叫び声が近づいてくる……障子《しょうじ》は閉ざされたままだが、椅子《いす》から立ち上がり、懐《ふところ》に忍ばせた長めの短刀《ドス》にそっと手をやる天神の辰五郎。

長井・堀・片村・島田の四名も、テーブルに立てかけてある己《おの》れの太刀《たち》に手をかける。

しかし、黒岩一徹のみは、刀を立てかけたまま、悠然と懐手《ふところで》をしている。

庭を駆け抜けて、大広間《おおひろま》に接近してくる足音……

突如、太刀《たち》のぶつかり合う音に続いて、鋭い悲鳴があがり、障子《しょうじ》に血しぶきが飛び散ると共に、斬られた天神一家の地回《じまわ》りが障子をぶち破って、血まみれのまま部屋の中に倒れ込んでくる。

「何奴《なにやつ》!……」という一同の叫び声。すばやく大広間の障子を開け放つ辰五郎。

庭先では、注進《ちゅうしん》のために大広間に駆けつけた地回りを斬り捨てた新吉が、追ってきた三人の天神の子分たちを相手に、太刀をふるっている。

あらかじめ飛び道具を手にしていたヤクザ者たちを一斉《いっせい》に片づけた上で、天神一家の護衛《ごえい》たちを次々となぎ倒しながら、寮《りょう》の中になだれ込んできた望月伊織、伊吹佐平太、庚申一家の権六《ごんろく》・佐助《さすけ》・又蔵《またぞう》の一行。

新吉を含めた六人は皆、草鞋《わらじ》を履《は》き、たすきを掛け、鉢巻《はちま》きをしており、権六・佐助・又蔵は、刀を腰に差し、槍《やり》を手にしている。

寮《りょう》の奥の間《ま》に控《ひか》えていた作次郎《さくじろう》と用心棒の侍たちが、河内屋利兵衛と天神の辰五郎の許《もと》に駆けつける。

辰五郎　飛び道具はどないしたんや！……蔵の中のやつも、全部出さんかい！

作次郎　……それが、持ってる者《もん》は、みんな、殺《や》られてしもたんどす……蔵の中の、弓も鉄砲も短筒《たんづつ》も、……気がつかへんうちに、全部、台無しにされて……

辰五郎　……なんやと！

権六・佐助・又蔵の三人は、庭で、刀や槍をもった天神一家の地回りたちと、入り乱れて闘っている。

大広間に乱入する伊織・佐平太・新吉。

河内屋利兵衛と惣助、長井隼人正と堀刑部がひとつに固まり、片村権太夫と島田平内、それに、天神の辰五郎と作次郎が四人の盾《たて》になる。

天神一家の用心棒六人が、次々と斬りかかり、伊織・佐平太と太刀《たち》を交える。

黒岩一徹と、真っ正面から相《あい》対する新吉。

黒岩　……刈谷新八郎《かりやしんぱちろう》、久しぶりだの……

……そうか……京都でおぬしの姿を見た時、どこかで会ったことのある若造《わかぞう》だと思っていたが、……まさかと思い、人違いかとひっかかっておったが……奇遇《きぐう》じゃの……

新吉　……黒川さん、……あんた、生きていたのか！……お上《かみ》の目を逃《のが》れて行方《ゆくえ》をくらましたって聞いてたけど……

ここで、黒岩配下の侍たちが一斉に現われ、黒岩と新吉を取り囲み、新吉に刃《やいば》を向ける。

黒岩　……まあ、しばし待て！……こいつとは、妙な因縁《いんねん》がある……（樋口又兵衛《ひぐちまたべえ》の方に向かって）樋口、おぬし、長井殿・堀殿を守れ！

樋口　……は！……

黒岩の命《めい》で、樋口又兵衛ら五人の侍たちが、長井隼人正・堀刑部の護衛に回る。

残った黒岩の配下四人が、改めて新吉を取り囲む。

黒岩　おぬしこそ、……江戸で、人相書《にんそうがき》付きの手配書《てはいしょ》が出回っておったが、……まさか、こんな裏稼業の極道《ごくどう》に転じておったとはの！……

水明塾《すいめいじゅく》におった頃から、おかしなガキだとは思っておったが、うぬも、捨てたもんではないの……いや、面白い！　見所《みどころ》があるぜ、……お互い、敵《かたき》同士じゃが、案外、似た者同士かもしれんの……どうじゃ、ケチな正義人道面《づら》なんぞ捨てちまって、われらの仲間にならんか……悪いようにはせぬぞ（笑）……

新吉　……冗談じゃねぇ、……てめぇらみたいな外道《げどう》の仲間入りをするほど、堕《お》ちちゃいねぇや！

黒岩の配下　なんだと！……ガキの分際《ぶんさい》で、言わせておけば……

一斉に新吉に斬りかかる四人の侍たち。入り乱れた烈しい闘い。

一人を斬り倒した新吉。

黒岩は、残った三人の侍たちの背後に回り、身を守る。

一方、天神一家の用心棒六人と刃《やいば》を交えていた望月伊織と伊吹佐平太は、すでに四人までを斬り倒し、河内屋らに迫っていたが、途中から、黒岩の命《めい》で駆けつけた樋口又兵衛ら五人の侍たちが、二人の前に立ち塞《ふさ》がる。

しかし、伊織は、即座に相手に詰《つ》め寄ると、攻撃の身構えをとる暇《いとま》も与えず、最短の居合《いあい》の間合《まあい》で、たちまち一人の侍の脇腹を斬り裂き、そのまま水平に返す刀で、もう一人の侍の脇を斬る。

相次いで倒れる侍たち。

樋口又兵衛が、前に出る。

樋口　望月伊織、一別《いちべつ》以来だな……京の都での立ち合いの決着をつける時が来たの……楽しみに、待っておったぞ！

伊織は、呼吸を整えながら、血のりの着いた古い刀を捨てると、腰に差してあった名刀・浪花《なにわ》の助広《すけひろ》をゆっくりと抜く。

伊織　伊吹さん……こいつが、例の馬庭念流《まにわねんりゅう》の樋口又兵衛だ……
この男との立ち合いは、俺にまかせてくれ。あんたは、他《ほか》の連中を頼む……

佐平太　……心得た……

黒岩の配下　……こしゃくな！

伊吹佐平太に、左右から同時に襲いかかる黒岩配下の侍二人……
しかし、佐平太は、しなやかに二人の太刀筋《たちすじ》をかわしながら、目にも止まらぬ速さの剣さばきで、一連の舞《ま》いの流れのように、相手の急所を斬り裂いてゆく……一人は、足の筋を薙《な》ぎ上げられ、もう一人は、返す刀で逆袈裟《ぎゃくけさ》に首筋をはねられる。
血しぶきが飛び、一人は即死。もう一人は、痛さのあまり、絶叫しながら七転八倒《しちてんばっとう》する。

佐平太　……無外流《むがいりゅう》秘伝・隼《はやぶさ》の舞《まい》……

すっかり動転した、残る天神一家の用心棒二人と片村権太夫・島田平内が、互いに申し合わせたように一斉に斬りかかるが、佐平太は、息づかいの乱れた四人の荒い動きをしなやかにかいくぐり、最短の間合《まあい》で一人ずつの急所を狙い、すばやく斬り捨ててゆく……一斉に、どっと倒れる四人の侍たち。

蒼ざめる長井・堀・利兵衛そして辰五郎。

黒岩　（新吉と闘っていた三人の配下に向かって）……いかん！……長井殿、堀殿を、なんとしても守れ！

配下の侍三人と共に、長井・堀のもとに駆けつけようとする黒岩。後を追う新吉。

……しかし、佐平太は、いち早く、目にも止まらぬ速さの静かな太刀《たち》さばきで、長井隼人正と堀刑部の首筋をはね上げていた。

うろたえて、辰五郎と作次郎を盾《たて》にしながら、大広間の隅に逃げ去る利兵衛と惣助。

黒岩　……しまった！……くそっ！　なんてこった……樋口！

庭先で、望月伊織と凍《こお》り付いたように対峙《たいじ》したまま、全く動きのとれぬ樋口又兵衛。

佐平太と新吉が合流し、黒岩配下の侍三人と対峙する。

黒岩一徹は三人の侍の背後に回り、さらにその後方の壁際《かべぎわ》に、利兵衛を守るようにして、辰五郎と作次郎・惣助が固まる。

……この時、別室に身を潜めていた鏡太郎が、いきなり大広間に飛び出し、利兵衛の前に立ち現われる。

鏡太郎　親父《おやじ》！……それから惣助《そうすけ》！……お菊さんと和泉屋さんの仇《あだ》、討たせてもらうで！……惣助、特に、お前だけは、絶対に許すわけにはいかへんのや……藤兵衛さん、伊兵衛さんに、散々《さんざん》世話になり、情《なさ》けをかけてもろてたのに、……おまけに、手代として深い信頼を寄せてもろてたのに、……欲得に駆られて人非人《にんぴにん》の裏切り算段しよって！

惣助　……知らへん！……なにかの間違いや！

鏡太郎　この期《ご》に及んで、なおも、往生際《おうじょうぎわ》の悪い言《い》い訳《わけ》するつもりか……恥を知れ！

惣助　とんだ濡れ衣《ぎぬ》や！……わては、悪事を見るに見かねて、お上《かみ》に知らせただけや！

鏡太郎　……なんやと……もういっぺん、言うてみい！

利兵衛　庄三郎、落ち着け！……わしの話を聴け！

しかし、父親の制止の声を振り切って、鏡太郎は、懐《ふところ》から短刀《ドス》を取り出すやいなや、猛然と惣助に体当たりをくらわせ、刺し殺してしまう。

作次郎　……惣助！……このガキ、何さらすんじゃ、おんどりゃー！（逆上して短刀を抜き、鏡太郎に襲いかかる）

左腕を斬られる鏡太郎。

さらに、遮二無二《しゃにむに》、ドスを振り回して青年を追い回す作次郎。必死に身をかわす鏡太郎。思わず、蹴《け》つまずいて倒れ込む。

新吉　……鏡《きょう》さん！

すばやく走り寄って、横殴《なぐ》りに作次郎を叩《たた》き斬る新吉。

新吉　バカヤロー！……付いてくるんじゃねえって、あれほど言っただろが！……

一瞬生じた新吉の隙《すき》に、天神の辰五郎が、長《なが》ドスを振りかざして襲いかかる。

辰五郎　……このガキャー！……いてもうたるわい！……

虚《きょ》をつかれ、慌《あわ》てて振り向く新吉。あわやと思われた瞬間、伊吹佐平太の切っ先が、辰五郎の首筋を、正確に、鋭利に斬り裂いていた。

血しぶきが上がり、どうと倒れる辰五郎。

庭の方から「親方《おやかた》ーっ！」という悲鳴があがり、天神一家の地回りたちに、衝撃が走る。

血まみれになって闘う権六・佐助・又蔵に追われながら、雪崩《なだれ》を打ったように四散《しさん》・逃走してゆく辰五郎の子分たち。

辰五郎を斬った後、再び、黒岩一徹と配下の侍三人に静かに相対《あい》する伊吹佐平太。そして新吉。

緊迫した対峙《たいじ》の後、一転して、めまぐるしく白刃《はくじん》が交《か》わされ、黒岩配下の侍一人が、佐平太に斬り倒される。

一方、辰五郎が斬られた直後、黒岩一徹の背後に身を潜めていた河内屋利兵衛は、一瞬の隙をついて、別室に走り去る。父親の後を追う鏡太郎。

……しばらくして、一発の銃声が響いた後、再び、大広間に、利兵衛と鏡太郎が現われる。

やや距離を置きながらも、父親から銃口を突きつけられたまま、後退《あとずさ》りしてゆく息子。

青年は、短刀を握った右手で、出血する左腕をかばい、押さえている。

利兵衛　……庄三郎、お前、いつの間にやら、ずいぶんと精悍《せいかん》な若者になったもんやの……別人のようや！

……そやけど、相変わらず、眼だけは、昔のままや……お前のお母ちゃんと同《お》んなじ、哀しい、綺麗《きれい》な眼をしておる……

まさか、こんな形で、お前と、生き死にのヤリトリをする羽目になろうとはの……悪業《あくごう》深いわしに似つかわしいザマかもしれんわ……（笑）。

じゃがの、庄三《しょうざ》、……わしは、まだ、こんなとこでくたばるわけにはいかんのや！　河内屋利兵衛、男一代……魔道《まどう》に堕《お》ちたとはいえ、まだまだ、命ぎりぎり、勝負を賭ける大《おお》いくさをやらにゃ、収まらへんのじゃ！

いったん、放《ほ》かしてしもたら、投げてしもたら、それで一生、おしまいや、そこで終わりや……勝つも負けるもあらへん……巨大な〈無〉のるつぼに、魂ごと呑み込まれてしまうだけや……

あの世があるのかあらへんのか、どないなっとるんか、そんなん、わしにもわからんが、わしのような悪業《あくごう》深い、鬼のような奴には、しょせん、ろくなもんやない……あっても、なくても、同《お》んなじようなもんやろ……

……生きとる限りは、最後のぎりぎりの瀬戸際《ぎわ》まで、わしはもがくで……しょせん、神さんにも、仏さんにも、わいは勝てへんかもしれん……そやけど、勝てんでも、負けんようにたたかうことだけはできる……庄三《しょうざ》、わしは、お前にも、己《おの》れの運命にも、最後の最後まで降参せえへんで！

……お前も、ええ根性もったガキになりくさったようや……わしを殺すか、わしのエゲレス製の新式銃に撃《う》たれて死ぬか……いっちょう、勝負かけてみたらどないや！

鏡太郎　……親父《おやじ》……（はらはらと涙がこぼれる）

ゆっくりと狙いを定め、息子の心《しん》の臓《ぞう》に向かって引き金を引こうとする利兵衛。

静かに目を閉じて、不動の姿勢で待つ鏡太郎。

新吉　鏡《きょう》さん！……

叫ぶやいなや駆け寄った新吉が、渾身《こんしん》の気迫を込めて、利兵衛の腕を刀の峰《みね》で払い上げ、宙に向かって発砲させる。

そして、新吉は、返す刀で、今度は、河内屋利兵衛を、真《ま》っ向《こう》上段から唐竹割《からたけわ》りに叩《たた》き斬る。

利兵衛のうつろな躰《からだ》が、地響きを立てながら、床《ゆか》の上に崩《くず》れ落ちる。

血の海の中にころがる父親の死体を、茫然《ぼうぜん》と立ちつくしながら、限りない哀しみと憐《あわ》れみをたたえた瞳《ひとみ》で、じっとみつめる鏡太郎。

……しばしの後《のち》、今度は、新吉の目を静かに見据える。

ふたりの若者が、無言で、相対峙《あいたいじ》している。

不思議な静謐《せいひつ》感が、周囲に、にじむように拡がってゆく……

＊

一方、庭の一角に在《あ》って、樋口又兵衛と、ふたりだけで相対《あい》している望月伊織。

誰も、ふたりの剣客《けんかく》の周《まわ》りには近づこうとしない。そこだけに、不思議な畏怖《いふ》感を覚えさせる、固有の空間が生まれている。

ふたりの剣客にとって、今や、彼ら以外の世界の全《すべ》ては消えている。

雑音の無い、純粋な、とぎ澄まされた剣の時間のみが、限りない静けさとなって、ふたりを包み込んでいる……

いきなり地を蹴って、脇を締めた八双《はっそう》の構えで望月伊織に突進し、凄まじい殺気で豪剣を打ち降ろす樋口又兵衛。

樋口の殺気に気合負けせずに、瞬時にその太刀筋《たちすじ》を見切りながら、体の軸がぶれぬように柔軟に身をかわし、樋口の太刀の峰《みね》の上から、すばやく白刃《はくじん》を打ち降ろす伊織。

伊織の気迫のこもった一撃を、刀の鍔《つば》の部分ですばやく受け止める樋口又兵衛。

互いの気合が拮抗し、鍔《つば》ぜり合いをしながら、併走《へいそう》するふたり。

樋口が押し気味だが、伊織も、体の軸がぶれぬ程度に押し返しつつ、斜めに併走する。

互いをはじき返すように、後方に飛び去るふたり。

再び、正眼《せいがん》の姿勢で対峙《たいじ》する。


ふと、太刀《たち》を右横、水平にかざし、切っ先を伊織の方に向けながら、走り出そうとする樋口又兵衛。

その一瞬の重心の揺れに伴い樋口の左脇に隙《すき》が生ずるが、伊織は、それが、相手を誘い込もうとする罠《わな》であることを見抜き、樋口の見切りの裏をかいて、彼の突きの切っ先が間近《まぢか》に迫る直前に、瞬時に右下段の「車《しゃ》（斜）」の構えを左下段に変えると、そのまま逆袈裟《ぎゃくけさ》に樋口の右脇の隙を狙って、斬り上げる。

伊織に太刀が届く寸前に、突きの姿勢を崩《くず》し、反転して、斜《なな》め正眼《せいがん》へと変じる又兵衛。

相手の構えが、瞬時に、右下段から左下段へと変わったことで、逆袈裟《ぎゃくけさ》の太刀筋《たちすじ》を見切った又兵衛は、体勢を崩しつつ、間一髪《かんいっぱつ》で伊織の鋭い斬り込みをはじき返し、そのまま、後方に飛び去る。

その樋口に、呼吸を整える暇《いとま》も与えず、猛然と突進する望月伊織。

俊敏に太刀筋を変えながら、烈しく白刃《はくじん》を交《か》わし合うふたり。

再び、鍔《つば》ぜり合いをしながら併走《へいそう》し、互いをはじき返すように、後方に飛び去る。
正眼の姿勢で呼吸を整えようとする。

……ふと、太刀《たち》を足元にだらりと垂らし、全身の殺気を脱《ぬ》こうとする望月伊織。

ゆったりと深呼吸しながら、己れの内側に、ひたすら心気《しんき》をため込むようにし、深々とした静謐《せいひつ》な気配の内懐《うちふところ》に身をゆだねてゆく……

樋口又兵衛の貌《かお》に、当惑したような、測りがたい風景を前にしたような、不安と乱れの表情が浮かぶ。

己れの迷いを強引に振り払うかのように、「うおおーっ」と咆哮《ほうこう》をあげながら、望月伊織に斬りかかる樋口又兵衛。

……八双《はっそう》上段からの豪剣が振り下ろされ、伊織の体に触れるより前に、間一髪《かんいっぱつ》で、伊織の切っ先が、すばやく樋口の左脇肋《あばら》の肉を斬り裂いていた。

音をたてて崩れ落ちる樋口又兵衛の巨軀《きょく》。

伊織 新当流《しんとうりゅう》秘剣・水月《すいげつ》……

樋口又兵衛が倒され、ため息をつく黒岩一徹。


黒岩 ……やれやれ……もうひと息というところで、またもや、元のもくあみか……

今度という今度は、天下をひっくり返して、大暴れに暴れられると思うておったのじゃがの（笑）……また、出直しか！……

まあ、よいわ、……どうせ、この現世《うつしょ》は、うたかたの一場《いちじょう》の夢……思うさま狂い踊って暴れ回るには、まだまだネタは尽きまい……

命運《めいうん》尽きて、ゲスな蛆虫《うじむし》どもの充満するこの世に、きれいさっぱりおさらばするまで、

けっこう時は稼げるであろうよ……毛唐《けとう》の奴らがこの国を蹂躙《じゅうりん》する日も、間近《まぢか》に迫ってい
るであろう……そうなりゃ、ますます面白くなるゼ！
……新八郎、お前も、お前の好きな道を往《い》きな！……悔いの残らねぇように、存分に命《いのち》
を燃やしながらな……ただし、お互い、せいぜい命は大事にしようゼ！……

新吉　黒川さん……あんたって人は……

黒岩　あばよ、新八郎……生きていたら、また、どこかで会おうゼ！……

ハハハハ……

哄笑《こうしょう》と共に、二人の配下の侍たちと、闇の中に消える黒川竜之進《りゅうのしん》。

入り乱れた死闘の修羅場が終わって、大勢の屍《しかばね》がころがる中、闘い終えて集まる伊織・佐平太・新吉そして鏡太郎。戻ってきた清兵衛一家の三人、権六・佐助・又蔵。
皆、血しぶきを浴び、ある者は手傷・かすり傷を負い、髪乱れ、脂汗《あぶらあせ》を浮かべ、全身、汗でびしょぬれになっている。
闇の中で、一同の場所だけが、淡いスポット・ライトの中に浮かび上がっている。

黙って、懐《ふところ》から布きれを取り出し、鏡太郎の左腕の傷に血止めの応急手当《てあて》を施す新吉。

柔らかな雨の音。
次第に勢いを増しながら烈しく降りしきる、浄化の雨の音。

ゆっくりと照明が薄れてゆき、舞台は、漆黒の闇の中に吸い込まれる。

第十四幕　朝焼け

(28) 第一場　難波《なにわ》の海に出る安治川《あじがわ》河口付近。

夜明け間近《まぢか》の闇の中。

音羽と新吉、鏡太郎の三人がたたずむ。
鏡太郎は、左腕に、晒木綿《さらしもめん》の包帯を巻いている。

音羽　……終わったね……怖ろしいたたかいだった……

新吉　……はい……

音羽　……鏡太郎さん……あんた、とうとう、独りぼっちになっちまったネ……
これから、どうするね……あたいや清兵衛さんの言う通り、この血ぬられた、つらい想い出いっぱいの大坂を離れて、伊兵衛さんの棲《す》む若狭《わかさ》にでも往《い》って、そこで、お菊さんの霊を弔《とむら》いながら、しばらく、落ち着いた暮らしをしてみちゃどうかね……お菊さんのお父さんの和泉屋さんの出身地でもあるし……
若狭の小浜《おばま》は、仏心《ぶっしん》の厚い人々の多い、素朴で温かみのある、風光明媚《ふうこうめいび》な良い処《ところ》だ……
そこで、お前さんの納得のゆく仏様の像をお造りになったら、どうだろう……観音様だっていい……そうすれば、何かが癒《いや》され、ふっ切れるきっかけになるかもしれない……再起に向けて、悲しみの底の底の方から、何かが、……ひと筋の光明が、視《み》えてくるかもしれないよ……
今のお前さんに対して、あたいが、こんな事いうのは、差し出がましいかもしれないけど、……でも、あたいには、なにか、そんな気がするんだ……あたいの昔の、ささやかな貧しい体験にもとづいて、言わせてもらってるだけなんだけどね……

鏡太郎 ……いえ、そんな、……お心づかいは、身に沁《し》みて、わかります……痛いほどに……
……ありがとう……おっしゃる通りに、させてもらいます……しばらく、若狭に棲《す》んでみます……

音羽 ……ああ、それがいい……いつの日にか、時が全てを洗い流してくれるよ……あたいら、音羽一家のみんなが、そうだったようにネ……

新吉 ……ああ、……元締の言う通りだ、鏡さん……

無言で、何かをかみしめるように、ゆっくりとうなずく鏡太郎。

鏡太郎　……ひとつだけ、音羽の元締にお願いがあります……

音羽　……何だい？……あたいでできることなら、力になるよ……

鏡太郎　（しばし、ためらった後、ひとつ深呼吸して、思い切ったように）……いつになるかはわからへんけど……いつか……若狭を出ることがあって、新さんと音羽さんにもう一度逢いたいって、……どうしても、そう思《おも》て、たまらんようになったら、……そしたら、……その時は、この俺を、改めて、音羽一家の身内《みうち》にしてやって下さい！……新さんと同じように、音羽一家の中に、この俺の命の張り処《どころ》を与えてやって下さい！……お願いします……

土下座して、音羽に懇願する鏡太郎。

音羽　……鏡さん、どうか、頭を上げとくれ……よくわかったよ……お前さんの心は……よくわかった……

新吉　……あぁ、……俺も……鏡さん……

音羽　……あたいら、音羽一家の身内は、み－んな、天涯孤独の、独りぼっちの身だ……お前さんと、同じだよ……

でもね、……ほんとうは、あたいらだけじゃない……人は、み－んな、ほんとは、独りぼっちなんだ……たったひとりの、混じりっけのない、何ものにも汚《けが》されていねぇ、まっさらな生き物として、存在として、母の胎内《たいない》に宿るんだ……

たしかに、産んでくれたのも、幼子《おさなご》としての己《おの》れを育ててくれたのも、親《おや》だ……でもね、……その「親《おや》」って生き物は、実は、ほんとに至《いた》らねぇ、情《なさ》けねぇ、……愚かしくて、浅ましくて、哀れな、……ちっぽけな「凡夫《ぼんぷ》」「愚婦《ぐふ》」でしかねえんだ……業《ごう》の深い、あんたの父親と同じようにね……

育った境遇や身の置き所が悪けりゃ、たちまちの内に、見るに堪《た》えねぇ、悪党になっちまう……

だから、あたしら人間が、もし、己れの理不尽《りふじん》な境遇や呪《のろ》わしい業苦《ごうく》に振り回されるたんびに、そのいわれを、「親《おや》」っていう、情けねぇ、至らねぇ生き物のせいにしてたら、この世に〈救い〉なんてなくなっちまうし、ただ、運のいい奴と悪い奴の違いがあるだけになっちまうんだ……

鏡太郎　……はい……

音羽　だから、人が人として本当に救われるには、まず、現身《うつそみ》の、生身の、至らねぇ、「親《おや》」っていう生き物のとらわれから脱して、たった一人の混じりっけのねぇ「人」っていう存在から、全《すべ》てをやり直さなきゃならねぇんだ……

鏡太郎　……はい……

音羽　その、「人」って存在は、たまたま、何の意味もなく、この世に、ぽつーんと、切れっ端《ぱし》のように放《ほう》り出されて生まれてきたんじゃねぇ……目には視《み》えねぇけど、何か、とてつもねぇ、巨《おお》きな〈いのち〉のうねりの中から、紡《つむ》ぎ出されてきたんだ……

新吉　……鏡さん、俺も、そう思ってる……俺も、鏡さん、……今、元締のおっしゃったことを、……人がこの世に生まれ、生き抜くことの、ぎりぎりの〈意味〉って奴を、何年も何年も、死ぬほど考え続け、苦しみ、もがき続けたあげく、……色々あって、今、この音羽一家の新吉として、生まれ変わってきたんだ……

鏡太郎　……新さん……

新吉　……鏡さん、……人は、何度でも、生まれ変われるんだ……生まれ直せるんだ！……深々とした、透《す》きとおった〈水〉のような闇の中から、いのちの〈火〉を汲み上げることができるんだよ……

俺は、四天王寺の境内《けいだい》で、あんたの一枚の絵を見た時から、あんたに、出逢っていたんだ！……

鏡太郎　……あの時から……この俺に!?……

新吉　……あぁ、……そうだとも……

あの絵は、俺に語ってくれていたんだ……ふたつの想いを……ふたつにしてひとつの想いを……

恋しい人に想い焦《こ》がれ、その人の魂に触れ、ひとつに溶け合いたいと希《ねが》ってやまない、狂おしい、炎のような情念と共に、……その渇きを、どこまでも澄んだ、透《す》きとおった哀しみのまなこで優しく包み込み、温かく抱《いだ》き取ろうとする、孤独な人の〈水〉のような心を……

鏡太郎　……新さん、あんた……

不覚にも、どうしようもなく、鏡太郎の眼から、はらはらと涙がこぼれてしまう。

音羽　……鏡太郎さん、人はね、……独りぼっちの存在として、この世に生まれ落ちてきて、独りぼっちの存在として生きていかなけりゃならないけど、……でもね、その「ひとり」ってのはね、……目には視えない、巨《おお》きな、巨きな、深々とした、闇の水脈につながり、その〈水〉の流れに、つねに抱《いだ》かれた存在なんだ……

その〈水〉は、必ずしも、みずみずしい、温かい、光に溢《あふ》れたものや、清い流れの相《そう》をとって顕《あら》われるとは限らない……よく視れば、その奥に、さまざまな濁りや、怖ろしい、禍々《まがまが》しい邪悪なうねりや、澱《よど》みや、腐臭《ふしゅう》をも含み、つねに、揺れ動く存在であるには違いない……ちょうど、この難波《なにわ》の川や海の表情のようにね……

鏡太郎 ……はい……

音羽 ……でもね、あたしたちは、その底知れぬ〈水〉のうねりの中から、〈闇〉の中から、温かく、優しいものに触れ合いたい、抱《いだ》かれたい、……そして、我執《がしゅう》を超えて、透きとおった風景に脱《ぬ》け出てみたいって、……そう希《ねが》い続け、想い続けることで、いのちの〈火〉を汲み上げることはできるんだ……そうすることで、生き抜き、幸せになる、あるいは、幸せになろうって、夢み続け、たたかい抜くことはできるんだ……

たしかな手ごたえをもって生きたという証《あか》しは残せるし、その中で、己れの想いを、縁《えにし》ある他の人々にも、手渡していくことができるんだ……

……あたしはね、なにか、そんなふうにおもうんだよ……

音羽の言葉を、慎重に、ひとつひとつかみしめながら、ゆっくりとうなずく鏡太郎。

そして、新吉もまた、己れの想いをたしかめるように、音羽の言葉を、改めて自分なりに反芻《はんすう》しつつ、耳を傾けている。

音羽　……だからね、鏡さん……あたしたち人間は、本来、天涯孤独な、独りぼっちの存在には違いないけど、まっさらなひとりの人間として、この世に生まれ落ちてきたからこそ、縁《えにし》ある大切な人たちに、本当に出逢えるんだ……嘘偽《うそいつわ》りなく触れ合えるし、共に生きることができるんだよ……

……その真実に、本当に気づくきっかけさえあれば、あたしたち人間は、さまざまなとらわれや濁りを洗い流して、生まれ直すことができるはずなんだ！……

鏡太郎　……音羽さん……

音羽　この世の大きな仕組《しくみ》の中から見れば、あたしたちのできることなんてタカが知れてるのかもしれないけど、……でもね、あたしら音羽一家は、世の仕組がどうとか、世間様《せけん》がどうだとかいった事よりも、一人ひとりの生身の男や女の、必死こいて生きとる姿の方が、ずっと大事なものだし、いとおしいんだ……一人ひとりの人間の、まっとうに幸せになりたいっていう祈りや、嘘偽《うそいつわ》りなく、本当に触れ合いたいっていう、切なる希《ねが》いの方が、ずっとずっと大切なものだし、かけがえのないものなんだ……

鏡太郎　……はい……

音羽　あたいらのそんな生きざまが、お前さんにとって、なくてはならないものだっておもえるんなら、……本当に、嘘偽りなく、己れ自身に無理強《むりじ》いすることなく、心からそうおもえるんなら、……いつだって、あたいら音羽一家は、お前さんを待っている……いつでもいいから、心おきなく、あたしらを訪《たず》ねておいで！……

鏡太郎　……はい！

新吉　……鏡さん、俺も待ってる！……

鏡太郎　……新さん！

新吉　おめぇとは、四天王寺で逢った時から、他人では終わらねぇような、妙な気がしていた……惚《ほ》れちまってたって、いうことかな（笑）……

音羽　……ホホホ、そうだね、きっと……前世《ぜんせ》じゃ、兄弟だったのかもネ……

新吉　……でも、鏡さん……ほんとにいいのか？……正直、命がいくつあっても足りねぇような、ヤバイ世界なんだゼ！……

おめぇは、仏師だし、絵だって描《か》ける……業《ごう》の深い、バチ当たりな仏師かもしれねぇけどな（笑）……堅気《カタギ》の道を、まっとうに歩むことだって、今ならできる……
なにも、敢えて、俺たちみてえな、因業《いんごう》な仕事に手を染めなきゃならねぇってもんでもねぇ……心がはやって、うかつに決めつけちゃいけねぇ……
おめぇが音羽一家の身内になってくれるのは、正直嬉しいけど……やっぱ、複雑な気になっちまうな……

音羽 心配いらないよ（笑）……新さん……
あんたみたいな、オボコい、お旗本のボンボンだって、今じゃ、こんな風《ふう》な、エエ根性の跳《は》ねっ返りになって、エラそうな啖呵《たんか》を切ってみせるようになるんだから……（笑）。

新吉 ……おぼこいボンボンはねぇや！……姐《あね》さん、あんまりだ！

音羽 アハハハ……身から出たサビって奴！

新吉 ひでぇなぁーっ、まだ、中身はサビちゃいませんぜ……

音羽 近頃、学《ガク》のある連中の間で流行《はやり》の地球儀って奴に描《えが》かれた、西洋・東洋の地図とにらめっこしながら、風雲急を告げる世界の情勢とやらにやっきになってる人たちから見りゃ、あたいらがやってる仕事なんざぁ、サビついた槍《やり》のようなもんさね……

新吉 違《ちげ》えねぇーっ（笑）。

音羽　……ところがどっこい、こちとら、槍はサビても、心はサビぬーってね！

音羽　ホホホ……そうだね……

クスクス笑う鏡太郎の肩を、にやにやしながらも、黙って、そっと抱きしめる新吉。

音羽　……ごらん、夜明けだ……難波《なにわ》の海に、新しい陽《ひ》が照り映えるよ……

● 著者プロフィール

川喜田 八潮（かわきた やしお）

劇作家・文芸評論家。1952年京都市生まれ。京都大学工学部中退。後、同志社大学文学部に編入学・卒業。駿台予備学校日本史科講師、成安造形大学特任助教授を歴任。1998年より2006年まで、文学・思想誌「星辰」を主宰。2016年に、川喜田晶子と共にブログ「星辰－Sei-shin－」を開設。批評文・書評など多数掲載。著書に『〈日常性〉のゆくえ―宮崎アニメを読む』（1992年　JICC出版局）、『脱〈虚体〉論―現在に蘇るドストエフスキー』（1996年　日本エディタースクール出版部）、『脱近代への架橋』（2002年　葦書房）。時代劇戯曲『闇の水脈　天保風雲録』（2021年　パレード）、『闇の水脈　愛憐慕情篇』（2022年　パレード）他。

闇の水脈　風雲龍虎篇

2024年4月16日　第1刷発行

著　者　川喜田八潮《かわきたやしお》

発行者　太田宏司郎

発行所　株式会社パレード

大阪本社　〒530-0021　大阪府大阪市北区浮田1-1-8
TEL 06-6485-0766　FAX 06-6485-0767

東京支社　〒151-0051　東京都渋谷区千駄ヶ谷2-10-7
TEL 03-5413-3285　FAX 03-5413-3286

https://books.parade.co.jp

発売元　株式会社星雲社（共同出版社・流通責任出版社）
〒112-0005　東京都文京区水道1-3-30
TEL 03-3868-3275　FAX 03-3868-6588

印刷所　中央精版印刷株式会社

ISBN 978-4-434-33642-3　C0093